文庫

平原の町

コーマック・マッカーシー
黒原敏行訳

epi

早 川 書 房

6613

CITIES OF THE PLAIN

by

Cormac McCarthy

Translated by
Toshiyuki Kurohara
Published 2010 in Japan by
HAYAKAWA PUBLISHING, INC.
This book is published in Japan by
arrangement with
M-71, LTD.
c/o INTERNATIONAL CREATIVE MANAGEMENT, INC.
through THE ENGLISH AGENCY (JAPAN) LTD.

平原の町

1

二人は玄関の扉の前でブーツの底をポーチの床に叩きつけて雨水を落とし帽子を振り手で濡れた顔をぬぐった。表の通りでは強い雨足が水溜まりに映った赤と緑のけばけばしいネオンサインを掻き乱し沸きたたせ歩道脇に数台駐めてある自動車の鉄の屋根の上で踊っていた。

やれやれ溺れるかと思ったぜ、とビリーはいった。帽子を振ってしずくを切る。アメリカ一のカウボーイはどこにいるんだ？

もうなかにいるよ。

じゃはいろう。ぽっちゃりしたいい女をみんなとられちまう。

粗末な服をだらしなく着て粗末なソファに坐っている娼婦たちが顔を上げた。ラウンジはがらんとしていた。二人がまたブーツの底を床に叩きつけてからカウンターへいって親指で帽子をあみだに押し上げタイル張りの排水溝の上のレールに片方のブーツを載せるとバーテンダーがグラスにウィスキーを注《つ》いだ。バーの血のように赤い照明と漂う煙草の煙のなかで、二人は死んだ四人目の仲間に乾杯するようにグラスをかざしてうなずき頭をのけぞらせて一気に酒をあおり空《から》のグラスをカウンターに置いて手の甲で口をぬぐった。トロイがバーテンダーに向かって顎をしゃくり二つの空のグラスの上で人さし指をぐるぐる回した。バーテンダーはうなずいた。

ジョン・グレイディ、おまえまるでドブネズミだぜ。

ドブネズミになった気分だ。

バーテンダーがウィスキーを注いだ。

こんなひでえ土砂降りは初めてだ。ビール飲むか。ビールを三本くれ。

もう可愛い子ちゃんをひとり選んだか？

ジョン・グレイディはかぶりを振った。

あんたはどれがいい、トロイ？

おまえとおんなじさ。お目当てはぽっちゃりした女だからそういう女を選ぶよ。まあはっきりいって、ぽっちゃりした女が抱きたくなったときはほかの何があったって満足できねえな。

わかるねえその気持ち。さあひとり選べよ、ジョン・グレイディ。

ジョン・グレイディは首をめぐらして部屋の向こうの娼婦たちを見た。

あの緑色のパジャマを着たでかい年増はどうだ？

おれが目をつけてる女を勧めるなよ、とトロイがいう。いまここで喧嘩がおっぱじまるぜ。

ほらいけよ。こっちを見てるぜ。

みんなこっちを見てるよ。

いけって。おまえ気にいられたんだよ。

あの女だとジョン・グレイディは放り上げられて天井をぶち破るぞ。

アメリカ一のカウボーイがそんなことされるかよ。このカウボーイはオナモミみたいにへばりついてるさ。あの青いカーテンを体に巻きつけてる女はどうだ？

こいつのいうことを聞くな、ジョン・グレイディ。あの女は顔に火がついたのを熊手で叩き消してもらったみたいな面《つら》をしてらあ。あの端っこのブロンドのほうがおまえにお似合いだよ。

ビリーは首を振りながらグラスを手にとった。だめだこりゃ話にならん。あんたに女の良し悪しがわからないってのは算数の答えみたいにはっきりしてるよ。

おれのいうとおりにしたほうがいいぜ、とトロイはいった。こいつのいうことを聞いてると目方のある女を押しつけられるからな。ほんとはこのパーハム（ビリーの名字）はてめえが持ち上げられない女と付き合うのはまずいって考えてるんだ。家が火事になったとき困るから。

それとも納屋がだ。

それとも納屋がな。

クライド・スタップをここへ連れてきたときのこと覚えてるか？

覚えてるさ、やつには見る目があった。どしっとした女を選んだよ。

J・Cらは世話係の婆さんに二ドルつかませて覗かせてもらった。写真を撮ろうとしたんだがみんな噴き出しちまって失敗したんだ。

あとでクライドにフットボールと姦《や》ってる猿みたいだったといってやった。鞭を持たせてやろうかと思ったってな。あの赤いおべべのはどうだ？

この男のいうことなんか聞くな、ジョン・グレイディ。

一ポンドいくらって具合に目方で勝負する女なんかだめだ。ジョン・グレイディは鼻も引っかけないよ。

あんたらだけでいってくれよ、とジョン・グレイディはいった。

おまえもひとり選べ。

いいんだ。

ほらな、トロイ。あんたはこの青年を戸惑わせてるだけだ。

あとでJ・Cがクライドはその女に惚れちまって家へ連れて帰るといいだしたなんて喋り歩いてたっけ。乗ってきたのはピックアップだったから平台のトラックを持ってこいってことになった。ところが車がくる頃にはクライドの恋心も醒めてた。J・Cはもう二度とやつを売春宿へ連れていかない、男らしく責任をとれない野郎だからといってたな。

二人ともいってきてくれよ、とジョン・グレイディはいった。

売春宿の奥のほうで雨がトタン屋根を打つ音がしている。ジョン・グレイディはまたバーテンダーにウィスキーを一杯注がせてグラスを磨き上げた木製のカウンターの上でゆっくりと回しながら、カウンターの後ろの黒色ニスを塗った古い壁の黄ばんだ鏡を通して自分の背後をじっと見つめた。娼婦がひとりやってきて彼の腕をつかみ一杯おごってよといったが彼は友だちを待ってるだけだと答えた。やがてトロイが戻ってきてカウンターのスツールに腰かけまたウィスキーを一杯注文した。教会で祈る男のように両手を組んでカウンターの上に置く。シャツの胸ポケットから煙草の箱を出した。

わからんよ、ジョン・グレイディ。

何がわからないんだい？

わからん。

バーテンダーがトロイのグラスにウィスキーを注いだ。

こいつにもおかわりをやってくれ。

バーテンダーは酒を注いだ。

べつの娼婦がやってきてまたジョン・グレイディの腕をつかんだ。白粉《おしろい》が乾いた糊のように罅割《ひびわ》れている。

淋病持ちだといってやれ、とトロイはいった。

ジョン・グレイディはスペイン語で女にそういった。女は彼の腕を引っ張った。

ビリーも前にここで同じことを女にいったことがあったな。女は、いいのよ、あたしも罹《かか》ってるからといったっけ。

トロイは陸軍第三歩兵連隊支給のジッポ・ライターで煙草に火をつけライターを煙草の箱の上に載せ磨き上げたカウンターに沿って紫煙を吹き流しながらジョン・グレイディを見た。女はすでにソファに戻りジョン・グレイディはカウンターの後ろの鏡に映った何かをじっと見ていた。トロイは後ろを振り返ってジョン・グレイディが見ているものへ目をやった。まだ十七か、ひょっとしたらそれより若い娘がソファの肘掛けに腰かけて両手を膝の上に置き目を伏せていた。けばけばしい服の縁を女学生のように弄《もてあそ》んでいた。娘が目を上げてこちらを見た。長い黒髪が肩の後ろから前へぱらりと落ちたのを手の甲でゆっくりと戻した。

きれいな娘だな、とトロイはいった。

ジョン・グレイディはうなずいた。

いってこいよ。

いいんだ。

いってこいって。

ああ戻ってきた。

ビリーがカウンターへきて帽子をきちんとかぶり直した。

おれが連れてきてやろうか、とトロイがきく。

そうしたいときは自分でいくよ。

もう一杯《オトラ・ベス》、とビリーはいった。振り返って部屋の向こうを見る。

ほら、とトロイはいった。おれたちおまえを待ってんだぞ。

あんたらがいってるのはあの小娘か。ありゃまだ十五にもなってないな。

おれもそう思う、とトロイが相槌を打った。

おれがいま抱いてきた女にするといい。五種歩様訓練ずみだ、そうでなきゃ乗らなかった。

バーテンダーが三人のグラスにウィスキーを注いだ。

女はじきに戻ってくるよ。

いいんだ。

ビリーはトロイを見た。それから顔を前に戻してグラスを持ちなみなみ注がれた赤い酒を眺めてから口もとへ運んで飲み、シャツの胸ポケットから金を出してバーテンダーに向かって顎をしゃくった。

それじゃいくか、と彼はいった。

ああ。

何か食いにいこう。雨はじきにやむよ。もう音も聞こえない。

三人はイグナシオ・メヒア通りを歩いてファレス大通りに出た。側溝には灰色の水が流れ酒場やカフェや骨董屋の明かりが濡れた黒い路面でゆっくりと血を流していた。商店主が声をかけてき左右から路上の物売りがアクセサリーやサラーペ（男性が外套として用いる幾何学模様の毛布）を手に近づいてきた。ファレス大通りを横切ってさらにメヒア通りを歩き〈ナポレオン〉というカフェにはいって通りに面した窓際のテーブルにつく。お仕着せをきたウェイターがやってきて汚れた白いテーブルクロスの上を手箒で掃いた。

いらっしゃい《カバイェーロス》、とウェイターはいった。

三人はステーキを食べたあとでコーヒーを飲み煙草を吸いながらトロイの戦争の思い出話を聞いたり通りの水溜まりの上を走り過ぎる黄色い古いタクシーを眺めたりした。それからファレス大通りを歩いて橋に向かった。

市街電車は廃止されていて通りには店も人の往来もほとんどなかった。街灯の明かりを受けて光る濡れた線路は国境検問所まで続きそこから先は異質な脆《もろ》い二つの世界をつなぎとめる大きな外科手術用の鉗子であるかのように橋に埋めこまれていて、雲の絨毯がフランクリン山脈から南に移動して星空に黒い影を浮かせているメキシコの山並に向かっていた。三人は帽子を軽く傾けてかぶりほろ酔い気分で橋を渡り回転式ゲートをひとりずつ通り抜けてエルパソ通りの南の端から北へ歩いていった。

まだ暗いうちにジョン・グレイディはビリーを起こした。ジョン・グレイディはとっくに起きて服を着て台所へいきそのあと馬に話しかけてから、いまこうしてビリーの寝室の戸口に吊るしたキャンバス地のカーテンを脇柱に押しつけ片手にコーヒー・カップを持って立っていた。おいカウボーイ、と彼はいった。

ビリーは低くうなった。

いこうぜ。ゆっくり寝るのは冬にできる。

くそ。

いこう。もう四時間も寝たぞ。

ビリーは体を起こして両足を床におろし両手で頭を抱えた。

よくそんなに寝てられるな。

くそ、朝っぱらから元気な野郎だ。おれのコーヒーは？

コーヒーなんか持ってくるもんか。さっさと起きろよ。飯は台所のテーブルに出てる。

ビリーは手を伸ばして壁の掛け釘から帽子をとって頭に載せ位置を整えた。よし、と彼はいった。起きるぞ。

ジョン・グレイディは納屋の通路を母屋のほうに向かって歩きだした。馬房の馬たちが通り過ぎていく彼に小さくいなないた。いま何時だかはわかってるよ、と彼は馬たちにいった。通路の端の二階から干し草を縛るロープが一本ぶらさがっている処《ところ》へくると、ジョン・グレイディはコーヒーを飲み干し澱《おり》を捨て跳び上がってロープを叩いてぶらぶら揺らし外に出た。

テーブルで朝餉《あさげ》をとっていると扉を押し開けてビリーがはいってきた。女中のソコーロもやってきてパンを載せた皿を天火まで運びパンをフライパンに載せ天火にいれて温め温まったものをとりだして皿に載せテーブルに戻ってきた。テーブルにはスクランブル・エッグをいれたボウルとほぐした玉蜀黍をいれたボウルとソーセージを載せた大皿とグレイヴィの舟型容器とジャムやピコ・デ・ガーヨ（唐辛子、トマト、玉葱などで作ったソース）やバターや蜂蜜の壺が置かれていた。ビリーは流しで顔を洗いソコーロから手渡されたタオルで顔を拭くとタオルを調理台に置き、テーブルへやってきて空いた椅子の背板をまたいで腰をおろしスクランブル・エッグのボウルに手を伸ばした。オーレンが新聞の上縁越しにビリーを見てまた目を紙面に戻した。

ビリーはスプーンで卵をよそいボウルを置いてソーセージの皿に手を伸ばした。おはよう、オーレン、と彼はいった。おはよう、J・C。

J・Cが皿から顔を上げた。おまえも昨夜《ゆうべ》あの熊と取っ組み合いをしたみたいだな。

ああ、あの熊と取っ組み合いをした、とビリーは答えた。パンをとり上にかぶせてあった布をまたたたんで皿の上に載せバターの壺に手を伸ばした。

またあのおっぱいを拝みにいこうぜ、とJ・Cはいった。

おっぱい、結構だね。ソースをとってくれ。

ビリーはホットソースを卵にかけた。火には火で対抗だ。そうだろ、ジョン・グレイディ？

腰からズボン吊りを垂らした老人がはいってきた。ボタンでカラーをとりつける昔風のシャツを着ていたがいまは襟もとは開きカラーはつけていなかった。髭を剃ったばかりで首と片方の耳たぶにシェービング・クリームが残っている。ジョン・グレイディは椅子を後ろに引いた。

ミスター・ジョンソン、ここへどうぞ。おれはもうすんだから。

流しへ運ぶため皿を持って立ち上がると老人は下へ押さえつけるような手振りをしてストーブのほうへいった。いいから坐っててくれ。わしはコーヒーを飲むだけだ。

ソコーロが吊り棚の下に吊るしてある白い陶器のマグカップをとりコーヒーを注いで取っ手を老人に向けて差し出すと老人は受けとってうなずいた。テーブルへいき壺から砂糖をふたさじ大盛りにすくってカップにいれ掻き混ぜるためのスプーンをとって出ていった。

ジョン・グレイディはカップと皿をサイドボードの上に置き調理台から弁当箱をとって台所を出た。

あいつどうかしたのか、とJ・Cがきく。

どうもしない、とビリーは答えた。

ジョン・グレイディのことだぜ。

誰のことかはわかってるよ。

オーレンが新聞をたたんでテーブルの上に置いた。みんなぐずぐずしてるじゃないか、と彼はいった。トロイ、用意はいいのか？

ああ、いいよ。

二人は椅子を引いて立ち上がり台所から出ていった。ビリーは坐ったまま歯をせせっていた。J・Cを見た。今朝は何をするんだ？

大将と一緒に町へいく。

ビリーはうなずいた。外の庭でトラックのエンジンがかかった。さてと、とビリーはいった。もうだいぶ明るくなったろうな。

腰を上げて調理台へ足を運び弁当箱をとって台所を出た。J・Cはテーブルの反対側へ手を伸ばして新聞をとった。

ジョン・グレイディはトラックの運転席でエンジンをアイドリングさせていた。ビリーも乗りこみ弁当箱を床に置いてドアを閉めジョン・グレイディを見た。

よし、とビリーはいった。今日一日の賃金を稼ぎにいくぞ。用意はいいか？

ジョン・グレイディはギアをいれて車を出した。

夜が明けてありがたい銭を稼げる重労働に出かける、とビリーはいった。こういう生活はいいな。おまえはどうだ？　おれは気にいってるよ。おまえもだろ？　おれは気にいってるんだ。ああいいもんだ。

ビリーがシャツの胸ポケットから煙草の箱を出し一本振り出してライターで火をつけ吸うあいだ車はフェンスや電柱や樫の木が早朝の長い影を落としている道路を走った。埃をかぶったウィンドーの向こうに太陽が白くまぶしく輝いている。走り過ぎるトラックにフェンスの際から呼びかけてくる牛の群れをビリーは眺めた。おう、牛だ、と彼はいった。

二人は牧場の母屋から南へ十マイル離れた赤土に草が茂っている低い丘で昼飼をとった。ビリーは丸めた上着を枕に寝そべり帽子を目の上にかぶせた。目を細めて東に八十マイル離れた灰色のグアダループ山脈を見る。この辺で作業するのは嫌なんだ、と彼はいった。土がやわでフェンスの杭がすぐ倒れるからな。

ジョン・グレイディはあぐらをかいて草の茎を嚙んでいた。二十マイル南にはリオ・グランデ川の谷間に沿った緑色の帯が横たわっている。その手前はフェンスで囲った灰色の畑だ。秋の綿畑の畝《うね》のあいだをゆっくりと走るトラクターの後ろに灰色の綿埃が巻き上がっていた。

ミスター・ジョンソンの話では陸軍から派遣されて南西部の七つの州を調査した連中がこの世でいちばん哀れな土地を見つけたと報告したそうだ。その土地の真ん中にマックの牧場があったんだとさ。

ビリーはジョン・グレイディをちらりと見てからまた目を山並に戻した。

ほんとの話だと思うか？　とジョン・グレイディはきいた。

さあ、どうかね。

J・Cはあの爺さんの頭はこの頃ますます変になってきてるといってるよ。

狂ってる爺さんのほうが正気のJ・Cよりずっと正気なんだからJ・Cの野郎は何なんだということさ。

さあ、何なのかな。

爺さんの頭はべつにおかしくない。ただ年寄りなだけだ。

娘さんを亡くしてからおかしくなったってJ・Cはいうんだ。

まあ、おかしくなったって不思議はない。えらく可愛がってたから。

ああ。

デルバートにでもきいてみるかね。デルバート流の物の見方だとどうなるか。

デルバートは見かけほど馬鹿じゃない。

ああ、そうだといいけどな。とにかくあの爺さんは昔から変わったとこがあってそれがいまでも続いてるのさ。この土地は昔と同じじゃない。二度と昔に戻ることはない。ひょっとしたらおれたちはみんな少しだけ狂ってるのかもしれない。みんなで一斉に狂ったら誰も気づかないだろ？

ジョン・グレイディは前に身を乗り出し歯のあいだから唾を押し出して吐きまた草の茎をくわえた。あんた、あの女《ひと》が好きだったんだろ？

ああ、大好きだった。あんなに親切にしてくれた女の人は初めてだった。

東に四分の一マイル離れた低い丘の頂上の草の繁みから一匹のコヨーテが現われて稜線の上を小走りに駆け始めた。おい、あれを見ろ、とビリーはいった。

ライフルをとってこよう。

おまえが立ち上がる前に隠れちまうよ。

コヨーテはしばらく駆けてから足を止めてこちらを見、また下手の繁みに飛び降りた。

真っ昼間にあんな処で何してるんだろう。

向こうもおまえが何してるのか不思議がってるさ。

おれたちを見つけたんだと思うか？

サボテンの繁みに頭から突っこんでいかなかったところを見ると目は見えてるんだろう

よ。

ジョン・グレイディはコヨーテがふたたび現われるのを待ったが現われなかった。

妙な話だが、とビリーはいった。ちょうどおれが牧場をやめて出ていこうと思ってたときにあの女《ひと》は病気になったんだ。死んだあとはいよいよここにいる理由はなくなったんだが、こうして残ってるんだよな。

マックがあんたを必要としてるってわかったからじゃないのか。

馬鹿くせえ。

あの女《ひと》、いくつだった？

知らない。三十代の終わりだ。四十だったかもしれない。見た目じゃわからなかったが。

立ち直れると思うかい？

マックか？

ああ。

いや。ああいうかみさんを亡くしたんじゃだめだ。立ち直れないよ。絶対に。

ビリーは体を起こして帽子をかぶりその位置を整えた。もういいか？

ああ。

ビリーはぎこちなく立ち上がり地面に置いた弁当箱をとりあげ片手でズボンの尻を叩いて土を落とし身をかがめて上着を拾い上げた。ジョン・グレイディを見た。

ある年寄りのカウボーイから聞いたんだが、マックは便所が屋内《なか》にある家で育った娘にろくなものはいないと思ってたそうだ。そこへいくとあの女《ひと》は苦労を知ってた。ジョンソン爺さんはずっと雇われカウボーイできたから稼ぎは知れてるだろ。マックがラス・クルーセスの教会の夕食会で初めて会ったときあの女《ひと》はまだ十七だった。マックは立ち直れないよ。絶対にむりだ。

牧場に戻ったとき辺りは暗くなっていた。ビリーはトラックのウィンドーを巻き上げたあとしばらくじっと坐って母屋のほうを見ていた。やれやれ疲れたぜ、と彼はいった。

道具は車に積んどくかい？

いや、なかへいれとこう。雨が降るかもしれない。ひょっとしたらな。股釘の箱もだ。錆びちまう。

おれがおろすよ。

ジョン・グレイディは荷台から道具類をおろした。納屋の明かりがついた。扉の前に立ったビリーが手を上下に振った。

この扉の取っ手に手を近づけるといつもバチッとくるんだ。

ブーツの釘のせいさ。

じゃあなんで足にバチッとこない？

さあ。

ジョン・グレイディは針金伸張器を掛け釘にかけ股釘の箱を納屋にはいってすぐの柱の補強材の上に置いた。馬房の馬がいなないた。

通路を歩いていちばん奥の馬房の扉を手で叩いた。すぐに扉が内側から蹴られてどすんと音がした。明かりのなかを埃が漂った。彼はビリーを振り返ってにやりと笑った。煽《あお》ってみな、とビリーはいった。野郎、扉をぶち破って足を突き出してくるぜ。

ホアキンは柵に両手をかけたまま何か見るに堪えないものを見たというように一歩後ろにさがった。もっとも後ろにさがったのはただ唾を吐くためで彼はそれをゆっくりと物思わしげにやり、それからまた前に足を戻して板の隙間から囲いのなかを見た。馬鹿《カバーヨ》、と彼はいった。速歩で歩く馬の影が柵の板と彼の顔の上をよぎっていく。彼は首を振った。

ホアキンたちは柵の上に厚さ二インチ幅十二インチの板を釘づけして筋交いで補強してある処へいってその板の上に腰をおろし、ブーツの踵を柵の隙間に突きいれて煙草を吸いながらジョン・グレイディが仔馬を調教するのを眺めた。

あのミミズク頭の仔馬をどうしようってんだ?

ビリーは首を振った。マックの口癖のとおりかもな。誰でも自分に似合いの馬とつるむようになるって。

馬の顔にかぶせてるのは何だ?

鼻勒ってやつさ。

なんでふつうの端綱じゃだめなんだ？

本人にきいてみるしかないな。

トロイは前に身を乗り出して唾を吐いた。ホアキンを見た。おまえはどう思う？

ホアキンは肩をすくめた。柵囲いのなかで調教索をつけられてぐるぐる回る仔馬をじっと眺めた。

あの馬はもう銜《はみ》をつけて馴らしてあるんだぜ、とトロイはいった。

ああ。

どうやらもう一遍やり直す気らしいな。

まあ、とビリーはいった。何をする気にせよあいつはうまくやってのけるよ。

三人はぐるぐる回る仔馬を眺めた。

サーカスの馬にしようってんじゃないだろうな。

違うよ。昨日《きのう》の夕方あいつがまたがったときはサーカスだったがな。

何べん振り落とされた？

四回。

何べん乗り直した。

そいつはわかるだろう。

あいつは甘やかされた馬を調教する専門家なのか？

いこうぜ、とビリーはいった。夕方までああやって歩かせるつもりらしい。

三人は母屋に向かって歩きだした。

ホアキンにきいてみろよ、とビリーはいった。

おれに何をきくって？

あのカウボーイが馬を知ってるかどうか。

本人は何も知らないといってるよ。

それは知ってる。

ただ馬が好きで一生懸命やってるだけだとさ。

おまえ自身はどう思う？　とビリーはきいた。

ホアキンは首を振った。

ホアキンはやつの方法を正統的じゃないと思ってるんだ。

マックもそう思ってる。

ホアキンは門の処へくるまで返事をしなかった。門の手前で足を止めて柵囲いを振り返った。それからようやく、馬が好きかどうかじゃなく馬に好かれてるかどうかが問題なんだといった。おれが知ってる最高の調教師は馬がそばから離れようとしなかった。たとえばビリー・サンチェスなんかは便所まで馬がついてきて外でじっと待ってたもんだ。

ビリーが町から戻ったときジョン・グレイディは納屋にはおらず夕餉を食べに母屋へいったがそこにもいなかった。トロイがテーブルで歯をせせっていた。ビリーは皿を持ってテーブルにつき塩と胡椒の容器をとった。みんなはどこだい？　と彼はきいた。

オーレンはいま出ていったところだ。J・Cは女と出かけた。ジョン・グレイディは自分の部屋で寝てるんじゃないかな。

いや、いなかった。

じゃどこかへいって考えごとをしてるんだろう。

何があったんだ？

馬が後ろ向きに倒れてその下敷きになった。もうちょっとで足を折るところだったよ。

大丈夫なのか？

たぶんな。医者の処へ運ばれるあいだ毒づいて騒々しかった。医者は包帯を巻いて松葉杖をくれて当分仕事は休めといった。

あいつ松葉杖をついてるのか？

ああ。そうしろといわれた。

それは今日の午後のことか？

ああ。この牧場では珍しいことだが賑やかな騒ぎだったよ。ホアキンがここへオーレンを呼びにきてオーレンが柵囲いへいってジョン・グレイディにこっちへこいというのにこないんだ。オーレンは鞭で引っぱたくしかないかと思ったそうだ。ジョン・グレイディは足を引きながらそれでも馬を追いかけて乗ろうとしてた。やっとのことであいつにブーツを脱がせてな。あと二分ぐずついてたらブーツを切り裂いてたとオーレンはいってたよ。

ビリーはうなずき思案顔でパンを齧った。

やつはオーレンと喧嘩しそうだったのか？

ああ。

ビリーはパンを噛んだ。首を振った。

で、足の具合は？

足首を捻挫した。

マックは何ていった？

何にも。ただ医者へ連れてっただけだ。

相手がマックじゃ逆らえないな。

そういうことだ。

ビリーはまた首を振った。ホットソースの壺に手を伸ばした。面白いことがあるといつもおれは見逃すんだ、と彼はいった。きっとやつは今度のことで腕ききの調教師の評判をちょっとばかり落とすだろうな。

さあどうかね。ホアキンの話では片方の鐙《あぶみ》にだけ足をかけて馬を丸太みたいに軽々と乗りこなしてたというぜ。

なんでまたそんな乗り方を？

さあ。馬から降りたくなかったんじゃないかな。

一時間ほど眠ったとき納屋の真っ暗な干し草置き場で騒々しい音がしてビリーは目が覚めた。しばらく耳をすましてから起き上がり頭上の電灯の紐を引いて帽子をかぶり戸口へいってカーテンを引き開け部屋の外を見た。馬が目の前一フィートほどの処を駆け過ぎて干し草置き場へいき反転して暗がりのなかで荒い息をつきながら足を踏み鳴らした。

くそ、とビリーはいった。おい相棒、いるのか？

ジョン・グレイディが足を引きながら目の前を通り過ぎた。

いったい何やってんだ？

ジョン・グレイディはぎくしゃくした足どりで明かりの外へ出た。ビリーは干し草置き場に出ていった。

おまえ馬鹿じゃないのか？　いったいどうしちまったんだ？

馬がまた駆けだした。音でこちらにくるのがわかり部屋のなかへ引っこむとすぐに部屋のただひとつの電球が投げかける明かりのなかへ爆発するように馬が体を浮かび上がらせ口を開け目を卵ほどの大きさにひんむいて駆け過ぎた。

くそったれ、とビリーは毒づいた。寝台の足側の鉄柵にかけたズボンをとってはき帽子をきちんとかぶり直してまた部屋から出た。

馬がまた引き返してきた。ビリーは寝室の隣の馬房の扉にぴたりと背中をつけた。馬は駆け抜けるまで納屋が火事だというように干し草置き場のはずれの扉に体当たりをし向き直って甲高《かんだか》いいななきを上げた。

おい、そのリス頭のくそ馬を放っとく気か？　おまえ何考えてんだ？

ジョン・グレイディが縄を引きずりながら埃で白っぽくなった明かりのなかをまた通り抜けた。

縄をかけようたって何も見えやしないぞ、とビリーは叫んだ。

馬が干し草置き場の端で激しく動き回った。鞍をつけており両側の鐙がはね上がる。その片方が壁の板に引っかかったのか暗がりのなかでめりめりと木の裂ける音がし外の庭の明かりが細く射しこんできたが馬はさらに両方の後足で壁を蹴った。まもなく母屋に明かりがともった。納屋のなかでは埃が煙のように漂った。

見ろ、とビリーが叫んだ。みんなを起こしちまった。

細く射しいる明かりのなかで馬の黒い影が動き回った。長い首を傾けて悲鳴のようないななきを放つ。納屋の扉が開いた。

縄を持ったジョン・グレイディがまた足を引きながらビリーのそばを駆け抜けた。

誰かが明かりをつけた。オーレンが手で宙の埃を払っていた。くそ、と彼はいった。誰かこの騒ぎを何とかしろ。

狂乱した馬は十フィート離れた処で目をしばたたかせながらオーレンを見た。オーレンは馬を見、干し草置き場の真ん中で投げ縄を持って立っているジョン・グレイディを見た。

こりゃいったい何ごとだ？　とオーレンは怒鳴った。

いってやってくれ、とビリーがいった。何かいってやってくれ。おれにはさっぱりわからない。

馬は向きを変えて干し草置き場の真ん中へ何歩か歩き足を止めた。

馬を馬房にいれろ、とオーレンがいった。

おれに縄をかせ、とビリーはいった。

ジョン・グレイディが彼を見返した。おれには捕まえられないってのか？

じゃやれよ。捕まえろよ。馬に踏まれちまえ。

どっちでもいいから捕まえろ、とオーレンがいった。この馬鹿騒ぎをやめるんだ。

オーレンの背後で扉が開いて帽子をかぶりブーツをはいた寝間着姿のミスター・ジョンソンが現われた。扉を閉めてくれ、ミスター・ジョンソン、とオーレンはいった。はいるんならはいってくれていいけど。

ジョン・グレイディは輪縄を馬の首にかけて引き寄せ長い引き縄のついた調教用の面懸を馬の頭につけると投げ縄を離した。

乗るなよ、とオーレン。

こいつはおれの馬だ。

マックにそういえ。いまにくるから。

さあ相棒、とビリーはいった。オーレンのいうとおり馬を馬房にいれろ。

ジョン・グレイディはビリーを見、オーレンを見、それから体の向きを変えて馬を引いていき馬房へいれた。

まったく抜け作どもめ、とオーレンはいった。さあいこう、ミスター・ジョンソン。まったくもう。

老人が納屋から出るとオーレンもあとに続き扉を閉めた。足を引きながら馬房から出てきたジョン・グレイディは鞍の角《ホーン》をつかみ鐙を土の床に引きずっていた。干し草置き場を横切って馬具置き場に向かった。ビリーは戸口の脇柱に寄りかかって彼を見ていた。ジョン・グレイディは馬具置き場から出てくるとビリーのほうを見向きもせずそばを通り過ぎていった。

おまえはたいした野郎だよ、とビリーは声をかけた。自分でわかってるのか？

ジョン・グレイディは自分の寝室の戸口で首をめぐらしてビリーを見、明かりのついた通路を見やって音を立てずに土の床の上に唾を吐き、またビリーに目を戻した。あんたには関係ないことだろ、と彼はいった。そうだろ？

ビリーは首を振った。何て野郎だ、といった。


山のなかで二人はヘッドライトのなかに鹿の群れが浮かび上がるのを見たが光を浴びた鹿たちは幽霊のように青白く音ひとつ立てなかった。不意に陽が照ったとばかりヘッドライトに赤い目を向け横歩きをし次々と道路の側溝を跳び越えた。小さな牝鹿がタールマカダムの路面でよろめき激しく足搔《あが》いて尻餅をつきまた起き上がると仲間と一緒に道路の反対側の矮性樫の繁みのなかに消えた。トロイはウィスキーの瓶をダッシュボードの明かりにかざして残りの分量を確かめねじ蓋を開けて一口飲みまた蓋をして瓶をビリーに渡した。

この辺は鹿狩りができそうだな。

ビリーは瓶のねじ蓋をはずして酒を飲み道路の先へ伸びる白いセンターラインを見やった。ここがいい土地だってのは間違いないな。

でもマックの処は出たくないんだろう。

どうかな。何か理由がなきゃ出ていけないかもな。

仲間への忠誠心か。

それだけじゃない。いずれどこかで落ち着かなくちゃいけないしな。ふん、おれももう二十八だ。

そうは見えないぜ。

そうか？

四十八に見える。酒をよこせよ。

ビリーは高地の砂漠を眺めやった。送電線がいくつもの弧を描いて夜空を走っていた。

一杯機嫌でいってもいいのか？

あんまりいい顔はされない。けど気にいらないからってどうもできやしないさ。べつに足腰が立たないほどへべれけになっていくわけじゃないしな。

あんたの兄さんも酒はいけるのか？

トロイは厳粛にうなずいた。まばたきする間に一瓶空けちまうよ。

ビリーはまた一口飲んで瓶を返した。

小僧は何をする気だったんだ？　とトロイはきいた。

さあな。

おまえら喧嘩でもしたのか？

いや。あいつは大丈夫だよ。ただ何かやらなきゃならないことがあるんだそうだ。

あいつは馬の扱いがうまい。それは認めるよ。

ああ。

頑固な小僧だがな。

悪い男じゃない。ただ自分の考えがあるんだ。

あいつが一生懸命になってるあの馬、おれにいわせりゃただの無法者《アウトロー》の馬だ。

ビリーはうなずいた。ああ。

あれをどうしようってんだ？

無法者の馬が欲しいんじゃないのか。

ほんとにあの馬が犬みたいにやつのあとを追い回すようになると思ってるのか？

ああ、思ってるよ。

おれはこの目で見るまでは信じねえからな。

いくらか賭けるか？

トロイはダッシュボードの上に載せた煙草の箱をとり一本くわえてライターで火をつけた。おまえから金を巻き上げたくないよ。

遠慮はいらないぜ。

まあやめとくよ。野郎、松葉杖なんてさぞかし嫌だろうな。

嫌で嫌でたまんねえだろうよ。

どれくらいあれを使うことになりそうなんだ？

さあ。二、三週間かな。医者があいつに捻挫は骨折より治りにくいこともあるっていってたよ。

あいつ、一週間で放り出すな。

おれもそう思う。

一匹のジャックウサギが道の真ん中ですくみ上がった。赤い目が光る。

ほら逃げろ馬鹿、とビリーが怒鳴った。

兎はトラックの下で小さい柔らかな音を立てた。トロイはダッシュボードからライターをとって煙草に火をつけライターをもとの場所に戻した。

除隊してすぐの頃、ジーン・エドモンズと一緒にアマリロへロデオを見にいったことがある。ジーンは一緒にいく女を二人段取りしてくれた。朝の十時に家へ迎えにいくことになったんでおれたちは真夜中過ぎにエルパソを出た。ジーンの車はオールズ88の新車だったがやつはその鍵をおれに投げて運転してくれといった。ハイウェイ八〇号に乗るとやつはおれの顔を見て飛ばせといった。またこれが飛ばしたくなるような車なんだ。おれは八十、八十五と出した。それでもペダルの下には一ヤードほど隙間があったな。やつはまたおれを見た。どこまでスピードを上げりゃいいんだときいたら、おまえが気持ちいいと思うところまでだという。ようしわかった。おれは百十まで上げて突っ走った。真っ平《たい》らな土地の長い古い道路だ。先はまだ六百マイルほどある。

道路にはジャックウサギが何匹もいた。ライトが当たるとすくんじまってな。ブスッ。

ブスッ。おれはジーンを見て轢いた兎はどうするときいた。やつはおれを見て、兎？ときいた。だいたいこのジーンには何かいってもだめなんだ。シロップが一匙三十セントしても気にしない男だからな。

夜が明ける頃にテキサス州ディミットのガソリン・スタンドに寄った。計量機のそばに車を停めてエンジンを切ってしばらく坐ってたんだが、計量機の向こう側には車が一台停まっててスタンドで働いてる爺さんがガソリンをいれたり窓を拭いたりしてた。運転席には女がひとり坐ってる。そのうち爺さんは小便でもしにいったのかなかへはいっていった。おれは車をもう一台の車と向き合う位置に移動させてシートに頭をつけてだらけた格好で爺さんを待ちながら、前の車の女のことは気にも留めなかったが目にはいってはいた。おれは何となく辺りを眺めていた。そしたら突然女が体を起こして、誰かに殺されかけてるみたいに叫び始めた。ただぎゃあっとわめきだしたんだ。おれも体を起こしたが何が何だかわからない。女はこっちを見てたからおれはジーンが何かしたんだと思った。アレを出して見せるとかな。何をするかわからない男だから。おれはジーンを見たがやつもおれと同じで何が起こったのかわからない様子だ。そのとき便所から爺さんが出てきたがこれがまたでかい爺さんでな。おれは降りて車のまわりを歩いた。気が変になりそうだった。おれたちのオールズモビルのでかい楕円形のフロント・グリルはちょうど石炭をいれる鉄の籠みたいだったが車の前に回ってみるとそこにジャックウサギの頭がぎっしり詰まってたんだ。百ほどの頭が詰まってバンパーやら何やらに兎の血や内臓がべっとりついてたがどうやら兎どもは衝突する寸前に顔をそむけたらしくて全部前を向いて気違いじみた感じで目をひんむいてた。歯は折れて横向きになってる。にやっと笑ってるみたいな顔だ。ちょっと言葉では説明できない眺めだったね。おれもう少しでぎゃっと叫びそうになった。そういえば車はオーバーヒートを起こしてたがおれはスピードを出しすぎるせいだと思ってた。爺さんがおれたちに食ってかかった。おれはいった。何だよ。たかが兎じゃねえかって。わかるだろう？　ジーンも車から降りてきて爺さんに悪態をつきだしたからおれは車に戻って黙ってろといった。爺さんは女の処へいって静かにして泣くのはやめてくれとなだめたが、この怒り狂う爺さんのほうこそなだめるのは到底むりだとおれは思った。でかい爺さんを轢き殺してけりをつけたいと思ったくらいさ。

ビリーは左右を流れる夜の風景を眺めた。道端には矮性樫の繁みがあり荒野の上の一面に星を散らした空には暗幕のような黒い山影が貼りついていた。トロイは煙草を吸っていた。ウィスキーの瓶をとってねじ蓋をはずしそのまま瓶を手に持っていた。

おれはサン・ディエゴで除隊になった。朝一番のバスで町を出た。バスでは仲間と二人で酔っ払って運転手に放り出されかけた。ツーソンで降りて店にはいってジャドソンのブーツとスーツを買った。なんでスーツを買ったのかはわからない。たぶん一着持ってるのが普通だと思ったんだろう。べつのバスに乗ってエルパソまでいってその夕方アラモゴードへ自分の馬をとりにいった。それから国中を渡り歩いた。コロラドで働いた。パンハンドル（細長く伸びている地域。ここはおそらくテキサス州のそれ）でも。あるちっぽけな古い町でブタ箱にいれられたが町の名前はまあいい。テキサス州の町だ。テキサス州の。何もしちゃいない。ただ悪いときに悪い場所に居合わせただけだ。もう出られないかと思ったよ。あるメキシコ人と喧嘩して危なく殺すところだったんだ。きっかり九カ月間ぶちこまれた。こんなことで親に手紙を書くわけにもいかない。やっと出されて馬をとりにいったら餌代をためたってんで売られてた。一頭のほうはどうでもよかったがもう一頭はずっと昔から乗ってたから惜しかった。売られた先は誰も知らないようだった。その馬を取り戻したらまたブタ箱いりなのはわかってた。おれはあちこちきいて回った。やっとある人がほかの州に売られたと教えてくれた。買い主はアラバマかどこかの野郎らしかった。その馬とは十三の年からの付き合いだった。

　おれも可愛がってた馬をメキシコでなくしたよ、とビリーはいった。九つのときから乗ってた馬だ。

　よくあることさ。

　何が？　馬をなくすことがか？

　トロイは瓶を持ち上げてウィスキーを飲みまた瓶をおろしてねじ蓋をして手の甲で口をぬぐい瓶を車のシートに置いた。いや、と彼は答えた。ある馬が妙に特別なものに思えてくるってことがさ。

三十分後、彼らはハイウェイから離れて家畜脱出止溝《キャトルガード》（柵の切れ目に溝を掘り人と車だけが渡れるよう板や鉄パイプの束を渡したもの）の鉄パイプの上を渡り一マイルの未舗装道路を牧場の母屋に向かって走った。玄関のポーチには明かりがついており牧場犬が三匹駆け出してきてトラックの脇で吠えた。帽子をかぶったエルトンが出てきて両手をズボンの尻ポケットに突っこんだ格好でポーチに立った。

彼らは台所の細長いテーブルで粗びき玉蜀黍とオクラをいれた器やステーキとパンを盛った大皿を回して食事をした。

こいつはうまいですね、おかみさん《マーム》、とビリーはいった。

エルトンの妻が彼を見た。そのおかみさんっていうのやめてくれない？

わかりました、おかみさん。

何だか所帯じみて聞こえるから。

はい、おかみさん。

こいつの口癖みたいなもんなんだ、とトロイがいった。

じゃ、もういいわ。

おれだとそうあっさり引き下がらないのにな。

あんたの場合はあっさり引き下がるとつけ上がるからよ。

これから気をつけますよ、とビリーはいった。

食卓についている七歳の女の子が目をまん丸にして大人たちを見ていた。みんなは食べた。しばらくして女の子がきいた。どうしていけないの？

何のこと？

おかみさんっていうの。

エルトンが顔を上げた。べつにいけなくはないよ。ただおまえの母ちゃんは今風の女だからな。

今風の女って何？

いいからお食べ、とエルトンの妻はいった。父ちゃんの考えどおりにしてたらトラックだってきっとまだ買ってないんだから。

男たちはポーチの座面に籐を張った古い椅子に坐り、エルトンが木の床の両足のあいだにタンブラーを三個置いて酒瓶のねじ蓋をはずしそれぞれに注いでねじ蓋を閉め瓶を床に置いてグラスを二人に渡しロッキング・チェアの背板にもたれた。乾杯《サルー》、と彼はいった。

ポーチの明かりは消してあり三人は窓からの柔らかい四角い明かりのなかで坐っていた。エルトンはグラスを明かりにかざして化学者のように透かし見た。〈ベルズ〉に誰が戻ってきてると思う？　と彼はきいた。

名前はいわなくていいよ。

わかったみたいだな。

ほかに誰がいるってんだ？

エルトンは後ろにもたれて椅子を揺らした。犬たちはポーチの階段の下から彼を見上げている。

じゃあ何か、とトロイがきいた。とうとう親父に放り出されたのか？

さあ。一応遊びにきたってことになってるよ。もうずいぶん長くいるがね。

なるほど。

そんなことをしてどうなるってんだか。

どうにもなりゃしないよ。

エルトンはうなずいた。そのとおりだ。どうにもなりゃしない。

ビリーはウィスキーをすすり山影を眺めやった。星がしきりに落ちた。

レイチェルがアルパインでばったり会ったんだ、とエルトンがいった。可愛い子ちゃんはにっこり笑って猫っかぶりの顔でこんちはといったそうだ。

トロイは前に身をかがめて両肘を膝につきグラスを両手で持っていた。エルトンは椅子を揺らした。

昔よく女を引っかけに〈ブロイズ〉へいったろう？　ジョニーがあの女と知り合ったのはあの店でだった。野外の伝道集会があったときだ。神様も粋なはからいをするよ。あいつは女を連れ出そうとしたが女はあんたみたいな酒飲みとは一緒にいかないといった。あいつは女の目をまっすぐ見ておれは酒を飲まないといった。女は後ろにのけぞってぶっ倒れそうになった。自分よりひどい嘘つきに会ったのがショックだったんだろうな。けどあいつは本当のことをいったんだ。もちろん女はあいつをやりこめた。あんたが酒飲みなのは知ってる。ジェフ・デイヴィス郡の人間なら誰だってあんたが大酒食らいで酒癖が悪いのを知ってるってな。あいつはまばたきひとつしなかった。前は飲んだがいまはやめてるといった。女がいつやめたときくとたったいまやめたと答えた。それで女はあいつと一緒に出かけた。おれの知る限りあいつはそれから一滴も飲まなかったよ。もちろん女が出ていくまではだ。あいつはそれまでの分を取り戻しにかかった。酒は邪悪な飲み物だという連中がいるだろ。けど酒はべつに悪くない。ただあいつはそれから人が変わっちまった。

あの女、いまでも別嬪なのか？

知らないな。おれは見てないんだ。レイチェルはいまでもきれいだといってたが。悪魔には見栄えのいいものを作る力があるのさ。あの大きな青い目。男を狂わせる手管は悪魔の祖母《ばあ》さん以上だな。ああいう女はどこでそれを覚えるのかね。まったく、あの女はまだ十七だったんだ。

生まれたときから知ってるのさ、とトロイがいった。覚えなくたっていいんだ。

なるほどね。

しかもそういう女はただ楽しみのためにだけ哀れな男を振り回すんだ。

ビリーは酒を一口飲んだ。

ほらグラスをよこしな、とエルトンはいった。

受けとったグラスを両足のあいだに置いてウィスキーを注ぎ瓶にねじ蓋をはめてグラスを差し出した。

どうも、とビリーはいった。

あんたは戦争へはいったのかい、とエルトンはきいた。

いや。検査ではねられました。

エルトンはうなずいた。

三回応募したけど採ってくれなくて。

ああわかってるよ。おれも海の向こうで戦いたかったが結局戦争が終わるまでペンドルトン基地にいた。ジョニーは太平洋をあちこち転戦したよ。所属部隊はどれも全滅した。あいつはかすり傷ひとつ負わなかったがね。それを気に病んでたんだな。

トロイがグラスを差し出すとエルトンはそれを床に置き酒を注いで返した。それから自分のグラスにも注いだ。椅子の背板にもたれた。おまえ、何見てるんだ？　と犬にきく。犬はそっぽを向いた。

詳しく話すつもりはないがいまでも気にかかって仕方がないのは、あの朝おれたちが派手な喧嘩をしてとうとう仲直りできずじまいだったことだ。おれはあいつに面と向かっておまえは馬鹿だといった——それはほんとのことだった——それから例の男があの女をものにするのを許したのは最悪だといってやった。実際最悪だったよ。おれはそのときにはあの女の本性をすっかり見抜いてた。おれたちはそのことで殴り合いの喧嘩をしたんだ。おまえには話したことがなかったけどな。あれはよくなかった。その後生きてるあいつと会うことはできなかった。おれは口出ししなけりゃよかった。頭んなかがあんなふうになったやつには何をいっても無駄だ。いってきかせようとしても無駄だったんだ。

トロイはエルトンをじっと見た。いまおれに話しちまったね。

ああ。そうだな。この頃はもうあいつの夢を見ないよ。前はしょっちゅう見たがね。夢のなかで話もした。

詳しく話すつもりはないんじゃなかったのかい。

そうだったな。でも話すことはこのことしかないような気もするんだ。そう思わないか？

エルトンは酒瓶とグラスを持って重たげに椅子から尻を上げた。納屋へいこう。おまえが馬鹿にしてたジョーンズの牝馬が仔馬を産んだから見せてやる。二人ともグラスを持ってきてくれ。酒はおれが持っていく。

柏槙《びゃくしん》が生えている広々とした丘の砂利の尾根を彼らは午前中ずっと馬で進んだ。西のシエラ・ビエハス山脈の上空とグアダループ山脈から南のクエスタ・デル・ブーロ山脈に沿って国境の町プレシディオまで続く大平原の上空に雷雲があった。正午に小川の上流を渡り黄色い枯れ葉の上に腰をおろして川面を漂い流れる落ち葉を眺めながらレイチェルが作ってくれた弁当を食べた。

これを見ろ、とトロイがいった。

何だ。

テーブルクロスだ。

やれやれ。

トロイは魔法瓶から二つのカップにコーヒーを注いだ。布に包んだ七面鳥肉のサンドイッチを二人は食べた。

そっちの魔法瓶は何だ？

スープだよ。

スープ？

そう、スープ。

やれやれ。

二人は食べた。

兄さんはいつからこの牧場の主なんだ？

二年ほど前からさ。

ビリーはうなずいた。いままであんたに誘いがかかったことはないのか？

あるよ。おれは兄さんと一緒に働くのはいいが兄さんの下で働くのは考えものだと答えた。

なんで気が変わったんだ？

気が変わったわけじゃない。どうするか考えてるだけだ。

二人は食べた。トロイは小川の下流に広がる土地へ顎をしゃくった。この川沿いでよく白人が待ち伏せされて襲われたそうだよ。

ビリーも平原を眺めた。それに懲りてこの辺には近づかなくなったみたいだな。

食べ終わるとトロイは残ったコーヒーをめいめいのカップに注ぎ魔法瓶の蓋を閉めそれをスープの魔法瓶やサンドイッチを包んであった布のそばに置き、結局敷かなかったテーブルクロスを鞍袋にいれた。二人は坐ったままコーヒーを飲んだ。川の少し下流で並んで水を飲んでいた馬が顔を上げた。濡れた落ち葉が鼻面にくっついている。

例の話だがあれはエルトン兄さんだけの考え方なんだ、とトロイはいった。あの女のことがなくてもジョニーは何か揉めごとを起こしてたよ。止めることはできなかった。エルトン兄さんはジョニーが変わっちまったといった。でも変わったんじゃない。ジョニーはおれより四つ上だった。たいして違わなかった。でもジョニーはおれなんかとは全然違ってた。違ってたのはありがたいことさ。みんなジョニーを頑固なやつだといったけどそれだけじゃなかった。まだ十五のときに親父と喧嘩したんだぜ。殴り合いの喧嘩だ。親父を本気で怒らせたんだ。ジョニーは親父に面と向かってあんたのことは尊敬してるけどもういうことは聞かないといった。何かのことで親父に叱られたんだ。おれは赤ん坊みたいに泣いた。でもジョニーは泣かなかった。何度でも起き上がった。鼻をつぶされてもな。親父はじっとぶっ倒れてろといった。何のことはない、親父も泣いてたよ。あんなのはもう二度と見たくない。いま思い出しても胸が悪くなる。誰があいだにはいっても止められなかったろうな。

それでどうなった？

親父はその場を離れた。自分が負けたことを知ってたんだ。ジョニーは立ってた。かろうじて立ってた。親父に戻ってこいといった。親父は振り返りもしなかった。そのまま母屋のほうへ歩いていった。

トロイはカップの底を覗きこんだ。コーヒーの澱《おり》を落ち葉の上に捨てた。

原因は女だけじゃなかった。世の中には一番欲しいものが手にはいらないとき二番目のもので我慢するかわりに最悪のものをとる人間がいる。エルトン兄さんはジョニーがそういう人間だったと思ってるがそうかもしれない。ただジョニーはあの女に本気で惚れてたとおれは思ってる。どういう女かを知っててそれでも構わないと思ってたんだ。たぶんジョニーには自分自身が見えてなかった。どうしていいかわからなかった。この世の中はジョニーには合わなかった。長く生きすぎたんだよ。結婚なんかして。まったく。紐つきの靴をはくのだって我慢できない男だったのに。

　でもあんたはジョニー兄さんが好きだったんだろ。

　トロイは木立のほうへ目を向けた。いや、好きというのは違うと思うな。言葉にはできないよ。おれはジョニーのようになりたかった。けどおれはジョニーとは違ってた。努力してみたがね。

　彼はあんたらの親父さんのお気にいりだったんだろうな。

　ああそうさ。それを疑う者はいなかった。みんなそう思ってた。認めてた。ふん。誰にも異論はなかったよ。用意はいいか？

　ああ、いいよ。

　トロイは立ち上がった。手のひらを腰の後ろにあてて背中をそらせた。ビリーを見た。おれはジョニーが好きだった。エルトン兄さんもジョニーが好きだった。好きにならずにいられない男だったんだ。それだけのことだよ。

　トロイは布をたたんで二つの魔法瓶と一緒に小脇に抱えた。二人はスープが何のスープかを確かめもしなかった。トロイは振り返ってビリーを見た。どうだ、この土地は気にいったか？

気にいったよ。

おれも気にいってるんだ。昔から。

じゃこっちへくるのか？

いや。

フォート・デイヴィスの町に着く頃には辺りは夕闇に包まれていた。二人が通り抜ける古い練兵場の上では夜鷹の群れが輪を描いて飛び背後の山並の上空は血の赤に染まっていた。エルトンはリンピア・ホテルの前の馬運搬車をつないだトラックのそばで待っていた。

トロイとビリーは砂利敷きの駐車場で馬から鞍をはずし鞍をトラックの荷台に積んだあと馬の体を拭き運搬車に乗せて、それからホテルにはいってロビーを歩きコーヒー・ショップへいった。

あの仔馬はどうだ、とエルトンがきいた。

いい馬だ、とビリーは答えた。おれたち仲良しになりましたよ。

三人はメニューを眺めた。さあ何にする、とエルトンがきいた。

二人は十時頃エルトンの家を出た。エルトンはズボンの尻ポケットに両手を突っこんで前庭に立った。二人の車が車回しのカーブを曲がってハイウェイに向かったときもポーチの明かりを背に影絵を浮かび上がらせていた。

運転はビリーがした。彼はトロイを見やった。寝るつもりじゃないだろうな？

ああ、寝ないよ。

もう腹は決まったか？

ああ、決まったと思う。

とにかくおれたちはどっかへいかなくちゃいけないんだ。

ああ。わかってる。

あんた、おれの考えをきかないんだな。

うん。おれがこっちへこないんならおまえもこないだろ。だったらきく意味はないんじゃないか？

ビリーは答えなかった。

しばらくしてトロイはいった。たぶんおれは初めからこっちへ戻る気はなかったよ。

そうだな。

家に戻ったら、前と違ってたらいいと思うものは全部同じで、前と同じだったらいいのにと思うものは全部変わってるもんだ。

いいたいことはわかる。

末っ子の場合はとくにそうさ。おまえは末っ子じゃなかったよな？

ああ。長男だった。

末っ子はつまらん。こりゃもうはっきりいえるよ。いいことなんかひとつもない。

車は山のなかを走った。ハイウェイ一六六号との交差点から一マイルほど進むと道路脇の草地にメキシコ人が何人か乗ったトラックが駐まっていた。何人かが道のなかほどまで出てきて帽子を振っていた。ビリーは速度を落とした。

何なんだ、とトロイはいった。

ビリーはメキシコ人たちの脇を走り抜けた。バック・ミラーを見ると何も見えずただ真っ黒な道路と砂漠の夜の闇が映っていた。ビリーはゆっくりとトラックを停めた。

おいパーハム、とトロイがいった。

わかってる。でも見過ごせないんだ。

面倒に巻きこまれて夜明けまでに帰れなくなるぞ。

わかってるって。

ギアをバックにいれてトラックの下から前に伸びている白いセンターラインを頼りにハンドルを操作しながらゆっくりとハイウェイを後戻りした。メキシコ人たちのトラックが横手に見えてくると右の前輪がパンクしているのがわかった。

メキシコ人たちが車のまわりに集まってきた。パンクだ《プンチャーダ》、と彼らはいった。タイヤがひ《テネーモス・ウナ・》とつパンクしたんだ《ヤンタ・プンチャーダ》。

そうらしいね《プエド・ベールロ》、とビリーはいった。トラックを道路の外に出して降りた。トロイは煙草に火をつけて首を振った。

ジャッキが必要だった。予備のタイヤは持ってるかい？　ああ《シ》。もちろん《ポル・スプエスト》。

ビリーはトラックの荷台からジャッキをおろしメキシコ人のトラックまで運んで車体の前部を持ち上げる作業にとりかかった。予備のタイヤは二つあったがどちらも空気が漏れた。メキシコ人たちは交代でしばらく古ぼけたタイヤ・ポンプを動かしていた。やがて腰を上げてビリーに目を向けてきた。

ビリーはトラックの荷台からタイヤ修理用の道具箱をおろしてパンク修理セットを出し座席の下から懐中電灯をとりだした。メキシコ人たちは予備のタイヤのひとつを道路の真ん中へ運んで横たえその上に乗ってビードをリムから離し、ビリーから道具を受けとった男が進み出てきてタイヤをとりはずすのを眺めた。タイヤのなかから引き出されたチューブは赤いゴム製で修理用のゴムがいくつも貼ってあった。男が路上に置いたチューブをビリーは懐中電灯で照らした。ゴムの上にゴムが貼ってあるな《アイ・パルチエス・ソブレ・ロス・パルチエス》、と彼はいった。

そうなんだ《エス・ベルダー》、と男は答えた。

もうひとつのほうは《ラ・オトラ》？

もっとひどい《エスタ・ペオール》。

年若い男のひとりがタイヤ・ポンプを動かすとチューブはゆっくりと膨らみながらスーッと音を立てる。男は膝をついていくつもある空気漏れの箇所に耳をあてた。ビリーは缶の蓋を開けて親指で修理用ゴムの数をかぞえた。トロイもトラックから降りていたがまた引き返して離れた処に立ち黙って煙草を吸いながらタイヤとチューブとメキシコ人たちを眺めた。

何人かがパンクしたタイヤを転がしてトラックのこちら側に回ってくるとビリーはそれに明かりを当てた。サイドウォールに大きなギザギザの裂け目ができていた。何匹ものブルドッグに噛まれたみたいだった。トロイは音を立てずに道路に唾を吐いた。メキシコ人たちはパンクしたタイヤをトラックの荷台に放り上げた。

ビリーがパンク修理セットから短いチョークをとってチューブの空気漏れの箇所に丸印をつけるとメキシコ人たちはバルブからバルブ軸をはずしチューブの上に坐りついで足で踏んでぺしゃんこにした。彼らは夥《おびただ》しい星が暗黒の上を海洋生物のように密やかに移動していく砂漠の賑やかな夜空の下でセンターラインの上に坐りこんで、くすんだ赤い色をしたチューブを膝に載せて網を繕《つくろ》う漁師たちのように作業をした。修理用ゴムの缶の蓋につけてある小さな鑢《やすり》状の刻みでチューブをこすりそこへ修理用ゴムを一枚ずつあてマッチの火で炙《あぶ》ってくっつけ全部の穴をふさいだ。そしてもう一度チューブを膨らませて砂漠の闇と静寂に包まれた路上に坐りこみ耳をすました。

音がしてるか《オイエ・アルゴ》？　とビリーはきいた。

いや《ナーダ》。

またしばらく耳をすました。

男がまたバルブ軸をはずしほかの者と一緒にチューブを平たくしてタイヤのなかにいれタイヤをリムにとりつけたところへ若い男がポンプを運んできて空気をいれ始めた。ひどく時間がかかった。ビードがリムに密着して若者が作業をやめると彼らはポンプのホースをはずし男が口にくわえていたバルブ軸をシューッと音を立てるバルブにはめ、それからみんなはタイヤから離れてビリーを見た。ビリーは唾を吐いて体の向きを変えタイヤ・ゲージをとりにトラックのほうへ向かった。

トロイは助手席で眠っていた。ビリーがグラブ・コンパートメントからゲージを出して戻るとメキシコ人たちはタイヤの空気圧をはかりタイヤを転がして彼らのトラックの車軸にとりつけ重い鉄パイプの先にソケットを溶接して作ったレンチでナットを締めた。ジャッキをおろしてトラックの下から引き出しビリーに返す。

ビリーはジャッキとタイヤ修理用の道具箱を受けとって足もとに置きパンク修理セットとタイヤ・ゲージをシャツのポケットにいれ懐中電灯をジーンズの尻ポケットに突っこんだ。それからメキシコ人のひとりひとりと握手した。

どこへいくんだい《アドンデ・バン》？　とビリーはきいた。

男は肩をすくめた。テキサス州のサンダーソンへいくと答えた。首をめぐらして東の細長い高台が並ぶ暗い風景を眺めやった。若い男たちが男のまわりに立っていた。

そっちに働き口があるのか《アイ・トラバーホ・アーヤ》？

男はまた肩をすくめた。あるといいんだが《エスペーロ・ケ・シ》ね、と彼はいった。ビリーを見た。あんた《エス・》カウボーイ《バケーロ》か？

ああ《シ》。カウボーイ《バケーロ》だ。

男はうなずいた。ここはカウボーイの多い土地柄であり人が困っているのを見過ごしにできないというそれだけのことだった。また一渡り握手をしたあとメキシコ人たちはトラックに乗りこみトラックは咳をするような音でエンジンを始動させゆっくりと道路に出ていった。荷台に乗った男たちは立って手を振った。彼らの姿は運転台の黒い影の上に濃いコバルト色の空を背景にした影絵となって見えていた。たったひとつのテールランプは配線がショートしているらしくトラックがカーブを曲がって見えなくなるまで信号灯のように点滅していた。

ビリーはジャッキと道具箱を荷台に上げてドアを開けトロイの体を突いて起こした。

いこうぜ、カウボーイ。

トロイは体を起こしてがらんと空いた道路に目をやった。後ろを振り返った。

連中はどこへいった？

いっちまったよ。

いま何時だと思う？

さあな。

よきサマリア人の行ないはもうすんだのか？

すんだよ。

ビリーはグラブ・コンパートメントを開けてパンク修理セットとタイヤ・ゲージと懐中電灯をいれ車のドアを閉めてエンジンをかけた。

連中はどこへいくんだって？　とトロイがきいた。

サンダーソンだ。

サンダーソン？

ああ。

どこからきたんだ？

知らない。いわなかった。

きっとサンダーソンへはいかないな、とトロイ。

じゃ、どこへいくと思う？

知るもんか。

テキサスのサンダーソンへいくなんて嘘をなぜつくんだ？

知らない。

彼らは車を進めた。右側が急な下り斜面になっているカーブを曲がったとき不意に白いものがひらめきゴンと硬い音がした。トラックはタイヤを軋らせて片側に向きを変えた。

停止したときには車体の半分が道路をはずれて側溝の上に乗り出していた。

いったい何だ、とトロイは叫んだ。何なんだ。

運転席の前のフロントガラスに一羽の大きな梟《ふくろう》が十字型に貼りついていた。ガラスが軽くへこんだために鳥はずり落ちず翼を大きく広げて同心円と放射状の線を描く罅の真ん中に収まったところはまるで蜘蛛の巣にかかった巨大な蛾のようだった。

ビリーはエンジンを停めた。二人は梟を見つめた。梟は片足を震わせて鉤の形を作ったがすぐにまたゆっくりと弛緩させ二人の人間をよく見ようとするように頭を軽く動かしたがまもなく死んだ。

トロイはドアを開けて車から降りた。ビリーは坐ったまま梟を見ていた。それからヘッドライトを消してやはり外に出た。

梟は綿毛の塊のようにむくむくしていた。頭をだらりと垂れていた。触ると柔らかで温かく羽毛の下の体は締まりがなかった。ビリーは鳥をはぎとりフェンスの処まで持っていき鉄条網に引っかけて戻ってきた。運転席につくとフロントガラスがこのままでも走れるか、それとも全部蹴り落としてしまったほうがいいかを判断するためライトをつけた。右下の隅にきれいに見通せる部分が残っており背をかがめればそこから充分前が見えそうだった。

ビリーはエンジンをかけてトラックを路上に戻した。トロイは道路の少し先に立って小便をしていた。トロイはさらに先のほうへ進んで道端の草の上に坐っていた。ビリーは車をそこまで進めて停めウィンドーを巻きおろしてトロイを見た。

どうした？　とビリーはきいた。

何でもない、とトロイは答えた。

用意はいいか？

ああ。

トロイは立ち上がり車の前を横切って助手席に乗りこんだ。ビリーは彼を見やった。

大丈夫か？

ああ。大丈夫だ。

ただの梟だ。

わかってる。そのことじゃないんだ。

じゃ何だい？

トロイは答えなかった。

ビリーはギアを一速にいれてクラッチをつないだ。トラックはハイウェイを走りだした。前はちゃんと見えた。身を乗り出して覗くようにすればフロントガラスの真ん中の仕切りの反対側も見通せた。大丈夫か？　と彼はきいた。いったいどうしたんだ？

トロイは窓の外を通り過ぎていく闇を見つめていた。全部がさ、と彼はいった。何もかもがさ。いや、おれのことは気にしないでくれ。だいたいウィスキーなんか飲んだのがいけなかった。

ヴァン・ホーンの町でガソリンをいれコーヒーを飲んだがそのときにはもうトロイが生まれ育った土地、彼が帰ろうかと考えてみた土地、死んだ兄が埋葬された土地からは遠く離れて時刻は夜中の二時になっていた。

トラックを見たらマックは何とかいうだろうな。

ビリーはうなずいた。町に着いたら朝のうちに修理してもらいにいくか。

いくらかかると思う？

さあ、わからないな。

半分ずつ出すのでいいか？

おれはそれでいいよ。

わかった。

あんた、ほんとに大丈夫なのか？

ああ。大丈夫さ。あのときはただちょっと考えごとをしてただけだ。

そうか。

考えたってしょうがないけどな、そうだろ？

ああ。

二人はコーヒーを飲んだ。トロイは煙草を一本くわえて火をつけ煙草の箱とジッポのライターをテーブルの上に置いた。あのときなんで停まってやったんだ？

なんでってことはない。

知らん顔できないみたいなことをいったぜ。

ああ。

何なんだ？　宗教か何かが理由か？

いや。そんなんじゃない。ただおれは十七のときに人生最悪の危ない目にあってね。相棒と——というのはおれの弟だが——一緒に追われて弟は怪我をしてた。そのときちょうど今日会ったみたいなメキシコ人が何人も乗ったトラックがどこからともなく現われて助けてくれたおかげで撃ち殺されずにすんだんだ。その古いトラックは馬の足に勝てるかどうか怪しかったがうまく振り切った。おれたちのために車を停める義理なんかなかったんだ。なのに停まってくれた。その連中は迷いもしなかったんじゃないかな。それだけのことだよ。

トロイは窓の外を眺めた。なるほどな、と彼はいった。そいつはもっともな理由だ。

まあ理由はそれだけだ。そろそろいくか？

ああ。トロイはコーヒーを飲み干した。いこう。

彼は検問所で一セント銅貨を二つ渡し回転式ゲートを通り抜けその先の橋を渡った。橋の下の土手で小さな男の子たちが棹の先に釘づけしたバケツを差し出してきて金をねだった。橋を渡りきると物売りの一群が安物のアクセサリーや革製品や毛布を売りつけようと待ち構えていた。一定の距離だけついてくるとそこからは次の数人が引き継ぐという形で盛んに売り込みの言葉をかけてきたが、ファレス大通りからイグナシオ・メヒア通りを経てサントス・デゴヤード通りに出ると足を止めて彼を見送った。

彼はカウンターの端に向かって立ちウィスキーを注文しレールに片足をかけて部屋の向こうの娼婦たちを見た。

今日はいつものお仲間は？《ドンデ・エスタン・スス・コンパニエーロス》　とバーテンダーがきいた。

彼はウィスキーの注がれたグラスを持ち上げて手のなかで回した。牧草地《エン・エル・カンポ》で仕事だ、と彼はいった。酒を飲んだ。

そうやって二時間立っていた。部屋の向こうから娼婦がひとりずつやってきて彼を誘ったがみな戻っていった。彼は娘のことを尋ねなかった。ウィスキーを五杯飲んで代金の一ドル札を置きその上にバーテンダーへのチップの一ドルを重ねて出ていった。足を引きながらファレス大通りを渡りメヒア通りのカフェ〈ナポレオン〉の店先に出ているテーブルに坐りステーキを注文した。コーヒーを飲んで料理を待ちながら路上の賑わいを眺めた。煙草を売ろうと近づいてきた男がいた。セルロイドの板に描いた聖母の絵を売ろうとした男がいた。ダイヤルやレバーのついた奇妙な装置を持って感電自殺したくないかときいてきた男がいた。しばらくしてステーキがきた。

翌日の夜も出かけた。ブリス基地から髪を短く刈った若い新兵たちが五、六人きていた。彼らは酔眼で彼を見、彼のブーツを見た。彼はカウンターでウィスキーを三杯、時間をかけて飲んだ。彼女は姿を見せなかった。

物売りやポン引きを掻き分けるようにしてファレス大通りを歩いた。剥製のアルマジロを売っている少年がいた。酔った旅行者がひとり甲冑を一揃いかついで歩道を歩いていた。若いきれいな女が路上で嘔吐した。その音を聞きつけて数匹の野良犬が女のほうへ駆けていった。

トラスカラ通りからマリスカル通りに折れてべつのその種の店にはいりカウンターのスツールに坐った。娼婦たちがやってきて彼の腕をとった。彼は人を待っているんだといった。しばらくしてそこを出て橋まで引き返した。

マックには足首がよくなるまで馬には乗らないと約束していた。日曜日は朝飼がすむと柵囲いで馬の世話をし午後はバードに鞍を置いてファリヤス山脈に上がった。切り立った崖っぷちで馬を止めて風景を見渡した。東に七十マイル離れた処で水のたまった塩類平原《ソールトフラット》（地下や地表の水が蒸発し含有塩分が堆積した平原）が夕陽に照り映えていた。その向こうにエル・カピタン山の頂。クレオソートの木が生えている赤土の平原の北にはニュー・メキシコ州の高い山並が遠いものほど淡い色をしてつらなっていた。鋭角に射す陽を受けてフェンスが落とす梯子状の影は平原を横切る鉄道線路のように見え野鳩の群れが眼下を飛んでマクニュー牧場の水槽に向かっていった。低木の生えている牛に踏まれた土地に家畜の姿はひとつもない。あちこちで野鳩が啼き風はなかった。

牧場に戻ったときにはすでに暗く鞍をはずして馬を納屋にいれ台所へいくとソコーロがテーブルを片づけたあとで食器を洗っていた。カップにコーヒーを注いでテーブルについた彼に夕食を運んできてくれそれを食べているとマックが廊下をやってきて戸口に立ち葉巻に火をつけた。

そろそろいいか？　とマックはきいた。

ええ。

まあゆっくり食べろ。急がなくてもいい。

マックはまた廊下を歩いていった。ソコーロがストーブから鍋を持ってきて残っているカルディーヨ（煮込み料理）をスプーンで彼の皿によそった。それから彼にコーヒーのおかわりを注ぎマックのためにも一杯注いで湯気の立つカップをテーブルの端に置いた。食事が終わると彼は立って皿とカップを流しへ運びコーヒーのおかわりを注いで、八十年前にケンタッキーから幌馬車で運ばれてきた桜材の古い戸棚の処へいき扉を開いてチェス盤をとりだしたが、その戸棚には古い牧場日誌や半革装の帳簿や革装の日記帳やレミントンの散弾銃やライフルの実包がはいった古い緑色の箱などがあった。上の棚には真鍮の秤を収めた蟻継で組んだ木箱。製図道具のはいった革製のホルダー。昔クリスマスのときにキャンデーを盛った馬車の形のガラス容器。彼は扉を閉めチェス盤と木箱をテーブルへ運んでチェス盤を開き木箱の蓋を滑らせて開け胡桃《くるみ》や柊《ひいらぎ》の木を削って作った駒をぶちまけて並べた。

それからコーヒーを飲みながら待った。

マックがやってきて向かいの椅子を引き出して坐りケチャップやホットソースの瓶と一緒に置いてある重いガラス製の灰皿を引き寄せて葉巻を載せコーヒーを一口飲んだ。ジョン・グレイディの左手を顎で示す。ジョン・グレイディは手のひらを開き左右の手に持っていたポーンを盤上に置いた。

またおれが白だな、とマックはいった。

ええ。

マックがポーンを前に進めた。

J・Cがはいってきてストーブに載せたポットからカップにコーヒーを注ぎテーブルのそばに立った。

坐れよ、とマックがいった。おまえが立ってると部屋がむさ苦しい。

いいんです。すぐ出ていきますから。

坐りなよ、とジョン・グレイディはいった。親父さんは集中したいんだ。

そういうことだ、とマック。

J・Cは坐った。マックは盤上をにらんだ。J・Cはジョン・グレイディの肘もとの白い駒の山をちらりと見た。

おい、少し手加減しろよ。さもないと親父さんはおまえを首にして家畜の世話がうまくてチェスの下手な男を雇うかもしれんぞ。

マックは手を伸ばして残っているビショップを動かした。ジョン・グレイディはナイトを動かした。マックは葉巻をくわえてふかしながらじっと考えた。

クイーンを動かした。ジョン・グレイディはもうひとつのナイトを動かして椅子の背板にもたれた。チェック、と彼はいった。

マックはじっと盤を見つめた。くそ、といった。しばらくして顔を上げた。J・Cのほうを向く。今度はおまえが挑戦してみるか？

いや。おれはこの小僧の信者みたいなもんですからね。

気持ちはわかる。この男はいまおれを借り物のラバみたいにさんざんに打ち据えた。

マックは壁の時計を見てまた葉巻を手にとりくわえた。もう一遍やろう。

いいですよ、とジョン・グレイディ。

ソコーロがエプロンをはずして掛け釘にかけ戸口に立った。

おやすみなさい、と彼女はいった。

おやすみ、ソコーロ。

J・Cが椅子から立った。コーヒーのおかわりをしますか？

対戦は続いた。ジョン・グレイディが黒のクイーンをとったときJ・Cは椅子を後ろに引いて立ち上がった。

おれはおまえにいいにきただけなんだ。この冬は寒くなるって。

J・Cは流しへいってカップを置き戸口へ歩いた。

おやすみ、と彼はいった。

マックは黙って盤をにらんでいる。灰皿のなかで葉巻の火は消えていた。

おやすみ、とジョン・グレイディが応えた。

J・Cは扉を押し開けて出ていった。網戸がばたんと閉まった。時計が時を刻む。マックは椅子の背板にもたれた。葉巻の吸い殻を手にとりまた灰皿に戻した。もう降参したほうがいいみたいだな、と彼はいった。

まだ勝てますよ。

マックは彼を見た。嘘つけ。

ジョン・グレイディは肩をすくめた。マックは時計を見た。ジョン・グレイディを見た。前に身を乗り出してそっと盤を回し逆向きにした。ジョン・グレイディはマックのまだ残っている黒のナイトを動かした。

マックは口を結んだ。布陣を調べた。駒を動かした。

ジョン・グレイディは五手で白のキングをチェックメイトにした。マックは首を振った。

もう寝よう、と彼はいった。

ええ。

ジョン・グレイディは駒を集め始めた。

マックは椅子を後ろに引いてカップを二つ手にとった。

ビリーとトロイは何時に帰るといってた?

何時とはいわなかったと思いますが。

おまえはなんで一緒にいかなかった?

ここにいたいなと思って。

マックはカップを流しに運んだ。でも誘われたか?

ええ。でもあの二人についていく義理はないですから。

ジョン・グレイディは木箱の蓋を閉めチェス盤を閉じて腰を上げた。

トロイは兄貴の処へいって働く気でいると思うか?

さあどうですか。

戸棚まで足を運んでチェス盤と木箱をしまい扉を閉めて帽子を手にとった。

知らないのか、いう気がないのか？
知らないんです。いう気がないんならそういいます。
そうだろうな。
ええ。
うん。
おれは何だかデルバートに悪い気がして。
なんで悪い気がするんだ？
その。おれが彼の仕事をとったみたいな感じだから。
そうじゃない。あいつはどのみち出ていったよ。
はあ。
おれがこの牧場の主《あるじ》だ。わかるな？
はい。おやすみなさい。
納屋の明かりをつけろよ。
見えるからいいです。
明かりをつけたほうがもっとよく見える。
ええ。でも馬が嫌がりますから。
馬が嫌がる？

ええ。

帽子をかぶって扉を押し開けた。マックは庭を横切っていくジョン・グレイディを見送った。それから台所の明かりを消して体の向きを変え部屋を横切って廊下を歩いた。馬が嫌がるか、と彼はいった。やれやれ。

朝起きてビリーを起こしにいくとビリーは部屋にいなかった。寝台には寝たあとがありジョン・グレイディは足を引きながら馬房の前を通りすぎて外に出て庭の向こうの台所を見た。トラックを駐めてある納屋の横手へ回る。ビリーは運転席でハンドルの上に身を乗り出しフロントガラスがはまっている金属製の枠からねじをはずしそれを灰皿の上に落としていた。

おはよう、カウボーイ、とビリーがいった。

おはよう。フロントガラス、どうした？

梟だ。

梟？

そう、梟。

ビリーは最後のねじをはずして枠を車体からとりはずすとゴムを埋めた枠の縁から割れて陥没したガラスをドライバーの先でこじり出す作業を始めた。

車の前へ回ってガラスをこっちに押してくれ。ちょっと待て。手袋をやる。

ジョン・グレイディは手袋をはめて車の前へいきフロントガラスの縁の近くを押しビリーはドライバーでガラスをはずした。ガラスの底辺と片側がはずれるとビリーは手袋を受けとってはめフロントガラスをそっくりそのままはずしてハンドルの上を越えさせて助手席側の床の上に置いた。

あんた、ウィンドーから顔を出して運転してきたのか？

いや。ふつうに坐って鋳のはいってない処を見て運転した。

ビリーはダッシュボードの上に横たわっているワイパーを押しやった。

まだ帰ってきてないのかと思ったよ。

五時頃に帰ったんだ。おまえは何してた？

べつに何も。

おれの留守中ずっと納屋でロデオをやってたんじゃないだろうな？

やってないよ。

足の具合はどうだ？

いいよ。

スプリングをきかせてワイパーを立てるとビリーはドライバーでそのアームを台座からとりはずしてシートの上に置いた。

新しいフロントガラスをいれるのか？

ホアキンがきたら持ってきてもらうよ。できれば親父さんには見せたくないな。

梟がぶつかるくらいよくあることだぜ。

わかってる。でもほかには誰もやられてない。

ジョン・グレイディはトラックのドアの開いたウィンドーに両腕をかけてなかを覗きこんだ。首をめぐらして唾を吐きまた顔をなかにいれる。ふうん、と彼はいった。どういう意味だかわからないな。

ビリーはドライバーをシートの上に置いた。おれにもわからない。なんでそんなことをいったのか自分でもわからないよ。朝飯ができてるかどうか見にいこうぜ。おれはヘラジカの脚だって食えるほど腹ぺこだ。

テーブルにつくとオーレンが新聞から目を上げて老眼鏡の上縁越しにジョン・グレイディを見た。足はどうだ？　と彼はきいた。

いいよ。

ほんとかね。

馬には乗れるよ。それをきいたんだろう？

鐙《あぶみ》に足を載せられるかい？

鐙を使わなくたって乗れる。

オーレンは新聞に目を戻した。みんなは食べた。しばらくしてオーレンは新聞を置き眼鏡をはずしてテーブルの上に置いた。

ある男がかみさんにやる二歳の牝馬をここへ連れてくる。このことはまだ誰にも話してなかったがね。持ち主はその馬のことを血統のこと以外何も知らない。ほかの持ち馬のことも何も知らないんじゃないかな。

馴れてるのかい？

男のかみさんがか、馬がか？

賭けてもいいが両方ともじゃじゃ馬だろうぜ、とJ・Cの声がした。姿は見えない。

さあな。鞍を置くぐらいはもうやってるかもな。二週間預けるそうだ。おれが二週間でできる範囲の調教をするといったらそれでいいといったよ。

そうか。

ビリー、今週はおれたちと仕事をするのか？

ああ、たぶん。

馬はいつ連れてくるって？とジョン・グレイディはきいた。

朝飯がすんだ頃だそうだ。J・C、用意はいいか？

おれは生まれつき手回しがいいんだ。

よし、時間はどんどんたっていくぞ、とオーレンはいった。眼鏡をシャツの胸ポケットにいれて椅子を後ろに引いた。

八時三十分頃にトラックが真新しい馬運搬車を引いて庭にはいってきた。ジョン・グレイディが出ていって迎えた。運搬車は黒塗りで横腹にニュー・メキシコ州のどこかにあるのであろうジョン・グレイディが聞いたことのない牧場の名を金色の塗料で記してあった。二人の男が留め金をはずして荷台後部のゲートをおろしジョン・グレイディにうなずきかけ、背の高いほうがざっと庭を見渡したあと連れと二人で馬を後ろ向きに傾斜板の上に引き出しておろした。

オーレンはどこだ、と背の高いほうがきいた。

ジョン・グレイディは牝馬を見つめた。馬は落ち着きがなかったが知らない場所へ連れてこられた牝の仔馬なら当たり前だった。ジョン・グレイディは足を引きながら反対側へ回って馬を眺めた。馬の目が彼を追ってきた。

ちょっと歩かせてください。

何だって？

馬を歩かせてください。

オーレンはいるのか？

いいや。留守だ。おれは調教師です。歩くところを見せてくれませんか。

男はしばらくじっと立っていた。それから頭絡の綱をもうひとりの男に渡した。ちょっと歩かせろ、ルイス。そういってジョン・グレイディをじっと見る。ジョン・グレイディは仔馬を見つめていた。

オーレンはいつ戻る？

夕方です。

二人は仔馬がいって帰ってくるのを眺めた。

あんたほんとうに調教師か？

ええ。

何を調べてるんだ？

ジョン・グレイディは牝の仔馬をじっと見つめてから男に目をやった。あの馬は足が悪いですね、と彼はいった。

足が悪い？

ええ。

くそ、と男はいった。

仔馬を歩かせている男が肩越しに振り返った。

聞いたか、ルイス？　男は呼びかけた。

ああ。聞いたよ。撃ち殺すかい？

なんで足が悪いと思うんだ？　と男はきいた。

というか。おれがただ思ってるだけじゃなくてね。実際に左の前足を引いてるんです。

ちょっと調べさせてください。

こっちへ連れてこい、ルイス。

足が悪くてこれだけ歩けると思うか？

わからん。

ルイスという男が馬を連れてくるとジョン・グレイディは近づいて肩を馬の体にもたせかけ前足を持ち上げて両膝のあいだにはさみ蹄《ひづめ》を調べた。蹄叉を親指でなでてから蹄壁を調べる。馬の体に寄りかかって息遣いを確かめ話しかけながらズボンの尻ポケットからスカーフを出して唾で濡らし蹄壁を掃除した。

これは誰が打ったんです？

これって？

蹄鉄ですよ。スカーフを持ち上げて蹄からついた染みを見せた。

知らないな、と男はいった。

ジョン・グレイディはポケット・ナイフを出して刃を開き切っ先を蹄壁に沿って滑らせた。男がさらに近づいてきて作業を見た。ジョン・グレイディはナイフの刃を持ち上げた。

ほら、と彼はいった。

何だ？

爪割《つまわ》れしてる処へ蠟を詰めてその上から蹄鉄を打ってあるんです。

ジョン・グレイディは立ち上がって仔馬の足をおろし肩を撫でてやりながら二人の男と一緒に仔馬を眺めた。背の高い男は両手を尻ポケットに突っこんだ。首をめぐらして唾を吐いた。何とね、と男はいった。

馬の口をとっている男が地面の土をつまさきで蹴りよそを向いた。

大将が聞いたら怒るぞ。

この馬どこで買ったんです？

男は片手をポケットから出して帽子のかぶり具合を直した。ジョン・グレイディを見てまた仔馬を見た。

この馬、ここへ置いてっていいか、と男はきいた。

だめです。

じゃ預かっててくれ、オーレンが戻ったら話をつける。

だめです。

なぜ？

だめなんです。

また積みこんでここから運び出せってのか？

ジョン・グレイディは答えない。男から目を離さなかった。

まあそういうなよ、と男はいった。

だめですね。

男は馬の口をとっている男を見た。母屋のほうを見、またジョン・グレイディを見た。ズボンの尻ポケットから札入れをとりだして開き十ドル札を抜いて折りたたむと札入れをしまって紙幣をジョン・グレイディのほうへ差し出してきた。ほら、と彼はいった。こいつをポケットにしまってどこの馬か知らないというんだ。

それはできないな。

いいじゃないか。

だめだ。

男の顔が暗くなった。紙幣を差し出したまま立っていた。それからシャツの胸ポケットにそれを突っこんだ。

おまえの損にはならんだろうが。

ジョン・グレイディは返事をしなかった。男は首をめぐらしてまた唾を吐いた。

蹄がそうなったのはおれのせいだと思ってるのならそれは違うぞ。

そんなことはいってない。

困ってる人間を助けようって気はないのか？

この場合はだめだ。

男はじっとジョン・グレイディを見つめた。また唾を吐いた。もうひとりの男を見、牧場の敷地を見やった。

いこうぜ、カール、と連れの男がいった。もういいよ。

二人は仔馬を連れて運搬車のほうへ歩いていった。ジョン・グレイディは彼らを見送った。二人は馬を積みこみゲートを上げて留め金をとめた。背の高い男がトラックの横手に回ってきた。おい若造、と男は呼びかけてきた。

何ですか。

地獄に落ちろ。

ジョン・グレイディは返事をしなかった。

聞こえたのか？

ああ。聞こえたよ。

二人はトラックに乗りこみ向きを変えて庭を横切り道に出ていった。

彼は台所の扉の前で乗り馬の手綱を離してなかにはいった。ソコーロの姿が見えないので声をかけてしばらく待ちまた外に出た。馬にまたがったとき彼女が戸口に現われた。彼女は両手を目の上にかざしてまぶしい陽射しを避けた。なに《ブエノ》、ときいた。

ミスター・マックは何時頃帰るのかな《ア・ケ・オーラ・レグレーサ・エル・セニョール・マック》？

知らないわ《ノ・セ》。

彼はうなずいた。ソコーロは彼を見つめた。あんたは何時頃帰るのときくと彼は暗くなる前にと答えた。

ちょっと待って《エスペーラテ》、と彼女はいった。

いいんだ《エスタ・ビエン》。

いいから《ノ》。ちょっと待って《エスペーラテ》。

彼女はなかにはいった。彼は馬に乗って待った。馬は地面を蹴り首を振った。よしわかった、と彼はいった。いま出かけるから。

ソコーロが布で包んだ弁当を持って出てきて馬の鐙の処へきて彼に手渡した。彼は礼をいい後ろに手を伸ばして弁当をダッキング・コートの獲物ポケットにいれ彼女にうなずきかけて馬を前に進めた。彼女に見送られて門の処までいき馬に乗ったまま身をかがめてかんぬきをはずし門を押し開けて通り抜け馬の向きを変えて門を閉め、両肩に陽射しを浴び帽子をあみだにかぶった姿で馬を小走りに駆けさせて道を進んでいった。馬上で背筋をぴんと伸ばしていた。包帯を巻いた足にはブーツをはかず鐙にかけていなかった。ヘレフォード種の牛と仔牛が柵沿いについてきて啼き声を上げ彼に呼びかけた。

半ば野生化した牛たちがいるブランスフォード牧草地を進んでいくと北のニュー・メキ

シコ州の山々から冷たい風が吹いてきた。クレオソートの木が生えた砂利の平原で馬の前方を小走りに駆けたり尾を上げて走ったりする牛たちを彼はいく道々選別する目で眺めた。馬の調教だけでなく牛の選《え》り分けも彼の仕事でありいま乗っている灰青色の小さな馬はカッティングホース（目当ての牛を群れから分けるための調教を受けた馬）らしく牛を馬鹿にしていて牛たちを柵際に追いつめて嚙みついた。ジョン・グレイディは馬の手綱をゆるめて二歳の大きな仔牛を一頭群れから分けその首に投げ縄をかけて引っ張ったが仔牛は倒れなかった。足を広げて縄の先で身をよじっている仔牛のほうへ馬は後戻りした。

どうしようってんだ、とジョン・グレイディは馬にきいた。

馬は後ろを振り返って後ずさりした。仔牛が跳ねた。

おまえ、おれが降りてあのでかいやつを地面に転がすと思ってるんだろうけどおれは片足なんだぜ。

仔牛が跳ねながらクレオソートの木のない空き地へいくのを待って馬を前に疾走させた。馬の頭越しに縄を繰り出しながら仔牛の右側へいき追い越す。仔牛は小走りに駆けた。縄は仔牛の首から左側へのび後ろをぐるりと回って右側へきて馬のあとを追った。ジョン・グレイディは縄が鞍の角にしっかりつながれているのを確かめてから片足で鐙の上に立ち反対側の脚を縄から離した。縄がぴんと張ったとき仔牛は頭を強く後ろに引かれ両方の後足をすくわれた。仔牛は宙に棒立ちとなり地面に叩きつけられて砂埃を上げそのままじっと倒れていた。

ジョン・グレイディは馬から降りて足を引きながら縄に沿って仔牛の処へいき仔牛が起き上がらないうちに頭を両膝で押さえ両方の後脚をつかんでズボンのベルトから引き抜いた短い縄で縛り仔牛が暴れるのをやめるのを待った。身を乗り出して両脚を引き上げよく見ると片脚の内側に膨らみがありそのせいで走り方がおかしくジョン・グレイディは投げ縄で選り分けたのだった。

皮膚の下には木切れが埋まっていた。ジョン・グレイディは木切れの端をつかんで引き出そうとしたがすぐに端だけがちぎれた。膨らみを指でなぞって探りあてた反対側の端を親指で押し木切れを外に出そうとした。また少し端が出るとそれを歯でくわえて引き出した。水っぽい漿液が流れ出た。木切れを鼻の下へ持ってきて臭いを嗅ぎ投げ捨て馬の処へ戻って消毒液の瓶と布切れをとってきた。処置が終わって放してやると仔牛の走り方は前よりぎこちなかったがジョン・グレイディはこれで大丈夫だと思った。

正午になると露出した溶岩の上に上がって弁当を食べながら北と西の氾濫原を見渡した。岩には古い時代の動物や月や人間の絵ともはや誰にも意味のわからない象形文字が刻まれていた。彼は陽に温められた岩の陰で風を避けながら静寂に浸された空虚な土地を眺めた。何ひとつ動くものはない。やがて彼は弁当を包んでいた布を折りたたみ腰を上げて馬の処へ降りていった。

納屋から漏れる明かりを頼りに汗をかいた馬の体に毛梳き櫛をかけているとビリーが爪楊枝で歯をせせりながらやってきて立ち止まり見物した。

どこへいってきた？

シーダー・スプリングズだ。

丸一日いってたのか？

ああ。

例の牝の仔馬の持ち主が電話をかけてきたよ。

かけてくると思ってた。

べつに怒っちゃいなかった。

怒る理由はないからな。

自分の処の馬をおまえに見てほしいとマックに頼んだそうだ。

へえ。

ジョン・グレイディは移動しながら馬の毛を梳いた。ビリーは彼をじっと見つめた。早くこないと飯を捨てちまうといってるぞ。

すぐいくよ。

よし。

こないだあんたがいってきた土地、どう思った？

なかなかいい処だと思ったよ。

ほんとに？

おれはどこへもいかない。トロイもだ。

ジョン・グレイディは馬の腰に櫛をかけた。馬は身震いした。陸軍がこの土地を収用したらみんなどこかへいくしかないぜ。

ああ、知ってるよ。

トロイもやめないって？

ビリーは爪楊枝の先を見てからまたそれを口にくわえた。納屋から漏れる明かりのなかで餌を探す蝙蝠《こうもり》の影が馬とジョン・グレイディの体をよぎった。

ただ兄貴に会いにいっただけだろうよ。

ジョン・グレイディはうなずいた。馬の体に寄りかかり両方の腕先を馬の背中に載せて梳き櫛から抜け毛をむしりとり地面に落ちるのを眺めた。

台所にはいるとオーレンがまだテーブルについていた。新聞から目を上げてまた紙面に戻した。ジョン・グレイディは流しへいって手を洗いソコーロは天火の保温器の扉を開けて料理の皿を出した。

ジョン・グレイディは坐って夕餉をとりながらオーレンが読んでいる新聞のこちら側を読んだ。

住民投票《プレビサイト》って何だ、とオーレンがきいた。

さあ知らないな。

しばらくしてオーレンがいった。新聞の裏を読むなよ。

え？

新聞の裏を読むなといったんだ。

わかった。

オーレンは新聞をたたみテーブルの上を滑らせてよこすとカップをとり上げてコーヒーを一口飲んだ。

おれが新聞の裏を読んでるってなぜわかった？

そんな気配がしたんだ。

なんで読んじゃいけないんだい？

べつにいけなくはない。ただ落ち着かないんだ。まあ悪い癖だよ。人が読んでる新聞を読みたきゃ貸してくれって頼むことだ。

わかった。

おまえが預かるのを断わった牝の仔馬の持ち主が、おまえを雇いたいと電話をかけてきたぞ。

おれにはちゃんと職場がある。

ただフェイバンズまできて馬を見てほしいってだけだと思うが。

ジョン・グレイディはうなずきながらいった。そうじゃないよ。

オーレンはじっと彼を見つめた。マックがそういってたんだ。

それだけじゃないといったほうがいいかな。

オーレンは煙草に火をつけて箱をテーブルの上に戻した。ジョン・グレイディは食事を続けた。

マックはどう返事した？

おまえに話しとくといったそうだ。

そうか。これで話は聞いたよ。

その男に電話しろよ。週末にちょっと商売をしてくりゃいい。小遣い稼ぎになるぞ。

一度に二人の下で働くなんてどうやったらいいかわからないよ。

オーレンは煙草を吸った。じっとジョン・グレイディを見る。

今日はシーダー・スプリングズへいってきた。牛の様子をみてきたんだ。

そんなことはきいちゃいない。

わかってる。ワトソンの小さい灰青色の馬に乗っていったんだ。

あの馬どうだった？

すごくいい馬だと思うよ。空威張りしないし。鞍を置く前からいい馬だとわかった。

おまえ、あの馬を買うこともできたのに。

ああ、わかってる。

どこが気にいらないんだ？

気にいらないところなんかない。

でも買う気はないんだろう。

ああ。

ジョン・グレイディは食べ終えるとトルティーヤの最後の一切れで皿をぬぐいそれを食べ皿を前に押してコーヒーを飲みカップを置いてオーレンを見た。

何でもよくやるいい馬だよ。まだ調教はすんでないけどいい牧牛用の馬になるだろうな。

それを聞いて嬉しいよ。もちろんおまえが好きなのは帯鋸《おびのこ》みたいに跳ね返って納屋の壁に頭から突っこむような馬だろうがな。

ジョン・グレイディはにやりと笑った。おれの夢の馬は、と彼はいった。そういうのじゃない。

どういうのだい？

どういうのって。ただ理屈抜きに好きになる馬だ。それとも好きになれない馬。ある馬のいいところを全部紙に書き出して考えたってその馬が好きかどうかはわからないよ。

悪いところを全部書き出してみたらどうだ？

さあ。たぶん悪いところを挙げだしたときにもう判断はついてるんじゃないかな。何をやっても治らないほど甘やかされた馬っていると思うか？

いると思う。でも人が思ってるほどたくさんはいない。

そうかもな。馬には人間のいってることがわかると思うか？

言葉がわかるかってことかい？

まあ何というか。いってることがわかるかどうかってことだ。

ジョン・グレイディは窓の外へ目をやった。ガラスに水滴がついていた。蝙蝠が二匹、餌を探しているのが納屋から漏れる明かりで見えている。いや、と彼はいった。でもいいたいことはわかると思うよ。

彼は蝙蝠を眺めた。それからオーレンを見た。

おれの感じでは馬はたいてい自分の知らないものを不安がるみたいだ。人間が見えてると安心する。見えないときでも声が聞こえると安心する。たぶん人間が喋ってるのが見えてると自分の知らないことはしないだろうと考えるんじゃないかな。

馬も考えると思うのか？

ああ思うよ。あんたは思わないかい？

思うよ。考えないという連中もいるがな。

まあ、そういう人たちは間違ってるのかもしれないよ。

馬が何を考えてるかわかると思うか？

何をしようとしてるかはわかると思う。

だいたいのところはな。

ジョン・グレイディは微笑んだ。ああ、だいたいのところはね。

馬はいいことと悪いことを区別するってのがマックの口癖だが。

マックのいうとおりだよ。

オーレンは煙草を吸った。そいつはおれにはちょっと納得しにくいな。

その区別がつかないのなら調教なんかできないと思うな。

調教ってのはただいうことを聞かせるだけじゃないと思ってるのか？

いうことを聞かせるだけなら鶏が相手でもできると思う。でも鶏はこっちのものにならない。馬はうまく調教すると終わったときにこっちのものになる。馬が自分の意志でね。いい馬は自分で判断することができるよ。そういう馬は心のなかが見えるんだ。人が見てないときでもこれはやらないってことがあるからね。いい馬は自立してるんだ。そこまで調教したら馬は自分で悪いと知ってることは命令されてもやろうとしない。こっちに逆らうんだ。そこで扱いを間違えたらその馬を殺すのと変わらない。いい馬は心のなかに正義の観念を持ってるんだよ。おれはそれを見たことがある。

おまえはおれより馬を高く買ってるようだな、とオーレンはいった。

馬のことではおれには大した意見はないんだ。子供の頃は馬のことなら何でもわかると思ってた。馬のことではおれはだんだん馬鹿になっていくよ。

オーレンは笑みを浮かべた。

本当に馬のことがわかってたら、とジョン・グレイディは続けた。本当に馬のことがわかってたら、馬を見るだけで調教できるだろうと思う。調教なんて簡単だと思う。おれのやり方はただ鎖をつけて走らせるだけのやり方よりずっと上だ。でも最高のやり方に比べたらまだまだだよ。

彼は両脚を伸ばした。捻挫したほうの足をもう片方の足のブーツの上に載せた。

あんたはさっきひとつ正しいことをいったよ、と彼はいった。たいていの馬はここへ連れてこられる前にだめになってる。最初に鞍を置かれるときにだめになるんだ。それより前って場合もある。いちばんいいのは仔馬のときから面倒を見た馬だ。それとも人間を一度も見たことがなかった野生の馬だな。野生の馬は直さなくちゃいけない悪い癖がひとつもないからね。

いまの最後のことをみんなに納得させるのは骨が折れるかもしれんな。

わかってる。

野生馬を馴らしたことはあるのか？

あるよ。でも調教することはめったにない。

なんで？

持ち主が調教したがらないから。ただ馴らしたいだけで。まず持ち主を調教しなきゃだめだ。

オーレンは前に身を乗り出して灰皿で煙草をもみ消した。なるほど、と彼はいった。

ジョン・グレイディはテーブルの上からランプの傘のなかへ昇っていく煙を眺めた。人間を見たことのない馬がいちばんだってのは間違ってるかもしれないな、と彼はいった。人間を見ることは必要かもしれない。そばにいて見慣れてるってのはね。ただ調教師がくるまでは人間を木だと思ってるほうがいいかもしれない。

外はまだ灰色の光が残って明るくまた降りだした雨に路上の物売りたちが建物の軒下にはいって無表情に雨を眺めていた。彼はブーツの底をポーチの床に打ちつけて水を切りなかにはいるとカウンターへいって帽子を脱ぎスツールの上に置いた。客はひとりもいなかった。ソファに坐っている二人の娼婦がたいして興味もなさそうに彼を眺めた。バーテンダーがグラスにウィスキーを注いだ。

彼はこれこれの女の子は今日はいないのかときいたがバーテンダーは肩をすくめて首を振っただけだった。

すごく若い子のことだけど。

バーテンダーはまた首を振った。カウンターを拭いて後ろの壁にもたれかかりシャツの胸ポケットから煙草を出して火をつけた。ジョン・グレイディは手振りで酒のおかわりを頼みカウンターの上に硬貨を置いた。帽子とグラスを手にとりソファへいって同じことをきいてみたが女たちは服の布地をつまんで一杯おごってよというばかりだった。彼は女たちの顔をまじまじと見た。厚塗りの白粉と口紅とインディオの黒い目を縁どるアイラインの下にはどんな女がいるのか？　どこかよその世界からきたような悲しげな女たちだ。晴れ着を着せてもらった狂女のようだ。彼は女たちの背後の壁にかけてある鹿を象《かたど》ったネオン管の飾りとフラシ天の地にスパンコールや組紐をつけたけばけばしいタペストリーを見た。建物の奥の屋根を叩く雨の音と天井から一定の間を置いて雨漏りの小さなしずくが血の赤の色をしたカーペットの上に落ちる音が聞こえた。彼はウィスキーを飲み干してグラスを低いテーブルに置き帽子をかぶった。娼婦たちに会釈をし帽子のつばに手をやっていきかけた。

お兄さん《ホーベン》、と年かさの女がいった。

何だい《シ》。

女はすばやく周囲を見回したが誰もおらず話を聞かれる心配はなかった。

あの娘はもういない《ヤ・ノ・エスタ》よ、と女はいった。

どこへいったのかときいてみたが女たちは知らなかった。また戻ってくるかときくと戻ってこないだろうと答えた。

彼はまた帽子のつばに手を触れた。ありがとう《グラシアス》。

もうおいきよ《アンダレ》、と女たちはいった。

通りの角で光沢のある紺サージの服を着た頑丈そうな体つきのタクシー運転手が声をかけてきた。古ぼけた雨傘をさしているが傘はこの土地では珍しい。破れ目がひとつあってそこへ青いセロハンが貼ってありその下の運転手の顔は青かった。女の子たちに会いにいきたくないかときくので彼はいきたいと答えた。

車は水溜まりができているでこぼこの通りを走った。運転手は少し酒がはいっているらしく通りの前方を横切ったり建物の玄関先に立っている人々について勝手なことを喋った。外見をあげつらってこんな性格だろうと推量した。通りをいく犬まで批評した。あの犬はいま何を考えているか、これからどこへ何しにいくかといったことを喋った。

町はずれにある売春宿のカウンター席に腰をおろすと運転手はその部屋にいる娼婦たちのそれぞれの取り柄を挙げた。夜のお楽しみをしようとする男はたいてい最初に声をかけてきた女を相手にするが賢い男はよく選ぶものだと彼はいった。外見に囚われちゃいけない。女を買うときはいろんな店を覗いてみるのがいちばんだ。買い手が選べないのなら健全な社会とはいえない。運転手は首をめぐらして夢見るような目を向けてきた。

そうは思わないか《デ・アクエルド》？

もちろん思うよ《クラーロ・ケ・シ》、とジョン・グレイディは答えた。

二人は酒を飲み干して店を出た。外は暗く通りの路面には色付きの明かりが滲みそれを小糠雨《こぬかあめ》が柔らかく打っていた。〈赤い雄鶏《レッド・コック》〉という店のカウンター席に坐った。運転手はグラスを高く掲げてから酒を飲んだ。二人は女たちをじっくり眺めた。

もっとべつの店へいってもいいよ、と運転手はいった。あんたの探してる娘は故郷《くに》へ帰ったのかもしれんがね。

ああ。

あるいは結婚したかもしれない。こういう女も結婚することがあるんだ。

先々週はこの町にいたんだけど。

運転手は考えた。煙草を吸った。ジョン・グレイディはグラスを干して腰を上げた。

〈牝鹿〉へ戻ろう《バモス・ア・レグレサール・ア・ラ・ベナーダ》、と彼はいった。

サントス・デゴヤード通りの店のカウンター席で彼は待った。まもなく運転手が戻ってきて背をかがめ彼に耳打ちしてからわざとらしいほど用心深く周囲を見回した。

マノーロと話さなくちゃいけない。こういうことはマノーロにきくしかないんだ。

その男はどこにいるんだ?

案内するよ。彼の処へ連れていく。交渉するんだ。金がいるよ。

ジョン・グレイディは札入れをとりだそうとした。運転手がその腕を押さえる。バーテンダーに目をやって、外に出よう《アフェーラ》、といった。ここじゃだめだ《ノ・ポデーモス・アセルロ・アキ》。

表でまた札入れを出しかけたジョン・グレイディに運転手は待てといった。芝居がかった身振りでまわりを見た。ここじゃ危ない《エス・ペリグローソ》、と押し殺した声でいう。

二人は車に乗った。

その男はどこにいるんだ、とジョン・グレイディはきいた。

これから会いにいく。連れていくよ。

運転手はエンジンをかけて車を発進させ右に曲がった。そのブロックを半分ほど進んで細い裏通りに折れ車を停めた。運転手はエンジンを切りヘッドライトを消した。二人は暗がりのなかでじっと坐っていた。遠くでラジオの音がしていた。樋《とい》から路地の水溜まりの上に落ちる水の音が聞こえた。しばらくして男がひとり現われタクシーの後部ドアを開けて乗りこんできた。

車灯がついていないのでジョン・グレイディには男の顔が見えなかった。男は煙草を吸っていたが田舎の人がよくやる手のひらで丸く覆うような持ち方だった。オーデコロンが匂った。

さてと《ブエノ》、と男はいった。

金を払って、と運転手がいった。女の子がどこにいるか教えてくれるから。

いくら払えばいい？

五十ドルだ、と男がいった。

五十ドル？

男も運転手も黙っていた。

五十ドルも持ってない。

男はしばらく黙っていた。それからドアを開けて車から降りた。

待ってくれ、とジョン・グレイディはいった。

男はドアを手で押さえたまましっと立った。人相風体がジョン・グレイディにわかった。黒いスーツに黒いネクタイ。顔は小さく楔《くさび》のように尖っている。

その女の子を知ってるのか？　とジョン・グレイディはきいた。

もちろん知ってる。あんたはおれの時間を無駄にしてるよ。

どんな女の子かいってみてくれ。

年は十六。癲癇持ち。ひとりしかいないよ。先々週この町を出た。あんたはおれの時間を無駄にしてる。金がないんならあんたと話すのは時間の無駄だ。

金は用意する。明日の夜持ってくる。

男は運転手を見た。

〈牝鹿《ラ・ベナーダ》〉へいく。あそこへ金を持っていく。

男はわずかに首をめぐらして唾を吐きまた首を戻した。〈ラ・ベナーダ〉はだめだ。この件で会うのはな。なんでそう熱心なんだ。いまいくら持ってる？

ジョン・グレイディは札入れを出した。三十ドルちょっとだ、と彼はいった。紙幣を数えた。三十六ドルある。

男は手を差し出してきた。よこせ。

ジョン・グレイディは金を渡した。男はそれに目もくれずシャツの胸ポケットに突っこんだ。〈白い湖《ホワイト・レイク》〉だ、と男はいった。ドアを閉めて路地を歩み去った。足音はまったく聞こえなかった。運転手が体をひねってこちらに顔を向けた。

〈ホワイト・レイク〉へいくかい？

もう金がない。

運転手はシートの裏側を指で小刻みに叩いた。金がないのか？

ああ。

運転手は首を振った。金がないか。うん。それじゃ大通りへ戻るか？

料金を払えないよ。

いいんだ。

運転手はエンジンをかけてバックで車を広い通りに戻した。金は今度払ってくれ。いいかい？

わかった。

よし。

ビリーの部屋の前へくると明かりがついていたのでキャンバスの垂れ布を押し開けてなかを覗いた。ビリーは寝台に寝ていた。読んでいた本を少しおろしその上からこちらを見て本を置いた。

何を読んでる？

『砂塵の町』（マックス・ブランドのウエスタン小説。映画『砂塵』の原作）だ。どこへいってきた？

〈ホワイト・レイク〉って店にいったことあるかい？

あるよ。一遍だけ。

すごく高い店なのか？

すごく高い店だ。なぜ？

ちょっと知りたかっただけだ。じゃ、また明日。

垂れ布をバサリと落として体の向きを変え通路を歩いて自分の部屋へいった。

〈ホワイト・レイク〉なんかよしたほうがいいぜ、とビリーの声がした。

ジョン・グレイディは自分の部屋のカーテンを開けて電灯の鎖を手で探った。カウボーイのいく店じゃないからな。

探り当てた鎖を引いて明かりをつけた。

おい聞こえたのか？

朝飼のあと彼は帽子を手に足を引きながら廊下を歩いていった。ミスター・マック？と声をかけた。

マック・マクガヴァンが事務室の戸口に出てきた。手に書類の束を持ち腋の下にもはさんでいる。おはいり、と彼はいった。

ジョン・グレイディは戸口から動かなかった。マックは机についた。はいってこいよ。どういうむりな頼みごとなんだ？

マックは書類から顔を上げた。ジョン・グレイディはまだ戸口に立っている。

来月分の給料を前借りできないかと思って。

マックは札入れに手を伸ばした。いくらいるんだ？

その。できたら百ドルばかり。

マックはジョン・グレイディの顔をじっと見た。貸すのはかまわんが来月はどうやって暮らす気だ？

何とかします。

マックは札入れを開いて二十ドル札を五枚出した。まあ、おまえももう大人だから自分のことは自分で解決できるだろう。おれの口出しはいらんだろうな？

ちょっと金がいるんです。

わかった。

マックは紙幣をそろえ前に身を乗り出して机の上に置いた。ジョン・グレイディは部屋にはいって金をとり、折りたたんでシャツの胸ポケットに突っこんだ。

すみません、と彼はいった。

いいさ。足の具合はどうだ？

いいです。

まだかばって歩いてるようだが。

大丈夫です。

例の馬はやっぱり売るつもりか？

ええ。そのつもりです。

ウルフェンバーガーの牝の仔馬だが、足が悪いとなぜわかった？

見たらわかったんです。

足は引いてなかったぞ。

ええ。でも耳を見たらわかったんです。

耳？

ええ。片方の足を地面におろすたびに耳がちょっと動いたんです。馬をよく見てたらわかりました。

ポーカーで相手の顔色を読むみたいなもんだな。

ええ。そんなようなものです。

でもおまえはあの男の処へいって馬を見てやるのを断わったそうだな。

ええ。あの人はお友だちですか？

知り合いだ。なぜ？

いや、べつに。

いま何をいいたかったんだ？

いいんです。

いってみろよ。構わんから。

その。アルバイトで仕事をするだけじゃあの人が抱えこんでるトラブルを解決できないなと思って。

本式に雇われることになりそうだと思うのか？

そうはいってません。

マックは首を振った。さあもういってくれ。

はい。

ウルフェンバーガーにそういってやらなかったのか？

ええ。会ってませんから。

そうか。そりゃ残念だ。

ええ。

ジョン・グレイディは帽子をかぶって戸口へいき足を止めた。

ありがとうございました。

いいさ。きみの金だ。

夕方帰ってくるとソコーロはもう台所にはいずテーブルにはミスター・ジョンソンがひとりついていてラジオのニュースを聞いていた。ジョン・グレイディは自分で巻いた煙草を吸いながらラジオのニュースを聞いていた。ジョン・グレイディは夕餉の皿とコーヒーのカップをテーブルに運び椅子を引いて腰かけた。

こんばんは、ミスター・ジョンソン。

ああ、お帰り。

これ何のニュースですか？

老人は首を振った。テーブルの上に身を乗り出して窓敷居に置かれたラジオのスイッチを切った。べつに目新しい話じゃない、と彼はいった。戦争のことや戦争の噂のことだよ。なんで聞いてたのか自分でもわからん。くだらん習慣だからやめられたらいいと思うがだんだんひどくなってくるみたいだな。

ジョン・グレイディはピコ・デ・ガーヨをスプーンですくって米とフラウタス（牛肉細切りなどを詰めたトルティーヤを揚げたもの）にかけトルティーヤを一枚巻いて食べ始めた。老人がじっと彼を見る。それから彼のブーツを顎で指した。

今日はだいぶぬかるんでる処へいってきたみたいだな。

ええ。そうです。ちょっとね。

脂気のある泥はなかなか落ちんよ。オリヴァー・リーがよくいってたがそういう土地からこっちへ移ってきたのはしまいに誰もいなくなって独りぼっちになると思ったからだそうだ。まあそれは違ってたわけだけどな。少なくとも独りぼっちになるってとこは。

ええ。そうですね。

足の具合はどうだね？

いいですよ。

老人は微笑んだ。煙草を吸い指で叩いて灰をテーブルの灰皿に落とした。

このところよく雨が降るが騙されちゃいかんぞ。この土地はいまにからからに乾いて風に吹き飛ばされちまうからな。

なぜわかるんです？

そうなるんだよ。

コーヒー、おかわりしますか？

いや、いい。

ジョン・グレイディは立ってストーブの前へいき自分のカップにコーヒーを注いで戻ってきた。

この土地のいいときはとっくに過ぎてる、と老人はいった。みんな忘れっぽい。すっかりおしまいになる前に陸軍が収用してくれるのを喜ぶかもしれん。

ジョン・グレイディは食べ続けた。陸軍はどのくらいの土地をとると思います？

老人は煙草を吸ってから思案げに灰皿でもみ消した。トゥラローサ盆地全体をとるだろうな。わしはそう踏んでるよ。

そんなにあっさり収用できるものなんですか？

ああ。できる。みんな腹を立てて文句をいうだろう。でもどうしようもないんだ。ここから追い出されるのをむしろ喜ぶべきなんだ。

ミスター・プラザーはどうすると思います？

ジョン・プラザーは自分でやるといったことはやる男だよ。

ミスター・マックの話では出ていくのは棺桶にはいったときだといったそうですね。

それならきっとそうするだろう。絶対間違いないよ。

ジョン・グレイディはトルティーヤで皿をぬぐいカップを手に持って椅子の背板にもたれた。あなたにこんなこときいちゃいけないんだろうけど、と彼はいった。

きいてみな。

答えてくれなくてもいいですからね。

わかってる。

ファウンテン大佐を殺したのは誰だと思いますか？

老人は首を振った。ひとしきり黙っていた。

やっぱりきいちゃいけなかったですね。

いや、いいんだ。あの人の娘もマギーって名前だった。ファウンテンにあの男の子を一緒に連れていくようにいったのはその娘だった。八歳の子供がどうこうされることはないだろうといってな。もちろん考え違いだったわけだ、そうだろう？

ええ。

殺したのはオリヴァー・リーだと思ってる人間は多い。わしはオリヴァーをよく知ってた。同い年だった。あの男にも息子が四人いた。わしは信じないね。

あの人にやれたはずがないってことですか？

それよりもっとはっきりいうよ。あの男はやってないんだ。

その原因も作ってないと？

うーん。それはまたべつの話だな。あの男はあの事件のことで涙を流さなかった。少なくとも大佐のことではな。

ほんとにコーヒーのおかわりはいりませんか？

ありがとう、いらないよ。一晩中眠れないから。

あの人たちはまだどこかに埋められてると思いますか？

いや。そうは思わん。

じゃ、どうなったんだと思います？

わしは前からメキシコへ運ばれたんだろうと思ってる。峠の南で埋めてもよかったがそれだとすぐ見つかるからたぶんそこから三十マイル先までいって崖から落としたんじゃないかと思うよ。

ジョン・グレイディはうなずいた。コーヒーを一口飲んだ。あなたは撃ち合いをやったことがありますか？

あるよ。一度だけ。その頃はもういい大人だったがね。

どこで？

クリントの東の川縁だ。一九一七年の、わしの兄貴が死ぬちょっと前のことで、わしらは盗まれた馬を取り返したあと川を渡ろうと向こう側の岸で暗くなるのを待ってたんだが待ち伏せされるって話は耳にはいってた。わしらは長いこと待ってたがそのうち月が昇った——細い月だった。月はわしらの後ろに昇ったがそれが川縁の木の繁みのなかに隠れてるやつらの車のフロントガラスに映った。それでウェンデル・ウィリアムズがそれを見てわしにいったんだ。月が二つ出てる。こんなのは一遍も見たことないって。わしはいった。ああ、そのうちひとつは後ろに下がっていくな。それからわしらは車を狙ってライフルを撃った。

撃ち返してきましたか？

もちろんだ。わしらは伏せて弾を一箱空にしたがやつらは逃げちまった。

弾は当たりましたか？

当たったという話は聞かなかったな。車には一、二発当たった。フロントガラスが割れた。

馬はちゃんと川のこっちへ渡したんですか？

ああ、渡した。

何頭？

たいした数じゃない。七十頭くらいかな。

たいした数じゃないですか。

うん、たいした数だ。たっぷり謝礼をもらったよ。でも撃たれてまでやる値打ちのある仕事じゃなかった。

ええ。そうでしょうね。

頭が変になるんだよ。

どういうことですか？

鉄砲で撃たれるとな。物の見方が変わっちまうんだ。病みつきになるやつもいるかもしれん。わしはそうじゃなかったがね。

革命（一九一〇年に始まったメキシコ革命）のときは戦わなかったんですか？

ああ。

でもあっちにいたんでしょう。

いたよ。必死で逃げようとした。向こうに長くいすぎたんだ。内乱が始まったときは嬉しかったくらいさ。ちっぽけな町である日曜日の朝目を覚ますと表で撃ち合いをやってた。何が何だかさっぱりわからなかった。もう逃げられんのじゃないかと思ったな。あの国では恐ろしいことをいっぱい見た。ずっとあとになっても夢に見たよ。

老人は前に身を乗り出して両肘をテーブルにつきシャツの胸ポケットから煙草の紙と葉を出して一本巻き火をつけた。じっとテーブルを見つめた。それから長い話をした。町や村の名前がたくさん出た。陽干し煉瓦の家が建つ村。銃殺刑が行なわれ壁の黒く乾いた古い血の上に新しい血が飛び散り弾丸があけた穴からさらさらの細かい土がこぼれ、男たちが倒れたあとにはライフルの硝煙がゆっくりと漂い死体は路上に積み上げられたり木の荷車に積まれて石畳や土の道を進み無縁墓地に埋められたりした。ただ一着持っているスーツを着て戦争にいった者たちもいた。それは結婚したときに着たスーツであり葬られるときもそれを着ているはずだった。上着を着てネクタイを締め帽子をかぶって通りの横転した荷車や穀物の俵の陰に立ち猛烈な勢いでライフルを撃つ。車輪のついた小型の大砲が一発撃つたびに後退するのをもとに戻し馬にまたがり旗や幟《のぼり》絵を描いたテント地の布を押し立てて死に向かってどこまでも駆けたがその絵が聖母マリアのそれだったのはまるで神の母がこの惨禍と混乱と狂気を創り出したといっているようだった。

廊下の丈の高い箱型の振り子時計が十時を打った。

そろそろ寝にいくよ、と老人はいった。

ええ。

老人は立ち上がった。たいして眠くはないんだ、といった。でもそれは仕方のないことでな。

おやすみなさい。

ああ、おやすみ。

タクシーの運転手は高い煉瓦塀の切れ目の錬鉄の門から一緒にはいって建物の玄関までついてきた。まるで町はずれの暗闇は危険だ、町の外の砂漠の暗闇は危険だとでもいうように。運転手はアーチ形の屋根のある玄関の壁に穿《うが》たれた窪みのヴェルヴェットの紐を引いて呼び鈴を鳴らし低く歌を口ずさみながら待った。ジョン・グレイディを見た。

よかったらおれは待っててやるよ。

いや、いい。

扉が開かれた。イヴニング・ドレス姿の女が微笑み手で扉を押さえたまま後ろに下がった。ジョン・グレイディがなかにはいって帽子を脱ぐあいだ女は運転手と一言二言話し、それから扉を閉めてジョン・グレイディのほうを向いた。女が手を出したのでジョン・グレイディはズボンの尻ポケットへ手を伸ばした。女は微笑んだ。

帽子をどうぞ、と彼女はいった。

帽子を渡すと女が奥を手で示したのでジョン・グレイディは手のひらで髪を撫でつけながらそちらへ歩いた。階段を二段上がったフロアの右手にバーのカウンターがありジョン・グレイディはスツールに腰かけて酒を飲みながら話している男たちの後ろを通った。カウンターはマホガニー製で柔らかな照明がなされバーテンダーはバーガンディ色の小さな上着を着て蝶ネクタイを結んでいる。サロンの赤地に金色の模様を浮かせたダマスク織りの布を張ったソファに娼婦たちが坐っていた。ネグリジェや裾が床まで届く正装用のガウンや腿までスリットのはいった白のサテンや紫のヴェルヴェットのシース・ドレスを着けガラスや金革の靴をはき気どったポーズをとって薄闇のなかに真っ赤な唇を浮かびあがらせていた。頭上には切子硝子のシャンデリアが下がり右手の台座の上では弦楽三重奏団が演奏をしていた。

ジョン・グレイディはカウンターの端までいった。手摺に片手をかけたときにはすでにバーテンダーがナプキンを置いていた。

いらっしゃい、とバーテンダーはいった。

やあ。オールド・グランダッド（バーボン）と水を一杯くれ。

はい。

バーテンダーはその場を離れた。ジョン・グレイディは足もとのよく磨かれた真鍮のレールにブーツの片方を載せカウンターの後ろの鏡を介して女たちを見た。カウンター席の男たちはほとんどが身なりのいいメキシコ人でなかに何人か寒い季節には薄すぎる花柄刺繍のはいったシャツを着たアメリカ人もいた。透けて見えるガウンを着た背の高い女が娼婦の幽霊といった風情でサロンを横切っていった。酒棚の瓶の後ろの壁を這っていたゴキブリが鏡まで降りてきて自分自身と出会い凍りついたように動きを止めた。

ジョン・グレイディはおかわりを注文した。バーテンダーが酒を注いだ。また鏡を覗きこむとあの娘が暗い色のヴェルヴェットを張った寝椅子にひとりガウンの腰から下を見栄えよく広げ両手を膝の上に置いて坐っていた。彼は娘に目を据えたまま帽子をとろうと手を伸ばした。そしてバーテンダーを呼んだ。

勘定を頼む《ラ・クエンタ・ポル・ファボール》。

ジョン・グレイディは手もとに目を落とした。帽子は玄関ホールで案内係の女に渡したのを思い出した。札入れを出して五ドル札を一枚マホガニーのカウンターの上に滑らせ残りの紙幣を折りたたんでシャツの胸ポケットにいれた。バーテンダーが釣りを持ってくるとジョン・グレイディはそのなかの一ドル札を押し返し振り返って娘が坐っているほうを見た。娘はひどく小さく頼りなげに見えた。目を閉じているのは音楽を聞いているのだとジョン・グレイディは気づいた。彼は水のグラスにウィスキーを注ぎウィスキーのグラスをカウンターに置いて水割りを手にフロアを横切った。

頭上の大きなシャンデリアの光を遮って落とす彼の淡い影が彼女を夢想から覚ましたかに見えた。顔を上げて赤く塗られた幼い唇で薄く微笑んだ。ジョン・グレイディは帽子に手をやりかけた。

やあ、と彼はいった。隣へ坐ってもいいかい?

娘は居住まいを正し広げたスカートを引き寄せて坐る場所を作った。ウェイターが暗い壁際をやってきて二人の前に置かれた低いガラスのテーブルにナプキンを二つ置き注文を待った。

おれはグランダッドと水。この人にはいつも飲むものを。

ウェイターはうなずいて歩み去った。ジョン・グレイディは娘を見た。娘は軽く前に身をかがめてまた衣装を自分の体に密着させた。

ごめんなさい《ロ・シエント》、と彼女はいった。あたし英語が喋れない《ペロ・ノ・アブロ・イングレス》の。

いいんだ《エスタ・ビエン》。スペイン語で話そう《ポデーモス・アブラール・エスパニョール》。

ああ《オー》、よかった《ケ・ブエノ》。

きみの名前は何《ケ・エス・ス・ノンブレ》？

マグダレーナ《マグダレーナ》よ。あなたは《イ・ウステ》？

彼は答えなかった。マグダレーナか、といった。

娘は目を伏せた。自分の名前を聞いて困惑したかのように。

それは本当の名前《エス・ス・ノンブレ・デ・ピーラ》？

ええ《シ》。もちろん《ポル・スプエスト》。

つまりその名前は《ノ・エス・ス・ノンブレ》……仕事用の名前じゃないわけだ《ス・ノンブレ・プロフェシヨナール》。

彼女は口もとへ手をやった。ああ《オー》。違うわ《ノ》。ほんとの自分の名前よ《エス・ミ・ノンブレ・プロピオ》。

ジョン・グレイディは娘を見つめた。〈ラ・ベナーダ〉できみを見たというと彼女はただうなずくだけで驚いた様子を見せなかった。ウェイターが飲み物を運んでくると代金を払いチップに一ドル与えた。娘は最後まで飲み物に手をつけなかった。あまり小さな声で話すのでジョン・グレイディは身を乗り出さなければならなかった。彼女はほかの女の人たちが見てるけど気にすることはないといった。自分はまだ新入りだから見るのだといった。ジョン・グレイディはうなずいた。どうでもいいことだよ《ノ・インポルタ》、といった。

娘は〈ラ・ベナーダ〉ではなぜ声をかけてこなかったのかときいた。ジョン・グレイディは友だちと一緒だったからだと答えた。〈ラ・ベナーダ〉には誰かなじみの女《ひと》がいたのかという問いにはいなかったと答えた。

おれを覚えてくれたのか《ノ・メ・レクエルダ》、と彼はきいた。

娘は首を振った。目を上げた。二人はしばらく黙っていた。

年はいくつだい《クワントス・アニョス・ティエーネ》？

だいぶいってるわ《バスタンテス》。

いいたくなければべつにいいけどと彼はいったがやはり娘は答えなかった。寂しい笑みを浮かべた。ジョン・グレイディのシャツの袖に手を触れた。さっきのは嘘《フェ・メンティーラ》よ、と彼女はいった。さっきあたしがいったこと《ロ・ケ・デシア》。

え《コモ》？

あなたのことを覚えていないといったのは嘘だと彼女はいった。バーのカウンターにいるあなたを見てきっと声をかけてくると思ったのになくて次に見たときはもういなかったといった。

ほんとに《ベルダー》？

ええ《シ》。

さっきのは嘘とはいえないとジョン・グレイディは応えた。ただ首を振っただけだ。だが娘はまた首を振って自分は嘘のなかでもいちばんひどい嘘をついたのだといった。それからなぜこの店にひとりできたのかときくのでジョン・グレイディはテーブルに置かれたままのグラスを見て飲み物のことを考え彼女の嘘のことを考えてから首をめぐらして娘を見た。

きみを探し歩いてたんだ《ポルケ・ラ・アンダーバ・ブスカンド》、と彼はいった。しばらく前から探してたんだ《ヤ・テンゴ・ティエンポ・ブスカンドラ》。

マグダレーナは答えない。

なんでおれのことを覚えてた《イ・コモ・エス・ケ・メ・レクエルダ》？

彼女は半ば顔をそむけてほとんど囁くようにいった。あたしもなの《タンビエン・ヨ》。

え《マンデ》？

娘は首をめぐらして彼の顔を見た。あたしもなの《タンビエン・ヨ》。

部屋にはいると彼女は入口に向き直って扉を閉めた。どんなふうにしてここへきたのかジョン・グレイディには思い出せなかった。覚えているのは彼女の小さな冷たい手をとったことだけだ。不思議な手触りだった。シャンデリアの下を通るときガラスの飾りが作る虹色の光が彼女のむきだしの肩の上を流れた。彼は子供のようにつまずきそうになりながら彼女のあとへついていった。

娘は寝台へいって二本のろうそくに火をともしスタンドの明かりを消した。ジョン・グレイディは両腕を脇に垂れたまま立っていた。彼女は首の後ろに手をやってガウンのホックをはずし背中のジッパーをおろした。彼はシャツのボタンをはずし始めた。狭い部屋は寝台でほぼいっぱいだった。四柱式の寝台で天蓋から葡萄酒色をしたオーガンザのカーテンが下がりそれを透かしてろうそくの赤紫色の光が枕の上に落ちていた。

扉に軽いノックがあった。

お金を払わなくちゃいけないわ《テネーモス・ケ・パガール》、と娘はいった。

ジョン・グレイディはポケットから折りたたんだ紙幣の束を出した。泊まりだ《パラ・ラ・ノーチェ》。

でも高いわ《エス・ムイ・カーロ》。

いくら？《クワント》 彼は紙幣を数えた。八十二ドルある。それを全部差し出した。娘はお金を見、彼の顔を見た。また扉がノックされた。

五十ドルもらうわ《ダメ・シンクウェンタ》。

それで足りるのかい《エス・バスタンテ》？

ええ《シ・シ》。彼女はお金を受けとり扉を開いてそれを差し出し部屋の外にいる男に何か囁いた。背の高い痩せた男で銀のホルダーに差した煙草を吸い黒い絹のシャツを着ていた。男がわずかに開いた扉の隙間から客をちらりと見てから金を数えうなずいて立ち去ると娘は扉を閉めた。おろしたジッパーの隙間から見える背中はろうそくの明かりを受けて青白く見えた。黒髪は艶々と光っている。こちらに向き直りガウンの袖から両腕を抜いて衣装を胸に押しあてた。それを床に落とし一歩脇へ寄って椅子の背板にかけ寝台のカーテンのなかにはいってカバーをはぐると肩紐をはずしてスリップを足もとに落とし裸で寝台に上がってサテンのキルトを顎まで引き上げ横向きになって片腕を頭の下に敷きジョン・グレイディをじっと見た。

ジョン・グレイディはシャツを脱いで置き場所を探すように辺りを見た。

椅子にかけて《ソブレ・ラ・シーャ》、と娘が囁いた。

彼はシャツを椅子の背板にかけてその椅子に坐りブーツを脱ぎ靴下をそのなかに突っこんでかたわらに置くと立ってズボンのベルトをはずした。裸で寝台へいくと娘がカバーをはぐったので淡い色のシーツの下に潜りこみ枕に頭を載せて柔らかな布で覆った天蓋を見上げた。それから首をめぐらして娘を見た。彼女はずっと彼を見つめていた。彼が片腕を上げると柔らかいひんやりとした裸身を足先までぴたりと寄せてきた。彼は片手で髪の束をつかみ祝福を受けるように自分の胸の上で広げた。

あなたは結婚してるの《エス・カサード》、と娘はきいた。

い《ノ》や。

彼はなぜそんなことをきくのかと尋ねた。彼女はしばらく黙っていた。それからもし結婚してるのなら余計に罪が深いといった。彼はそれについて考えた。本当にそれが理由できいたのかと問うとあなたはいろいろききすぎると彼女はいった。彼女は身を乗り出してきて彼にキスをした。夜明けに眠っている彼女を抱いた格好で目覚めたジョン・グレイディはもう彼女に何を尋ねる必要も感じなかった。

服を着替えていると彼女が目を覚ました。ブーツをはいて寝台へいき腰をおろして彼女の頬に手を置き髪を撫でた。彼女は眠たげな動きで寝返りをうち彼の顔を見上げた。ろうそくは容器のなかで燃え尽きていて底に貝殻のような形でこびりついている蠟のなかに黒い短い芯が残っていた。

もういかなくちゃいけないの《ティエーネス・ケ・イルテ》？

うん《シ》。

またきてくれる《バス・ア・レグレサール》？

ああ《シ》。

彼女はその言葉の真偽を確かめようと彼の目を覗きこんだ。彼は身をかがめて彼女にキスをした。

元気でね《ベーテ・コン・ディオス》、と彼女は囁いた。

きみも《イ・トゥ》。

娘がジョン・グレイディを両腕で抱いて胸に引き寄せそれから離すと彼は立って戸口へ歩いた。振り返って娘を見る。

おれの名前をいってみてくれ。

娘は手を伸ばしてカーテンを引き開けた。なに《マンデ》？

おれの名前をいってみてくれ《ディ・ミ・ノンブレ》。

カーテンを押さえたまま彼女はいった。あなたの名はファン《トゥ・ノンブレ・エス・ファン》（ファンはジョンにあたる）。

そうだ、と彼はいった。そして扉を引いて閉め廊下を歩いていった。

サロンには誰もいなかった。煙草の脂《やに》の臭いと甘ったるいパンの匂いとライラック・ローズのかすかな香りと娼婦たちの残り香が感じられた。バーのカウンターも無人だった。灰色の光のなかでカーペットの染みや椅子のすり減った肘掛けに焼きついた煙草の跡などが目についた。玄関ホールに出てペンキを塗った扉を開けてクローク室にはいり自分の帽子をとった。それから玄関の扉を開けて朝の冷たい外気のなかに出た。

粗削りの板壁にトタン屋根の丈の低い小屋が並ぶ町はずれの風景があった。がらんとした土や砂利の空き地がありその向こうにセージやクレオソートの木が生えている平原が広がっている。雄鶏の鳴き声が聞こえ空気のなかに炭火の臭いが混じっていた。ジョン・グレイディは暁の光を頼りに東の方角を見定めて町の中心部に向かって歩きだした。寒い朝まだき、黒い山の裾にまだ明かりをともしている町は荒野のなかの町に共通するあの得がたい孤立感があった。道路の向こうから薪の山を背負ったロバを引いて男がひとりやってきた。遠くで教会の鐘が鳴りだした。男はにやりと笑いかけてきた。同じ秘密を知る者同士だという笑み。老齢と若さに関わる秘密、それらの要求、その要求の正当性に関わる秘密。老齢と若さに対する要求。過ぎ去る世界ときたるべき世界。二つがともに持つはかなさ。そして何よりも美と喪失はひとつだという骨の髄まで染みこんだ悟り。

最初に駆けつけたのは片目の年老いた世話係の女で慌てず騒がずぼろぼろのスリッパをはいた足で廊下を小走りに駆け扉を押し開けて部屋にはいると娘は淫夢魔《インキュバス》に襲われているかのように寝台の上で身を縮め苦悶していた。老女は箒の柄を短く切って紐で鍵をとりつけたものを持っておりその柄にシーツを手早く巻きつけて娘の歯と歯のあいだにこじいれた。娘が背をそらせて体を強張らせると老女は寝台に上がりその体を押さえつけた。べつの女が水をくんだコップを持って戸口へきたが老女は首をひとつ振って追い払った。

まるで悪魔憑きの女だ《エス・コモ・ウナ・ムヘール・ディアボリカ》ね、と戸口にいる女はいった。

さあおいき《ベーテ》、と老女はいった。悪魔憑きじゃない《ノ・エス・ディアボリカ》。おいきったら《ベーテ》。

だが戸口には顔にクリームを塗り紙のカーラーを頭につけ思い思いの寝間着を着た娼婦たちが集まり部屋にはいってきて寝台のまわりに詰めかけ、ある者は聖母マリアの小像を寝台の上にかざしある者は娘の片手をとって寝台の支柱に寝間着の腰紐で縛りつけ始めた。娘の口は血まみれで何人かの女がそれを拭きとろうとするように前に出てきてハンカチをあてがったが女たちはすぐにそのハンカチを懐にしまいこみ娘はさらに口から血を流し続けた。女たちがもう片方の腕を引っ張って支柱に縛りつけようとし聖歌を歌いながら十字を切るあいだ娘は体をそらして暴れ、ついで体を強張らせて白目をむいた。女たちが自分の部屋の金箔を張り彩色をした漆喰《しっくい》で造られた祭壇から小さな聖像を持ってきたりろうそくをともしたりしているうちに戸口にこの売春宿の経営者がシャツ姿で現われた。エドゥアルド！　エドゥアルド！　女たちは叫んだ。エドゥアルドは手の甲で女たちを叩いて追い払いながら部屋にはいってきた。聖像やろうそくをなぎ払って床に落とし老女の片腕をつかんで娘から引き離した。

もういい《バスタ》！　彼は怒鳴った。もういい《バスタ》！

娼婦たちは身を寄せ合い寝間着の胸もとをつかんですすり泣いた。女たちは戸口まで退いた。老女だけが部屋のなかにとどまった。

何をぐずぐずしてるんだ《ポル・ケ・エスタス・エスペランド》？　エドゥアルドが押し殺した声できいた。

老女は隻眼をしばたたいた。だがじっと動かない。

エドゥアルドは衣服のどこかから黒いオニキスの柄に銀の厚みをつけたイタリア製の飛び出しナイフを出し娘の両手を縛りつけている腰紐を切りベッドカバーを引き上げて彼女の裸の体を覆いナイフの刃を出したときと同じように音もなく閉じた。

この子に何もしないで《ノ・ラ・モレステ》、と老女は低い声で鋭くいった。何もしないで《ノ・ラ・モレステ》。

うるさい《カヤーテ》。

殴るんならあたしを殴って《ゴルペアメ・シ・ティエーネス・ケ・ゴルペアール・ア・アルギエン》。

エドゥアルドは老女のほうを向いてその髪をつかみ戸口へ押しやり娼婦たちと一緒に廊下に出して扉を閉めた。かんぬきをかけたかったが扉の外側にしかついていなかった。それでも老女はもういってこず鍵がいるんですと叫んだだけだった。エドゥアルドはじっと娘を見おろしていた。娘の口から落ちた箒の短い柄が血の染みがついたシーツの上に転がっていた。それを拾って戸口へいき扉を開けた。老女は身をすくめ片腕を上げて後ろに下がったがエドゥアルドは鍵のついた柄を廊下の床に叩きつけてまた扉を力まかせに閉めた。

娘の呼吸は静かだった。エドゥアルドは寝台の上に落ちている布切れをとって彼女の口の血を拭こうとしかけたが結局はそれも放り出しもう一度乱れた室内を眺めてから低く毒づき部屋から出て扉を閉めた。

ウォードは種馬を馬房から出して納屋の通路を引いていった。馬は途中で足を止め胴震いをしながら地面が剣呑《けんのん》だというように小刻みに歩を運んだ。ウォードが身を寄せて話しかけると馬は勢いこんで同意するように首を激しく上下に振った。初めてのことではないのに馬は狂ったようにいきり立ちウォードも同じように苛立った。躍り跳ねる馬を引いていくとほかの馬たちは馬房のなかでぐるぐる回り目をむいた。

種馬が囲いのなかにはいるとジョン・グレイディが鼻ねじをつけて押さえている牝馬が棒立ちになりかけた。ロープをいっぱいに引いて身を翻し片足を後ろに蹴り出してからまた後足で立とうとした。

なかなか見てくれのいい牝馬だな、とウォードがいった。

ああ。

片っ方の目はどうしたんだ？

持ち主に棒で叩かれて飛び出しちまったんだ。

ウォードは目をひんむいた種馬を引いて囲いのなかの柵沿いを回った。棒で叩かれて飛び出した？

ああ。

もとどおりはめこめなかったのか？

ああ。

よしよし、とウォードはいった。落ち着け。可愛い牝馬だぞ。

うん、とジョン・グレイディはいった。可愛い牝馬だ。

ウォードに導かれて種馬はぎくしゃくと前へ進んだ。牝馬はいいほうの目をむいて悪いほうの目と同じように白くした。J・Cともうひとりの男が囲いにはいって門を閉めた。

ウォードは首をめぐらしてふたりの背後の柵に目をやった。

おい何度もいわせるな、と彼は叫んだ。母屋へいってろといったろう。

柵の陰から十代の少女がふたり出て母屋に向かって駆けだした。

オーレンはどこだ、とウォードはきいた。

ジョン・グレイディは跳ねる牝馬と一緒にその場で回った。足を踏まれないよう気をつけながら牝馬の体に寄りかかる。

用事があってアラモゴードへいった。

押さえてろ、とウォードはいった。押さえてろよ。

種馬は後足で立って巨大な陽根を揺らした。

押さえてろ、とウォードがいう。

大丈夫だ。

狙う処はこいつが知ってる。

牝馬が背を丸めて跳ね上がり片方の後足を蹴り出した。三度目に種馬はうまく牝馬の腰にのしかかり後足を何度も踏み替えながら大きな腿を震わせ血管を浮き出させた。鼻ねじの紐を手に巻きつけて牝馬を押さえているジョン・グレイディはさながら魔術によって空無のなかから呼び出された妖獣がもがき喘ぎながら真っ昼間の世界を驚かすのを一本の紐でとり押さえている子供のようだった。片手で鼻ねじの紐をつかみ顔を馬の汗まみれの首に押しつける。肺がゆっくりと吠えるのが聞こえ血管の搏動がつたわってきた。心臓が船の深奥に据えられた発動機のように緩慢な鈍い鼓動を繰り返すのが聞こえる。

ジョン・グレイディはJ・Cと二人で牝馬を馬運搬車に乗せた。種がついたと思うか、とJ・Cがきいた。

どうかな。

牝馬は背中を曲げたろ？

馬運搬車の後部のゲートを上げて両側の留め金をとめた。ジョン・グレイディは運搬車に寄りかかってハンカチで顔を拭きまた帽子をかぶった。

マックはもうこいつを売ってるんだ。

まだ金を使ってなきゃいいけどな。

え？

前に二回種つけをして二回ともつかなかったんだ。

ウォードの種馬でか？

いや。

ウォードの種馬ならおれは金を出すな。

マックもそうしたんだ。

仕事はこれで終わったのか？

終わった。一杯やってくか？

おごってくれるのかい？

何いってやがる、とJ・C。おまえから金を借りてボウリング・ゲームをやろうってんだ。懐具合をよくしようぜ。

この前やったときは懐具合がよくならなかったよ。

二人はトラックに乗りこんだ。

ほんとに空っけつなのか、とJ・Cはきいた。

一文無しだ。

車はゆっくりと走りだした。後ろで馬運搬車ががたがた揺れた。トロイが手のひらの上で小銭を数えた。

ビールを二本ずつなら大丈夫だぜ、と彼はいった。

いいよ、遠慮する。

一ドル三十五セントまでなら散財してもいいんだ。

まあ帰ろうよ。

彼は馬に乗ったビリーが赤い砂丘の頂から柵沿いに降りていくのを眺めた。ビリーはしばらくして馬を止め風にこすられ続けている土地を眺めそれからジョン・グレイディを顧みた。横に身を乗り出して唾を吐いた。

酷《きび》しい土地だな、とビリーはいった。

酷しい土地だ。

昔は鐙の辺までグラーマ・グラス（牧草）が繁ってたってな。

おれもそう聞いた。群れはもう見えないか？

ああ。散り散りに逃げちまった。鹿みたいに必死でな。この辺は馬を日に三頭乗り換えないとだめだな。

ベル・スプリングズ・ドローまでいこう。

先週もいったのか？

いや。

よし、いいだろう。

二人は赤いクレオソートの木が生えている平原を横切って赤い小岩がごろごろ転がっている涸れ谷を溯った。

ジョン・グレイディ・コールは情けない男、とビリーは歌った。

岩間を縫う通り道が細い水溜まりと合流した。濡れた土は赤い滑石のようだった。

鹿革の腹にゴムの尻、と歌は続いた。

一時間後二人は泉のほとりで馬を止めた。牛の群れは間違いなくここへきていたがすでに移動していた。濡れた足跡が湿地の南の端を通り南の下り斜面を降りていた。

生まれたての仔牛が少なくとも二頭いるな、とビリーがいった。

ジョン・グレイディは応えなかった。馬がかわりばんこに口から水を垂らしながら顔を上げ鼻から息を吹きまた首を曲げて水を飲んだ。ヒロハハコヤナギの白っぽいねじくれた枝に枯れ葉がしがみついて風に鳴っていた。泉の上手の平坦地に長年放置されている崩れかけた小さな陽干し煉瓦の家があった。ビリーはシャツの胸ポケットから煙草の箱を出して一本振り出し背中を丸めて火をつけた。

昔はよくこういう丘の上に小さい牧場を持ちたいと思ったよ。牛を少し飼ってな。肉は自分の処でとるんだ。そんな暮らしをしたいと思ったよ。

いつかできるかもしれない。

そいつはどうかな。

わからないよ。

一度ニュー・メキシコで牧場の遠い牧草地で一冬越したことがある。けっこういい稼ぎになったんだ。もう二度とやりたいとは思わないけどな。小屋のなかで凍え死にそうになったよ。なかにいても風で帽子が飛ぶんだ。

ビリーは煙草を吸った。二頭の馬が頭をもたげて遠くを見た。ジョン・グレイディは投げ縄を鞍に縛りつけている革紐をほどいて結び直した。昔みたいな生活ができたらいいと思うか？　と彼はきいた。

いや。がきの頃はそう思った。どこか辺鄙な土地で痩せた牛を飼うのがいちばん天国に近い暮らしだと思ったもんだ。いまはそうは思わないよ。

昔の人間のほうが強かったと思うかい？

強かったかもしれないが馬鹿だったんじゃないか？

枯れ葉が乾いた音を立てた。夕暮れが近づくなかビリーは上着のボタンを止めて寒さを防いだ。

おれはここで暮らせるよ、とジョン・グレイディはいった。

おまえみたいな無知な若造なら暮らせるかもな。

きっと気にいると思うよ。

おれが気にいってるものを教えようか？

何だい？

スイッチをいれたら明かりがつく暮らしさ。

ああ。

おれのがきの頃の望みといまの望みは同じじゃない。結局昔こうだったらと思ってたことは本当の望みじゃなかったんだろうな。さあもういくか？

ああ。いこう。あんたのいまの望みって何なんだ？

ビリーは馬に話しかけ手綱を引いて向きを変えさせた。そこで動きを止めて小さな陽干し煉瓦の家とその下方の夕闇に青く染まった冷たい土地を振り返った。ふん、と彼はいった。自分の望みが何かなんてわからないよ。わかったことなんか一度もない。

宵闇のなかを二人は引き返した。前方に重い足どりで進む牛の群れの黒い影が見えた。

群れの後ろについたみたいだな、とビリーはいった。

ああ。

二人は進んだ。

子供ってやつは将来はこうしようああしようと考える、とビリーはいった。けどちょっと大きくなると多少とも前に考えたことをとり消さなきゃいけなくなる。なるべく苦労せずにすませたいと考えるようになるんだろうな。とにかくこの土地は昔と同じじゃない。この土地にあるもの全部がだ。戦争が何もかも変えちまった。みんなまだそのことに気づいてないいんじゃないかな。

西の空が暗くなった。冷たい風が吹いた。四十マイル先に町の灯がぼんやりと見えた。

おまえ薄着しすぎてるんじゃないのか、とビリーはいった。

いいんだ。それで戦争はどう変えちまったんだ？

とにかく変えちまったんだ。もう前とは同じじゃない。もとに戻ることはないんだ。

エドゥアルドは裏口に立っていつもの細い葉巻を吸いながら雨を眺めていた。建物の裏にはトタン板の倉庫が建っていたがわざわざ眺めるほどのものはなくただ雨が降りその雨が路地で黒い水溜まりを作り裏口の軒下にとりつけた黄色い電球が柔らかな明かりを投げているだけだった。空気はひんやりしていた。葉巻の煙が明かりのなかを漂った。リネンの汚れ物を腕いっぱいに抱えた少女が不自由な足を引きながら廊下を通っていった。やがてエドゥアルドは扉を閉めて廊下の先の事務室に戻った。

支配人のティブルシオがノックしたが振り向きもしなかった。はい《アデランテ》れ、と彼はいった。ティブルシオがはいってきた。持ってきた紙幣を一枚ずつ勘定しながら机の上に置いた。果樹材の机の上にはガラス板が敷かれ一方の壁際には白革張りのソファと低いガラスとクロームのコーヒー・テーブルが置かれ反対側の壁際には小さなホーム・バーが四脚の白革張りのスツールとともに据えつけてある。床のカーペットは上品なクリーム色。金を数え終えると支配人はじっと待った。エドゥアルドが身を返して彼を見た。支配人は薄い口髭の下で薄く微笑んだ。油をつけた黒い髪が柔らかな明かりを受けて光っている。黒いシャツは熱すぎるアイロンをかけているせいでてかてかと光っていた。

エドゥアルドは手にしていた葉巻をくわえて机に近づいた。机上に目を落とす。指輪をはめた細い指でガラスの上の紙幣を扇状に広げくわえた葉巻をとって顔を上げた。

例の若造《エル・ミスモ・ムチャーチョ》だったか？

例《エル・》の《ミ》若《ス》造《モ》です。

エドゥアルドは口を引き結んでうなずいた。よし《ブエノ》、もういけ《アンダレ》。

ティブルシオが出ていくと机の引き出しの鍵を開け鎖が一本下がっている細長い革の札入れをとりだして紙幣をいれ札入れを引き出しに戻して鍵をかけた。帳簿を開いて書きこみ閉じる。それから戸口へいって葉巻をふかしながらじっと立って廊下を眺めていた。両手を背中で組んでいるのは誰かがするのを見るか何かで読むかして憧れた姿勢だろうが所詮はよその国の人間がとる姿勢であり彼の国のものではなかった。

十一月が過ぎたとき彼はもう一度だけ娘に会いにいった。支配人が廊下から部屋の扉をノックして去ったとき彼女はもういってといった。彼は娘の両手をとった。天蓋付きの寝台の真ん中で二人とも服をきちんと着けあぐらをかいて坐っていた。彼は身を乗り出してひどく早口の熱っぽい口調で説いたが彼女はただ危険すぎると応えるだけでそのうちまた支配人が扉を叩いて今度は立ち去らなかった。

約束してくれ《プロメテー》、と彼はいった。約束してくれ《プロメテー》。

支配人が掌底で扉を叩いた。彼女は目を大きく見開いて彼の手を握った。

もういかなくちゃだめ《デベス・サリール》、と囁いた。

約束してくれ《プロメテー》。

わかったわ《シ・シ》。約束する《ロ・プロメト》。

サロンにはほとんど人がいなかった。夜の遅い時間に弦楽三重奏団と一緒に演奏する盲目のピアニストがベンチに坐っていたがピアノは弾いていなかった。ピアニストの若い娘がそばに立っていた。ピアノの上には演奏中の父親に読んで聞かせる本が載っていた。ジヨン・グレイディはフロアを横切り一ドルだけ残して有り金全部をピアノの上のグラスにいれた。ピアニストは微笑んで軽く頭を下げた。ありがとう《グラシアス》。

元気ですか《コモ・エスタス》、とジョン・グレイディはいった。

老人はまた笑みを浮かべた。お若い人、と彼はいった。あんたはどうだね？　元気かね？

ああ、ありがとう。お爺さんも元気ですか？

老人は肩をすくめた。くすんだ黒のスーツの肩が持ち上がりまた降りた。元気だよ、と彼はいった。元気だ。

今夜はもうおしまいですか？

いや。これから夕食だ。

もうずいぶん遅い時間だけど。

ああ。遅い時間だね。

盲目の老人が話す英語は旧世界の英語、違う時代の違う世界の言葉だった。姿勢を直して立ち上がり木偶《でく》のような動きで向きを変えた。

一緒にくるかね？

ありがとう。でももういかないと。

申し込みのほうはどんな案配かね？

ジョン・グレイディはその意味がわからなかった。申し込みという言葉を頭のなかで何度も転がした。女の子のことかときき返す。

老人は肯定の印に頭をひとつ下げた。

どうかな、とジョン・グレイディはいった。まああかな。そうだといいと思うけど。

確かな保証は何もないからね、と老人はいった。辛抱強くやらないと。辛抱が何より大事だ。

ええ。

娘がピアノの上から父親の帽子をとりそれを手に待っていた。娘は父親の手をとったが老人は動く気配を見せなかった。彼はふたりの娼婦とカウンターで酔いつぶれている男がいるだけのサロンに顔を向けた。わしらは友だちだ、と老人はいった。

ええ、とジョン・グレイディは応えた。老人と誰が友だちなのかはよくわからなかった。

ここだけの話としてひとついっていいかね？

ええ。

あの娘《こ》も気があると思うよ。老人は黄ばんだ繊細な人さし指を唇にあてた。

どうもありがとう。そういわれると嬉しいです。

そうだろうとも。持ち上げた手のひらに娘が帽子のつばを触れさせると老人はそれを両手で受けとり少し回して頭に載せ顔を上げた。

あれはいい娘《こ》だと思いますか、とジョン・グレイディはきいた。

おやおや、と老人はいった。おやおや。

おれはそう思うんです。

おやおや、と盲目の老人はいった。

ジョン・グレイディは微笑んだ。さあ食事にいってください。娘にうなずきかけて自分もいきかけた。

あの娘の境遇のことだが、と老人はいった。きみは知ってるかな？

ジョン・グレイディは振り返った。なんです？

ほとんど何もわかってないんだ。迷信深い連中が多くてね。ここでは二派に分かれてる。優しい目で見る人たちもいるがそうでない人たちもいる。わかるだろう。わしの考えをいうよ。わしの考えではあの娘はお客さんにすぎん。もともとここにいるべき人間じゃないんだ。わしらの仲間じゃない。

ええ。ほんとにこんな処にいるべきじゃないんです。

違うんだ、と盲目の老人はいった。この店のことじゃない。ここにいるべき人間じゃないんだ。わしらと同じ人間じゃない。

ジョン・グレイディは町の通りを歩いた。彼女にもその気があるという老人の言葉を未来と取り交わした契約のように感じた。寒い夜だったがファレスの住民は開け放した戸口に立って煙草を吸ったり話をしたりしていた。舗装されていない砂地の通りを物売りが荷台を引きあるいは小さなラバに引かせていた。彼らはたきーーぎぃ《レーーーニャ》と呼び声を上げた。と《ケロ》おーーゆぅ《シーーーーニャ》と声を上げた。とうの昔に死んだ乙女を探して歩く年老いた求婚者たちのように暗くなった町で呼び売りをしていた。

2

彼は待ったけれども彼女はこなかった。窓辺に立って古いレースのカーテンを手のなかにまとめて握り表の通りを眺めていた。歩道から上を見上げて埃まみれのゆがんだガラスの奥の彼を見た者は誰でもすぐに事情を察したに違いない。午後の町は静かになった。向かいの金物屋は店じまいをしてシャッターをおろし鍵をかけた。ホテルの前でタクシーが一台停まると彼は冷たいガラスに額を押しつけて見おろしたが降りてきた者がいるかどうかはわからなかった。くるりと背中を返して戸口へいき扉を開けて廊下の階段の降り口まででいって階下のロビーを見おろした。誰もはいってこなかった。部屋の窓辺に戻るとタクシーは消えていた。彼は寝台に坐った。影が長く伸びていた。やがて部屋のなかが暗くなりホテルの緑色のネオンサインが窓から射しいりしばらくすると彼は立って書き物机の上から帽子をとって部屋を出た。廊下に出て部屋を振り返りそれから扉を引いて閉めた。もうしばらく廊下にいたならあの隻眼の老女とみすぼらしい階段ですれ違ったはずだったが実際にはロビーですれ違い、老女は彼をただの泊まり客と見、彼は相手を片目の白く濁った老女が苦労しながらホテルにはいってきたと見ただけだった。彼は夕方の涼しい外気のなかに出、老女は階段を大儀そうに上がって彼がさっきまでいた部屋の扉をノックし少し待ってからまたノックした。廊下のべつの扉が開いて男が顔を出した。タオルがないぞと男は老女にいった。

寝台に寝て粗削りの木の天井を見上げているとビリーがやってきて入口に立った。ビリーは少し酔っていた。帽子をあみだにかぶっている。よう、カウボーイ、と彼はいった。

やあ、ビリー。

機嫌はどうだい？

いいよ。どこへいってきた？

〈小卓〉《メシーャ》でダンスをしてきた。

誰といった？

いかなかったのはおまえだけだ。

ビリーは入口に坐りこみ片方のブーツを脇柱にあて帽子を脱いで膝の上に置き頭を後ろにのけぞらせた。ジョン・グレイディはじっと彼を見た。

あんたも踊ったのか？

ああ踊ったさ。

ダンスが得意とは知らなかったな。

得意じゃない。

きっと一生懸命踊ったんだろうな。

見ものだったぜ。オーレンの話じゃ、例のおまえがいれこんでるリス頭の馬はおまえの手から餌を食うようになったらしいな。

それはちょっと話が大げさだ。

おまえ何を話すんだ？

誰に？

馬にさ。

さあ。ほんとのことを、かな。

商売上の秘密ってわけか。

違うよ。

そもそも馬に嘘をつくなんてできるのか？

ビリーは首をめぐらしてジョン・グレイディを見た。どうかな、とジョン・グレイディはいった。どうやって嘘をつくかってことかい、それともなんで嘘をつく気になれるかってことかい？

どうやって嘘をつくかってことだ。

さあな。ようするにこっちが心のなかで何を思うかだ。
人間の心のなかが馬にわかると思ってるのか？
ああ。あんたは思わないのかい？
ビリーはすぐには答えなかった。しばらくしていった。いや。思うよ。
おれはあんまり嘘がうまくないんだ。
そりゃ練習が足りないだけさ。
通路の向こうの馬房でいななきと身動きの音がした。
おまえ付き合ってる女でもいるのか？
ジョン・グレイディは左右のブーツを重ねた。ああ。なかなか会えないけど。
J・Cがいるっていうんだよ。
なんでJ・Cが知ってるんだ？
好きな女がいる徴《しるし》が全部現われてるとさ。
好きな女がいる徴？
ああ。
どんな徴？
そいつはいわなかった。そのうちここへ連れてきておれたちに紹介する気はあるのか？
ああ。連れてくるよ。

そうか。
ビリーは膝から帽子をとって頭に載せ立ち上がった。
ビリー?
何だ。
打ち明けるよ。ちょっと面倒なことなんだ。おれはちょっと疲れちまった。
そりゃ疲れるだろうさ、カウボーイ。また明日の朝な。

次の週にはバーで酒を一杯飲めるだけの金をポケットにいれて出かけた。彼は鏡に映った彼女を見つめた。彼女は暗色のヴェルヴェットの長椅子にひとり背をまっすぐ起こして坐り初めて社交界に出た令嬢のように両手をきちんと膝に置いていた。彼はゆっくりとウィスキーを飲んだ。また鏡を見たとき彼女がこちらをじっと見ていたような気がした。酒を飲み干し代金を払って出ていこうと体の向きを変えた。彼女を正面から見るつもりはなかったのに見てしまった。彼女の毎日の暮らしぶりは想像もつかなかった。

帽子を受けとってクローク室の女に残った小銭を全部やり女が微笑んで礼をいうのを聞きながら帽子をかぶり玄関のほうへ体を向けた。扉の装飾を施した縞瑪瑙《しまめのう》のノブに手をかけたときひとりのウェイターがやってきた。

ちょっと待ってください《ウン・モメント》、とウェイターはいった。

ジョン・グレイディは動きを止めた。クローク係の娘を見やりウェイターに目を戻した。ウェイターは彼と扉のあいだに立っていた。あの娘《こ》が、と彼はいった。あなた、あたし、忘れないで、といってます。

ジョン・グレイディはサロンへ目を向けたが玄関ホールからは彼女の姿が見えなかった。

何だって《ディーガメ》？

あなた、あたし……。

スペイン語でいってくれ《エン・エスパニョール・ポル・ファボール》。彼女の言葉をスペイン語のままでいってくれ《ディーガメ・エン・エスパニョール・ロ・ケ・ディーセ・エーヤ》。

ウェイターはそうしなかった。また英語で同じことを繰り返してから体の向きを変えて歩み去った。

次の夜は〈モデルノ〉でピアノ弾きの親娘を待った。長い時間待つうちに二人はもう早めにきていたのではないか、あるいは今夜はこないのではないかと思い始めた。だがそのとき娘が扉を押し開いて彼に目を止め父親の顔を見上げたが何もいわなかった。入口近くのテーブルに二人が坐るとウェイターがきてグラスひとつにワインを注いだ。

ジョン・グレイディは立って二人のテーブルへいった。お爺さん、と呼びかけた。

盲人は顔を上げてジョン・グレイディのすぐ脇の処に向かって微笑んだ。まるでそこにジョン・グレイディの目に見えない分身が立っているというように。

こんばんは《ブエナス・ノーチェス》、と老人はいった。

お元気《コモ・エスタ》ですか？

ああ、と老人はいった。あの若い人だね。

ええ。

さあ。一緒にどうぞ。ここへ坐って。

ありがとう。

ジョン・グレイディは坐った。娘を見た。老人が低く鋭い声をかけるとウェイターがやってきた。

何を飲むかね《ケ・トーマ》、と老人はきいた。

いいんです。ありがとう。

まあそういわずに。

長居できないから。

この人にもワインを頼む《トライガ・ウン・ビーノ・パラ・ミ・アミーゴ》。

ウェイターはうなずいて去った。ジョン・グレイディは親指で帽子をあみだに押し上げ前に身を乗り出してテーブルに両肘をついた。ここはどういう店ですか？　ときく。

〈モデルノ〉かね？　音楽師の溜まり場だ。古い店でな。ずっと昔からある。土曜日にきてみるといいよ。年寄りが大勢くる。くればわかるがね。みんな踊りにくるんだ。ものすごく年をとった連中が踊るんだよ。ここで。この店で。〈モデルノ〉で。

音楽もやるんですか？

ああやるよ。まだ時間が早いが。みんなわしの友だちだ。

毎晩やるんですか？

ああ。毎晩だ。もうすぐ始まるよ。まあ見ててごらん。

老人の言葉どおり奥の部屋でバイオリン弾きたちが音合わせの口火を切った。チェリストは首を傾けて耳をすましながら弦の上に弓を滑らせる。向かいの壁際のテーブルに坐っていた男女が腰を上げてアーチ形の出入口で手をつなぎコンクリート床のフロアに出ていくとまもなく楽団が古風なワルツを演奏し始めた。老人は前に身を乗り出して音楽に耳を傾けた。踊ってるかね、ときく。誰か踊ってる人がいるかね？

娘がジョン・グレイディに目を向けてきた。ええ、と彼はいった。踊ってますよ。

老人は椅子に背を戻してうなずいた。そうか、と彼はいった。それはいい。

フランクリン山脈の山中で彼らは焚き火の風になびく炎に向かって坐り背後の岩壁の千年前に狩人が刻んだ絵に黒い影を投げかけていた。ずっと下方で犬たちが駆け回っている。その啼き声は山の斜面をくだり弱い谺《こだま》となって返りまた闇のなかの岩だらけの涸れ谷へか細く消えていく。遠い南の荒野には町の灯が宝石店の黒い布の上に置かれたティアラのように小さく纏《まと》まっていた。アーチャーは駆け回る犬の声がよく聞こえるように立ってそちらを向いていたがそのうちまたしゃがんで火のなかに唾を吐いた。

木に登らんようだな、とアーチャーはいった。

ああそうだな、とトラヴィスが応じた。

例のピューマだとどうしてわかる？　とＪ・Ｃがきく。

トラヴィスはポケットから煙草と紙を出して紙を丸く曲げた。前もこうだったんだ、と彼はいった。今度もこの土地からとっとと逃げていくよ。

みんなは耳をすました。犬の吠える声は小さくなりやがて聞こえなくなった。ビリーは上手へ薪を探しにいきしばらくしてヒマラヤ杉の枯れた切り株を引きずってきた。それを持ち上げて焚き火の上へ落とす。飛び散った火の粉が闇のなかを流れた。切り株は小さな炎の上で真っ黒なねじくれた影となった。得体の知れない何物かが闇のなかから出てきて焚き火で暖をとる仲間に加わったようだった。

もっとでかい木切れはなかったのか、パーハム？

すぐに燃え上がるよ。

パーハムの野郎が火を消しちまった、とＪ・Ｃがいった。

いまは嵐の前の静けさなんだ、とビリーは応えた。すぐに燃え上がるって。

聞こえるぞ、とトラヴィスがいった。

おれもだ。

広い涸れ谷のてっぺんの道が折り返す処を越えたんだ。

あのルーシーって犬はきっと今夜は戻ってこないぞ。

あれはどういう犬だ？

アルドリッジ系の牝犬だ。犬は全部リー兄弟が育てたやつだ。途中で諦める訓練をし忘れてるんだ。

ルーシーの祖父さんは最高の犬だったな、とアーチャーがいった。ロスコーって名前だったが覚えてるか、トラヴィス？

覚えてるさ。ブルーティックの血がはいってると思ってたやつもいるがほんとはただの雑種で全身に斑《ぶち》があってガラスみたいな目をして喧嘩が好きだった。あれはナイヤリットで死んだ。ジャガーに食いつかれてほとんど真っ二つにされた。

あんたらこの頃はもうあの辺まで狩りにいかないんだな。

ああ。

戦争前にいったきりだ。最後の何回かはずいぶん遠くまでいったけどな。リー兄弟がいかなくなったのはその頃だ。それ以前はあの土地からジャガーを何頭も獲ってきたもんさ。

J・Cは背をかがめて唾を吐いた。切り株の横腹に炎が這い上がってきていた。

メキシコへ勝手にはいっていって平気だったのかい？

向こうの連中とはうまくいってた。

悶着なら遠くへいかなくたって起こったよ、とアーチャー。厄介ごとが好きなら川の向こうへいきゃなんでもお望みしだいだった。

ああまったくだ。

川を越えりゃ外国だからな。国境沿いに住んでる年寄りのカウボーイに話を聞いてみるといい。革命の話を。

あんたは革命のことを覚えてるのかい、トラヴィス？

革命の話ならアーチャーにしてもらうんだな。

あんたはその頃おむつをあててたんだろ、トラヴィス。

それに近いな。あるとき眠ってるのを起こされて窓の処へいって外を見たら国境の向こうで独立記念日みたいに鉄砲をパンパン鳴らしてたよ。

うちはワイオミング通りに住んでた、とアーチャーがいった。親父が死んだあとはな。母方のプレス叔父はアラメダ通りの機械工場で働いてたがメキシコ人が大砲二門の撃針を持って新しいのを作ってくれといってきたときはちゃんと作ってやって金は一セントもとらなかった。町の者はみんな反乱軍の味方だった。叔父は古い撃針を家に持って帰っておれたち子供にくれた。ある工場では列車の車軸で大砲を作ってやったがそれを連中はラバに引かせて川を越えていったよ。砲耳はフォードのトラックの車軸外管で作って砲身を窓の木枠にとりつけて馬車の車輪で動かせるようにした。一九一三年の十一月のことだ。パンチョ・ビーヤ（一八七八－一九二三。メキシコの革命家）が夜中の二時に乗っ取った列車でファレスへきたこともある。あれは反乱じゃなくて紛れもない戦争さ。エルパソでも明かりをつけた窓に弾を撃ちこまれた家が何軒もあった。それで死んだ連中もいたんだ。みんな川縁まで出ていって野球の試合でも見るみたいに見物したよ。

ビーヤは一九一九年にまたきた。これはトラヴィスもよく知ってる。おれたちはこっそり記念の品を探しにいった。空薬莢なんかをな。通りには馬やラバの死骸がごろごろしてた。店の窓ガラスは粉々でね。並木道では毛布や馬車の幌をかけられた人間の死体を見た。それで浮かれた気分が吹っ飛んじまった。帰ったら家にはいる前にメキシコ人と一緒にシャワーを浴びさせられた。服も消毒されてね。チフスが流行って死人も出てたんだ。

みんなは黙って煙草を吸いながら遠くの谷間の平原にともる明かりを眺めた。闇のなかから犬が二匹現われて彼らの後ろを駆け抜けた。犬たちは岩壁の上に影を走らせて岩陰の乾いた砂地へいくと体を丸めてすぐに眠りこんだ。

結局は無駄だったんだがな、とトラヴィスがいった。何かがよくなったって話は聞かなかった。

おれはあの国を回った。スパーロックスに雇われて牛の買い付けをやった。一応そういうことになってた。まだがきだったがね。メキシコ北部はたいてい馬で回った。といっても牛なんかいやしない。まともなやつはいなかったな。ただあちこち回っただけみたいなもんだ。楽しかったよ。おれはあの国とあの国の人間が好きだった。チワワ州はくまなく回ってコアウイラ州もたいていの処へいってソノーラ州も少し見た。一度出かけたら何週間もいってるんだがポケットに一ペソもなくたって平気だった。向こうの連中は泊めてくれて飯を食わせてくれるし馬にも餌をやってくれるし出ていくときは泣いてくれるんだ。もうずっといたいくらいだった。財産なんか何もない人たちさ。いまもないし将来もずっとない。何にもない荒れ地の真ん中の小さな牧場へいくとまるで親戚でもきたみたいに泊めてくれるんだ。そうやってあちこち見て歩くと革命なんてあの人たちには何の得にもならなかったのがわかったな。男がみんな死んだ家族がいた。父親も息子もみんなだ。ほとんどの家族がそうだったんじゃないかな。人をもてなす余裕なんてほんとはない人たちだった。とくに白人の若造なんてどうでもいいはずだった。出してくれる豆料理は自分らだってやっと食ってる一皿だ。でもおれは断わったことがなかった。一遍もなかった。

さらに三匹の犬がやってきて岩陰の寝床へいった。星々は西へ回った。男たちが四方山《よもやま》話をするうちにまた一匹犬がきた。片方の前足をかばっているのでアーチャーが岩陰へいって見てやった。クウンと啼く犬の声が聞こえアーチャーが戻ってきてどうやらやり合ったみたいだといった。

それからまた二匹帰ってきて残るは一匹となった。

おれは残るがあんたらは出発してくれていいよ、とアーチャーはいった。

みんな残るさ。

まあおれはいいがね。

しばらく待ってみようや。コールの小僧を起こしてやれ。

寝かしといてやろうぜ、とビリーはいった。ゆうべは熊みたいな女とくんずほぐれつだったんだ。

焚き火の火が落ちてきて寒さが増すと男たちは火に身を近づけ岩に生えて立ち枯れた木の風にねじくれた脆《もろ》い枝をむしりとってくべた。彼らはかつて存在した古い西部の話をした。年輩の者が語り若い者が耳を傾けるうちに上方の山峡《やまかい》が白み始めついで下方の荒れ野もかすかに明るみを帯びてきた。

待っていた犬がぎくしゃくと足を引きながらやってきて焚き火のまわりを回った。トラヴィスが呼んだ。牝犬は止まって赤い目で男たちを見た。トラヴィスが立ってまた声をかけ近づいてきた犬の首輪をつかんで体を火のほうへ向けた。横腹に血まみれの傷が四本ついていた。肩の皮がぺろりとむけて肉が見え片方の耳がちぎれて血が足もとの砂地にゆっくりと滴《したた》っていた。

こいつは縫わなくちゃ、とトラヴィスはいった。

アーチャーはズボンのベルトにはさんだ革の引き紐を一本抜いて首輪のD字型金具にとりつけた。牝犬の傷は今回の狩りについて男たちが得たただひとつの報告であり夜の闇のなかで起きた想像し推測するしかない出来事の証人だった。アーチャーが耳に触れると牝犬は身をすくめ首輪を離すと後じさって前足をふんばり首を振った。血が飛び散って男たちにかかり火のなかで鋭い音を立てた。男たちは引き上げようと腰を上げた。

いくぞ、カウボーイ、とビリーが声をかけた。

ジョン・グレイディは半身を起こして地面をさぐり帽子を探した。

とんだハンターだな、おまえは。

凄腕ハンターは目を覚ましたか？　とJ・Cがきく。

凄腕ハンターはお目覚めだ。

熊を追っかけまわすのに忙しくてピューマなんかまるで興味がないんだろうな。

そういうことだな。

いちばん大変なときにおまえはどこにいた？　おれたちはこの年寄り連中のいいなりでさ。もうひとり働き手が欲しかったぜ。野営は辛かったよ。そうだろ、ビリー？

ああそのとおりだ。

ジョン・グレイディは帽子を頭の上でまっすぐにして崖の縁を歩いた。眼下の荒れ野は白みゆく空のもと寒々とした青さで広がり灰色に冬枯れた木立に縁どられた川の仄白《ほのじろ》い靄《もや》が蛇のように北から南へ伸びていた。南の遠くには冷たい灰色をした格子状の町の灯があり川の反対側にはそれより古い町が大地の刻印のように見えていた。彼らの背後はメキシコの山並。焚き火のそばから怪我をした牝犬が荷物をまとめ犬たちに鎖をつけている男たちの処へきてさらにはジョン・グレイディのそばに立って一緒に下方の平原を眺めた。ジョン・グレイディは崖の縁に坐って両足を下に垂らし犬はかたわらに寝そべって血で汚れた頭を彼の脚の横に置いたがしばらくしてジョン・グレイディは犬の体に腕を回した。

ビリーはテーブルに両肘をつき腕を組んで坐っていた。ジョン・グレイディをじっと見る。ジョン・グレイディは口を強く結んでいた。彼は残っている白のナイトを動かした。ビリーはマックに目をやった。マックはいまの手を頭のなかで吟味してからジョン・グレイディを見た。ジョン・グレイディは椅子の背にもたれて盤上を見ている。誰も口をきかなかった。

マックは黒のクイーンをとり上げしばらく宙に掲げてからもとの場所に戻した。それからまたクイーンをとり上げて動かした。ビリーは椅子にもたれた。マックは灰皿へ手を伸ばして葉巻をつまみ上げ口にくわえた。

そのあと六手で詰んで白が負けた。マックは椅子にもたれて葉巻に火をつけた。ビリーはテーブルの上に長々と息を吹き出した。

ジョン・グレイディは盤を見つめながらいった。やられました。

悪運はいつまでも続かんさ、とマックは応えた。

二人は外に出て納屋に向かった。

ひとつ教えてくれ、とビリーがいった。

いいよ。

正直に答えるだろうな。

何がききたいかはわかってるよ。

じゃ答えは。

答えはノーだ。

ちょっとだけ手加減したんじゃないのか？

いや。おれは手加減はしない。

通路を歩いていくと馬房の馬たちが動き鼻を鳴らした。ジョン・グレイディはビリーを見た。

大将は手加減されたと思ってるかな？

思ってなきゃいいがな。思ってたらきっと怒ってるぜ。

そいつは間違いないな。

彼はホルスターに拳銃を差したベルトを肩にかけて質屋にはいった。主《あるじ》は白髪の老人で店の奥のショーケースの上に新聞を広げて読んでいた。壁際の戸棚には銃器が収められ天井からはギターがいくつか下がりショーケースにはナイフや拳銃や宝飾品や道具類が陳列されていた。ガンベルトをカウンターに置くと主はそれを見、ジョン・グレイディを見た。主はホルスターから銃を抜き親指で撃鉄を起こしそれを半分戻して輪胴を回転させローディング・ゲートを開いて薬室を覗きゲートを閉じまた撃鉄を起こしてからそれを戻した。ひっくり返してフレームの用心鉄のそばの通し番号とバックストラップの底の番号を読み顔を上げた。

いくら欲しいんだね？　と主はきいた。

四十ドルほどいるんだ。

老人は歯をチッと吸い重々しく首を振った。

五十ドルで売ってくれという人もいる。でも質にいれたいだけだ。

二十五ってとこかな。

ジョン・グレイディは銃を見た。三十にしてくれ。

主は疑わしげな顔で首を振った。

売る気はないんだ、とジョン・グレイディはいった。質に置いて金を借りたいだけだ。

ベルトとホルスターも込みだね？

ああ。全部込みで。

わかった。

記入用紙の綴りを持ってきてゆっくりと通し番号を書き写しジョン・グレイディの氏名と住所を記入してからガラスの上で回し綴りを確認のうえサインさせた。それから用紙をはぎとって写しをジョン・グレイディによこすと拳銃を店の奥のショーケースにいれた。それから戻ってきて金をカウンターの上に置いた。

きっと請け出しにくるから、とジョン・グレイディはいった。

老人はうなずいた。

祖父さんのものだったんだ。

老人は両方の手を開いてまた閉じた。お愛想でした仕草だ。感心したわけではない、顎で示したガラスのショーケースには五、六挺の古いコルトの回転式拳銃が並べてあった。ニッケル仕上げのもの、銃把に牡鹿の角を使ったもの。一挺は銃把が古いすり減ったグッタペルカでべつの一挺は照星を削り落としてある。

どれも誰かの祖父さんのものだったんだ、と老人はいった。

フアレス大通りをいくと靴磨きの少年が声をかけてきた。やあ、カウボーイ、と少年はいった。

やあ。

ブーツ磨かせてよ。

いいよ。

ジョン・グレイディはキャンバスを張った折りたたみ椅子に腰をおろして両足を手製の木箱に載せた。少年は片方のズボンの裾をたくし上げぼろ布とブラシとクリームの缶を出して手の届く処に置いた。

女の子に会いにいくのかい？

ああ。

汚れたブーツじゃまずいよね。

声をかけてくれてよかったよ。振られたかもしれない。

少年はぼろ布で土埃を拭いとり石鹸水をつけた。いつ結婚するの？

なぜ結婚すると思うんだい？

わかんないけどさ。そんな顔してるよ。するんだろ？

さあ。するかもしれない。

ほんとにカウボーイかい？

ああ。

牧場で働いてるの？

そうだよ。ちっちゃな牧場さ。スペイン語でいうエスタンシアだ。

その仕事、好きかい？

ああ。好きだよ。

少年は石鹸水を拭きとり缶を開けて左手の汚れた指で革にクリームをぺたぺたつけ始めた。

仕事はきついんだろ？

ああ。きついときもある。

何かほかのことをやりたいと思わないかい？

ほかのことなんてやれないよ。

もし何にでもなれるとしたら？

ジョン・グレイディは微笑んだ。首を振った。

戦争にはいったのかい？

いや。年が足りなかった。

おれの兄貴も年が足りなかったけど誤魔化したよ。

きみらはアメリカ人か？

いや。

兄さんはいくつだった？

十六。

年のわりに体がでかかったんだろうな。

年のわりに大嘘つきだったよ。

ジョン・グレイディはにやりと笑った。

少年は缶に蓋をしてブラシをとった。

兄貴はメキシコ系の不良少年《パチューコ》かってきかれてさ。おれの知ってるパチューコはみんなエルパソに住んでますって答えたんだ（パチューコには〝エルパソの住民〟の意味もある）。メキシコ人のパチューコなんて聞いたことないって。

少年はブラシをかけた。ジョン・グレイディは彼をじっと見つめた。

兄さんはパチューコだったのか？

ああ。もちろんそうさ。

少年はブラシをかけそれからブラシを箱に放りこむと布切れをとりだしぽんとひとつ叩いて背をかがめブーツの爪先を小刻みにこすりだした。

海兵隊にはいってさ。パープル・ハート章を二つもらったよ。

きみはどうなんだ？

どうって？

きみは何にはいった？

少年は顔を上げてジョン・グレイディを見た。布をブーツの踵革に巻きつける。海兵隊にはいらなかったのは確かだな、と彼はいった。

パチューコだってのはどうだ？

違うよ。

パチューコじゃないのか？

ああ。

きみは嘘つきなのか？

そうさ。

大嘘つきか？

相当なもんだよ。反対側を磨くよ。

靴底の縁に靴墨を塗ってくれよ。

最後にやるんだよ。任せときなって。

ジョン・グレイディは反対側の足を箱に載せてズボンの裾をたくし上げた。

女の子と付き合うには見た目が大事だよ、と少年はいった。ブーツなんか見ないと思ったら大間違いさ。

きみには彼女がいるのか？

いるわけないだろ。

女で苦労したみたいなことをいうじゃないか。

苦労しないやつがいるかい？　女と付き合うと苦労するに決まってるさ。

そのうち可愛い娘《こ》が現われて惚れちまうかもしれないぞ。

勘弁してほしいね。

きみはいくつだ？

十四だよ。

それも嘘か？

ああ。もちろん嘘さ。

嘘だと認めるんなら嘘じゃないんじゃないか。

少年はクリームをすりこむ手をちょっと止めてブーツをじっと見た。それからまた作業を始めた。

ほんとのことじゃなくてこうだったらいいと思うことをおれはいうんだ。いけないかい？

さあどうかな。

誰かと一緒にいくのかい？

いや、たぶんひとりだ。

そのほうがいいよ。

きみの兄貴は結婚してるのか？

どの兄貴？　兄貴は三人いるよ。

海兵隊にはいってた兄貴だ。

ああ。結婚してるよ。三人とも結婚してる。

三人とも結婚してるんならなぜどの兄貴だなんてきいた？

少年は首を振った。やれやれ、と彼はいった。

きみは末っ子なんだろうな。

いや。十歳の弟がいて結婚して三人の子がいるよ。なんて嘘でもちろん末っ子だよ。決まってるじゃないか。

きっと結婚する血筋なんだな。

結婚は血筋でするもんじゃないよ。でもおれは無法者《アウトロー》だからね。はみ出し者《オベハ・ネグラ》。スペイン語わかるかい？

ああ。わかる。

オベハ・ネグラ。それがおれさ。

黒い羊か。

意味は知ってるよ。

おれも同じだ。

少年は顔を上げてジョン・グレイディを見た。箱からブラシをとった。そうなのかい？

ときいた。

ああ。

無法者《アウトロー》には見えないけどな。

どういうのが無法者なんだ？

あんたみたいなのじゃない。

少年はブラシをかけ終えるとそれをしまい布切れをとってぽんと叩いた。ジョン・グレイディは少年をじっと見つめた。きみはどうだ？　何にでもなれるとしたら何になる？

カウボーイさ。

ほんとにか？

少年は嫌になるなという顔を上げた。ちぇっ、嘘だよ。どうかしてんじゃないの？　おれは金持ち《リッチ》になってぶらぶら遊んでたいんだよ。決まってるじゃないか。

何かしなくちゃいけないとしたら？

さあ。飛行機のパイロットかな。

ほんとに？

ああ。いろんなとこへ飛んでくんだ。

着いたらどうする？

べつのとこへ飛んでくのさ。

少年は革を磨き終えると靴墨の瓶を出して踵革と靴底の縁をぼろ布で染め始めた。

反対側、と少年はいった。

ジョン・グレイディが反対側の足を箱に載せると少年は靴底の縁を黒くした。ぼろ布を瓶のなかに戻し瓶の蓋をしめて瓶を箱のなかに投げいれた。はい出来上がり、と少年はいった。

ジョン・グレイディはズボンの裾をおろして立ち上がり尻ポケットから硬貨をひとつ出して少年に渡した。

まいどあり。

ジョン・グレイディはブーツを見た。どう思う？

彼女、家にいれてくれるかもね。花はどこにあるんだい？

花？

そうさ。道具は全部そろえとかないと。

そうかもしれない。

こんなこと教えてやらないほうがいいんだけどな。

どうして？

振られたほうが苦労しなくてすむからさ。

ジョン・グレイディはにやりと笑った。きみはどこの生まれだ？

この町だよ。

いや違うな。

カリフォルニアで育ったんだよ。

なんでこの町へきた？

ここが好きだからさ。

ほんとに？

ああ。

靴磨きも好きか？

まあまあだね。

街で働くのが好きなんだな。

ああ。学校は嫌いさ。

ジョン・グレイディは帽子の位置を直して通りの先を見た。また目を足もとの少年に戻す。おれも好きじゃなかったな、と彼はいった。

無法者だ、と少年はいった。

無法者だ。たぶんきみのほうが偉い無法者だな。

そうだと思うよ。

おれはまだ修行中なんだ。

教えてほしいことがあったらいつでもきなよ。秘訣を教えるよ。

ジョン・グレイディはにやりと笑った。わかった。じゃ、またな。

あばよ《アディオース》、牧童《バケーロ》。

あばよ《アディオース》、嘘つき《ボレーロ》。

少年はにやりと笑って手を振った。


老女は口にヘアピンを何本かくわえて姿見の前の娘の背後に立っていた。鏡に映った娘は透き通るほど青白い細身にシフト・ドレスを着け髪をアップにしていた。老女はホセフィーナを見た。ホセフィーナは老女のそばに立って顎の下に拳をあてその肘を反対側の手で支えていた。だめ、と彼女はいった。だめよ。

ホセフィーナが首を振り振りそれはひどいと退けるように手を振るのを見て老女が娘の髪からピンと櫛を抜くと長い黒髪がふたたび肩と背中に流れ落ちた。老女はブラシをとって手のひらで浮かせた毛束を梳《す》き、梳くたびに絹のように滑らかな黒い房をつかんでまたぱらりと落とした。ホセフィーナはテーブルへいって銀の櫛をとり娘の鬢《びん》の髪を後ろに梳き流してそこで止めた。娘を眺め鏡のなかの娘を眺める。老女は後ろに下がってブラシを両手で持った。娘と、鏡に映った娘を眺めるホセフィーナと老女の三人が卓上スタンドの黄色い明かりを受けて姿見の渦巻き模様をつけた金泥塗りの枠のなかに収まっているところは古いフランドルの絵のようだった。

これでどう《コモ・エス・フエス》？　とホセフィーナがきく。

娘にきいたのだが彼女は答えない。このほうが若く見える《エス・マス・ホーベン》。このほうが《マス》……。

無邪気に見える《イノセンテ》、と娘がいった。

老女は肩をすくめた。ええ無邪気にね《イノセンテ・プエス》。

ホセフィーナが鏡のなかの娘の顔を見た。気にいらないの《ノ・レ・グスタ》？

これでいい《エスタ・ビエン》、と娘は囁いた。気にいったわ《メ・グスタ》。

そう《ブエノ》、とホセフィーナはいった。髪から櫛を抜いて老女の手に返した。よかった《ブエノ》。

ホセフィーナが部屋を出ていくと老女は櫛をテーブルに置いてまたブラシをとった。さてと《ブエノ》、と彼女はいった。首を振って舌打ちをする。

気にしないで《ノ・テ・プレオクペス》、と娘はいった。

老女は髪を梳く手の動きを荒くした。別嬪さんだよ《ベイーシマ》、と押し殺した鋭い声でいった。別嬪さんだ《ベイーシマ》。

老女は慎重に身づくろいの手助けをした。あれこれ細かく気を遣いながらホックやボタンをひとつずつ留めた。紅藤色のヴェルヴェットを手で撫で広くあいた襟ぐりの位置を整えるたびに乳房を手で覆いガウンと下着をピンで留め合わせる。糸くずを払い落とす。娘の腰を両手で支えて玩具のように回し足もとに膝をついて靴のバックルを留めた。老女は立ち上がり後ろに下がった。

楽に歩ける《プエデス・カミナール》？　ときいた。

だめ《ノ》、とマグダレーナ。

だめ《ノ》？　嘘おっしゃい《エス・メンティーラ》。冗談でしょ《エス・ウナ・ブローマ》。だめ《ノ》？

だめ《ノ》。

老女はさあ歩いてという仕草をした。マグダレーナは金色の高いハイヒールで部屋を歩いた。

歩きにくい《テ・モルティフィカン》？と老女はきいた。

当たり前《クラーロ》よ。

娘はまた姿見と向き合った。老女が背後に立つ。まばたきするときは片目しか閉じない。そのせいで内緒話をする目配せのように見えた。髪を一房つかんで手で梳いた。ドレスの肩をつまんでまっすぐにした。

王女さまみたい《コモ・ウナ・プリンセーサ》よ、と老女は囁いた。

淫売みたい《コモ・ウナ・プータ》、と娘はいった。

老女は娘の腕をつかんだ。スタンドの明かりに目をぎらつかせて低い鋭い声でいった。あんたは金持ちの偉い男と結婚して立派な家に住んで可愛い子供たちを育てるの。そんなことは何遍も起こってるんだから。

誰がそうなった《キエン》？と娘はきく。

大勢《ムーチャス》さ、と老女は押し殺した声でいう。大勢の女の子《ムーチャス》がさ。大勢の女の子がそうなったよ。あんたほど美人でもない、威厳も優雅さもない女の子たちがね。娘は応えなかった。彼女は老女の肩越しに鏡に映った自身の双眸を覗きこんだがそこに映っている若い娘はいま老女が口にした迷惑な希望に禁欲的に耐えている姉妹のように見えた。その姉妹はべつの部屋、べつの世界の安っぽい模倣でしかないけばけばしい閨房《けいぼう》のなかで立っている。娘は鏡に映った自身の偽りの倨傲《きょごう》をこれこそが老女の表明した希望と約束を否定する反証なのだという目で見つめた。醜い魔女が提示した、堕落を暗黙の条件とする申し出をはねつけるおとぎ話の娘のように立っていた。決して撤回されることのあり得ない要求、永久に固定された境遇。娘は鏡のなかで立っている娘に、誰でも自分がいまいる道にどこではいりこんだのかはわからない、わかるのはただ自分がその道の上にいることだけだといった。

なに《マンデ》？　と老女がきいた。何の道《クワル・センダ》のこと？

何かの道《クワルキエール・センダ》よ。この道《エスタ・センダ》。自分が選んだ道《ラ・センダ・ケ・エスコーハ》。

だが老女は選ぶことなどできない人もいるといった。貧乏人にとっては選べるということは二つの顔を持った贈り物だと。

老女は床に膝立ちになってドレスの縁をピンで留めていった。口にくわえていたピンを床のカーペットの上に置いてひとつずつ手にとる。娘は鏡のなかの自分の姿を見ていた。足もとにうつむいた老女の灰色の頭があった。しばらくして娘はいつだって選ぶことはできる、たとえそれが死を選ぶことであってもといった。

何てことを《シェロス》、と老女はいった。胸ですばやく十字を切りまたピンを留めていった。

娘がサロンにはいると彼がバーのカウンターの前に立っていた。音楽師たちは楽器を持ってステージに上がり音合わせをしており何かの儀式でも始めるように静かな室内に切れ切れの楽音を響かせていた。ステージの奥の壁の暗い入り込みにティブルシオが立ってニエロ象眼を施した黒檀の細いホルダーで煙草を吸っている。ティブルシオは娘を見てからカウンターへ目を移した。カウンターの前に立っている若者は代金を払いグラスをとり上げて幅の広い階段を降りヴェルヴェットのロープの仕切りを越えサロンにやってきた。ティブルシオは鼻からゆっくりと薄い煙を吹いてから背後の扉を開けた。つかのま明かりが彼の黒いシルエットを縁どり長い薄い影をフロアに落としたが扉が閉まるとまるで初めから彼はそこにいなかったかのようだった。

危ないわ《エスタ・ペリグローソ》、と娘は囁いた。

え？《コモ》

危ないのよ《ペリグローソ》。彼女はサロンを眺め回した。

どうしても会いたかった《テニア・ケ・ベルテ》、と彼はいった。

彼女の両手をとったが彼女は苦悩の色を浮かべてティブルシオが立っていた扉のほうへ目をやった。彼の両手首をつかんで帰ってと頼んだ。ウェイターがひとり影のなかからすっと現われた。

どうかしてるわ《エスタス・ロコ》、と彼女は囁いた。どうかしてる《ロコ》。

きみのいうとおりだ《ティエーネス・ラソン》。

彼女は彼の手をとって立ち上がった。体の向きを変えてウェイターに囁いた。ジョン・グレイディは立ってウェイターに金を握らせ彼女のほうを向いた。

わたしたち死ぬわ《デベーモス・イル・ノス》。もうおしまいだわ《エスタモス・ペルディドス》。

ジョン・グレイディはもうこないといった。ここへはもうこないからどこかで会ってくれといったが彼女はそれは危険すぎるといった。いまとなっては危険すぎるのだと。音楽が始まった。チェロが低い音を長く響かせた。

あの人はわたしを殺すわ《メ・マターラ》、と彼女は囁いた。

誰が《キエン》？

彼女は首を振るばかりだった。

誰だ《キエン》？　誰がきみを殺すんだ《キエン・テ・マターラ》？

エドゥアルド《エドゥアルド》。

エドゥアルド《エドゥアルド》？

彼女はうなずいた。そう《シ》。エドゥアルドよ《エドゥアルド》。

その夜彼は彼女が一度も話したことがないのに彼女から聞いたような気がすることを夢に見た。息が白く見えるほど寒いどこかの部屋の波形トタン板の壁には幔幕《まんまく》がかけられ階段つきの安物の赤いカーペットで包まれた足場が組まれてその前に見物人たちが坐る木製の折りたたみ椅子が並べられている。粗削りの板でできたステージは屋外市の屋台のようでありそこから亜鉛メッキをした鉄パイプのポールへ張り渡したBXケーブル（柔軟な金属管にはいった数本の電線からなるケーブル）には赤や緑や青のセロハン紙で覆った電灯がとりつけられている。艶出しをしたヴェロア地の襞《ひだ》のついた幕は血のように赤かった。

観光客がオペラグラスを首から下げて椅子に坐りウェイターたちが飲み物の注文をとっていた。照明が暗くなるとステージに司会者が登場して帽子をとりお辞儀をして微笑み白手袋をはめた両手を上げた。ステージの袖では売春宿の支配人が煙草を吸っていてその背後には乳房をむき出しにした厚化粧の娼婦たちや黒革の衣装をつけて鞭を手にした太った女や聖職者の衣装を着けた二人の若者などカーニバル風の猥雑な一群がひしめいていた。司祭がひとり、売春宿の娼婦の世話係がひとり、角と蹄を金色に塗られ紫色のクレープ地の襞襟を首に巻かれた山羊が一頭。青白い頬に紅をさし目を黒く縁どってろうそくを手にしている若い放蕩者たち。施療院の収容者と見えるほど痩せ衰えおそろいの安っぽい派手な服を着け白粉を塗りたくって死人のような顔をしている手をつないだ三人の女。彼らの真ん中には白い薄物を着た若い女が人身《ひとみ》御供《ごくう》の処女のように木製の荷運び台の上に横たえられている。そのまわりには陽に灼けて色褪せたさまざまな淡い色の造花。まるで砂漠の墓から掘り出されてきたようだった。音楽が始まった。古風な回旋曲でかすかに軍楽の響きがあった。曲の途中で幕の奥のどこかに置かれた蓄音機の針が回転する黒いベークライトの板をこする音がときどき聞こえる。屋内の明かりは暗くなりステージだけに照明が残った。椅子の足が床をこする音。しわぶきの声。音楽が消えいり針の囁きだけが残って調子の狂ったメトロノームか時計のようにぷつりぷつりと不吉な前知らせの音を立てた。それは間歇的にリズムを刻むだけであとは闇だけが受容しうる静寂と大いなる忍耐が支配していた。

彼が目覚めたのはこの夢ではなくべつの夢からであり夢から夢へのつながりは思い出せなかった。彼は風の吹きやまない荒涼たる風景のなかにひとりいたがその周囲の闇のなかにはずっと昔に死んだ者たちが漂っていた。その声あるいはその声の谺が届いてきた。彼は横たわったまま耳をすました。それは寝間着を着たまま外を歩き回っている老人の声でありジョン・グレイディは両足を寝台から床におろしてズボンをとりそれをはいてベルトのバックルを留め手を伸ばしてブーツをとった。出ていくと納屋の戸口でビリーがパンツ姿のまま立っていた。

おれが連れてくる、とジョン・グレイディはいった。

まったく哀れだな、とビリーはいった。

ジョン・グレイディが捕まえたとき老人はどこへいく気なのか納屋の角を曲がったところだった。帽子にブーツに白いユニオンスーツ（シャツとズボン下が一続きになった下着）の姿でさまよい歩く老人は昔のカウボーイの亡霊のようだった。

ジョン・グレイディは老人の腕をつかんで母屋のほうへ歩きだした。ほら、ミスター・ジョンソン、と彼はいった。外を歩き回ってちゃだめだ。

台所の明かりがついて母屋の裏口に寝間着姿のソコーロが出てきた。老人は足を止めてくるりと向き直りまた闇へ目を向けた。ジョン・グレイディは彼の肘をつかんだままじっと立っていた。それから二人で母屋に向かった。

ソコーロが網戸を大きく開けた。ジョン・グレイディを見た。老人は扉の脇柱に片手をかけて体を支え台所にはいった。ソコーロにコーヒーはあるかときいた。まるでコーヒーが飲みたくて徘徊していたのだとでもいうように。

あるわ、とソコーロは答えた。いま淹れてあげる。

もう大丈夫だ、とジョン・グレイディは彼女にいった。

あんたも一杯飲む《キエーレス・ウン・カフェシート》？

いやいい《ノ・グラシアス》。

はいって《パーサレ》、はいって《パーサレ》。この人のズボンをとってきてくれる《プエデス・エンコントラール・スス・パンタローネス》？

わかった《シ・シ》。

ジョン・グレイディは老人をテーブルの椅子に坐らせてから廊下を歩いていった。マックが部屋の明かりをつけて戸口に立っていた。

どうだ、大丈夫か？

ええ。大丈夫です。

廊下のはずれまでいって左手の部屋にはいり寝台の支柱にかけてあるズボンをとった。ポケットの小銭とナイフと札入れがずっしり重い。あちこちの扉を開ける鍵の束もはいっていたが老人は久しい以前から使ってはいなかった。ジョン・グレイディはベルトをつかんでズボンをぶら下げ廊下に出た。マックはまだ戸口に立っていた。煙草を吸っていた。

服を着てないのか？

ロングジョンズ（ユニオンスーツのこと）だけです。

そのうち夜中に素っ裸で外を歩き回るだろうな。そしたらソコーロが辞めるといいだすだろうよ。

あの人は辞めませんよ。

ああわかってる。

いま何時ですか？

五時過ぎだ。そろそろ起きる時間だよ。

ええ。

しばらく爺さんと一緒にいてくれるか？

いいですよ。

そのほうが爺さんも落ち着くだろう。どうせ寝られないんだろうから。

ええ。一緒にいます。

まさか雇われたのが精神病院だとは思ってなかったろう？

あの人は頭の病気じゃないですよ。年をとっただけです。

わかってるよ。さあいってくれ。爺さんが風邪を引かないうちに。あの古い下着はちょっと風通しがよすぎるかもしれん。

ええ。

老人と一緒にコーヒーを飲んでいるとオーレンがはいってきた。オーレンは二人を見ても何もいわなかった。三人はソコーロが作って出してくれた卵とパンとチョリソ（香辛料で味つけした豚肉のソーセージ）の朝食をとった。ジョン・グレイディが皿をサイドボードに置いて外に出るとちょうど夜が明けるところだった。老人は帽子をかぶったまままだテーブルについていた。

彼は一八六七年にテキサス東部で生まれて若いときにこの土地へきた。彼が生きているうちに石油ランプや馬や馬車の時代からジェット機や原子爆弾の時代に変わったがそのことが彼の頭を混乱させているのではなかった。娘の死をいまもって受けいれられないせいだった。

彼らが陣どったのは最前列の競売人のテーブルに近い席でオーレンはときどき前に身を乗り出して柵越しに土の上へ用心深く唾を吐いた。マックはシャツの胸ポケットから手帳を出して調べもとに戻しそれからまたとりだしてあとは手に持っていた。

この馬はさっき見たか？　とマックはきいた。

ええ、とジョン・グレイディは答えた。

マックはまた手帳を見る。

デイヴィスの馬と書いてあるが違うな。

ええ、違います。

ビーンですよ、とオーレンがいった。ビーンの馬。

どこの馬かは知ってるよ、とマックは応えた。

競売人がマイクに息を吹きかけた。スピーカーは競売会場の向こう側に立てたランプ支柱に吊り下げてあり競売人の声は震え納屋の高い処で谺した。

ええ、ひとつ訂正があります。この馬の所有者はミスター・ライル・ビーンです。

競りは五百ドルから始まった。会場の反対側でひとりの男が帽子に手をやると競売人の助手が手を上げて競売人のほうを向き競売人が、はい六百、六百、七百はありませんか、七百は？　といった。はい七百。

オーレンは前に身を乗り出して思案顔で土の上に唾を吐いた。向こうにおまえの友だちがいるぞ、と彼はいった。

ああ見えてるよ、とジョン・グレイディは応えた。

誰だ？　とマックがきく。

ウルフェンバーガーですよ。

向こうもこっちに気づいてるか？

ええ、とオーレン。気づいてます。

あの男を知ってるのか、ジョン・グレイディ？

ええ。前に一度牧場にきました。

おまえあいつとは話さなかったんだろうな？

話しませんでした。

知らんぷりしてろよ。

はい。

やつはいつきたんだ？

先週です。よく覚えてないけど。水曜日だったかな。

相手にするんじゃないぞ。

はい。しません。

やつに構ってるほど暇じゃないんだ。

ええ。

七百八十、七百八十、と競売人が声を上げた。さあどうだ。これじゃしょうがないよ。乗り手が馬を歩かせていた。馬はアリーナを斜めに横切って止まり後ろ向きに歩く。いい作業馬だよ、ロープ作業に持ってこいだ、と競売人。千ドルの値打ちはあるよ。さあどうだ。八百、八百、八百。八百と五十はないか。八百五十、八百五十、八百五十。馬は八百二十五ドルで落札され次のアラブの牝馬は千七百ドルの値がついた。マックは会場から引き出されていく牝馬をじっと見送った。

あんなじゃじゃ馬は願い下げだ、と彼はいった。

それから見かけの派手なパロミノ（米南西部で改良された黄金色の毛を持つ馬）の去勢馬が千三百ドルで競り落とされた。マックは手帳から目を上げた。みんな何だってそんなに金を持ってるんだ？といった。

オーレンは首を振った。

ウルフェンバーガーはいまの競りに参加したか？

あの男を見るなといったじゃないですか。

それはわかってる。参加したのか？

ええ。

だが買わなかったな。

ええ。

おまえ、向こうを見ないだろうと思ってたのに。

目にはいるんですよ。この納屋が火事になったみたいに手を振るから。

マックは首を振り振り手帳を眺めた。

もうじきあの気の荒い四頭が出てきますよ、とオーレン。

いくらぐらいだと思う？

一頭百ドルくらいで落とせるんじゃないですかね。

一頭残すとしてあとの三頭はどうする、また競りに出すか？

それも手ですね。それとも相対で売るほうがいいか。

マックはうなずいた。そうかもな。そういって向こうのスタンドを見た。あの野郎に持ってかれるのは癪だな。

そうですね。

マックは煙草に火をつけた。馬丁が次の馬を引いてきた。

やっこさんはあれを狙いますよ、とオーレンがいった。

おれもそう思う。

レッドの馬は全部狙いますよ。まあ見ててください。

わかってるよ。ちょっと値を吊り上げてやろう。

オーレンは何もいわなかった。

馬鹿が金を持ってやがる、とマックはいった。ジョン・グレイディ、あの馬はどこがいけない？

いけない処はないですね。

おまえ得体の知れない血筋だといわなかったか。火星かどこかの馬だと。

ちょっと血が冷たいかもしれない。

オーレンが柵越しに唾を吐いてにやりと笑った。

血が冷たい？　とマックがきき返す。

ええ。

競りは三百ドルから始まった。

あれは何歳だ。覚えてるか？

十一歳です。

ああ、とオーレンがいった。六年ほど前にはな。

四百五十ドルになった。マックは耳たぶを引っ張った。どうせおれはやくざな馬喰《ばくろう》さ。

助手が競売人に合図した。

はい五百、五百、五百、五百、と競売人が唱えた。

それはやらないはずじゃなかったですか、とオーレンがいった。

何のことだ？ とマック。

競り値は六百ドルとなり六百五十ドルとなった。

口も開けないし首も振らないし、と競売人はいった。もっと高い値がつく馬だよ、みなの衆。

その馬は七百ドルで落札された。ウルフェンバーガーは一度も値をつけなかった。オーレンはちらりとマックを見た。

すかした野郎だな、ええ？ とマックはいった。

ちょっといわせてもらっていいですか？

いってみろ。

さっきの打ち合わせどおりあの男のことは無視しましょうよ。

おまえはきついことをいう。自分でいったことを守れなんてな。

つまらんですよ。

おまえのいうとおりかもな。あんな馬鹿は無視するのがいちばんかもしれん。

馬丁がマッキニーが出品した糟毛《かすげ》の四歳馬を引いてきて六百ドルから競りが始まった。

例の四頭はいつ出てくるんだ？ とマックがいった。

さあ。

この去勢馬を落とすことになりそうだぞ。

マックは耳たぶに指を一本触れた。助手が手を上げる。競売人の声がスピーカーから弾けた。はい六百、六百、六百。七百はどうだ。七百の声はないか。はい七百。七百、七百、七百。

野郎手を上げたな。

見えましたよ。

競り値は七百から七百五十、八百と上がる。それから八百五十になった。

みんな値をつけますね、とオーレンがいった。

ああ大盛況だ。

まあどうしようもないですな。この馬なんか正味いくらの値打ちがあります?

さあ。落札価格分の値打ちがあるんだろう。どう思う、ジョン・グレイディ?

この馬は好きですね。

例の四頭を先に出しゃいいのに。

買いたい馬はもう決めてるんでしょ。

ああ決めてる。

出てくる馬はパドックで見たのと同じ馬ですよ。

いやにまともなことをいうじゃないか。

競り値は八百五十ドルで足踏みしていた。競売人が水を一口飲んだ。さあこれはいい馬だよ。まだまだこんな値段じゃしょうがないよ。

乗り手は馬を進め向きを変えて引き返させた。頭絡をつけず首にロープを巻いただけで御してまた向きを変え立ち止まらせた。ほらみなさん、と乗り手はいった。この馬の毛一本もおれのもんじゃないが歩きっぷりのいい馬だよ。

この馬のママに仔を産ませると千ドルかかるんだよ。さあどうする？

助手が手を上げた。

はい九百、九百、九百。あと五十はないか。九百五十。九百五十はどうだ。九百と五十の声はないか。

一言いっていいですか？とジョン・グレイディがきいた。

いってくれ。

転売で儲ける気はないですよね？

ああ、ないよ。

だったらいいと思った馬を買うべきです。

おまえは相当惚れこんでるみたいだな。

ええ。

オーレンは首を振って身を乗り出し唾を吐いた。マックは手帳をにらむ。

どう転んでも金を食われそうだな、こう考えてみると。

この馬に？

違う、馬のことじゃない。

競り値は九百五十ドルとなり千ドルとなった。

ジョン・グレイディはマックを見てからアリーナに目をやった。

あそこのチェックのシャツを着た爺さんは知ってるよ、とマックはいった。

おれも知ってます、とオーレン。

あの爺さんが自分の馬を買い戻すところを見たいな。

おれもです。

マックはその馬を千百ドルで競り落とした。さあおれを救貧院へいれてくれ、といった。

あれはいい馬ですよ、とジョン・グレイディはいった。

いい馬なのはわかってる。慰めてくれなくていい。

気にするなよ、坊主、とオーレンがいった。大将はほんとは馬を褒めちぎってほしいんだ、ちょっとだけ後悔しかけてるんだよ。

このっぽの青年のおかげでいまいくらくらい無駄にしたかな？

たぶんいまのは無駄じゃないですよ、とオーレンはいった。高くつくのはきっと次の馬だ。

馬丁がホースで水をまいてアリーナの土埃を鎮めた。それから引き出されてきた例の四頭の馬もマックは買った。

まるで闇のなかの泥棒だ、と競売人はいった。一番から四番まで。五百二十五ドルで決まりました。

思ったより簡単に落とせたな、とマックはいった。

あっさり落ちましたね。

ああ。

マックは次に出てきた馬をじっと見つめた。

この馬は覚えてるだろう、ジョン・グレイディ。

ええ。おれは全部覚えてますよ。

マックは手帳を繰った。なんでも書いとく癖をつけると物覚えが悪くなるよ。

そもそも書いとくようになったのは物覚えが悪くなったせいでしょう、とオーレンがいった。

この馬は知ってる、とマックはいった。ウルフェンバーガーに買わせてやりたいな。

やつのことは忘れるんじゃなかったんですか。

野郎、サーカスでも始めるといいんだ。

さあ御しやすい八歳馬だ、と競売人がいった。ロープ作業に持ってこいのいい作業馬だよ、初めの値段よりうんと値打ちがあるよ。まったくやつにぴったりだ。

やつの欲しがりそうな馬だ。まっすぐ歩くこともできない。

　乗り手は手綱を短く握って急な動きで反転させ観覧席の前を行き来させた。

五百、五百、五百、と競売人は声を上げた。いい馬だよ。丈夫な馬だ。動きが敏捷だ。ストーブの煙突のなかの猫みたいだ。さあ五百五十はないか、五百五十。

マックが耳たぶを引っ張った。はい五百五十、次は六百だ、六百、六百、と競売人がいった。

　オーレンはうんざりした顔をした。

なに、とマックはいった。ちょっとあの野郎と遊んでやろうじゃないか。

競り値は七百ドルになった。所有者が席から立った。おい聞いてくれ、と彼はいった。

その馬の手綱をとれるやつがいたら無料《ただ》でくれてやるぞ。

競り値は七百五十、八百と上がる。

ジョン・グレイディ、おまえは説教師があの野郎に目の見えない馬を売りつけた話は知ってるか？

　知らないですね。

　野郎は書類に書いてあることはなんでも鵜呑みにする。どうやって野郎を騙したのかききにいった連中に説教師はこう答えたそうだ。あの男は旅人《ストレンジャー》だから宿を貸してやった《トゥック・ヒム・イン》のさ（新約聖書『マタイによる福音書』25：35参照。〝知らない人間だから騙してやった〟の意味にもとれる）。

それなら前に聞いたみたいです。

マックはうなずいた。手帳を繰った。

あの四頭の馬のときは値をつけなかった。どこがいいのかわからなかったんだろう。

ええ。

そろそろ一頭買う頃だよ。

そうかもしれませんね。

おまえはポーカーをやるのか？
一、二度やったことはあります。
この馬は千ドル以下で落ちると思うか？

いや。たぶんそれはないですね。

千ドルを超えるとしてどこまでいくと思う？

わかりません。

おれにもわからない。

マックは八百五十ドルの値をつけ、さらに九百五十ドルの値をつけた。そこで競りは停滞した。オーレンは身を乗り出して唾を吐いた。

このオーレンにわかってないのは野郎のポケットに残ってる金が多いほどおれがウェル

バーンの馬を買うとき高くつくって理屈だ。

そいつはこのオーレンにもわかってますよ、とオーレンは応えた。ただこの馬を買うはめになったとき目当ての馬を買う金がなくなってやしないかと心配なだけです。野郎はカーターが持ってる肝臓の薬よりたくさん金を持ってますからね。

助手が手を上げた。

千ドル、千ドル、千ドル、と競売人がいった。次は千百、千百。

値は千百ドルになりウルフェンバーガーが千二百ドルをつけマックが千三百と吊り上げた。

おれは知りませんよ、とオーレンはいった。

野郎はこいつを買う気でいる。

初めの値段を覚えてますか?

ああ。覚えてる。

ならやってください。

心配性のオーレンよ、とマックはいった。

馬はウルフェンバーガーが千七百ドルで競り落とした。

いい馬肉がとれるぞ、とマックはいった。野郎にぴったりだ。

マックはポケットに手をいれて一ドル札をとりだした。

これでコークを買ってこい、ジョン・グレイディ。

はい。

オーレンは観覧席の通路をいくジョン・グレイディを見送った。

あいつは買えと勧めるだけじゃなくて買うなと忠告することもあると思いますか？

ああ。あると思う。

おれもそう思いますよ。

あいつみたいなのがあと六人いたらいいがな。

あいつ馬のことで、スペイン語でしか説明できないことがあるんですよ。

ギリシャ語でしか説明できなくたって馬のことを知ってりゃそれでいい。なぜそんなことをいうんだ？

ちょっと面白いと思いましてね、あいつはほんとにサン・アンジェロの生まれだと思いますか？

本人のいってる町が生まれ故郷だろうさ。

そうですね。

あいつは本で勉強したそうだ。

本で？

ホアキンの話では馬の骨の名前を全部知ってるらしい。

オーレンはうなずいた。なるほどありそうなことだ。でもおれはやつが本で勉強しなかったことをいくつか知ってますよ。

おれもだ、とマックはいった。

次の馬について競売人が読み上げた書類の記載はやや長かった。

こいつは相当な馬だな、とマックはいった。

まったくですね。

競り値は千ドルから始まって千八百五ドルまで進んだが不落札となった。オーレンは身を乗り出して唾を吐いた。持ち主は相当高く評価してますね。

そうらしい、とマックは応えた。

ついで小走りに出てきたウェルバーンの馬をマックは千四百ドルで買った。

さて帰ろうか、とマックはいった。

もうしばらくいてウルフェンバーガーに金を捨てさせたらどうです？

ウルフェンバーガーって誰だ？

ソコーロは布巾をたたんでかけ、エプロンをはずしてかけた。扉のほうを向いた。

お帰りなさい《ブエナス・ノーチェス》、と彼女はいった。

ただいま《ブエナス・ノーチェス》、とマックが応えた。

ソコーロは扉を閉めた。彼女が古いブリキの時計のねじを巻く音がマックの耳に聞こえた。それからしばらくして義父が廊下の丈の高い箱型の振り子時計のねじを巻く音がかすかに聞こえた。ガラス張りの扉がそっと閉ざされる音。あとはしんと静かになった。家のなかも周囲の土地も静まっていた。マックは坐って煙草を吸った。冷えていくストーブが小さく音を立てた。母屋の背後の遠い丘でコヨーテが啼いた。牧場の南東のはずれにある古い家で冬を過ごした頃には夜眠りにつく前に聞く最後の音はエルパソから東に向かう機関車の叫びだった。シエラ・ブランカ、ヴァン・ホーン、マーファ、アルパイン、マラソン。夜を徹して青い平原をラングトリー、デル・リオへと駆けていく。白い丸い前照灯が荒野の繁みを照らし沿線の暗がりのなかで石炭のような黒い影となっている牛たちの目を光らせる。丘の上でサラーペを肩に巻いて立ったカウボーイたちが眼下を横切る列車を眺めおろし、小さな狐が、夜の闇のなかで温まったレールが鼻歌を歌うように音を立てている暗くなった線路に出てきて列車の残り香を嗅ぐ。

牧場のその部分は久しい以前に収用され残りもまもなく同じ運命をたどろうとしていた。マックはカップのなかで冷えてしまったコーヒーの残りを飲み干して寝る前の最後の煙草に火をつけ椅子から立って明かりを消しまた椅子に坐って暗がりのなかで煙草を吸った。この日の午後には前線が北から移動してきたが急にそれていった。雨は降らなかった。東のほうでは降っているかもしれない。サクラメント山脈辺りでは。俗に旱魃《かんばつ》をひとつくぐり抜けると何年かはいい年が続き努力しだいで被害をとり戻せるというがそれはサイコロ賭博で七を出すに等しい僥倖だ。旱魃は前の旱魃がいつ起きたかを知らず次の旱魃がいつ起きるかは誰にもわからない。どのみちマックは牧畜業を廃業するはずだった。彼はゆっくりと煙草の煙を吸いこんだ。火が赤く光り暗くなった。もうすぐ妻が死んで三年目の二月がくる。ソコーロが聖燭節（二月二日の聖母マリア潔めの祝日。蠟燭の祝福式・行列が行なわれる）を祝う月だ。聖燭節《カンデラーリア》。聖母マリアに関係のある祝い日。もっとも全部の祝い日がそうともいえる。メキシコに神はいない。マリア様がいるだけだ。マックは煙草をもみ消して椅子から立ち淡い明かりに照らされた納屋の前庭を眺めやった。ああ、マーガレット、と彼はいった。

J・Cは〈モーズ〉の前でトラックを停め降りてドアを叩きつけるように閉めると一緒に乗ってきたジョン・グレイディと二人で店にはいった。

よう、男前が二人きたな、とトロイがいった。

三人はカウンターの前に立った。何にする、とトラヴィスがきいた。

ブルー・リボンを二本くれ。

トラヴィスは冷蔵庫からビールの瓶を二本出して栓を抜きカウンターの上に置いた。

おれが払う、とジョン・グレイディがいった。

おれが払う、とJ・Cがいった。

J・Cは四十セント分の硬貨をカウンターに置くと瓶の首をつかんで長々と喇叭《らっぱ》飲みをし手の甲で口を拭いてカウンターに寄りかかった。

一日馬に乗って大変な思いをしたのかい？　とトロイがきいた。

おれはおもに夜のあいだに乗るんだ、とJ・Cが答えた。

ビリーはボウリング・ゲーム機の上に身をかがめて円盤《パック》を前後に動かしていた。トロイを見、J・Cを見てからパックを硬木の板の上に滑らせた。板の向こう端のピンが撥ね上がって得点盤にストライクのランプがともり小さなベルが鳴って点数が表示された。トロイはにやりと笑って火のついた葉巻を口の端にくわえ前に出てきてパックを手にとりゲーム機の上で身をかがめた。

一丁やるか？

J・Cがやるだろう。

やるか、J・C？

ああ、やるよ。いくら賭ける？

トロイはゲーム機でストライクをとると後ろに下がって指を弾いた。

おれとJ・C対おまえとアスキンズだ。

アスキンズはゲーム機の脇に立ち片手をズボンの尻ポケットにいれ片手でビールの瓶を持っていた。おれとジェシー対おまえとトロイでどうだ。

ビリーは煙草に火をつけた。アスキンズを見る。アスキンズはJ・Cを見た。

おまえとトロイでこの二人とやれよ、とアスキンズ。

いいからおまえやれ。

おまえとトロイでやれって。ほら。

いくら賭ける？ とJ・Cがきく。

いくらでもいいさ。

軽い勝負にしとけよ。

いくらにするよ、トロイ？

あちらさんの好きなだけでいいぜ。

じゃ一ドルだ。

大博打だな。銭を出しな。ジェシー、おまえもやるか？

やるよ、とジェシー。

ビリーはカウンターへいきジョン・グレイディの隣のスツールに坐った。ゲームをやる四人は機械に二十五セント硬貨をいれた。得点表示機が回転してゼロに戻りベルが鳴った。トロイは缶入りの蠟の粉を板にまいてその上でパックを前後させ前かがみになった。ボウリング教室の始まりだ、と彼はいった。

手本を見せてくれ。

経験豊かなプレーヤーから学べることは多いぞ。

トロイはパックを滑らせた。ベルが鳴った。後ろに下がって指を弾いた。うんと勉強になるぞ、と彼はいった。

話があるんだ、とジョン・グレイディはいった。

ビリーは煙草の煙を部屋の真ん中に向かって吹いた。いいよ、と彼はいった。

奥へいこう。

わかった。

二人はそれぞれビールの瓶を持ってテーブルと椅子と楽団のステージと滑らかなコンクリートのダンス・フロアがある奥へ移動した。椅子を足で引き出して坐りテーブルにビールの瓶を置いた。そこは薄暗く黴臭かった。

どういう話かは想像がつくよ、とビリーはいった。

ああ。そうだろうな。

ビリーは話を聞くあいだ親指の爪でビール瓶のラベルをはがし続けた。顔を上げてジョン・グレイディを見ることすらしなかった。ジョン・グレイディは娘のこと、〈ホワイト・レイク〉のこと、エドゥアルドのことを話し盲目のピアノ弾きが何をいったかを話した。話が終わってもビリーは顔を上げなかったがラベルをはがすのはやめていた。彼は無言のままだった。やがてポケットから煙草を出して火をつけ箱とライターをテーブルの上に置いた。

おまえ、でたらめいってんだろ、とビリーはいった。

いや。そうじゃない。

いったいどうしたってんだ？　シンナーでも飲んだのか？

ジョン・グレイディは帽子をあみだに押し上げた。部屋の向こうを見た。違うよ、と彼はいった。

話をはっきりさせようぜ。要するにおまえはメキシコのファレスの売春宿へいってその淫売を買いとって川を渡らせて牧場へ連れてきてくれといってる。そういうことだな？

ジョン・グレイディはうなずいた。

ちぇっ、とビリーはいった。冗談なら笑いながらいえよ。くそ。おまえ完璧に狂っちまったのか？

完璧には狂ってない。

怪しいもんだ。

おれはあの娘《こ》を愛してるんだ、ビリー。

ビリーはぐったりと椅子の背板にもたれた。両腕をだらりと脇に垂らした。ああくそ、と彼はいった。呆れたよ。

間抜けな言い草だけど仕方ないんだ。

おれが悪いんだ。あの店へ連れていったのがいけなかった。ああそうさ。おれのせいだ。何に文句をいっていいのかすらわからないよ。

前に身を乗り出してブリキの灰皿から火のついた煙草をとり一服吸って煙をテーブルの上に吹き流した。首を振る。ひとつ教えてくれ、とビリーはいった。

何だい。

その娘をこっちに連れてきてどうする気だ？　連れてくるのはむりだけどよ。

結婚する。

ビリーは煙草を口へ持っていく途中で手を止めた。また灰皿に置く。

もういい、とビリーはいった。もういいよ。おまえを病院に放りこんでやる。

真面目な話なんだ、ビリー。

ビリーは椅子にもたれた。しばらくして片手をはね上げた。この耳が信じられないよ。狂っちまったのはおれのほうだな。そうとしか考えられん。おまえほんとにいかれちまったのか？　頭がどうにかなりそうだよ。こんな馬鹿な話、聞いたことねえや。

わかってる。でもどうしようもないんだ。

何がどうしようもないだ。

手伝ってくれるかい？

嫌なこった。おまえがどういう目にあうか教えてやろうか？　おまえは例の電気をかける機械に頭を縛りつけられてでかいスイッチをいれられて脳味噌をこんがり焼かれて誰にも迷惑をかけないようにされるんだ。

真面目な話なんだ、ビリー。

おれが真面目に話してないと思うのか？　おれも電線をつなぐのを手伝ってやるよ。

おれがいったんじゃだめなんだ。あの男はおれを知ってるんだ。

おれの目を見ろ、小僧。おまえのいってることは目茶苦茶だぞ。相手がどういう連中かわかってるのか？　郡庁舎の前庭でナイフを商うみたいに人を売り買いするメキシコ人の淫売屋と掛け合って話がつくと思うのか？

でもどうしようもないんだ。

その台詞は聞き飽きたよ、この野郎。どうしようもないとはどういうことだ？

もういい。もういいよ。

もういいだと？　くそったれが。

ジョン・グレイディは肩を落とした。

もう一本ビールを飲むか？

いや、いい。ウィスキーを一瓶飲みたいよ。

そいつはやめといたほうが賢いな。

ありがたい忠告だ。

ビリーは箱から煙草を一本振り出した。

まだ一本火がついてるよ、とジョン・グレイディはいった。

ビリーは聞き流した。おまえは一文無しだ、と彼はいった。それでどうやって女を買いとる気だ？

金は手にいれる。

どこで？

とにかく手にいれる。

いくら払う気だ？

二千ドル。

二千ドルね。

ああ。

なるほど。これでいよいよはっきりしたな。おまえは完璧に狂ってる、要するにそういうことだ。違うか？

わからない。

おれにはわかってる。どこで手にいれるんだ？　一体全体どこで二千ドルを手にいれようってんだ？

わからない。でも手にいれる。

一年じゃ稼げないぞ。

わかってる。

おまえの頭は危ないとこへきてるぞ。自分でわかってるのか？

そうかもしれない。

そういう男は前にも見たよ。おまえは馬から落ちてからずっと変だ、自分でわかってるのか？　こっちを見ろ。真面目にきいてるんだぞ。

おれは狂っちゃいないよ、ビリー。

おれかおまえのどっちかが狂ってるんだ。くそ。おれのせいだ。そういうことだよ。おれが悪いんだ。

あんたには関係のないことだ。

何が関係ないだ。

もういいんだ。忘れてくれ。

ビリーは椅子の背板にもたれた。灰皿でくすぶっている二本の煙草を見た。やがて帽子をあみだに押し上げて片手で閉じた両目の瞼を撫で口の上を撫でそれから帽子を引きおろして部屋の向こうを見た。カウンターのそばでゲーム機械がベルを鳴らしていた。ビリーはジョン・グレイディに目を向けた。

何だってそんな泥沼に足を突っこんだ？

わからない。

なんでそこまでのめりこむ？

わからない。自分がどう思うかとは関係のないことのような気がする。ただ自然の成りゆきだって感じだ。昔からこうだったたって気がするんだ。

ビリーは情けないという顔で首を振った。いよいよ狂ってる、と彼はいった。でもまだ手遅れじゃないぞ。

もう手遅れだよ。

何ごとも手遅れなんてことはない。腹を決めりゃいいんだ。

腹はもう決まってる。

そいつはとり消せ。もう一遍決め直せ。

ふた月前ならあんたの意見に賛成したと思う。でもいまはよくわかる。決められないこともあるんだ。決める決めないとは関係ないことがあるんだ。

二人はひとしきり黙っていた。ビリーはジョン・グレイディの顔を見、部屋のなかを見た。埃のたまったダンス・フロア、何もないステージ。覆いをかけたドラム。ビリーは椅子を引いて立ち上がり椅子を注意深くテーブルの下に戻して体の向きを変え部屋を横切ってカウンターの脇を通り抜け外に出た。

その夜遅く暗い寝室で寝ていると台所の扉が閉まりついで網戸の閉まる音が聞こえた。彼はじっと寝ていた。それから体を起こして両足を床におろしブーツとズボンをとってはき帽子をかぶって外に出た。寒い深夜の月は満月に近く台所の煙突からは煙が出ていなかった。ミスター・ジョンソンはダッキング・コートを着て裏口の階段に腰をおろし煙草を吸っていた。顔を上げジョン・グレイディを見てうなずいた。ジョン・グレイディは老人の隣に腰をおろした。帽子もかぶらないで何してるんです？　と彼はきいた。

わからん。

大丈夫ですか？

ああ。大丈夫だ。夜はときどき外に出たくなる。煙草を吸うかね？

いや、いいです。

あんたも眠れんのか？

ええ。まあ。

新しい馬はどうだ？

まあまあですよ。

囲いにいれてあるのを見たが気の荒い仔馬だな。

マックは何頭か売るつもりらしいですよ。

馬喰の真似ごとか、と老人はいった。首を振った。煙草を吸った。

昔は馬の調教もやったんですか、ミスター・ジョンソン？

少しな。おもにその必要があるときだけだ。わしはやり手の調教師じゃなかった。一遍えらい怪我をしたことがあったよ。自分でも知らないうちにびくついてたんだな。ちょっとしたことを馬は感じとるんだ。こっちは全然気づいてないんだが。

でも馬に乗るのは好きでしょう？

好きだよ。しかしマーガレットと駆けくらをやるとたいていあれが勝った。あれほど馬の扱いがうまい女はほかに知らない。わしよりずっとうまかったよ。そう認めるのは男の沽券《こけん》にかかわるがほんとのことだ。

マタドール一家の処で働いたことがあるんでしょう？

ああ。あるよ。

どうでした？

仕事はきつかった。それが答えだよ。

それはいまも変わってないでしょうね。

なに、たぶん変わってるよ。多少はな。わしは牧場の仕事が好きだったことは一度もない。ただそれしかできなかっただけだ。

老人は煙草を吸った。

ひとつきいていいですか、とジョン・グレイディはいった。

いいよ。

結婚したのは何歳のときでした？

結婚はしなかった。結婚してくれる相手がいなかった。

老人はジョン・グレイディを見た。

マーガレットは兄貴の娘だった。兄夫婦は一九一八年に流行りの風邪で死んだんだ。

知りませんでした。

あれは実の親を知らずに育った。まだ小さかったからな。五歳だった。あんた上着はどうした？

平気です。

その頃わしはコロラドのフォート・コリンズにいた。そこへ連絡がきてな。馬を積み出したあとで汽車に乗って戻ったんだ。あんた、こんなとこにいると風邪ひくぞ。

いや。大丈夫ですよ。寒くないから。

わしもその気がないじゃなかったがマーガレットにちょうどよさそうなのがいなかったんだ。

ちょうどよさそうなのって？

女房だよ。女房。そのうちわしも諦めた。それは間違いだったかもしれん。わからんよ。

あの子はソコーロに育てられたようなもんだ。スペイン語はソコーロよりうまかった。まあ苦労させたよ。ソコーロも死にかけたくらいだ。いまでも体がよくないがね。このさき達者になることはないだろうな。

ええ。

わしらはあの子を甘やかそうとしたがそうはならなかった。なんであんないい娘になったのかさっぱりわからん。まあ奇跡としかいいようがないな。わしの育て方がよかったわけじゃないのは確かだ。

そうですか。

あそこを見てみな。老人は月に向かって顎をしゃくった。

なんです？

いまに見える。ちょっと待ってな。だめだ。いっちまった。

何だったんです？

鳥の群れが月の前を横切ったんだ。鶩鳥かな。わからんが。

見えなかった。どっちへ飛んでいきました？

北だ。川上のベレンの近くの沼沢地へいったんだろう。

そうですね。

昔は夜馬に乗るのが好きだったよ。

おれも好きです。

夜の砂漠では何だかよくわからんものが見える。馬にはいろんなものが見えるんだな。

もちろん馬は何かを見て怯《おび》えることもあるが怯えないこともある。でも何か見たのはこっちにわかるんだ。

どういうものです？

さあ。

幽霊とかそんなものですか？

いや。何かはわからん。ただ馬が見たのがわかるだけだ。何かが砂漠にいるんだ。

動物じゃないんですか？

違うな。

馬が嫌がるものじゃない？

ああ。何か馬が知ってるものだ。

でも人間には何だかわからないわけですか。

人間には何だかわからない。そうなんだ。

老人は煙草を吸った。月をじっと眺めた。鳥はもう飛ばなかった。しばらくして老人はいった。それは化け物じゃない。ものの本当の姿っていうか。わかるかどうか知らんが。

ええ。

ある夜オガララの町はずれのプラット川の川縁で野営をしたときわしだけ野営地から離

れた処に寝袋を敷いて寝たことがあった。今夜みたいに月の明るい夜だ。寒くてな。季節は春だったが。目が覚めたわしはその音を夢のなかで聞いたんだと思ったがそれは川上に向かって何千羽もの鵞鳥が飛んでいく音が大きな囁きみたいに聞こえてたんだ。全部飛び過ぎるまでたっぷり一時間はかかったよ。空が真っ黒になって月が隠れた。わしは牛が目を覚まして走りだすと思ったがそうはならなかった。わしは起きて川縁までいって鳥の群れを眺めたが同じように若いカウボーイが何人か起きてきてみんなでロングジョンの格好のままじっと見ていた。ただバサバサバサッと音がするだけだ。高い空を渡っていく鳥の群れはちっとも喧《やかま》しくなくてそんな音で目が覚めたとはとても思えなかった。わしにはブーザーという夜に乗る馬がいたがそのブーザーがそばにやってきた。たぶんブーザーも牛が起きると思ったんだろうがそれはなかった。気の荒い牛どもだったが。

牛が暴走したことはありましたか？

あったよ。一八八五年にアビリーンまで牛追いをしたときだ。わしはまだひよっこだった。べつの一団の男と一悶着あってそいつがわしらのあとを追って、わしらが〈ドーアンズ〉という店がある処からレッド川を渡ってインディアンの土地にはいるまでついてきた。そこだと牛をまた集めるのが大変だと知ってたわけだがわしらはそいつをとっ捕まえた。そいつはまだ灯油の臭いをぷんぷんさせてたから犯人だとわかったわけだ。そいつは夜中にやってきて猫に火をつけて牛の群れのなかに投げこんだ。ぽーんと放りこんだんだ。ちょうどウォルター・デヴローが夜中の見張りから上がるところで音を聞いて振り向いた。牛は彗星みたいに一塊になってどうっと走っていったそうだ。ああ、えらい勢いだったそうだよ。また集めるのに三日かかったが出発のときがきても四十頭ほど迷子になったり怪我をしたり盗まれたりで戻ってこなかったし馬も二頭なくした。

そいつはどうなりました？

そいつって？

猫を投げた男。

ああ。そりゃ無事ではすまなかったよ。

そうでしょうね。

人間てのは何だってやるから。

ええ。そうですね。

長生きすればそういうのを見ることになる。

ええ。おれももう見たことがあります。

ミスター・ジョンソンは応えなかった。投げた煙草の吸い殻がゆっくりと赤い弧を描いて庭の向こうへ飛んだ。

燃えるものなんぞありゃせん。この土地でも昔は草原の火事があったもんだが。

おれは何もかも経験してるといったんじゃないんです、とジョン・グレイディはいった。

わかってるよ。

ただ見たくないものを見たことがあるんです。

わかってるさ。生きてるといろいろ辛いことがあるもんだ。

いちばん辛いのは何ですか？

さあてな。一遍消えたものはそれで終わりということかもしれんな。二度と戻ってこないんだ。

ええ。

二人は黙りこんだ。しばらくして老人はいった。一九一七年三月の五十歳の誕生日の次の日に馬でワイルド井戸の近くの昔の軍司令部へいったんだがそこでフェンスに狼の死骸が六つ引っかけられてるのを見たよ。わしはフェンス沿いに馬で進みながら手で死骸を撫でた。そいつらの目を見た。役所に雇われた罠猟師が前の晩に引っかけた狼だった。毒入りの餌で殺したんだ。ストリキニーネだか何だかで。獲った場所はサクラメント山脈だ。次の週にはまた四匹殺して引っかけた。その頃からこの土地では狼の声を聞かなくなったよ。まあいいことをしたんだろうがね。牛がひどい目にあったから。ただわしは迷信深いというのかな。信心深い人間じゃないんだが。生き物が死んでも何か残るものがあるって気がしてたもんだ。そいつを毒で殺せるとは知らなかった。もうかれこれ三十年ほど狼の声を聞いてない。どこへいけばそれが聞けるのか。そんな土地はもうないのかもしれんな。

ジョン・グレイディが納屋の通路を歩いていくと部屋の戸口にビリーが立っていた。
爺さんはまた寝にいったか？
ああ。
何してたんだ？
眠れないといってた。あんたは何してるんだ？
同じさ。おまえは？
同じだ。
空気に何か混じってるのかね。
さあ。
爺さん何の話をした？
あれやこれやさ。
何を話したんだ？
要するに牛は鷲鳥の群れと火のついた猫を区別できるってことじゃないかな。
おまえあんまり爺さんと一緒にいないほうがいいんじゃないか。
そうかもしれない。
おまえら似た者同士に見えるからな。
あの人は狂っちゃいないよ、ビリー。

かもな。けどそれについてまずおまえの意見をきこうって気にはなれないな。

おれはもう寝るよ。

おやすみ。

おやすみ。

彼は女に帽子は預けないでおくとスペイン語で断わり手に持ったまま二段の階段を上がってバーのカウンターへいきまたかぶった。カウンターの前にはメキシコ人の実業家が二人立っていて彼は通り過ぎるときに会釈をした。二人はそっけない会釈を返してきた。バーテンダーがナプキンを置いた。何にします？　セニョール《セニョール》ときく。

オールド・グランダッドと水だ。

バーテンダーはその場を離れた。ビリーは煙草とライターを出してカウンターに置いた。正面の鏡を見た。ラウンジの長椅子に何人かの娼婦がだらけた姿勢で坐っていた。仮装パーティから抜け出してきたようだった。バーテンダーがウィスキーを注いだグラスと水を注いだグラスを持ってきてカウンターに置くとビリーはウィスキーのグラスをとってゆっくりと輪を描くように揺り動かしてから持ち上げて飲み干した。煙草に手を伸ばしながらバーテンダーにうなずきかけた。

もう一杯《オトラ・ベス》。

バーテンダーが瓶を持ってきた。グラスに注ぐ。

エドゥアルドはどこだ《ドンデ・エスタ・エドゥアルド》、とビリーはきいた。

誰です《キエン》？

エドゥアルド《エドゥアルド》だ。

バーテンダーは思案顔で酒を注ぎ足した。首を振った。

ここの店長《エル・パトロン》だよ、とビリーはいった。

店長はいません《エル・パトロン・ノ・エスタ》が。

いつ戻る《クワンド・レグレーサ》？

さあ《ノ・セ》。瓶を持ったまま立っている。何か問題でも《アイ・ウン・プロブレーマ》？

ビリーは煙草を一本箱から振り出して口にくわえライターに手を伸ばした。いや《ノ》、と彼はいった。問題なんかない《ノ・アイ・ウン・プロブレーマ》。ただ仕事のことで会いたいだけだ。

どういうお仕事で？

ビリーは煙草に火をつけてライターを煙草の箱の上に置き煙をカウンターの向こうへ吹いて顔を上げた。

どうも埒《らち》があかないようだな、と彼はいった。

バーテンダーは肩をすくめた。

ビリーはシャツの胸ポケットから紙幣の束を出して十ドル札を一枚カウンターの上に置

いた。

これは酒の代金じゃない。

バーテンダーは目を横に流して二人の実業家を見た。それからビリーを見た。

あんたの仕事にいくらの値打ちがあるか知ってるか？

え？

あんたの仕事にいくらの値打ちがあるかだ。

チップでどれくらい稼げるかってことですか。

そうじゃない。あんたの仕事を買い取るのにいくらかかるかってことだ。

仕事を買い取るなんて聞いたことないですね。

メキシコではあんたみたいな人の勤め口は多いのか？

いえ。

バーテンダーは瓶を持ったままじっと立っていた。ビリーはまた紙幣の束を出して五ドル札を二枚抜き十ドル札の上に重ねた。バーテンダーは金を手のひらでそっと包みとりポケットにいれた。じゃちょっと《ウン・モメント》、と彼はいった。お待ちを《エスペーラテ》。

ビリーはウィスキーのグラスをとって一度揺り動かし口に運んだ。グラスを置いて手首の背で口を拭った。ふと前の鏡を見ると左の肘の脇に支配人が魔王《ルシファー》のように立っていた。

何でしょうか《シ・セニョール》、と彼はいった。

ビリーは顔を相手に向けた。

あんたがエドゥアルド?

いや。ご用は何でしょう?

エドゥアルドに会いたいんだ。

どういうご用です?

話がある。

そうですか。ならわたしに話してください。

ビリーはバーテンダーに顔を向けたがバーテンダーはほかの客の処へいって相手をしていた。

個人的な話だ、とビリーはいった。べつに危害は加えないよ。

支配人は眉を心もち吊り上げた。それはよかった、と彼はいった。何か苦情ですか?

儲け話を持ってきたんだ。

誰が取引人ですか?

え?

誰が取引人ですか。

おれだ。おれが取引人だ。

ティブルシオはしばらくビリーを眺めていた。あんたが誰なのかはわかってるよ、と彼はいった。

おれが誰だかわかってる？

ああ。

誰なんだ？

あんたは仲介人《トゥルハマン》だ。

何だそれは？

スペイン語はわからないのか？

わかるさ。

あんたは袖《モルディーダ》の下を持ってるね。

ビリーは紙幣の束をとりだしてカウンターに置いた。十八ドルある、といった。これで全部だ。まだ酒の代金は払ってないが。

代金を払ってくれ。

え？

酒の代金を払ってくれ。

ビリーは五ドル札を残して十三ドルをシャツの胸ポケットに戻しそこへ煙草の箱とライターもいれて立ち上がった。

ついてきな。

ビリーは支配人のあとからラウンジを歩き娼婦らしく着飾った娼婦たちのそばを通り抜けた。シャンデリアが落とす細かく分かれた光の万華鏡のなかを通り抜け無人のステージの脇を通って奥の扉に向かう。

扉には葡萄酒色の粗い羅紗《らしゃ》が張ってありノブはなかった。支配人が開けた扉の外は壁が青く扉の上の天井に青い電球をひとつともした廊下だった。支配人は扉を手で押さえてビリーを通しまた扉を閉めると体の向きを変えて廊下を歩きだした。彼のオーデコロンの安っぽい匂いが空中に漂った。支配人は廊下のはずれで足を止めて浮き出し模様のついた銀色の金属板を張った扉を拳の関節で二度叩いた。それから体をビリーのほうに向けて両手首をへそのあたりで重ねて待った。

ブザーが鳴り支配人は扉を開けた。ここで待っててくれ、と彼はいった。

ビリーは待った。隻眼の老女が廊下をやってきてべつの部屋の扉をノックした。ビリーに目を向けたとき彼女は胸で十字を切った。扉が開いて老女がなかにはいり扉が閉まると廊下はまた青い柔らかな光に浸された無人の空間になった。

銀色の扉が開いて支配人が細い指に指輪をはめた手で下からすくうような感じの手招きをした。ビリーは部屋に足を踏みいれて立ち止まった。それから帽子を脱いだ。

エドゥアルドは机についていつもの細い黒い葉巻を吸っていた。横向きに坐って引き開けたいちばん下の引き出しに組んだ両足を突っこみ磨き上げた蜥蜴《とかげ》革のブーツを調べているような素振りをしていた。用件は何だね、と彼はいった。

ビリーはティブルシオを顧みた。それからまたエドゥアルドに目を戻した。エドゥアルドは引き出しから両足を上げてゆっくりと回転椅子を回した。襟もとを開けた薄緑色のシャツの上に黒い上着を着ている。片腕をガラス板を敷いた机の上に載せ反対側の手で葉巻を持ち上げていた。とくに何も考えていない様子だった。

商売上の取引をしたいと思ってね、とビリーはいった。

エドゥアルドは葉巻を目の前にかざしてしげしげと眺めた。それからまたビリーを見た。たぶんあんたも興味を示すだろうと思うんだ、とビリーがいった。

エドゥアルドは薄い笑みを浮かべた。ビリーの背後の支配人に目をやりまたビリーを見た。おれにもつきが回ってきたってわけか、と彼はいった。嬉しいね。

ゆっくり長々と葉巻を吸った。それから葉巻を持った手を奇妙に優雅な動きでくるりとひっくり返し手のひらを上にした。何か目に見えないものを載せているかのように。あるいはいまはもうないものを長い習慣から手のひらに載せているつもりになっているかのように。

二人だけで話せないかな、とビリーはいった。

エドゥアルドが顎で合図すると支配人は部屋を出て扉を閉めた。支配人が廊下を歩み去るとエドゥアルドは椅子の背にもたれてまた体の向きを変え引き出しのなかに両足をいれた。顔を上げて相手の言葉を待つ。
取引というのは、とビリーはいった。女をひとり買いたいんだ。
買いたい、とエドゥアルド。
ああ。
どういう意味だね、買いたいとは。
金を払って女を連れていきたいってことだ。
うちの女は自分の意志に反してここにいると思ってるのか？
どうしてここにいるのかは知らないがね。
しかしあんたはそう思ってるわけだ。
おれはどうも思っちゃいない。
いや思ってる。そうでなかったらなぜ買いたいなんていう？
知らないな。
エドゥアルドは口を引き結んだ。葉巻の先をじっと見た。知らないか、と彼はいった。
なら女は自由にここから出ていけるってことか？
それはいい質問だ。
じゃいい答えを聞かせてくれ。
まあ女たちは身柄は自由だろうな。

何が自由だって？　身柄だよ。身柄は自由だ。でもここは自由かどうか？　人さし指をこめかみにあてた。

何ともいえないな。

出ていきたいと思えば出ていけるはずだと思うが。

あいつらは淫売だ。いったいどこへいくっていうんだね？

女のひとりが結婚したいと思ってるとしたらどうかな。

エドゥアルドは肩をすくめた。顔を上げてビリーを見た。

ひとつ答えてくれ、と彼はいった。

いいよ。

あんたは当事者か代理人か？

何だって？

あんた自身がその女を買いたいのか？

そうだ。

〈ホワイト・レイク〉にはよくくるのか？

一遍きたことがあるよ。

その女にはどこで会った？

〈ラ・ベナーダ〉でだ。

それでその女と結婚したいと。

ビリーは答えなかった。

売春宿の経営者はゆっくりと葉巻を吸いゆっくりと煙を自分のブーツに吹きかけた。あんたは代理人だろう、と彼はいった。

おれは代理人じゃない。ニュー・メキシコ州オログランデ郊外のマック・マクガヴァンが経営するクロス・フォアズ牧場で働いてる者だ、誰にきいてくれてもいい。

あんたは自分のためにここへきたんじゃないと思うね。

おれはあんたに取引の申し出をしにきた。

エドゥアルドは葉巻を吸った。

現金での取引だ、とビリーはいった。

女には持病がある。あんたの友だちはそれを知ってるのか？

おれに友だちがいるとはいってない。

女はあんたの友だちに話してないんだろう？

どの女のことかなぜわかるんだ？

名前はマグダレーナだ。

ビリーは相手をじっと見つめた。さっきおれが〈ラ・ベナーダ〉のことをいったからわかったんだな。

あの女はここから出ていくと思ってるんだろうが出ていかない。あの娘《こ》自身も出ていくことを考えてるかもしれんがね。あの娘はまだひどく若い。ひとつききたいんだが。

きいてくれ。

淫売に惚れるなんてあんたの友だちはどうしちまったんだ？

知らないな。

本当は淫売じゃないと思ってるのか？

おれには何ともいえない。

友だちと話はできないのか？

ああ。

あの娘は骨の髄まで淫売だ。おれはあの娘をよく知ってる。

そりゃ知ってるだろう。

あんたの友だちはうんと金持ちかね？

いや。

あの娘に何がしてやれる？　なぜあの娘が出ていきたがる？

知らないな。娘のほうでも惚れてると思ってるんだろう。

やれやれ、とエドゥアルドはいった。そんなことをあんた信じるかね？

さあ。

そういうことを信じるかね？

いや。

それならあんたはどうする気だ？

わからない。あんたはあいつに何といってほしい？

いうことは何もない。あんたの友だちは酒飲みかね？

いや。それほどでもない。

あんたの顔を立てようとしてきいてるんだがね。

ビリーは手にした帽子で腿を軽く叩いた。エドゥアルドを見て彼の事務室のなかを見回した。一隅に小さなホーム・バーがある。白革を張ったソファが据えてある。それに上面がガラスのコーヒー・テーブル。

あんたはおれを信じてないね、とエドゥアルドがいった。

あんたがその娘に金をかけてるとは信じてないよ。

金をかけてるとおれがいったかな？

いったように思ったがね。

いくらか金は貸してるよ。衣装代を前貸ししたんだ。アクセサリーを買う金も。

いくらだ？

おれがあんたにそんなことをきいたらどう思う？

さあ。おれはそれをきかれる立場にないからね。

あんたはおれを人買いだと思ってるだろう。

そうはいってない。

でもそう思ってる。

あいつに何といえばいいのか答えてくれ。

何かいってどうなるっていうんだ？

たぶんあいつには意味があると思うよ。

あんたの友だちは非合理な情熱にとらわれてる。あんたが何をいっても無駄だよ。あんたの友だちは頭のなかである物語を作ってるんだ。これから物事がこうなるという物語を。その物語のなかで彼は幸せになる。そういう物語のどこがまずいかわかるかね？

あんたが答えをいってくれ。

まずいのは本当の話じゃない点だ。人間は頭のなかでこれから世界はこうなるという絵物語を描く。自分たちがこうなるという絵物語を。世界はいろんな形で現われてくるだろうがたったひとつ絶対に本当にならない世界があってそれが夢に見る世界だ。こういうことを信じるかね？

ビリーは帽子をかぶった。時間をとらせて悪かったな、と彼はいった。

どういたしまして。

ビリーはくるりと背を向けた。

まだ質問に答えてもらってないんだがね、とエドゥアルドがいった。

ビリーは向き直った。売春宿の経営者を見た。優雅な椀の形にした手で持っている葉巻と高価なブーツを見た。窓のない部屋を見た。家具調度はまるでこの場面のためにだけここに運びこまれ据えられたもののように見えた。わからないな、と彼は答えた。たぶん信じるんじゃないかな。ただそうはいいたくないがね。

なぜ？

何だか裏切るみたいだから。

真実を認めるのが裏切りになるかね？

なるかもしれない。とにかく自分の望みのものを手にいれる人間はいるよ。ひとりもいない。ほんのいっとき手にいれるかもしれないがすぐに失うことになる。あるいは夢を見ていた人間が、望みのかなった世界は望んでいた世界とは違うことを知るだけのことかもしれない。

ああ。

それを信じるかね？

あのな。

何だね。

一晩考えさせてくれ。

売春宿の経営者はうなずいた。もういってくれ《アンダレ・プエス》、と彼はいった。扉がひとりでに開いた。ティブルシオが外で待っていた。ビリーは体をそちらに向けてから振り向いた。あんたはおれの質問に答えなかったね、と彼はいった。

そうかな？

ああ。

もう一度きいてくれ。

かわりにべつの質問をさせてくれないか。

いいだろう。

あいつはまずい立場にある、そうだな？

エドゥアルドは笑みを浮かべた。葉巻の煙をガラス板を敷いた机の上に吹き流した。それは質問じゃないな、と彼はいった。

帰ってきたのは遅い時刻だったが台所にはまだ明かりがついていた。彼はしばらくトラックの運転席で坐っていたがやがてエンジンを切った。鍵は差したままにして車から降りて母屋のほうへ歩いた。ソコーロはもう寝ていたが天火の上の保温器には玉蜀黍パンと豆とジャガイモの料理と鶏の唐揚がふた切れいれてあった。料理の皿をテーブルに置き流しへいって水切りからナイフとフォークをとりカップをとってコーヒーを注ぎ、炭火がまだくすんだ赤に熾《おこ》っているストーブの穴の上にポットを置くとカップをテーブルに持ってきて坐り食事をした。ゆっくりと決まった順序を守るような感じで食べた。食べ終わると食器を流しに運び冷蔵庫を開けてデザートになるものを物色した。プディングのはいった器があったのでサイドボードへ持ってきて小皿によそい残りを冷蔵庫にしまってからコーヒーのおかわりを注ぎ坐ってプディングを食べながらオーレンの新聞を読んだ。廊下で時計が時を刻んでいた。ストーブが冷えるにつれて小さな音を立てた。ジョン・グレイディがはいってくるとビリーはストーブへいきカップにコーヒーを注いでテーブルまで戻り坐って帽子をあみだに押し上げた。

いま起きてこれから仕事か？　とビリーがきいた。

いや、そいつはごめんだ。

いま何時だ？

知らない。

ビリーはコーヒーを一口飲んだ。煙草を出そうとポケットに手をやった。

いま戻ってきたところかい？　とジョン・グレイディはきいた。

ああ。

返事はノーなんだろうな。

当たりだ、仔馬ちゃん。

そうか。

予想はしてたんだろ？

ああ。金を出すといってくれたかい？

友好的な話し合いだったよ、みんなで握手をしたりしてな。

あの男は何といってた？

ビリーは煙草に火をつけてライターを箱の上に置いた。彼女はあそこを出たがってないといってたよ。

それは嘘だ。

そうかもな。だがとにかくあそこから出ないだろうといってたよ。

いや出るさ。

ビリーはテーブルの上にゆっくりと煙を吐いた。ジョン・グレイディはじっと彼を見つめた。

おれのこと、狂ってると思ってるだろ？

おれの考えはわかってるはずだ。

ああ。

ちょっと頭を冷やして考えてみろよ。てめえがどうなっちまったかを。馬を売りたいなんていいだしやがって。そりゃ昔からよくある話さ。女にのぼせて見境がなくなるのは。しかしおまえの場合は目茶苦茶じゃないか。まるっきり目茶苦茶だ。

あんたの目にはそうだろう。

誰の目にだってそうだよ。

ビリーは前に身を乗り出して煙草をはさんだ手の指を反対側の手の指で一本ずつ指した。娘はアメリカ人じゃない。アメリカの町に住んでもいない。英語が話せない。売春宿で働いてる。いや最後まで聞け。おまけにこれだ——ビリーは親指をつかんだ——女の抱え主のくそ野郎が妙な真似をしたらぶっ殺して墓穴に放りこむとおまえを脅してる。なあ坊主よ、川のこっち側に女はひとりもいないってのか？

彼女みたいなのはいない。

ああ、おまえがそういうんならそのとおりだろうよ。

ビリーは煙草をもみ消した。さてと。おれはやれるだけのことはやったからな。もう寝るぞ。

わかった。

ビリーは椅子を引いて立った。おまえのことを狂ってると思ってるかって？　いや、そうは思わないね。おまえは狂人の定義を変えちまったよ。おまえをただ狂ってるですませるんなら頭の病院にいる連中を出してやらなきゃいけない。

ビリーは煙草とライターをシャツの胸ポケットにいれてカップと器を流しへ運んだ。それから戸口で足を止めて振り返った。また明日の朝な、と彼はいった。

ビリー。

何だ。

ありがとう。恩に着るよ。

どういたしましてといいたいが、そいつは嘘になる。

わかってる。でもとにかくありがとう。

ほんとに馬を売る気か？

わからない。ああ、売るかもしれない。

ウルフェンバーガーなら買うかもな。

それも考えた。

だろうな。じゃまた明日。

ジョン・グレイディは納屋のほうへ歩いていくビリーを見送った。シャツの袖で窓についた露を拭いとった。ビリーの影はだんだん短くなり納屋の黄色い軒明かりの下で消え、ビリーは暗い納屋のなかにはいって姿が見えなくなった。ジョン・グレイディは一方へ寄せたカーテンをもとに戻し体の向きを変えて目の前の空のカップを見た。底に澱がたまっているのを見てカップを揺すりまた澱を見た。それからまた澱をもとの形に戻そうとするようにカップを逆向きに揺すった。

　彼は川に背を向けて柳の木立のなかに立ち道路とそこを走る車を眺めていた。車の数は少ない。その少ない車の巻き上げる土埃が走り去ったあとも乾いた空気のなかに長く漂った。彼は川縁へ降りていってしゃがみ泥で濁った水の流れを眺めた。石をひとつ投げた。それからもうひとつ。振り返って道路を見やった。

　タクシーがやってきて川縁へ降りる小道への曲がり角で停止し少しバックして角を曲がりがたがた揺れながら轍のついた土の道を降りてきて小さな空き地で停まった。彼女が車の向こう側から降りて運転手に料金を払い二言三言何かいうと運転手はうなずき彼女は歩きだした。運転手はギアをいれて片腕をシートにかけ車をバックさせて角で方向転換した。運転手は川のほうへ目を向けてきた。それから車を発進させて町へ戻っていった。

彼は彼女の手をとった。こないんじゃないかと心配してたよ《テニア・ミエド・ケ・ノ・ベンドリアス》、と彼はいった。

彼女は応えなかった。彼に体をもたせかけてきた。黒い髪が彼女の肩を包んだ。石鹸の匂いがした。ドレスの布地の下で肉と骨は生きていた。

おれが好きか《メ・アマス》？　と彼はきいた。

ええ《シ》。好きよ《テ・アモ》。

彼は倒れたヒロハハコヤナギの幹に腰をおろして川の浅瀬にはいっていく彼女を眺めた。彼女は振り返って微笑みかけてきた。ドレスの裾を褐色の腿の脇でつかんでいた。微笑みを返そうとした彼は喉が詰まりそうになって目をそらした。

彼女が木の幹に彼と並んで坐ると彼はその足をひとつずつ両手にとってハンカチで拭いてやり靴をはかせて小さな留め金をとめてやった。頭を彼の肩にもたせかけてきた彼女に彼はキスをしまるで盲人のように彼女の髪に触り胸に触り顔に触った。

それで返事《イ・ミ・レスプウエスタ》は？　と彼はきいた。

彼女は彼の手をとってキスをしその手を心臓の上にあてがってわたしはあなたのものだ、たとえ死ぬはめになってもあなたのいうとおりにすると答えた。

彼女はチアパス州の出身で十三の年に賭博の借金のかたに売られた。親も兄弟姉妹もいなかった。プエブラ州で逃げ出して修道院に駆けこんだ。翌日の朝売春宿の経営者がやってきて玄関先で白昼堂々金を渡すと修道院長は彼女を引き渡した。

この男は彼女を裸にしトラックのタイヤのチューブで鞭打った。それから彼女を抱きしめておまえを愛しているといった。彼女はまた逃げて今度は警察に保護を求めた。三人の警官が彼女を地下の一室に連れていったがその部屋の床には汚いマットレスが敷いてあった。三人は彼女を犯したあとでほかの警官にひとりいくらで抱かせた。それから留置されている男たちに小銭や煙草と引き換えに陵辱させた。それから警官たちは彼女を売春宿の経営者の処へ連れていって買い戻させた。

経営者は彼女を拳で殴り壁に叩きつけさんざんに殴り蹴りつけた。今度逃げたら殺すと脅した。彼女は目を閉じて彼の前に喉をさらした。怒りに駆られた男に腕をつかまれて腕の骨が折れた。枯れ枝を折ったような小さな音がした。彼女は鋭く息を引きこみ激痛に悲鳴を上げた。

見やがれ《ミーラ》、と男は怒鳴った。見やがれ《ミーラ》、売女《プータ》。こういう目にあうんだ《ケ・アス・エーチョ》。

腕の骨はもぐりの女医に手当てしてもらったがそれ以後はまっすぐに伸ばせなくなった。

彼女は彼に腕を見せた。見て《ミーレス》、と彼女はいった。売春宿は〈世界の希望《ラ・エスペランサ・デル・ムンド》〉といった。

そこでまだ子供の彼女は化粧をされ薄汚れたキモノを着せられて片腕を吊った格好で声を殺して泣き、男どもに二ドル足らずの金で買われて黙って奥の部屋へ連れていかれた。

彼は体を乗り出し嗚咽《おえつ》を漏らしながら両腕で彼女を抱いた。片手で彼女の口をふさいだ。

彼女はその手をとりのけた。話はもっとあるわ《アイ・マス》、と彼女はいった。

もういい《ノ》。

彼女はもっと話したいことがあるといったが彼はまた彼女の口をふさいだ。おれが知りたいのはひとつだけだといった。

何が知りたいの《ロ・ケ・キエーラス》。

おれと結婚してくれるか《テ・カサース・コンミーゴ》。

ええするわ《シ・ケリード》、と彼女は答えた。返事はイエスよ《ラ・レスプウエスタ・エス・シ》。あたしあなたと結婚するわ。

台所にはいって坐っているオーレンとトロイとJ・Cにうなずきかけストーブへ足を運んで朝飼の皿とコーヒーを持ってテーブルへいった。トロイが椅子を少しずらして場所を空けてくれた。大恋愛の経過報告をする気はないのか、坊主？

ちぇっ、とJ・Cはいった。このカウボーイに近況報告を期待するなって。

クロフォードにおまえの馬のことを話してみたよ、とオーレンがいった。

何ていってた？

あいつが考えてる値段でいいんなら買い手はありそうだとさ。

前と同じ値段かい？

同じ値段だ。

それじゃちょっと売れないな。

もう少し色をつけるかもしれん。でもたいして増えやしないな。

ジョン・グレイディはうなずいた。食べ物を口に運んだ。

競り市に出したほうがいいかもな。

次の競りまでまだ三週間ある。

二週間半だ。

三百二十五なら売るといってくれよ。

J・Cが立ち上がって食器を流しに運んだ。オーレンが煙草に火をつけた。

いつ会うんだい？　とジョン・グレイディはきいた。

よかったら今日話してやるよ。

ああ頼む。

ジョン・グレイディは食べた。トロイが腰を上げて食器を流しへ持っていきJ・Cと一緒に出ていった。ジョン・グレイディはパンの最後の一口分で皿をぬぐいそのパンを食べ椅子を後ろに引いた。

そうやって四分で朝飯を食うと組合がうるさいぞ、とオーレンがいった。

ちょっと大将に会ってくる。

ジョン・グレイディは皿とカップを流しに運んでズボンで手を拭き部屋を横切って廊下に出た。

事務室の扉をノックしてなかを覗いたが誰もいなかった。廊下を歩いてマックの寝室へいってノックをし扉を開けた。マックがタオルを首にかけ帽子をかぶった格好でバスルームから出てきた。

おはよう、とマックがいった。

おはようございます。ちょっと話があるんですが。

はいりなよ。

マックはタオルを椅子の背板にかけて古風な引き出し付きの衣装簞笥からシャツを出しそれを振って広げボタンをはずした。ジョン・グレイディは戸口に立ったままだった。

はいりなって、とマックはいった。帽子もかぶれ。

はい。ジョン・グレイディは部屋に二歩足を踏みいれて帽子をかぶりじっと立った。正面の壁には馬の写真を収めた額がいくつかかかっていた。化粧台の上の装飾を施した銀の額縁にはマーガレット・ジョンソン・マクガヴァンの写真がいれてあった。

マックはシャツを着てボタンをかけた。まあ坐れ、と彼はいった。

いや、いいんです。

いいから坐れ。おまえいろいろ考えてるようだな。

寝台の向こうに置かれた暗色の革を張った重厚な樫材の椅子の処へジョン・グレイディはいって腰をおろした。椅子の片方の肘掛けにはマックの服がかけてある。ジョン・グレイディは反対側の肘掛けに肘をかけた。マックがやってきてシャツの裾をズボンのなかにいれズボンのボタンをかけベルトのバックルを留めて化粧台の上から鍵束と小銭と札入れをとった。それから靴下を持って寝台へきて腰をおろし巻いた靴下を伸ばしてはき始めた。

さてと、とマックはいった。話があるんならいま以上のチャンスはないぞ。

ジョン・グレイディはまた帽子を脱ぎかけたが思い直して両手を膝の上に戻した。前に身をかがめて両肘を膝の上につく。

暑い日に水の冷たい水飲み場へきたと思ってざぶんと飛びこめ、とマックはいった。

はい。その、おれは結婚したいんです。

マックは靴下をはく途中で手を止めた。それから最後まで引き上げてブーツに手を伸ばした。結婚か、と彼はいった。

はい。

それで。

結婚したいんで、もしかまわなかったらおれの馬を売りたいと思うんです。

マックは片方のブーツをはきもう片方を拾い上げて手に持ったまましばらくじっとしていた。なあ坊主、と彼はいった。男がある女と結婚したくなるってのはわかる。おれも初めてそんな気になったのは二十歳《はたち》になる一月ほど前だった。そのときのおれもいまのおまえも、もう大人だといっていいだろう。しかしそのときのおれのほうがちょっとだけ生活が安定してたみたいだぞ。おまえ所帯を持ってやっていけるのか？

わかりません。でも馬を売れば何とかなるかもしれないと思うんです。

そんなことを考えだしたのはいつからだ？

その。しばらく前からです。

責任をとらなくちゃいけなくなったのか？

いや。そういうことじゃありません。

じゃしばらく様子を見たらどうだ。気が変わらないかどうか。

それはできないんです。

そりゃまたどういうことかな。

ちょっと問題があるんです。

打ち明ける気があるなら聞く時間はあるぞ。

はい。その。まず彼女はメキシコ人なんです。

マックはうなずいた。まあそういう結婚もあるな。そういってブーツをはいた。

だからどうやってこっちへ連れてくるかって問題があるんです。

マックは足を床におろして両手を膝の上に置いた。顔を上げて若者を見た。こっちへ連れてくる？

はい。

つまり川の向こうからこっちへか？

はい。

相手はメキシコのメキシコ人なのか？

はい。

やれやれ。

マックは部屋の向こうへ目をやった。陽が納屋の上に顔を出したところだった。マックは窓にかかった白いレースのカーテンを見た。それから父親が愛用していた椅子に堅くなって坐っている若者に目を移した。うん、と彼はいった。そいつはちょっとした問題だな。しかしもっと厄介な話を聞いたこともあるよ。相手は何歳だ？

十六です。

マックは下唇を軽く噛んだ。だんだん話は厄介になってくるな。英語は喋《しゃべ》れるのか？

いいえ。

まるっきりか。

ええ。

マックは首を振った。外の道路のフェンス際で牛が啼いていた。ジョン・グレイディを見ていった。なあ坊主、よく考えてみたのか？

ええ。考えました。

もう腹は決まってるみたいだな。

はい。

でなかったらここへはこない、そうだな？

はい。

どこに住む気だ？

じつは、それも相談したかったんです。もしかまわなかったらベル・スプリングズの古い家に住まわせてもらえないかと思って。

やれやれ。あの家にはもう屋根もないだろう？

だいぶ壊れてます。見てきたんです。でも修理できます。

修理ったって大変だぞ。

おれにはできます。

まあな。たぶんできるだろうが。おまえ金のことはまだ何もいわないな。給料は上げてやれんぞ。

それはお願いしません。

ビリーとJ・Cのも上げなくちゃいけないからな。やれやれ。オーレンもかもしれん。

はい。

マックは前に身を乗り出して両手を組み合わせた。なあ坊主、と彼はいった。おれはもう少し待ったほうがいいと思う。しかしもう頭のなかで決まってるんならそれでいい。できるだけのことはしてやるから。

ありがとうございます。

マックは膝に両手を突っ張って腰を上げた。ジョン・グレイディも立った。マックは中途半端な笑みを浮かべて首を振った。ジョン・グレイディを見た。

きれいな娘《こ》なのか？

ええ。きれいな娘《こ》です。

そうだろうな。ここへ連れてこい。一遍会ってみたい。

はい。

英語は喋れないって？

ええ。

やれやれ。マックはまた首を振った。よしと、それじゃもういけ。さっさといくんだ。

はい。

ジョン・グレイディは部屋を横切って戸口で振り返った。

ありがとうございました。

いいからもういけ。

彼とビリーは馬でシーダー・スプリングズへいった。涸れ谷の頂上まで登って折り返し牛の群れを低地のほうへ追い、不審な動きを見せる牛には縄を投げ首にかけ引き倒して牛が啼きわめきながら地面に横たわると馬から降りたが、そのあいだ馬は後脚で立って縄をぴんと張った。群れのなかには新しく生まれた仔牛がいて何頭かが臍のなかに虫を持っていたので安ウィスキーで消毒し虫をほじくり出してまた消毒し放してやった。夕方になってベル・スプリングズに着くとジョン・グレイディは馬から降りて水を飲む馬のそばにビリーを残してサカトーン（牧草）の生い繁る湿地を横切り古い陽干し煉瓦の家へいって扉を開けなかにはいった。

彼は家のなかで静かに立った。西側の壁の小さな窓から部屋いっぱいの長さに陽が射し入っていた。床は油を混ぜた土のたたきで古い衣類や缶詰の空缶などが散らばり表面には奇妙な円錐形の土が突き出ていたがそれは雨水が陽干し煉瓦の屋根に染み通り天井から落ちて水に含まれた泥がアフリカの蟻塚のように積もったものだった。一隅には寝台の鉄の枠組みがありスプリングのあいだにビールの空缶がでたらめに詰めこまれている。奥の壁には月夜に牛の見張りをしているカウボーイを描いたクレイ・ロビンソン株式会社の一九二八年のカレンダー。ジョン・グレイディは長い陽射しのなかを埃を舞わせながらよぎって扉のない戸口から隣の部屋にはいった。奥の壁際には鍋やポットを載せる穴が二つあいた薪ストーブが置かれその後ろには錆びた煙突が折れ曲がって積み重なりまた壁にはアーバックルの古いコーヒーの箱が二つ釘で打ちつけてありもうひとつが床に転がっていた。床の上にはほかに豆やトマトやソースの保存用の瓶が転がっている。それから割れたガラス。戦前の新聞。台所の入口のそばの壁の掛け釘にはフィッシュ社の丈の長い腐りかけた雨合羽が一着と古い馬具がかかっている。ジョン・グレイディが振り返るとビリーが戸口に立って彼を見ていた。

ここがハネムーン・スイートか？　と彼はきいた。

そういうことだ。

ビリーは戸口の脇柱に寄りかかってシャツの胸ポケットから煙草を出し一本くわえて火をつけた。

あと足りないのは床に転がってるラバの死体だな。

ジョン・グレイディは裏口へいって扉を開け外を見た。

トラックはここまで上がってこれると思うか？　とビリーがきく。

おれたちは山の反対側から上がってくればいいんじゃないかな。

おれたちってなんだよ？　勝手におれもいれるな。

ジョン・グレイディはにやりと笑った。裏口からは西陽のあたっているファリヤス山脈の頂上付近の岩肌が見えた。扉を閉めてビリーを見返りストーブの処へいって穴のひとつの鉄蓋を持ち上げてなかを覗きまた蓋を戻した。

間違ってるかもしれないが、とビリーはいった。いっぺん電気や水道に慣れちまったらそれがない生活をするのは難しいんじゃないかな。

どこかで生活を始めるしかないからな。

嫁さんはそのストーブで料理をするのか？

ジョン・グレイディは笑みを浮かべた。隣の部屋へ戻るためにビリーの脇を通り抜けた。

ビリーは体をまっすぐに起こして彼を通しその後ろ姿を見た。田舎出の女だといいけどな、と彼はいった。

帰りは反対側から降りて昔の道がどうなってるか見ていかないか？

おまえのしたいようにするよ。帰るのが遅くなるけどな。

ジョン・グレイディは玄関の戸口に立って外を眺めた。そうだな、と彼はいった。わかった。今度の日曜日にひとりでいってみるよ。

ビリーはジョン・グレイディをじっと見つめた。台所の入口から離れて部屋を横切った。いいからいこうぜ、と彼はいった。どっちみち真っ暗ななかを帰るんだ。

ビリー？

何だ。

人がどう思おうと関係ないんだ。誰がどう思おうと。

ああ。わかってるよ。

きれいな眺めじゃないか。

ビリーが小川の向こうの二頭の馬を眺めやると、水面に映ったしだいに黒みを増していく自分自身の影に脚を浸した馬たちは頭をもたげて家とヒロハハコヤナギの木立と山並とその向こうの夕空の赤い広がりに目を向けてきた。

あんたはいまにおれも大人になってこんなことをやめると思ってるだろう。

いや。思ってない。前は思ってたがいまは思ってない。

どうしようもないほど狂っちまってるからか？

そういうことじゃない。理由はおまえの性格だ。たいていのやつは傍《はた》からとやかくいわれるうちに参っちまう。けどおまえはボイド（『越境』に登場したビリーの弟）に似てるって気がこの頃ますますしてきたよ。あいつに何かさせたいときはするなというしかなかった。

昔は泉から家までパイプで水を引いてたみたいだな。

きっとまた水を引けるさ。

ああ。

水はいまでもきれいだからな。ここより上には何もないから。

ビリーは前庭に出て煙草を長々と吸い馬を見やった。ジョン・グレイディは扉を引いて閉めた。ビリーは彼を見た。

マックが何といったかまだ聞いてなかったな。

ほとんど何もいわなかった。おれのことを狂ってると思ってても紳士だからそうはいわなかった。

彼女が〈ホワイト・レイク〉で働いてると知ったら何ていうと思う？

わからない。

何がわからないだ。

あんたがいわない限り大将には知られないよ。

そのことはおれも考えた。

ほんとに？

大将は糞のかわりに緑の林檎をケツからひり出すよ。

ビリーは煙草の吸い殻を弾き飛ばした。辺りはすでに薄暗く吸い殻の火が描く弧がはっきり見えた。太陽が描く弧の内側の小さな弧。そろそろいくか、とビリーはいった。


馬はウルフェンバーガーには売らなかった。土曜日にマクガヴァンの友人が二人やってきてトラックの車体に寄りかかり煙草を吸い話をしながらジョン・グレイディが馬に鞍をつけて引き出してくるのを待った。馬を見ると二人はトラックから体を離した。ジョン・グレイディは彼らにうなずきかけて馬を柵囲いに連れていった。

マックが台所から出てきて二人の男に会釈した。

おはよう。

マックは庭を横切ってきた。クロフォードが連れにマックを紹介し三人は柵囲いに向かっていった。

あれは昔チャベス爺さんが乗ってた馬に似てるな、とクロフォードの連れがいった。

おれの知る限り血のつながりはないがね。

あの馬については面白い話があった。

ああ、あったな。

馬が人間の死を悲しむなんてことはあると思うか？

いや。あんたはどう思う？

おれもないと思うよ。しかしあれは面白い話だった。

そうだな。

男はジョン・グレイディが押さえている馬のまわりを歩いた。前脚の後ろに手をあてたり目を覗きこんだりした。それから後ろへいって片方の後脚を持ち上げたが蹄を調べることもなく地面におろし馬の口のなかも見なかった。

三歳だって？

ええ。

ちょっと乗ってみてくれ。

三人が見ている前でジョン・グレイディは馬に乗り少し進んで引き返し向きを変えて後ろ向きに歩かせそれから緩い駆け足で柵囲いのなかを走らせた。

なんであの馬を売ろうってんだ？

マックは答えなかった。三人は馬を見つめた。しばらくしてマックはいった。金がいるんだ。健康な馬だよ。

どう思う、ジュニア？

おれの意見は聞かなくていいよ。余計なことをいってマックを怒らせたくない。

おれの馬じゃないよ、とマックはいった。

おまえはどう思うんだ？

クロフォードは唾を吐いた。なかなかよさそうな馬だと思うよ。

いくらで売るって？

そっちがいくらで買う気があるかあいつは知りたがってる。

三人は黙りこんだ。

二百五十なら出してもいいな。

マックは首を振った。

あれはあの男の馬だろう？　とクロフォードの連れはいった。

マックはうなずいた。ああそのとおりだ。しかしあの馬を二百五十ドルで売るような男ならおれはさっさと首にするよ。そんな無知な野郎は牧場に置いとけない。怪我をされそうだからな。

男は土を爪先で蹴った。クロフォードを見てからまた馬をじっと眺めそれからマックに目を戻した。

三百ならどうだ？

三百出す気があるのか？

ああ。

ジョン・グレイディ、とマックは呼んだ。

はい。

この人の馬をこっちへ連れてきておまえの鞍をはずせ。

はい、とジョン・グレイディは応えた。

その夜彼はオーレンとトロイがまだテーブルでコーヒーを飲んでいる台所にはいって夕飼の皿を保温器からとりだしカップにコーヒーを注いで仲間に加わった。

おまえ馬を手放すんだってな、とオーレンがいった。

そういうことになりそうだ。

おおかたあの獣は完全にいかれてて馬にするのはむりだと見切りをつけたんだろう。

ただ金がいるってだけの話だよ。

あの男は馬に乗ってもみなかったとマックはいってたが。

ああ乗らなかった。

よっぽど評判が広まってたんだろうな。

そうかもしれない。

もうあの馬のことは噂も聞けないかもな。

そうかもしれない。

二人は夕飼を食べるジョン・グレイディをじっと見た。

このカウボーイは馬が正気で人間のほうが狂ってると思ってるんだ、とトロイがいった。

そのとおりかもしれんよ。

あんたらがいままで見てきた馬とおれが見てきた馬は違うんだ。

というよりおれたちは違う種類の人間を見てきたんじゃないか。

そいつはどうかな、とトロイはいった。おれは何人か別嬪と知り合いになったことがあるぜ。

それで仲良くやれたのかい？

ジョン・グレイディは顔を上げた。笑みを浮かべた。オーレンが箱から煙草を一本抜いた。馬は全部狂ってるよ、とオーレンはいった。多かれ少なかれ。ただひとつ感心なのはやつらはそれを隠そうとしないってことだ。

オーレンはマッチを椅子の座面の下で擦り煙草に火をつけマッチを振って灰皿にいれた。

なんで馬は狂ってると思うんだい？　とジョン・グレイディはきいた。

なんでそう思うかってことか、なんで狂ってるかってことか？

なんで狂ってるかってことだよ。

そんなふうにできてるのさ。馬には脳味噌が二つある。それぞれの目は違うものを見る。

右の目と左の目は顔の反対側についてるだろう。

魚もそうだぜ、とトロイ。

うん。まあそうだな。

じゃ魚も脳味噌が二つあるのか?

知らないな。魚に脳味噌なんて立派なものがあるのかね。

魚は狂えるほど頭がよくないのかもな。

いいことをいうね。馬はそんなに馬鹿じゃない。

暑いときも陽陰にはいらないんだから馬鹿さ。間抜けな牛だってそれくらいするぜ。

魚だってするさ。それをいやガラガラ蛇だってする。

ガラガラ蛇は魚より馬鹿だと思ってるのか?

ちぇっ、トロイ。知るもんか。そんなこと誰が知ってるってんだ? おれにいわせりゃ
どっちも大馬鹿だ。

べつにおまえを怒らせる気はなかったよ。

怒っちゃいないよ、おれは。

いいから話の続きを聞かせろよ。

これは話じゃない。ただ馬についての考えをいってるだけだ。

だからどういう考えなんだ。

知らないよ。忘れちまった。

忘れることはないだろう。

馬には脳味噌が二つあるってとこまで聞いたよ、とジョン・グレイディが促した。

オーレンは煙草を吸った。ジョン・グレイディを見た。前に身を乗り出して灰皿に灰を落とした。

おれがいいたかったのは馬ってのはみんなが考えてるものとは違ったものだってことだよ。馬が馬鹿に見えるのは馬の右半分と左半分が混乱するときだ。たとえば鞍を置いてから馬の右側に回ってまたがろうとしてみろ。どうなるかはわかるだろ。

ああ。大暴れしだすな。

そうさ。それは馬の右側がまだ乗り手を見てなかったからさ。

オーレンは両肘を張ってぎょっとしたように左側へ身を傾けた。おっ、と彼はいった。

誰だこいつは？

トロイはにやりと笑った。ジョン・グレイディはコーヒーを飲んでカップをテーブルに置いた。ただそっち側から乗られるのに慣れてないからとも考えられるんじゃないか？

と彼はいった。

そのとおりだ。しかし肝心な点は馬の右半分は左半分におまえこの人間を見たことがあるかとかどうしたらいいかとかきけないってことだ。

でも右半分と左半分がお互いに話せないとしたら困りゃしないかい？　同時に同じ方向へ歩きだすこともできないだろう？　その点はどうなんだ？

オーレンは煙草を吸った。トロイを見た。おれは馬の脳味噌の専門家じゃない。カウボーイがいままでの経験で感じたことを話してるだけだ。馬には二つの側があっておれの経験からいうと片っ方を相手にするときはもう片っ方をそっとしといたほうがいいってことさ。

人間にもそういうのがいるね。けっこう多いよ。

ああ。それはおれも知ってる。けど人間は何とか二つの釣り合いをとってる。馬は自然に半分ずつの反応をするんだ。

馬の二つの側を同時に訓練できないのかい？

うるさいやつだな、おまえは。

ただきいてるだけじゃないか。

そりゃできるだろうよ。たぶんな。ただ難しいだろうよ。同じ人間が二人いなくちゃいけないんじゃないか。

じゃ双子の兄弟ならできるかな。

まあ原則としてそういう訓練の仕方はできるだろうさ。よくわからんがな。しかしその訓練ができたとしてどうだってんだ？

二つの側の釣り合いがとれた馬ができる。

いやだめだな。ただ調教師が二人いると思ってる馬ができるだけだ。ある日馬が同じ側にその双子がいるのを見るとするだろ。そしたらどうなる？

調教師は四つ子だと思うんじゃないかな。

オーレンは煙草をもみ消した。違う、と彼はいった。馬は誰もが考えるのと同じように考える。

どう考えるんだい？

おまえを便所のネズミと同じくらい狂ってると思うだけだ。

オーレンは椅子を引いて立ち上がった。じゃあまた明日の朝な。

台所の扉が閉まった。トロイは首を振った。オーレンのユーモアのセンスも錆びついてきたな。

ジョン・グレイディはにやりと笑った。皿を親指で前に押しやり椅子の背板にもたれた。窓の外へ目をやるとオーレンが猫を伴侶に暮らしている小さな家に向かって車道を歩いていく途中で帽子のかぶり具合を直すのが見えた。死んだ過去の世界が帽子のゆがみに気づくかもしれないとでもいうように。オーレンはカウボーイ一筋できた男ではなかった。メキシコ北部で鉱夫として働きいくつかの戦争と革命で戦いパーミアン盆地の油田で作業員をやり三つの船に船員として乗りこんだ。一度結婚したことさえあった。

ジョン・グレイディはカップの底の黒い飲み残しを干してそのカップをテーブルに置いた。オーレンはいい人だよ、と彼はいった。

3

涸れ谷の頂上を横切っているとき彼は馬がしばらく前から嗅ぎつけていた臭いを鼻に感じた。夕方の冷えていく空気のなかを腐肉の悪臭が立ち昇り漂っていた。彼は馬を止めて鞍の上で身をひねり空気の匂いを嗅いだが悪臭は通り過ぎて消えた。馬首をめぐらして後ろ向きに涸れ谷を降りさせそれからまた前に進めて狭い牛の通り道をたどらせた。馬は前方の低木の繁みのあいだをいく牛の群れをじっと見つめながら耳をひょいひょい動かした。

やることはおれが指示するからな、とジョン・グレイディは馬にいった。

涸れ谷の向こう側の斜面を百ヤードほど降りた処で彼はまた悪臭を嗅ぎとり馬を止めた。馬はじっとして待った。

おまえ死んだ牛を見つける気じゃないだろうな？　と彼はいった。

馬はじっとしていた。また馬を前に歩かせてさらに四分の一マイルほど進むと馬は普通の足どりになってもう遠くの牛の群れに注意を払わなかった。さらに少し進んでから彼は馬を止め空気の匂いを嗅いだ。しばらくじっとしていた。それから馬首をめぐらしてもときたほうへ引き返した。

足跡を探すうちにようやく夕闇のなかに濃厚な悪臭の源を見つけて馬から降り、広い平坦地に生えているクレオソートの木が作る輪の真ん中まで引きずられてきた生まれたばかりの仔牛の蛆《うじ》がわいた死骸を見おろした。この二週間は雨が降らず引きずられた跡は砂利の上にはっきりと残っていたので彼はその跡を逆にたどって少し歩き足跡が残る砂か土の土地はないかと探したが見つからなかった。引き返して手綱を手にとり馬にまたがりこの地点を覚えておくために周囲の風景を眺め渡してから馬を進めて涸れ谷を降りていった。

ジョン・グレイディと一緒に仔牛の死骸を見おろしていたビリーは死骸が引きずられた跡をたどって歩き足を止めてその向こうの土地を眺めた。

この先どの辺までいってみた？　と彼はきいた。

たいして遠くへはいってない。

あのでかい仔牛を引きずるなんて相当力の強いやつだな。

ピューマだと思うか？

いや。ピューマなら土をかけて隠す。少なくとも隠そうとする。

二人は馬に乗り仔牛が引きずられた跡をたどった。跡は堅い土の上でとぎれしばらくしてまた続いていた。ビリーは首を伸ばしたり下げたりして地表の様子がつかみやすい角度を探した。ビリーは砂利が乱れている場所があるといいやがてジョン・グレイディにもそれが見えた。涼しい日だった。過ごしやすい朝で馬は元気がよく不安げな様子はまるでなかった。

おれたちは騎馬警官だ、とビリーがいった。

騎馬警官だ。

探偵だ。

ピンカートン社の探偵だ。

仔牛は広い平原で群れから切り離され追い詰められて殺されたらしかった。ビリーは馬から降りて地面の上を歩いた。岩屑に陽で乾いて黒ずんだ血がこびりついていた。

ただのコヨーテじゃないな、とジョン・グレイディはいった。

ああ、違うだろう。

何だと思う？

おれにはわかってる。

何だ？

山犬だ。

山犬？

ああ。

山犬なんてこの辺で一匹も見たことはないぞ。

おれもだ。けどそいつらの仕業だよ。

続く何日かで二人は死んだ仔牛をもう二頭見つけた。二人はシーダー・スプリングズの牧草地を馬で進みその下方の氾濫原を横切って周囲をとりまく暗色火成岩の岩場を越え東の古い鉱山跡のほうへ伸びる地卓《メサ》に上がった。途中で山犬の足跡を見つけたが姿は見えなかった。その週の終わりには殺されてから一日たっていない仔牛の死骸をまたひとつ見つけた。

納屋の馬具置き場の棚にはオナイダの三番という古い二重ばねの罠が何個か置いてありビリーはそれを煮沸し蠟を引いて次の日に三つを運んでいって仔牛の死骸のまわりに埋めた。翌日の夜明け前に出発して獲物がかかっているかどうかを見にいくと罠は全部掘り出されて地面に転がっていた。うちひとつは顎が閉じてさえいない。死骸は骨と皮だけだった。

山犬がこんなに賢いとは知らなかったな、とジョン・グレイディはいった。

おれもだ。やつらもおれたちがこれほど馬鹿だとは知らなかったろう。

いままでに山犬を罠で捕まえたことはあるのかい？

ない。

次はどうする？

ビリーは閉じていない罠を拾い上げて顎の下に親指をいれ閉じさせた。静かな朝の空気のなかで鈍い金属音が響いた。針金を切り環を針金で束ねて数個の罠を鞍の角に引っかけて馬にまたがった。それからジョン・グレイディを見た。

いつもくる場所を探せばいいんだ、と彼はいった。そこへ擬臭なしの罠をしかけりゃ捕まるかもしれない。

トラヴィスの犬に追わせるのはどうだ？

ビリーは馬の背から朝陽が斜めに長々と射す地卓の上の岩を見やった。さあな、と彼はいった。なかなかいいことをきくじゃないか。

二人は荷馬に炊事用具箱と毛布を積んでまた地卓に上がり野営をした。坐ってブリキのカップでコーヒーを飲みながら風に煽《あお》られて赤々と熾っては暗くなる炭火を眺めた。眼下の遠くでは黒い蛇のような川に二分された格子状の町の灯が微光を放っていた。

おまえにはほかにやることがあると思ったがな、とビリーはいった。

あるよ。

少し待ってもいいと思ってるわけだ。

待っても平気だろうと思う。こっちの仕事は待てない気がするんだ。

仕事を完全に忘れたわけじゃないのはありがたいな。

おれは何にも忘れちゃいない。

おれにとやかくいわれるのはもううんざりだろ。

あんたにはとやかくいう資格があるよ。

二人はコーヒーを飲んだ。風が吹いた。毛布を引っ張って肩を包んだ。

おれはべつに妬いてるわけじゃないぞ。

そんなことをいった覚えはないよ。

わかってる。でも思ったかもしれない。はっきりいっておれは銃を突きつけられたって
おまえのブーツははきたくないよ。

わかってる。

ビリーは焚き火から燃えさしをとって煙草に火をつけ燃えさしを戻した。煙を吸いこんだ。町は下で見るよりここから見おろすほうがずっといいな。

そうだな。

遠くから見るほうがいいものはたくさんあるよ。

そうかい?

おれはそう思う。

まあそうかな。たとえばいままでの人生とかね。

ああ。まだこの先の人生もそうかもしれない。

土曜日はその地点にとどまり日曜日に地卓の崖下まで馬を進めて午後も半ばを過ぎた頃

に氾濫原の水のない砂利の川底で殺されたばかりの仔牛の死骸を見つけた。母牛がそばで見ており二人が追い払うと啼きながら死骸から離れ足を止めて振り返った。

昔の牛なら子供をむざむざ殺されやしなかったよ、とビリーはいった。あのお袋にはきっと嚙み傷ひとつついてないぜ。

そうだろうな、とジョン・グレイディは相槌を打った。

おまえは食って糞をするしか能がないのか、とビリーは牝牛にいった。牝牛は鈍い目つきでこちらをじっと見ている。

山犬どもは崖下の岩場の穴に隠れてるのかもしれないな。

ああ。わかってる。けど崖下を馬で進むのはえらく時間がかかるし歩くのはごめんだ。

ジョン・グレイディは仔牛の死骸に目を落とした。身をかがめて唾を吐いた。これからどうする？

荷物をまとめていったん引き上げてトラヴィスの意見を聞いてみないか。

わかった。トラヴィスが今夜ここへきてくれたら待ち伏せできるな。

今夜はきてくれないよ、それは間違いない。

どうして？

ふん、とビリーはいった。あの親父は日曜には狩りをしないんだ。

ジョン・グレイディはにやりと笑った。溝に牡牛が転がっててもかい？

牛の群れ全部とおまえとおれとマックが溝に転がってても知らん顔してるよ。

犬だけ借りるとか。

貸しちゃくれない。それにどうせ犬も日曜には狩りをしない。犬もキリスト教徒だ。

犬もキリスト教徒。

そう。そんなふうに育てられてるんだ。

二人が氾濫原の上手に沿って馬を進めていくとまた牝牛の啼き声が聞こえたので馬を止めて下方の土地に目を走らせた。

見えるか？　とビリーがきいた。

ああ。あそこにいる。

さっきのやつか？

違うな。

ビリーは身を乗り出して唾を吐いた。やれやれ、と彼はいった。つまりどういうことかは明らかだな。いってみるか？

いったって仕方ないんじゃないのか。

火曜日に一行は夜明け前の闇に包まれた谷間のクレオソートの木が生えている広い平原を横切り始めた。荷台に犬の箱を六つ積んだアーチャーのレオのトラックはロー・ギアのエンジン音を唸らせて進み、そのヘッドライトの薄黄色の光芒は上下に激しく揺れながら前方の闇のなかをいく馬と乗り手やクレオソートの繁みを浮かび上がらせ顔をこちらに向けたり車の前を横切ったりする馬の目を赤く光らせた。犬たちは箱のなかで黙って揺られ馬上の男たちは煙草を吸ったり静かな声で話をしたりした。みな帽子のつばを引きおろしダッキング・コートのコーデュロイの襟を立てている。馬は谷間の広い平原のトラックの前方をゆっくりと走った。

谷が狭まって砂利の扇状地に達するとトラックは停止し騎馬の男たちも降りて手綱を馬の背にかけトラヴィスとアーチャーが犬たちを箱から出して大きな革製の引き具でまとめられた数本の引き綱につなぐのを手伝った。犬たちは後足で立ち踊りはね鼻声を出し何匹かが鼻面を上げて遠吠えをするとその遠吠えが崖からはね返ってきたが、その犬たちの最初の一群をトラヴィスがトラックのフロント・バンパーにつなぐと犬たちの息はヘッドライトに照らされて白い一塊となり、明かりの輪のすぐ外にいる馬たちは足踏みをし鼻を鳴らし首を伸ばして黄色い光の匂いを嗅ごうとした。トラックの反対側におろした箱からべつの一群の犬を首輪をつかんで引き出して引き綱につなぐ作業をするうちに東の空では星がひとつずつ光を失っていった。

アーチャーとトラヴィスが吠える犬たちに砂利の地面の上を歩かせビリーとジョン・グレイディが馬でその下方へ先にいき犬たちが涸れた川底の仔牛の死骸を見つけるまで同じ

場所を行きつ戻りつした。死骸はさらに食われて骨だけになっていて地面にはその骨が引きずり回された跡があった。肋骨の曲がった先端が地面の上で上向きになっており荒涼たる夜明けの風景のなかで巨大な肉食性植物が沈思に浸っているように見えた。

ビリーとジョン・グレイディが犬を扱う二人に声をかけるとトラヴィスがほかの男たちに声をかけその男たちが大型のブルーティック一匹とツリーイング・ウォーカー・ハウンド数匹を連れて涸れた川床をやってきたがその犬たちは引き綱を力強く引きながら涎を垂らし鼻から空気を吸いこんだ。仔牛の死骸の処へくると犬たちは身を引いたり横に飛んだりし地面の臭いを嗅いでトラヴィスを見た。

馬を近づけるな、とトラヴィスはいった。犬どものお手並み拝見といこう。

トラヴィスは犬の引き綱をはずしてさあいけと号令をかけた。犬たちは辺りを歩き回って地面の臭いを嗅いだがやがてアーチャーが連れてきた犬たちが吠えたり唸ったりし始めアーチャーが引き綱をはずすと全部の犬が全速力で涸れ谷を下方に向かって駆けだした。

トラヴィスが馬に乗っているビリーの処へきた。トラヴィスは数本の引き綱を一本に編み合わせそれを肩にかけた格好で足を止め耳をすました。

どう思う？　とビリーがきいた。

わからん。

仔牛を殺したやつらがここから離れてまだそう時間はたってないと思うが。

おれもそう思う。

で、どう思う？

わからん。スモークが追い詰められないんならむりだな。

それがあんたのいちばんの犬かい？

いや。ただこの仕事に向いてるんだ。

なぜ？

前にも山犬狩りをやってるからさ。

スモークはどう思ってる？

おれには何もいわなかったな。

犬たちは暗闇のなかを臭いを探してあちこち走り戻ってきてまた走っていった。

山犬は四方八方へ散ったのかもしれんな。何匹いると思う？

さあな。三、四匹かな。

もっと多いんじゃないか。

そうかもしれない。

おっ、あっちで見つけたみたいだ。

一匹が足跡を発見したらしく太い声で吠えだした。ほかの犬もすぐにクレオソートの繁みから飛び出して八匹の犬がいっせいに吠え立てた。

あの声からすると乾いた土の上に相当はっきり残ってるぞ、とトラヴィスがいった。おれの馬はどこだ？

J・Cが引いてたがもう先へいったみたいだ。

犬がどこへ向かってるかわかるか？

あの地卓の崖下の岩場だろうな。

アーチャーがトラヴィスの馬を手綱で引いてきた。トラヴィスは鞍にまたがり東へ目をやった。じきに明るくなってよく見えるようになるよ。

岩場で猛烈な犬の喧嘩が見られるな。

そういうことだ。さあいくぞ。

涸れ谷の上流で馬に乗って待っているJ・Cとジョン・グレイディの処へアーチャーとトラヴィスとビリーが合流した。

トロイとホアキンは？

先にいった。

じゃいこう。

おい聞こえたか？

何だ？

耳をすましてみろ。

氾濫原の西のはずれの岩場のほうから猟犬の吠える声が起こりそれより遠い処から短く吠える声と哀れっぽい遠吠えが聞こえてきた。

間抜けな山犬どもが返事をしてやがる、とビリーがいった。

狩りの仲間にはいりたいんだな、とアーチャーがいった。馬鹿なやつらだ、てめえらが狩られるとも知らないで。

崖の裾に着いたときには猟犬たちはすでに岩の隙間から山犬を追い出しており駆け回りながら格闘する声が聞こえ大小の岩のあいだを追跡する長い唸り声が聞こえた。辺りが薄明るくなるなか男たちは縦一列に馬をつらねて崖下を進み暗色火成岩のあいだを縫う小道をたどった。トラヴィスがジョン・グレイディの横に並んだ。手を伸ばしてジョン・グレイディの馬の首に手を置くとジョン・グレイディは速度をゆるめた。

ちょっと聞いてみろ、とトラヴィスがいった。

二人は馬を止めて耳をすました。ビリーが追いついてきた。

みんな投げ縄の用意をしろ、とトラヴィスがいった。

まだ暗いのに縄がかかるかな。

いまに見えるようになる。

男たちは投げ縄を縛ってある紐を解いた。慌てなくてもいいぞ、とトラヴィスはいった。間違いなくこっちへくる。開けた場所まで走らせるんだ。気をつけろよ。こっちの犬を捕まえるな。

男たちは輪縄を作ると馬を前に進めた。

輪は小さくしろ、とトラヴィスがいった。小さくな。するっとくぐり抜けちまうからな。小道が大きな岩の向こうに曲がりこんでいる先で不意に猟犬たちの声が上がった。三つの影が岩陰から岩陰へ飛び移るのが見えた。ついでもう二つ。ジョン・グレイディがワトソンの灰青色の馬の肋《あばら》に踵をあてると馬は腰を落としてから前に飛び出した。ビリーがすぐあとに続く。

上手の岩陰で猟犬たちのすさまじい声がしたのでジョン・グレイディは手綱を引いて馬を右に寄せた。彼とビリーは犬たちを見ようと鞍から尻を浮かせた。小道の上手に犬たちが現われるとジョン・グレイディは後ろを振り返った。ビリーは玩具のような小さな輪縄を振り回した。彼の百フィートほど後ろの岩のあいだからトラヴィスの白地に斑《ぶち》の犬たちが勢いよく飛び出してきた。ジョン・グレイディは馬の首の脇へ上体をかがめて話しかけ体を起こして犬たちを見た。三匹の黄色っぽい山犬が前後して長い乾いた川床をまっすぐに駆けていた。ジョン・グレイディはまた体をかがめて馬に話しかけたが馬はすでに山犬を見ていた。振り返ってビリーをちらりと見、また前に目を戻すとしんがりの山犬が前をいく二匹から離れた。ジョン・グレイディは馬を駆って斜面を降りその一匹を追って平坦な川床を疾駆した。

輪縄は小さくて重みがないので二重にし頭上で回してみてさらに三重にした。左耳の上に縄を見た馬は両耳を後ろに寝かし情け容赦のない復讐をするのだというように口を開けて山犬に向かって突進した。

山犬には狩られた経験がないようだった。急に止まったり進路を変えたりはせずまっすぐ走り続けたのでジョン・グレイディは頭上で輪縄を回しながら鞍の前橋《ぜんきょう》より前に身を乗り出した。彼は反転を予測したが山犬は馬を振り切れると思っているようだった。巻かれた縄が伸びて輪縄が飛んだ。灰青色の馬が首をぐいと上げ両方の前足を砂利の上で踏ん張って腰を落としジョン・グレイディが縄の手もとの端を鞍の滑らかな革を張った角に巻きつけるとぴんと張った縄の先で山犬は声もなく空《くう》に嚙みついた。山犬は横転して砂利の上に柔らかなこもった音を立てて落ちた。

いまはさらに三匹の山犬が平原を走りトラヴィスとホアキンが追っていた。二人の馬が百フィート先を猛烈な勢いで駆け抜けるとジョン・グレイディは馬の脇腹を蹴って追い始め三十五フィートのマゲイ繊維の縄をかけられた黄色い山犬は引きずられながら岩やクレオソートの木の繁みにぶつかった。ほかの猟犬と乗り手も西側の岩場から出てきて氾濫原を駆け出すなかジョン・グレイディはしばらく山犬を引きずってから馬を止め地面に降りて山犬から縄をはずすために駆け戻った。山犬は砂利の上でぐったりとして血にまみれ眼窩から目を半ば飛び出させてにやりと笑っていた。ジョン・グレイディは山犬をブーツで踏んで輪縄をはずすと縄を巻きながら待っている馬の処へ小走りに戻った。

すでに陽が明るく射し前方で四人の乗り手が横一列に大きく展開して平原を駆けておりジョン・グレイディも馬にまたがって巻いた縄を肩にかけ短縮駆け足であとを追った。メキシコ人のホアキンの脇を駆け抜けたときホアキンが後ろから何か叫んだが言葉は聞きとれなかった。輪縄で馬を鞭打ちトラヴィスとJ・Cとトラヴィスの犬たちを追う。あと一歩で山犬の一匹を蹄にかけ損ねた。山犬がクレオソートの木の繁みに這いこんだので繁みを踏み散らそうとしたが山犬はその寸前に臆して飛び出した。ジョン・グレイディは急激な方向転換をしようとして片足が鐙からはずれかけた。ビリーが右手にきて脇を駆け抜けると山犬は身を翻《ひるがえ》してジョン・グレイディの馬の前を横切ろうとしたがビリーが追いついて身を低くし首に輪縄をかけ、馬が腰を落とし土埃を巻き上げて止まると山犬はさっと駆け出そうとして縄に引き止められ横滑りをして倒れもがきながら立ち上がって辺りを見回した。ビリーは馬の向きを変えて山犬を引き倒したが山犬はまた立ち上がり縄を引いて走ろうとした。ジョン・グレイディが脇を駆け抜けたときには立って身をよじりながら前足で縄を掻いていたがビリーは馬の脇腹に踵をあてて走らせ山犬をぐいと引っ張った。氾濫原ではホアキンが馬を左右に往復させて奇声を上げ数匹ずつ散った犬たちが太く吠えながら戦っていた。トラヴィスが輪縄を振りながらやってくるとジョン・グレイディは脇へよけたが不意にさっき追っていた山犬が踵を返して馬の前に出た。馬に追わせると山犬はまた方向を転じたがジョン・グレイディは輪縄を投げて馬を右へ寄せた。山犬は空中でくるりと回転して地面に落ちすぐに足掻きながら立って体の向きを変えたがまた縄を引かれて倒された。ジョン・グレイディが拍車をあてて馬を前に進めると山犬は声もなく跳ねては地面に落ちていたがやがて縄が大きく弧を描いて馬が前に出ると繁みと砂利の上を引きずられた。

やがてジョン・グレイディは山犬の首からはずした縄を後ろに引きずりそれを巻きとりながら戻ってきた。トラヴィスとホアキンとビリーの馬はじっと立って荒い鼻息をついていた。猟犬の第二群が氾濫原の下手のはずれで山犬を追い岩のあいだを追跡しては格闘しまた追跡を続けた。ホアキンがにやにや笑っていた。

おれが山犬をひとりじめしちまったみたいだな、とジョン・グレイディはいった。

獲物はうんといるさ、とホアキンが応えた。

J・Cを見ろよ、とビリーがいった。ほら見てみろ。蜂の群れと戦ってるみたいだ。

いったい何匹ぐらいいるんだ？

さあ。アーチャーが向こうの大きな川床の入口でまた何匹か見つけたみたいだぞ。

何匹か捕まえたのかな？

いやだめみたいだな。トロイが岩場に立ってるぞ。

二匹の猟犬が矮性樫の繁みから出てきて輪を描きながら地面の臭いを嗅ぎ迷いを見せて

足を止めた。

おーい、とトラヴィスが怒鳴った。どんどん追い立てろ。

なあ相棒、あんたの馬がまだへたばってないんなら一緒に向こうへいってお楽しみの仲間にはいらないか？

ビリーはブーツの踵を脇腹にあてて馬を前に進めた。おれを待ってなくてもいいんだぜ、と彼はいった。

おまえら先にいってくれ、とトラヴィスはいった。おれもあとからいく。

投げ縄で野犬狩りか、とビリーがいった。最後はここまで落ちぶれると思ってた。

ホアキンはにやりと笑い馬を跳ねるような軽快な足どりで歩かせ拳を頭上に突き上げた。いざ進め《アデランテ》、若者ら《ムチャーチョス》よ、と叫んだ。犬獲りども《ペレーロス》よ。愚か者ら《トンテーロス》よ。

トラヴィスは三人を見送った。首を振り身を乗り出して唾を吐き馬の向きを変えて最後にアーチャーの姿が見えた場所に向かった。

繁みがまばらに生えている砂漠を横切り地卓から落ちた大きな岩がごろごろしている場所までくるとその岩のあいだに馬を進めて勾配を登ったがまもなくジョン・グレイディは馬を止めて片手を上げた。耳をすました。ジョン・グレイディは馬上から上手の岩場に視線を走らせた。ビリーが脇へ馬を進めてきた。

やつらは地卓の上に向かってるんじゃないか。

おれもそう思う。

あそこまで登れるのかな？

さあ。たぶん登れるんだろう。やつらはそう考えてるみたいだ。

見えるか？

いいや。さっき黄色いでかいやつが一匹と斑《ふ》のはいったやつが一匹見えたけど。三、四匹いるかもしれない。

きっと犬はまいちまったんだろうな。

そうらしい。

あそこまで馬で登れると思うか？

何とかいけると思うよ。

ビリーは目を細めて岩壁を見上げた。身を乗り出して唾を吐いた。谷の半分まで登って立ち往生ってのは嫌だぜ。

おれもだ。

犬を連れないで追ってうまくいくかどうかも怪しいしな。どう思う？

やつらが消えちまう前に追いついたほうがいい。上はかなり平坦だ。

じゃ先導してくれ。

わかった。

あんまり急がずにいこうぜ。

わかった。

普通の通り道をいこう。足場の悪い処はやめて。

わかった。

ジョン・グレイディとビリーはもときたほうへ引き返し一マイル余り走ったところで涸れ谷を溯り始めた。勾配は徐々に急になり道は狭くなる。二人は地面に降りて馬を引いた。雨が降ったときに川を流れてきた骨や陶器のかけらが散らばる灰色の古い野営の跡を横切り、千年以上も前に狩人や祈禱師や焚き火を囲む人々や羚羊の絵が刻まれた岩のあいだを通った。岩には子供が鋏《はさみ》で形を切り抜いた型紙で刷りこんだような手をつないで踊る人々の絵もあった。頂上のすぐ下に岩棚がありそこで二人は下方の氾濫原と砂漠を見返った。トロイがトラヴィスとJ・Cとアーチャーのほうへ馬で近づき四人はほぼ全部の犬を引き連れてトラックに向かっていった。ホアキンの姿はどこにもない。遠くへ目をやると十五マイルほど先の低い丘と丘のあいだにハイウェイが見えた。二人の馬はしきりに鼻息を吹いた。

さあどうする、カウボーイ？　とビリーがきく。

　ジョン・グレイディは頂上を顎で示してまた馬を引いて歩きだした。

　岩棚は上に登るにつれて狭まりやがて頂上に通じる岩の切れ目が現われたがその狭い隙間を通り抜けるときビリーの引く馬が尻ごみをして通ろうとしなかった。後ずさりして手綱を引っ張り滑りやすい剣呑な頁岩《けつがん》の上で跳ねた。ビリーは狭い隙間を見上げた。岩壁が青い空を突いてそそり立っていた。

　ほんとに上へ上がったほうがいいと思うのか？

　ジョン・グレイディは灰青色の馬の手綱を離して上着を脱ぎビリーの処へ引き返した。

　おれの馬を頼む、と彼はいった。

　え？

　おれの馬を頼む。いやワトソンの馬か。あいつは前にもここを通ってるんだ。

　ビリーから手綱を受けとり馬をなだめてから上着を目の上にかぶせて両袖を結び体全体で馬に寄りかかった。ビリーが勾配を上がって灰青色の馬の手綱をとり馬を引いて岩の切れ目を進むと馬は頁岩の通路をよじ登りビリーの拍車は岩にあたってかちゃかちゃと鳴った。通路の頂上までくると馬はさっと駆け出して地卓の上に出て足を止め胴震いをしながら鼻息を吹いた。ジョン・グレイディがビリーの馬の顔から上着をはずすと馬は鼻息を吹いてまわりを見回した。一マイルほど先で三匹の山犬が弾むように駆けながらときどきこちらを振り返る。

そっちの優秀な馬に乗りたいかい？　とジョン・グレイディはきいた。

こっちの優秀な馬に乗らせてくれ。

よしやつらはあそこだ。

二人は背を低くかがめて馬の首に顔をつけるようにし手綱を鞭がわりに叫び声を上げながら開けた地卓の上を駆けた。一マイル走ると山犬との距離が半分に縮まった。山犬はより広い地卓の中央をめざして走っていく。崖っ縁に沿って走ればまた下へ降りる場所が見つかって馬で追えなかったかもしれないが山犬どもはどんな追っ手も振り切れると思っているのか二匹が並び三匹目があとに従う隊形で駆け、その長い影が陽の射している平坦地のまばらな茶鼠色の枯れ草の上を伴走した。

三匹が散り散りになる前に灰青色の馬に乗ったビリーが追いつき身をかがめて一番後ろの山犬の首に輪縄をかけた。手もとの縄を鞍の角に縛ることもせず手首に二回巻きつけてぐいと引き山犬を地面に倒し片手で縄をつかんだまま馬の後ろに引きずった。

ビリーはまた二匹の山犬に追いつき行く手をふさぐために追い越した。二匹の山犬は走りながら顔を上げて目に困惑の色を浮かべ舌をだらりと垂らした。仲間の死骸が縄に引きずられて二匹の脇を滑っていく。ビリーは振り返りながら馬首を右にめぐらし大きく弧を描いて死骸を二匹の前方へ引きずり通せんぼをした。ジョン・グレイディの馬が突進してくるあいだにビリーは手綱を引き馬が何度か跳ねたあとで止まると降りて死んだ山犬の首から輪縄をはずし巻きとりながら走ってまた馬にまたがった。

ビリーが先に追いついて先頭をいく大きな黄色い山犬の首に輪縄をかけた。斑入りの山犬のほうは突然向きを変え馬の足もとをすり抜けて崖っ縁に向かった。黄色い山犬は転がり、跳ね、また起きて輪縄を首につけたまま走る。ビリーの後ろにきたジョン・グレイディも縄を投げて黄色い山犬の脚にかけその縄の手もとの端で鞭打って馬を走らせながら縄を鞍の角に縛りつけた。たるんでいたビリーの投げ縄がしゅっと地面をこすって伸びたと思うと不意に黄色い山犬の体が二本の縄に両側から引っ張られて逆さまに宙に持ち上がり二本の縄がひとつの短い鈍い音を立てるや山犬は破裂した。

昇ってまだ一時間たたない太陽が地卓の上に投げている斜めの光を受けて中空で爆発した血は忽然と現われた光り輝く幻影のようだった。無のなかから喚び起こされた不可解な何物かだった。山犬の頭はくるくる回り、二本の縄は空中で巻き戻り、胴体は鈍い音を立てて地面に叩きつけられた。

何てこった、とビリーはいった。

地卓の下方から長い鬨《とき》の声が聞こえてきた。ホアキンが三匹のブルーティックを連れてやってきた。ビリーたちが山犬の頭と胴を引き裂いたのを見て帽子を振りながら笑い声を上げていた。猟犬たちは彼の馬の脇を駆けてくる。地卓の崖っ縁に向かった斑入りの山犬は姿が見えなかった。

おう、若者らよ《アイーームチャーチョス》、とホアキンは叫んだ。甲高い鬨の声を上げて笑い身をかがめて帽子を振り猟犬たちを煽《あお》った。

くそっ、とビリーがいった。おまえがこんなことするとは思わなかったよ。

おれも思わなかった。

この野郎。ビリーは縄をたぐって巻きとった。ジョン・グレイディは山犬の首なし死体が草を血で染めている場所までいって馬から降り輪縄を山犬の脚からはずしてまた馬にまたがった。猟犬たちがやってきて死骸のまわりを回り毛を逆立てて血の臭いを嗅いだ。一匹がジョン・グレイディの馬のまわりを回りそれから後ずさりして吠えかかってきたがジョン・グレイディは無視した。縄を巻きとると体の向きを変え馬の脇腹をブーツの踵で突いて地卓の上を駆けさせ残る一匹の山犬を追った。ホアキンもすでにその犬を見つけて二重にした輪縄で馬を鞭打ち猟犬たちを呼びながら追い始めた。ビリーは馬上にじっと坐って二人を見送った。巻きとった縄を鞍の角にくりつけジーンズの腿で両手の血を拭いてから地卓の崖っ縁での追跡を眺めた。斑入りの山犬は地卓から下に降りる道を見つけられないらしく跳ねるように駆ける足どりには疲れが見えた。猟犬の声を聞きつけた山犬がまた地卓の中央のほうへ向きを変えホアキンの馬の後ろを横切るとホアキンは馬首をめぐらし平坦な土地で追いかけて一マイルと走らないうちに追いつき縄をかけた。ビリーは崖っ縁の岩場へいって馬から降り煙草に火をつけて岩に腰をおろし南側の風景を眺めた。

ホアキンとジョン・グレイディが馬の後ろに猟犬を従えて戻ってきた。ホアキンの縄にかかった山犬の死骸は草地の上を引きずられてきた。血まみれで赤い肉が露出し目は濁りだらりと垂れた舌には草の葉や枯れた小さな茎がついていた。岩場までくるとホアキンは馬から降りて死んだ山犬から縄をはずした。

きっとどこかに仔犬がいるぞ、とホアキンはいった。

ビリーはそばへいって死骸を見た。乳首の膨れた牝犬だった。馬の処へ戻ってまたがりジョン・グレイディを振り返った。

遠回りして帰ろうぜ。あの岩の切れ目を通るのはひやひやする、とビリーはいった。

ジョン・グレイディは脱いだ帽子を鞍の前橋突起部《フォーク》の窪みに突っこんでいた。顔に血の筋がつきシャツにも血がついている。シャツの袖で額をぬぐってから帽子をとってかぶった。おれはそれでいいよ、と彼はいった。あんたはどうだ、ホアキン？

いいよ、とホアキンは答えた。太陽に目をやった。晩飯どきまでには戻れるだろう。

これで根絶やしにしたと思うか？

どうかな。

何匹かの悪い癖を直してやったってとこかな。

そんなとこだろう。

アーチャーの犬を何匹連れてきた？

三匹だ。

二匹しかいないけどな。

二人は体の向きを変えて地卓の上に目を走らせた。

どこへいったんだろう。

さあな、とホアキンはいった。

向こう側から降りたのかもしれないな。

ホアキンは身を乗り出して唾を吐き馬の向きを変えた。さあいこうぜ、と彼はいった。どこへいったかわかったもんじゃない。いつだって一匹ぐらい家に帰りたがらないやつがいるもんさ。

ジョン・グレイディが彼を起こしたのは早朝のまだ暗いときだった。彼はうーんと唸って寝返りを打ち頭の上に枕を載せた。

起きろよ、カウボーイ。

くそ、いま何時だ？

五時半だ。

何だよいったい？

犬を探しにいかないか？

犬？　何の犬だ？　いったい何の話だ？

仔犬だよ。

くそ、とビリーは毒づいた。

ジョン・グレイディは入口に坐って脇柱に片方のブーツをあてがった。ビリー？　と彼はいった。

何だ、うるさいな。

ちょっと山へ上がって見てこようぜ。

ビリーは寝返りを打ち戸口の暗がりで横向きに坐っているジョン・グレイディを見た。

まったく頭がどうにかなりそうだよ。

いこうぜ。きっと見つかるから。

見つからないよ。

トラヴィスから犬を二匹ほど借りていけばいい。

トラヴィスは犬を貸さない。山犬狩りは終わったんだ。

棲《す》み処《か》のある場所はだいたいわかるんだ。

いいから寝かせてくれよ。

晩飯の時間までには戻れるから。保証する。

頼むからおれのことは放っといてくれ。頼む。おまえを撃ち殺したくないんだ。撃ち殺すとマックに長々とお説教されるからな。

猟犬は最初砂利が崩れ落ちた処へいっただろう？　きっとおれたちはあそこで棲み処の五十フィート以内を通ったはずだ。でかい岩と岩の隙間にあるんだよ。

二人は鞍の前橋にシャベルと鶴嘴《つるはし》と長さ四フィートの鉄梃《かなてこ》を横たえて出かけた。その前に台所で食べ物をあさっていると部屋着を着て頭に紙のカーラーをつけたソコーロが出てきて二人をしっしっと追いテーブルにつかせて卵とソーセージで朝飾を作りコーヒーを淹れてくれた。二人が食べているあいだに弁当も作ってくれた。

ビリーは窓から台所の扉の外で鞍をつけられて待っている馬を見た。さっさと食って出かけようぜ、と彼はいった。ソコーロには行き先をいうな。

わかった。

ごちゃごちゃいわれたくないんだ。

陽が昇る前にバレンシアーナ牧草地に出て古い井戸のそばを通った。前方を見ると灰色の薄明かりのなかで牛の群れが移動していた。ビリーは馬上でシャベルを肩にかついだ。ひとつていっとくぞ、と彼はいった。

何だい？

かりに岩の隙間に棲み処があっても掘り出すのはむりかもしれないぞ。

ああ。わかってる。

氾濫原の西の端に沿った牛の通り道へきたとき地卓の後ろから陽が昇ったが陽射しは平原には落ちず二人の頭上にそそり立つ岩壁にあたったので、新しい陽の光は二人が夜の残した群青色の薄闇のなかを進むうちに徐々に上から降りてきた。二人は平原のはずれまでいってゆっくりと引き返し、先頭に立ったビリーは馬の鬐甲《きこう》（両肩甲骨の間の隆起）に片腕をかけてもたれて左右の地面に目を配った。

あんた足跡を見つけるのは得意かい？　とジョン・グレイディはきいた。

おれは追跡の鬼さ。鳥が低く飛んでいったあとだって追える。

いま何が見える？

何も見えない。

陽の光は崖をつたい降りて岩場に達し二人のほうへ近づいてきた。二人は馬を止めた。

やつらはこの牛の通り道を通ったよ、とビリーはいった。少なくとも一回はな。棲み処はひとつじゃないみたいだ。二つの群れに分かれてたんじゃないかな。

そうかもしれない。

たとえばあの辺なんかは隠れやすいだろ？

そうかい？

どの岩にも犬の毛がついてる。目をしっかり開いてこの辺を回ってみようぜ。

また谷の上手へいって崖の裾の大小の岩のあいだに馬を進めた。岩のあいだを縫いながら地面をよく見る。最後に雨が降ってからもう何週間もたっていて濡れた土に山犬の足跡が残っていたとしてもとっくに牛に踏み散らされているし乾いた土には山犬の足跡はつかない。

もう一遍こっちへ戻ってみよう、とビリーはいった。

斜面を登り崖に沿って進んだ。砂利が雪崩れた場所を横切り岩壁の大きな平たい面に描かれた老祈禱師の絵や解読不能なタロット風の絵の下を通った。

棲み処がわかったぞ、とビリーはいった。

馬首をめぐらしてまた岩のあいだの細い道を降りる。ジョン・グレイディもあとに従った。ビリーは馬を止めて手綱を離し地面に降りた。岩と岩の狭い隙間にはいりまた出てきて斜面の下方を指さした。

やつらはここへ三つの方向からはいってきたんだ、と彼はいった。牛はあの岩の手前まででこられるがそこからなかへははいれない。あの背の高い草が見えるか？

ああ見える。

背が高いのは牛がはいって食うことがないからだ。

ジョン・グレイディも馬から降りてビリーのあとから岩の隙間にはいった。何度も往復して地面を調べる。二頭の馬が隙間からなかを覗きこんだ。

しばらく坐ってよう、とビリーはいった。

二人は腰をおろした。岩のあいだは涼しかった。地面は冷たい。ビリーは煙草を吸った。

聞こえる、とジョン・グレイディはいった。

おれもだ。

二人は立って耳をすました。細い小さな啼き声がやんだ。それからまた聞こえた。

山犬の棲み処は岩に囲まれた空間の隅の大きな岩の下にできた隙間の曲がりこんだ奥にあるらしかった。二人は草の生えた地面に腹這いになり耳をすました。

臭うぞ、とビリーはいった。

ああ臭う。

二人は聞き耳を立てた。

どうやって出す？

ビリーはジョン・グレイディを見た。出せやしないよ。

そのうち出てくるかもしれない。

なぜ？

牛乳をここへ置いといたらどうかな。

出てくるもんか。啼き声を聞いてみろ、まだちっこいぞ。目もあいてないんじゃないか。

だいたい仔犬を捕まえてどうするんだ？

わからない。でも放っとくのは嫌なんだ。

ほじくり出してみるか。オコティーヨの長い枝で。

ジョン・グレイディは岩の下の闇を覗きこんだ。その煙草をくれ、と彼はいった。

ビリーは吸っている煙草を渡した。

もうひとつ入口があるんだ、とジョン・グレイディはいった。ここから空気が出てくる。煙を見なよ。

ビリーは腕を伸ばして煙草をとった。ああ、と彼はいった。それでも棲み処はマックの家の台所ほどある岩の下だ。

子供なら潜りこめるかもしれない。

どこから子供を連れてくるんだ？　それに岩の隙間にはさまって出られなくなったらどうする？

両脚に縄をつけといたらどうかな。

子供に何かあったらおまえの首に縄がかかるぞ。ナイフをかせ。

ジョン・グレイディからポケット・ナイフを受けとるとビリーは立ち上がってどこかへいきしばらくしてオコティーヨの枝を一本持って戻ってきた。腰をおろして長さがたっぷり十フィートある枝の根もとの二フィートほどから刺を削りとり手で握れるようにして二人で腹這いになって交代で三十分ばかり枝を岩の下の隙間に突っこみ先端の刺で仔犬の毛皮を引っかけようとした。

この長さで足りるかどうかも怪しいな、とビリーはいった。

たぶん奥のほうが広くなってるんだ。枝の先を仔犬の体の下にいれないとだめだけどそいつは運だのみだな。

さっきから全然啼き声がしないぜ。

奥の隅っこに潜りこんだのかもしれない。

ビリーは膝立ちになってオコティーヨの枝を引き出し先端を調べた。

毛がついてるか？

ああ。ちょこっとな。でも奥にはたっぷり毛が落ちてるのかもしれない。

この岩の重さはどれくらいあると思う？

何いってんだおまえ、とビリー。

こいつを脇へ転がせばいいんだ。

五トンはあるぜ。どうやって転がす？

そんなに難しくないと思うけどな。

どっちへ転がすんだ？

こっち側へ。

そしたらこの穴がふさがっちまうだろ。

いいじゃないか。仔犬は奥にいるんだ。

まったくおまえは頑固なやつだな。馬はここへはいれないし、かりにはいれたとしても転がってきた岩につぶされちまうぞ。

なかへいれなくてもいい。外から引かせるんだ。

縄が届かないよ。

二本つなげばいい。

だめだ。岩に巻きつけるだけでほとんど一本分使っちまう。

たぶん大丈夫だと思うな。

おまえ鞍袋に縄伸ばし機でもいれてんのか？　そもそも馬二頭でこの岩を転がすのはむりだ。

梃子《てこ》を使えばいい。

しつこい野郎だ、とビリーはいった。おまえのしつこさは最悪だよ。

川の上手に大きめの木が生えてるだろう。それを鶴嘴で切って梃子棒にするんだ。その端に縄を結びつけたら岩に巻きつけなくてもいい。一石二鳥だ。

一石、二頭の馬と二人のカウボーイだろうぜ。

斧を持ってくればよかったな。

用意ができたら教えてくれ。おれは一眠りするよ。

わかった。

ジョン・グレイディは鞍の前橋に鶴嘴を横たえて川床へ馬を進めた。ビリーは仰向けに寝て体を伸ばしブーツをはいた足を重ね帽子を顔の上にかぶせた。窪地のなかはしんと静かだった。風はなく鳥も啼かない。牛の声も聞こえない。うとうとしかけたとき鶴嘴を木の枝にあてる最初の鈍い音が届いてきた。ビリーは帽子の暗がりのなかでにやりと笑ってやがて眠りこんだ。

ジョン・グレイディは切り倒して枝を払ったヒロハハコヤナギの木を馬に引かせて戻ってきた。長さは十八フィートほどで太さは根もとのほうが直径六インチ近くあり鞍の角から輪にした縄を垂らして吊るすと鞍が傾くほど重かった。ジョン・グレイディは右側の鐙に足をかけて腰を浮かせ左足は木の幹の上に垂らして乗り馬は慎重な足どりで歩いた。岩場に着くと馬から降り縄をはずして木の幹を地面におろし岩の隙間にはいってビリーのブーツの底を蹴った。

起きて小便をしろ、と彼はいった。世界が火事だぞ。

そんなもの燃えちまえ。

ほら手伝ってくれ。

ビリーは帽子を頭に戻してジョン・グレイディを見上げた。わかったよ。

二人はジョン・グレイディの投げ縄を木の幹の端に結びつけて岩の後ろで幹を立て梃子

の支点になる幹の先端とその後ろの岩棚のあいだに岩屑を積んだ。それからジョン・グレイディは木に結びつけた投げ縄とビリーの投げ縄の端同士を結び合わせビリーの投げ縄の輪の部分を二つの輪にし大きなY字型を作って二つの輪を二頭の馬の鞍にとりつけられるようにした。二人は二頭の馬を並べて鞍の角に輪縄を引っかけ木の幹の先から鞍まで伸びて垂れ下がっている縄を見、顔を見合わせてから馬の頬革をつかんで前に歩かせた。縄がぴんと張った。木の幹がたわむ。声をかけながらさらに歩かせると馬は前に体を傾けて作業をした。ビリーは縄を見た。もしあの木が折れたら、と彼はいった。地面に穴を掘って棲み処を探すしかないぜ。

突然木の幹が横に倒れてぶるぶる震えた。

くそ、とビリーは毒づいた。

まったく、くそだ。あれが抜けてこっちへ飛んできたら掘る穴はひとつじゃすまない。葬儀屋を呼びにいかなくちゃいけない。

どうする?

これはおまえのショーだぜ、カウボーイ。

ジョン・グレイディは岩の向こう側へいき木の幹を調べて戻ってきた。馬をもう少し左へ向けて歩かせよう、と彼はいった。

いいだろう。

二人は馬をそっと前に歩かせた。縄はぴんと張りねじれがゆっくりと伸びた。二人は縄を見、馬を見る。互いの顔を見る。やがて岩が動いた。千年のあいだ居座っていた場所からぎこちなく持ち上がり傾きぐらついて前方の小さな窪みに落ちると二人のブーツの底に鈍い衝撃が伝わってきた。木の幹は岩のあいだで音を立てて倒れ馬は前のめりの姿勢をもとに戻して足を止めた。

やれやれだ、とビリーはいった。

二人は岩の下になっていた陽の当たったことのない土を掘り二十分後に棲み処を見つけた。仔犬は穴の奥に一塊になって身をすくめているに違いなかった。ジョン・グレイディは腹這いになって手を伸ばし仔犬を一匹つかんで陽のもとへ出した。ちょうど手のひらに載る大きさでころころと太っており小さな鼻面を振り動かしてくんくん啼き薄青い目をしばたたかせた。

持っててくれ。

全部で何匹いる？

わからない。

また穴に手をいれて二匹目をつかみ出した。ビリーは受けとった仔犬をあぐらをかいた脚の窪みに積み重ねた。すでに四匹いる。このちびどもきっと腹をすかしてるぜ、と彼はいった。これで全部か？

ジョン・グレイディは頬を地面につけていた。たぶん、と彼はいった。

仔犬たちはビリーの膝の下に隠れようとした。ビリーは小さな首の後ろをつかんで一匹を持ち上げた。靴下のようにぶら下げられた仔犬は潤んだ目で陰鬱に世界を見た。

ちょっと静かに、とジョン・グレイディがいった。

二人は耳をすました。

もう一匹いるぞ。

ジョン・グレイディはまた穴に手を突っこんで地面に伏せ下方の暗がりを探った。目をつぶった。捕まえた、と彼はいった。

とりだされた仔犬は死んでいた。

体の小さいできそこないなんだ、とビリーがいった。

両前足を顔の前に持ってきて体を丸めて硬くなっていた。ジョン・グレイディはそれを地面に置いてまた穴に腕を突っこみ肩までいれた。

見つけたか？

いや。

ビリーは立ち上がった。おれがやる、と彼はいった。おれのほうが腕が長い。

わかった。

ビリーは地面に腹這いになって穴に腕を滑りこませた。ほら、こいよちび助、と彼はいった。

いたか？

ああ。こいつ嚙みつこうとしやがった。

引き出された仔犬はビリーの手の上で鼻声を出し身をよじった。

こいつはできそこないのちびじゃない、とビリーはいった。

見せてくれ。

まるまると太ってる。

ジョン・グレイディは仔犬をつかんで窪ませた手のひらに載せた。

一匹だけ残って何してたのかな？

死んでるやつの守りをしてたのかもな。

ジョン・グレイディは仔犬を持ち上げて小さな皺くちゃの顔を眺めた。おれに飼い犬が一匹できたみたいだ、と彼はいった。


十二月はずっと山の小屋で作業をした。馬の背に道具を積んでベル・スプリングズ街道を登り鶴嘴やシャベルを道端に置いて夕方の涼しいときに道の窪みを埋め、雑草を刈り、側溝を掘り、雨裂を埋め、しゃがんで路面を吟味して雨水の流れる先を確かめと全部手仕事でやった。三週間目には小屋から使えない家具や道具を運び出して燃やしストーブにペンキを塗り屋根を直し、それから初めてトラックで古い道を上がってきて小屋の前まで乗りつけ青々と光る新しい鉄板で作ったストーブの煙突や塗料や漆喰の缶や新しい松材で作った台所の棚などを荷台からおろした。

またアラメダ通りの廃品置き場に出かけて通路を歩き積み上げられた古い窓枠の寸法をスチールの巻尺ではかりシャツの胸ポケットから出した手帳にメモしてある数字と照らし合わせた。ちょうどいい窓枠をいくつか通路に引き出してトラックを廃品置き場の入口までバックで近づけ管理人と一緒に積みこんだ。それから年寄りの管理人から割れたガラスととりかえる新しいガラスを買いガラス切りの使い方を教わりそのガラス切りを貸してもらった。

メノー派教徒が作った古い松材の台所テーブルも買い老人に手伝ってもらって運び出しトラックの荷台に積むと老人は引き出しは出して荷台に置いたほうがいいといった。

カーブを曲がるときに飛び出すからな。

はい。

トラックから落っこちるかもしれん。

そうですね。

それとガラスは助手席に載せたほうが割れる心配がない。

わかりました。

じゃあな。

ええ。

夜遅くまで作業をして帰ってくると納屋の暗い干し草置き場で馬から鞍をはずし馬の毛を梳いてやってから母屋の台所へいき、天火の保温器から夕餉の皿を出しテーブルでひとり笠つきのランプの明かりで食べながら廊下で古い箱型の振り子時計があやまたず時を刻み続ける音と闇に包まれた荒野の古い静寂《しじま》に耳を傾けた。ときには椅子に坐ったまま眠ってしまい夜中に目を覚ましてふらふらと立ち上がり庭を横切って納屋にはいると仔犬を探し捕まえて寝台の脇の床に置いた箱にいれ片腕を寝台の端にかけてそこへ顔を伏せ片手は仔犬が啼かないよう箱にいれて服を着たまま眠ることもあった。

こうしてクリスマスも過ぎた。一月の最初の日曜日の午後にビリーが小川を越えてきて挨拶の声を上げ馬から降りた。ジョン・グレイディは戸口へ出ていった。

いま何やってる？　とビリーはきいた。

窓枠を塗ってる。

ビリーはうなずいた。周囲を見回した。はいれっていわないのか？

ジョン・グレイディはシャツの袖で鼻の脇をこすった。ペンキのブラシを持ち両手が青かった。いう必要はないと思ってたんだ、彼はいった。はいってくれ。

ビリーは小屋に足を踏みいれて立ち止まった。ポケットから煙草を出して火をつけ室内を見回す。隣の部屋にはいってまた出てきた。陽干し煉瓦の壁には白い漆喰が塗られていて家のなかは明るく修道院のように簡素だった。土の床は掃除をして石灰をまき杭の端に木の板を釘づけしたもので叩き固めてあった。

古い家だけどそう悪くないな。あの隅には聖人の像でも置くのか？

置くかもしれない。

ビリーはうなずいた。

手伝いなら大歓迎だよ、とジョン・グレイディはいった。

ああ、とビリーはいった。明るい青に塗られた窓枠を見る。普通の青のペンキはなかったのか？

普通の青にいちばん近いのはこれだといってた。

扉も同じ色で塗るのか？

ああ。

ブラシはもうひとつあるか？

ああ。あるよ。

ビリーは帽子を脱いで扉の脇の掛け釘にかけた。どこにあるんだ、と彼はきいた。

ジョン・グレイディが空の缶にペンキを注ぐとビリーは片膝を床につき缶にブラシを浸けて掻き回した。ブラシの毛を注意深く缶の縁でしごいて扉の中縦桟《なかたてざん》に明るい青の帯を引いた。それから肩越しに振り返った。

なんで予備のブラシを持ってるんだ？

どこかの間抜けがきて塗りたがるかもしれないからさ。

二人は暗くなる前に作業をやめた。ファリヤス山脈の山峡《やまかい》から涼しい風が吹いてきた。ジョン・グレイディは煙草を吸うビリーと一緒にトラックのそばに立って西の山並の上で燃えている火がしだいに色を暗くしていくのを眺めた。

ここら辺は冬寒いぞ、相棒、とビリーはいった。

わかってるよ。

寒くて寂しいぞ。

寂しくはないさ。

彼女のほうがだよ。

好きなときに降りてきてソコーロの手伝いをしていいとマックがいってくれた。そいつはいい。そうなるとテーブルに空いた椅子はほとんどなくなるだろうぜ。

ジョン・グレイディはにやりと笑った。そうだろうな。

彼女にはいつ会った？

しばらく会ってない。

しばらくってどれくらいだ？

さあ。三週間くらいかな。

ビリーは首を振った。

まだあの店にいるよ、とジョン・グレイディはいった。

えらく彼女を信じてるんだな。

ああ信じてる。

彼女とソコーロが始終顔を突き合わせてるとどうなると思う？

思ってることを全部口に出したりはしないさ。

どっちが？

二人とも。

そうだといいがな。

追い出されたりはしないよ、ビリー。あの娘《こ》はただ可愛いだけの女じゃない。

ビリーは煙草の吸い殻を前庭の向こうへ弾き飛ばした。そろそろ帰ろうか。

よかったらトラックに乗ってってくれ。

いやいいよ。

いいからそうしてくれ。おれはあんたの駄馬に乗っていく。

ビリーはうなずいた。おれを追い抜くのに藪のなかを突っ切る気だろ。馬は蛇に嚙まれるやら何やらでさんざんな目にあいそうだな。

いいからいってくれ。おれはトラックの後ろをいくから。

夜ああいう馬に乗るには特別の技がいるんだぜ。

ああそうだろうさ。

馬に信頼感を与えなきゃだめなんだ。

ジョン・グレイディはにやにや笑いながら首を振った。

夜に歩く馬がどんなふうか、どうしたがるかをよく知ってないと。牛の群れが寝てる処はゆっくり進む。右に左に牛を避けながらだ。気が立ってきたら歌を歌ってやる。マッチは擦っちゃいけない。

はいはい。

おまえの祖父さんはよく牛追いの旅の話をしたか？

ああ。ときどき。

そのうちまた故郷《くに》へ帰るのか？

どうかな。

帰るよ。いつか帰る。おれはそう思う。生きてりゃいつかはな。

やっぱりトラックに乗ってくかい？

いや。先にいけ。あとからいくから。

わかった。

おれのデザートを食うなよ。

わかってるよ。今日はきてくれてありがとう。

ほかにすることがなかった。

そうか。

あればそれをしてた。

じゃ牧場で。

ああ牧場で。


ホセフィーナは戸口に立って見ていた。部屋のなかで老女が娘のアップにした黒髪を片手で押さえて振り返った。

いいわ《ブエノ》、とホセフィーナはいった。すごく可愛い《ムイ・ボニータ》。

老女はヘアピンをくわえた口に薄く笑みを含ませた。ホセフィーナは振り返って廊下を見、戸口から室内に身を乗り出した。きたわよ《エル・ビエーネ》、と囁く。それから背中を返して廊下をそそくさと歩み去った。老女は娘の体を回して点検する目で眺め髪に手を触れてから後ろに下がった。唇のあいだに親指を滑らせてヘアピンを全部集める。どこから見ても田舎娘《エレス・ラ・チーナ・ポブラーナ・ペルフェクタ》、と彼女はいった。完璧《ペルフェクタ》よ。

田舎娘ってきれいなの《エス・ベーャ・ラ・チーナ・ポブラーナ》？　と娘はきいた。

老女は驚いたように眉を上げた。見えないほうの青白い目の上で皺だらけの瞼がぴくぴく動いた。ええ《シ》、と彼女はいった。そうよ《シ》。もちろんよ《ポル・スプウェスト》。誰でも知ってることよ《トード・エル・ムンド・ロ・サーベ》。エドゥアルドが戸口に立った。娘の目色を見て老女は振り返った。エドゥアルドが顎をしゃくると老女は化粧台へいってブラシを置きへアピンを陶製の器にいれて彼の脇を通り抜け部屋から出ていった。

エドゥアルドは部屋にはいって扉を閉めた。娘は部屋の真ん中で黙って立っていた。回ってみろ《ボルテアーテ》、と彼はいった。人さし指で何かを掻き回すような仕草をした。

彼女はその場で回った。

こっちへこい《ベン・アキ》。

彼女はゆっくりと彼に近づいて止まった。エドゥアルドは手のひらで娘の顎をすくって顔を上げさせ黒く縁どられた目を覗きこんだ。彼女がまた顔を伏せると後ろでまとめた髪を引っ張りまた上を向かせた。彼女は天井を眺め上げた。白い喉をさらした。首の両側で太い動脈が目に見えて脈打ち口の端がちいさくひくついた。彼がおれの目を見ろというと娘は見たが彼女には瞼のぽってりした黒い目を自由に濁らせる力があるかのようだった。目が深みを失うか紗で覆われるかしたように見えた。内面の世界が隠された。彼が髪を強くつかみ直すと彼女の頬骨の上で滑らかな膚がぴんと張り目が大きく見開かれた。彼はまたおれの目を見ろといったが彼女はすでに見ており返事をしなかった。

おまえは誰に祈る《ア・キエン・レ・レサース》？　彼は押し殺した声できく。

神様に《ア・ディオース》。

誰が応える《キエン・レスポンデ》？

誰も《ナディエ》。

誰もか《ナディエ》。

その夜彼女が裸で寝台に横たわっているとき冷たい霊気が襲ってきた。彼女は体をひねり部屋で立っている客を呼んだ。

これでも急いで脱いでるんだぜ、と客はいった。

男が隣に潜りこんできたとき彼女は叫び声を上げて体を強張らせ白目をむいた。部屋の明かりは薄暗く客には彼女がよく見えなかったが体に手を置くと上半身がそり返って震え小太鼓の皮のように張りつめていた。震える体に手をあてていると彼女の骨のなかを電気が流れていてブーンと音を立てているように感じられた。

何なんだ？と客はいった。何なんだ？

客は半裸の姿で服を着ながら廊下に出た。どこからともなく支配人のティブルシオが現われた。客を押しのけて部屋にはいり寝台の脇に膝立ちになってズボンのベルトをはずしそれを二つに折り娘の顎をつかんでベルトの折り返した部分を歯のあいだにこじいれた。

客は戸口に立って見ている。おれは何もしてないぜ、と彼はいった。触ってもいないんだ。

ティブルシオは立って戸口へ歩いた。

いきなりああなったんだ、と客はいった。

このことは誰にもいうな、とティブルシオはいった。わかったか？

わかったよ。そこに靴があるからはかせてくれ。

客が出ていくと支配人は扉を閉めた。娘はベルトの革をくわえたまま荒い息をついていた。寝台の端に坐ってカバーをはぐった。無表情に娘の体を眺める。黒い絹のシャツを着けた上半身を軽く彼女の上にかがめる。その布地の柔らかな偽の囁き。病的な覗き屋、葬儀屋。性癖のよくわからない淫夢魔か、あるいはネオンのともる街からふらりとはいってきた黒服の洒落者がどこかで見るか話に聞くかそれともこうだろうと想像するかしたとおりに癒しの技を青白い細長い手で不完全に真似ているだけか。おまえは何様だ？　と彼はいった。おまえなんか虫けらと同じだ。


彼がポーチに出て網戸を閉めたときミスター・ジョンソンはポーチの端に坐って両肘を膝の上につき西のフランクリン山脈の上でしだいに色を暗くしていく夕焼けを眺めていた。遠くの川沿いを鷺鳥の群れが下流に向かって飛んでいた。鳥の群れは空の無秩序に乱れた赤を背景に紐状につらなった点々にしか見えず遠すぎて啼き声も聞こえなかった。

どこへいくんだね？　と老人はきいた。

ジョン・グレイディはポーチの端へいき爪楊枝で歯をせせりながら老人と一緒に遠くの風景を眺めた。なんでどこかへいくと思うんです？

マスクラット（水辺に棲む鼠の一種）みたいに髪の毛を撫でつけてる。ブーツもきれいだ。

ジョン・グレイディは老人の隣に腰をおろした。町へいくんです、と彼はいった。

老人はうなずいた。そうか、と彼はいった。たぶんいまでも町はあるんだろうな。

ええ。

でも証明はできんだろう。

この前エルパソへいったのはいつですか？

いつだったかな。一年前か。ひょっとしたらもっと前だろう。

いつもこの牧場にいて退屈しませんか？

するよ。ときどきな。

町で何が起こってるか見にいこうとは思いませんか？

見たってしょうがない。変わったことは起こってないだろうさ。

以前はファレスにもよくいきましたか？

いったよ。酒飲みだった頃はな。最後にファレスへいったのは一九二九年だ。酒場で男がひとり撃たれるのを見たよ。そいつがカウンターに立ってビールを飲んでると男がはいってきて後ろへきてベルトから四五口径の制式拳銃を抜いて頭の後ろを撃った。それから拳銃をズボンに突っこんで店から出ていった。急いで逃げだしたわけじゃなかった。

撃たれた男は死んだんですか？

ああ。立ってる状態でもう死んでた。覚えてるのは倒れるときのその早さだ。すとんと床に落ちた。映画はああいう場面でも嘘をついてるよ。

あなたはどこにいたんです？

撃たれた男のすぐ隣といっていい場所だ。カウンターの後ろの鏡でそれを見たんだ。おかげでそのときから片方の耳が聞こえにくくなった。男はほとんど頭が吹き飛びかけてたよ。そこらじゅう血だらけだ。脳味噌も飛び散ってた。わしは新しいストラディヴァリウスのギャバジンのシャツを着てかなり上等のステットソン帽をかぶってたがブーツ以外は全部燃やしちまった。たて続けに九回風呂にはいったな。

老人は空が暗くなっていく西の風景を眺めやった。古い西部の話だ、と彼はいった。

ええ。

撃ち殺された人間は大勢いた。

なぜなんですか？

ミスター・ジョンソンは指先で顎を撫でた。そうだな、と彼はいった。人を撃ち殺すのはだいたいがテネシーやケンタッキーからきた連中だったと思うな。あとはサウス・カロライナのエッジ・フィールドとか。南ミズーリとか。もともと山に住んでた連中だ。そういう州の山からきたんだ。そういう連中はすぐに人を撃った。この辺だけの話じゃない。連中がどんどん西部へきてこの辺へもきたのはサム・コルトが六連発銃を発明した頃でそういう連中が買ってベルトにはさんで持ち歩けるのがその銃だったんだ。まあそういうことだよ。ここいらの土地とは関係ない。西部の土地柄じゃないよ。そういう連中はどこへいっても同じことをしただろうさ。わしがいろいろ考えてみてたったひとつ出た結論がこれだよ。

あなたはどれくらい酒飲みだったんですか、ミスター・ジョンソン？　こんなことをきくのは悪いかもしれないけど。

かなりのもんだったよ。みんながあとあとまで覚えてるほどひどくはなかったろう。でもすぐ忘れちまうほどでもなかったよ。

そうですか。

何だってきいていいんだよ。

はい。

わしぐらいの年になると若い者はみんな堅苦しくなってな。マックもときどき遠慮するみたいだ。でも気にしないで何だってきいてくれ。

ええ。それでその男が撃たれたときに酒をやめたんですか？

いや。そんなことでやめるほど半端な酒飲みじゃなかった。いったんやめたがまた飲みだしたよ。それからだいぶあとになってすっぱりとやめた。ただ年をとりすぎただけかもしれん。べつに偉いことでも何でもないんだ。

酒を飲むことがですか、やめたことがですか？

どっちもさ。もうできなくなったからやめたなんてのはちっとも偉くない。ああきれいだなあ。

老人は夕焼けのほうへ顎をしゃくった。深紅色の薄膜が空にかかっていた。忍び寄る闇の冷たさがすでにその赤のなかにあり二人の周囲にあった。

ええ、とジョン・グレイディは相槌を打った。きれいですね。

老人はシャツの胸ポケットから煙草の箱を出した。ジョン・グレイディはにやりと笑った。煙草はやめてないんですね、と彼はいった。

埋められるときはポケットに一箱いれてもらうつもりだよ。

あの世でも吸いたくなると思うんですか？

いやそうは思わんが。吸えるかもしれんという望みは残しといていいからな。

老人は空を見つめた。冬のあいだ蝙蝠はどこにいるんだろうな？　餌も食わにゃいかんだろうに。

渡り鳥みたいに暖かい土地にいるんじゃないですか。

そうだといいがな。

おれは結婚するほうがいいと思いますか？

おいおい。わしにはわからんよ。

あなたは結婚したことがないんでしたね。

しようと思ったことがなかったわけじゃない。

どうしてしなかったんですか？

相手がうんといわなかった。

なぜ？

わしみたいな貧乏人は嫌だったんだろう。父親に反対されたのかもしれん。わからんよ。

相手の人はどうなったんですか？

それが妙なことになってな。べつの男と結婚したんだが子供を産んだときに死んじまった。あの頃は珍しいことじゃなかったが。すごくきれいな娘でな。娘というより大人の女だった。まだ二十歳《はたち》になってなかったと思うがね。いまでもときどきその娘のことを考えるよ。

夕陽の最後の赤みが消えた。空は暗い青になった。それから黒くなった。ポーチの二人が坐っている場所のすぐ脇に台所の窓から明かりが落ちていた。

その後どうなったかなと思う人は何人かいるよ。いまどこでどんなふうに暮らしてるのか、それとももう死んでしまったのか。たとえばビル・リードのことだ。ときどき思うんだよ。ビル・リードのやつはどうなったかなあと。でももうわからずじまいだろうな。あいつとはいい友だちだったが。

ほかには？

ほかにはって？

ほかにはどんなことが懐かしいですか？

老人は首を振った。わしにその話を始めさせんほうがいいぞ。

いっぱいあるんですか？

覚えてること全部が懐かしいわけじゃないよ。蹄鉄をはさむやっとこで虫歯を抜かれて冷たい井戸水で冷やして我慢したことは懐かしくない。でも昔の牧場での暮らしは懐かしいな。牛追いの旅は四回やった。わしの人生で最高のときだった。ほんとに最高だったよ。馬に乗って。知らない土地を見て。牛はおとなしく寝てる、風はない、そういう夜にみんなで焚き火を囲んでな。コーヒーを飲んで。年寄りのカウボーイの話を聞いて。そういう話は面白かったよ。煙草を巻いて。それから寝る。そうやって寝るのは何ともいえんいいものだったな。

老人は煙草の吸い殻を闇のなかに投げた。ソコーロが扉を開けて顔を覗かせた。ミスター・ジョンソン、と彼女はいった。そろそろはいったほうがいいですよ。もう寒いから。じきにはいるよ。

おれもういきます、とジョン・グレイディはいった。

ああ待たせんほうがいい、と老人はいった。女は赦してくれんからな。

ええ。

さあいっといで。

ジョン・グレイディは立ち上がった。ソコーロはもうなかにはいっていた。彼は老人を見おろした。でもそれほどいい考えじゃないと思ってるんでしょう？

何をだい？

結婚することを。

そんなことはいっとらんよ。

じゃどう思います？

自分のやりたいようにやることだ、と老人はいった。わしに思いつくのはそれくらいだよ。

観光客で賑わうファレス大通りを歩いていくといつもの場所に陣どっているあの靴磨きの少年が手を振ってきた。

彼女に会いにいくんだね、と少年はいった。

いや。友だちに会いにいくんだ。

婚約者とはまだ別れてないんだろ？

ああ。

いつ結婚するんだい？

もうじきだ。

もう申しこんだかい？

ああ。

向こうは承知したかい？

した。

少年はにやりと笑った。またひとり男が道を誤るんだね《オトロ・マス・デ・ロス・ペルディードス》。

またひとりね《オトロ・マス》。

じゃいきなよ《アンダレ・プエス》、と少年はいった。もうおれには助けてやれないや。

〈モデルノ〉にはいると帽子を脱ぎ扉の脇の壁の帽子や楽器がかけてある横長の板に並んだ帽子掛けにかけてからいつもピアノ弾きの老人が坐る席の隣のテーブルについた。部屋の向こうでバーテンダーが会釈をし手を上げた。こんばんは《ブエナス・タルデス》、とバーテンダーは声をかけてきた。

こんばんは《ブエナス・タルデス》、とジョン・グレイディは挨拶を返した。テーブルの上で両手を組む。隅のテーブルからステージ用の色褪せた黒服を着た老音楽師が二人、ピアノ弾きの老人の友だちであるジョン・グレイディに丁寧にうなずきかけてきたので会釈を返すと白いエプロンを着けたウェイターがコンクリートの床をやってきて挨拶した。テキーラを注文するとウェイターはおじぎをした。まるで重大な問題に適切な決断を下したとでもいうようだった。外の通りからは子供たちの叫び声と呼び売りの声が届いてきた。通りに面した鉄格子つきの窓から直方体の明かりが斜めに射しこんで彼の頭上を通り過ぎ床の上に淡い光の四角形を落としている。その四角形があたかもゆがんだ陳列用の檻ででもあるかのように真ん中に大きなレモン色の猫がいて体を舐めていた。猫は首を振って啼いた。体の向きを変えてジョン・グレイディを見た。ウェイターがテキーラを持ってきた。

ジョン・グレイディは手の甲を舐めて唾をつけテーブルの塩入れをとって塩を手の甲に振りかけてからテキーラを一口飲み、皿から半月形に切ったレモンを一切れとって歯で噛んで汁を吸いレモンを皿に戻して手の甲の塩を舐めた。それからまた一口テキーラを飲む。音楽師たちが静かに坐って彼を見ていた。

テキーラを飲み終えるとまた一杯注文した。猫はもういなかった。光の檻は床の上で位置を変えていた。しばらくたつとそれは壁を這い上がり始めた。ウェイターが隣の部屋の明かりをつけ三人目の音楽師がはいってきて隅の二人と同席した。やがてピアノ弾きの老人が娘と一緒にはいってきた。

ウェイターがやってきて老人がコートを脱ぐのを手伝い椅子を支えた。二人は二言三言言葉を交わしウェイターはうなずいて娘に微笑みかけてから老人のコートを持っていってラックにかけた。椅子に坐った娘が軽く体をひねってジョン・グレイディを見た。

元気？《コモ・エスタス》　と彼女はきいた。

元気だよ。きみは？《ビエン・イ・トゥ》

元気よ、ありがとう。《ビエン・グラシアス》

盲目の老人は体を横に傾けた茶目っ気のある姿勢で聞いていた。こんばんは、と彼はいった。こっちで一緒に坐らないかね？

ありがとう。ええ。そうしたいです。

じゃあおいで。

ジョン・グレイディは椅子を後ろに引いて立った。近づいていくと老人は微笑み暗闇のなかへ手を伸ばした。

お元気かな？

ええ、ありがとう。

老人は娘にスペイン語で話しかけた。それから首を振った。マリアは恥ずかしがり屋でね、と老人はいった。なんでこの人と英語で話さないんだね？《ポル・ケ・ノ・アブラース・イングレース・コン・ヌエストロ・アミーゴ》　ほら。やっぱり話さない。いくらいっても無駄だ。ウェイターはどこへいった？　あんたは何にするかね？

二人の飲み物を運んできたウェイターに老人はジョン・グレイディの分を注文した。それからみんなの分がくるまで待つようにと娘の腕に手をかけた。ウェイターが立ち去ると老人は顔を向けてきた。さてと、と彼はいった。何があったのかな?

彼女に結婚を申しこみました。

断わられたのかね? え?

いや。承知してくれました。

なのにそんな深刻な声を出して。何だか怖くなるじゃないか。

娘は目をぐるりと回してよそを向いた。ジョン・グレイディにはその仕草の意味がまるでわからなかった。

じつは頼みがあってきたんです。

いいとも、と老人は応えた。聞いてあげるよ。

彼女には身内の者がいないんです。後見人も。それで彼女の代父《パドリーノ》になってほしいんです。

ははあ、と老人はいった。組み合わせた手を顎の下へ持っていきまたテーブルの上に戻した。二人ともしばらく黙っていた。

もちろんたいへん光栄に思うよ。でもこれは重大な問題だ。それはわかるね。

ええ。わかります。

きみたちはアメリカで暮らすわけだね。

ええ。

アメリカでね、と老人はいった。うん。

二人とも黙りこんだ。盲人の沈黙は普通の人の二倍静かだった。隅の三人の音楽師までが彼をじっと見守っていた。話は聞こえないはずだがそれでも老人の次の言葉を待っているように見えた。

代父を務めるというのは形だけの儀式じゃない。親類同然だからとか友だちだからというだけでやることじゃない。

ええ。わかります。

これは重大な問題だからもっともな理由があって断わった場合は失礼にはならないんだ。

ええ。

こういう問題は筋の通る考え方をしないとね。

老人は片手を目の前に上げて指をひろげた。霊でも呼び出すような、あるいは攻撃から身を守るような仕草。盲目でなかったならただ爪を調べているだけと見えただろう。わしは健康がすぐれない、と彼はいった。しかしかりにそうでなくてもきみの結婚相手は新しい生活を始めるのだから新しく暮らし始める国で相談相手を見つけたほうがいい。それがいちばんだと思わないかね？

わかりません。誰でも助けてくれる人に助けてもらうのがいいと思うけど。

ああ。もちろんだ。

目が見えないからですか？

盲目の老人は手をおろした。いや、と彼はいった。目のことが理由じゃない。

ジョン・グレイディは老人があとを続けるのを待ったが続きはなかった。

娘さんの前では話せない事情があるんですか？

娘？　と老人はいった。誰に向けるのでもない盲目の笑みを浮かべて首を振った。おやおや、と彼はいった。それはないよ。わしらのあいだに秘密はない。目の見えない年寄りの父親が秘密を持つ？　そんなことはできない。

アメリカには代父というものがないんです、とジョン・グレイディはいった。

ウェイターがやってきて彼の前に飲み物を置くと老人はウェイターに礼をいい木のテーブルの上に指を滑らせて自分のグラスに触れた。

きみの結婚《ボーダ》に乾杯《グラシアス》だ、と老人はいった。

ありがとう。

二人は飲み物を飲んだ。娘は清涼飲料水の瓶に差したストローを折り曲げ背をかがめて飲み物を飲んだ。

誰か頭がよくて心の優しい人に、と老人はいった。代父の務めを説明して頼めるんじゃないのかな。どう思う？

あなたがまさにそういう人だと思うんです。

老人はワインを一口飲んでからグラスをテーブルの上の水の輪の上に正確に戻し両手を

組んで考えこんだ。

ひとついわせておくれ、と彼はいった。

どうぞ。

こういう務めを頼まれた人間は頼まれただけで責任を負うことになる。たとえ断わるにしてもだ。

おれはただ彼女のことを考えてるだけです。

わしも考えてる。

彼女にはほかに誰もいないんです。友だちがひとりもいないんです。

代父は友だちである必要はないよ。

でも全然知らない人というわけにはいきません。

代父となる人はいくつかの義務を負う気のある人格者でなくちゃいけない。条件はそれだけだ。友だちであってもなくてもかまわない。競争関係にある家の人である場合もある。憎み合い対立し合っている二つの家族を和解させようとする仲介者が務めることもある。わかるだろう。その家族とはほとんど関係のない人でもいい。敵であってもいいんだ。

敵？

そう。わしはそういう例を知ってるよ。この町であったことだ。

なぜ敵を代父にするんです？

それにはもっともな理由があった。恐ろしい理由ともいえるがね。ある男がもうすぐ死ぬというときに末の子供を授かった。息子だ。たったひとりの息子だ。男は何をしたか？昔は友だちだったがいまは敵だと公言している男の処へいって息子の代父になってくれと頼んだんだ。相手はもちろん断わった。何だって？　気でも違ったのか？　頼まれた男は驚いたに違いない。もう何年も口をきいていなかったし敵対関係《エネミスター》は根の深い激しいものだった。おそらく二人はかつて友だちになったのと同じ理由で敵同士になったんだろう。よくあることだ。だが父親となった男は食い下がった。彼は持っていた——何といったかな——トランプの札だ。密かに持っていた《エル・ナイペ・エン・ス・マンガ》んだ。

　切り札ですね。

そう。切り札を隠し持っていた。彼は敵に自分はもうすぐ死ぬといった。それが切り札だ。それをテーブルに出したんだ。相手は拒めなかった。選択権は彼の手から奪われた。

老人は片手を煙草の煙がたちこめる宙に掲げて何かを切り刻むように小さく動かした。世間はあれこれ噂した、と老人はいった。いろんな噂が流れた。死に瀕した男は和解したかったのだという者もいた。またこの男は昔友だちに大きな不正を働いたので永遠にこの世を去る前に償いたかったのだという者もいた。そのほかいろんな人がいろんなことをいった。この一件には深い隠れた事情があったんだ。これだけはいえる。この死期の迫った男は感傷的な男ではなかった。彼自身にも敵になったまま死んだ友だちは大勢いた。彼は幻想を抱く男でもなかった。ずっと心のなかに留めておきたいものはしばしば失われてしまうが心からとり除いてしまいたいものはしばしばその思いの強さのためにしっかりと居着いて離れないことを知っていた。彼は愛する者たちの記憶が脆いのを知っていた。人は目を閉じて思い出のなかの愛する者たちに話しかける。もう一度彼らの声を聞きたいと願う。しかし彼らの声も思い出も徐々に薄れてかつて血肉を備えていたものは翳と影にすぎなくなる。最後には翳と影ですらなくなってしまう。

それに対して敵はいつまでも自分のもとにいることを彼は知っていた。敵への憎しみが強ければ強いほどその記憶は執拗に生き残りついには真に恐ろしい敵が不死の存在になる。その結果自分にひどい危害を加えたり不当な仕打ちをした者が永遠に自分の家の客になる。その敵はおそらく赦すことによってしか立ち退いてはくれない。

そんなふうにこの男は考えた。できるだけ好意的に考えればそういうことになる。敵を代父にすることでその敵と自分を考えうる限り最も強い絆で結びつけてしまったんだ。それだけじゃない。彼はこの指名によって世間《ザ・ワールド》を監視役にした。友だちがこういう義務を引き受けたのなら厳重な監視など受けない。だが敵はどうか？　死にかけている男が巧みに網を張って敵を捕まえてしまったのがきみにもわかるだろう。この敵は良心を持った男だった。敵としてあっぱれな男だった。こうして代父となった敵は死んでゆく男を永久に心のなかに留めておかなければならなくなった。永久に世間の目に監視されることになった。こういう男はもう決して自分のやりたいようにやることはできないんだ。

父親は定めどおり死んだ。彼の敵は子供の父親代わりとなった。世界《ザ・ワールド》は目を光らせている。死んだ男の代理人として。死んだ男は大胆な行為で世界にこの役目を押しつけたんだ。というのも、このことを否定する者は多いが、世界は良心を持っているからだ。そして世界の良心というのは人々の良心の総和だという人もいるかもしれないがべつの考え方もある、つまり世界はそれ自体で存在していて個々人の良心は不完全な小さな部分にすぎないという考え方だ。死んだ男はこの考え方をとった。わしもそう考えている。人々は世界というものを——何というのかな？　変転するものと考えている。

気まぐれだということですね。

気まぐれ？　その言葉はわからないな。とにかく変転するものと考えている。しかし世界は変転しない。世界はいつも同じだ。死んだ男が世界を証人にしたのは敵に役目をきちんと果たさせるためだった。敵に義務を果たさせるためだった。彼はそういうことをしたんだ。少なくともわしはそう思った。いまでもときどきそうに違いないと思う。

結局どうなったんです？

かなり奇妙なことになった。

盲目の老人はグラスに手を伸ばした。ワインを一口飲み点検するようにグラスを目の前にかざしてからまたテーブルに置いた。

かなり奇妙なことになった。そういう事情で引き受けたことから代父の役目がこの男の人生のいちばんの目的になってしまった。この役目は男の最良の性質を引き出した。いやそれ以上のものをだ。長いあいだ打ち捨てられていた美徳が一遍に花開いた。彼はすべての悪癖を捨てた。ミサに出るようにすらなった。新たに引き受けた役目は彼の人格の奥深くから名誉心と誠実さと勇気と敬虔さを呼び覚ましたかのようだった。彼が得たものは言葉でいいあらわせない。こんなことを誰が予想しただろう？

それでどうなったんです？　とジョン・グレイディはきいた。

老人は辛そうな笑みを浮かべた。よくないことが起きたんじゃないかという気がするんだね？

ええ。

そのとおりだ。結末は幸福ではなかった。この話には教訓が含まれているかもしれない。含まれていないかもしれない。判断はきみに任せるよ。

どうなったんです？

死期の迫った敵から頼みごとをされたおかげですっかり変わってしまった男の人生は結局のところ破滅したんだ。その子供は彼の生きがいになった。生きがい以上のものになった。子供を溺愛したのはいうまでもない。ところがそれが裏目に出た。もう一度いうが死んだ男はよかれと思ってああいう頼みごとをしたんだとわしは思っている。だが違う見方もあるだろう。息子を犠牲にする父親というものが世の中にいないわけじゃないからね。子供は粗暴な若者になった。犯罪者になった。けちな泥棒。賭博。そのほかいろいろだ。そしてとうとう一九〇七年の冬にオヒナガの町でひとりの男を殺した。若者はそのとき十九だった。たぶんきみと同じくらいの年だろう。

同じ年です。

そうかね。たぶんそれは若者の宿命だったんだろう。たぶん誰が代父でも悪くなるのを止められなかった。実の父親にも。この代父は賄賂や裁判費用をまかなうために全財産を使った。だが無駄だった。人は一度転落するとどこまでも落ちていくものでこの男は孤独と貧困のうちに死んだ。だが恨みごとひとついわなかった。あの死んだ男に裏切られたのではないかなどとはまるで考えなかったようだ。かつては無慈悲なまでに強い男だったが愛情というものは人を愚かにする。わしも愛情の犠牲になった者としていうのだがね。愛情のせいで人はわが身を守ることをしなくなりあとは運命が多少の情けをかけてくれるのかどうかを見てみるほかなくなる。あるいは少ししか情けをかけてくれないのか。まったくかけてくれないのかどうかを。

人はよく計画も目的もない盲目の宿命ということをいう。だがそれはどういう種類の宿命なのか？　この世界でのとり返しのきかないすべての行為にはそれ以前にべつの行為がありその行為の前にまたべつの行為がある。それは広大無辺の網目をなしている。人はそれらの行為を前にして選択ができると思っている。しかし選択の自由は与えられたものの範囲でしか行使できない。選択は幾世代の迷路のなかで失われるしこの迷路のなかでなされる行為はどれもそれ自体が何かに隷属する行為だ、というのもひとつの行為はほかのすべての選択肢を無効にしひとつの人生を形作っている諸々の拘束に人をより一層強くつなぎ止めるからだ。かりにあの死んだ男がかつて自分に何らかの不当な仕打ちをした敵を赦した上であああいう頼みごとをしたのならすべては違っていたかもしれない。あの息子は父親の仇を討ったのか？　死んだ男は息子を犠牲にしたのか？　人間が立てる計画は未知の未来に基礎を置いている。世界は人々がいま現在の問題を取捨選択することで時々刻々形作られていくのであり、われわれはそれがどういう形かを理解しようとするが理解する方法などない。われわれにはただ神の定めた掟があるだけでありその掟に従う意志のある者がそうする知恵を持つだけのことだ。

老人は前に身を乗り出して両手を体の前で組み合わせた。空のグラスをとり上げた。目の見えない者は、と老人はいった。前に起きたことに頼らなければならない。空のグラスから飲み物を飲もうとするような間抜けな真似をしたくなければもう全部飲んでしまったのかどうかを覚えていなければならない。あの代父になった男だがね。わしはいま年老いて死んだというふうに話したがそうじゃなかった。いまのわしよりも若くして死んだ。それからわしはこの男が自分の良心か世間の目かあるいはその両方のせいで厳格に義務を守ったように話した。だが良心も世間の目も早い時期に関係がなくなっていた。この男の末路がかりに破滅だったとして、破滅したのは子供を愛したからだった。これをあんたはどう理解するかね？

わかりません。

わしにもわからん。わかるのはどんな行為も心からのものでない場合はいずれそのことが明らかになるということだけだ。どんな小さな身振りでもそうだ。

二人はしばらくのあいだ黙った。周囲は静かだった。ジョン・グレイディは目の前の手をつけていないグラスの表面の露を見つめた。老人は自分のグラスをテーブルに置いてジョン・グレイディのほうへ押しやった。

あんたはあの娘をどれくらい愛してる？

彼女のためなら死んでもいいと思ってます。

支配人《アルカウエテ》もあの娘を愛してるよ。

ティブルシオが？

いや。店の経営者《グラン・アルカウエテ》が。

エドゥアルドですね。

そう。

二人は静かに坐っていた。隣の部屋では音楽師がすでに全員集まり楽器の準備をしていた。ジョン・グレイディはじっと床を見つめた。それからしばらくして顔を上げた。

あの年寄りの女の人は信用できますか？

片目の女《ラ・トゥエルタ》？

ええ。

やれやれ、と盲目の老人は小さくいった。

あの女の人は彼女に結婚できるといったそうです。

あの女はティブルシオの母親だよ。

ジョン・グレイディは椅子の背板にもたれた。無言のままじっとしていた。彼は老人の娘を見た。娘も彼をじっと見ていた。無言で。優しい目で。内心を明かさず。

知らなかったようだね。

ええ。彼女は知ってるんですか？　いやもちろん知ってますね。

ああ。

彼女はエドゥアルドの気持ちを知ってるんですか？

知ってる。

音楽師たちがバロック時代の軽やかなパルティータを演奏し始めた。年輩の男女が踊るためにフロアに出た。盲目の老人はテーブルの上で手を組んだままじっと坐っていた。

彼女はエドゥアルドに殺されると思ってます、とジョン・グレイディはいった。

老人はうなずいた。

あの男は殺すと思いますか？

ああ、と老人はいった。きっと殺すだろう。

代父になってくれないのはそれが理由なんですか？

そう。それが理由だ。

あなたに責任がかかってくるから。

そうだ。

踊り手たちは掃除の行き届いたフロアで堅苦しい作法どおりの動きをした。その古風な優雅さは映画のなかの舞踏場面のようだった。

おれはどうしたらいいと思いますか？

わしには助言はできん。

する気がないんですね。

そう。する気がない。

彼女を守れないと見たらおれは諦めます。

そうだな。

おれには守れないと思ってるんですね。

あんたが想像している以上の困難があるとわしは思ってる。

おれはどうしたらいいんです。

老人はじっと坐っていた。しばらくしていった。わかってほしい。わしには確かなことはわからないんだ。これは重大な問題だしね。

老人は片手をテーブルの上で滑らせた。何か目に見えないものの皺を伸ばすような仕草だった。あんたはわしにあの経営者の秘密を教えてもらいたがっている。何かの弱みを。しかしあの娘自身が弱みなんだ。

おれはどうすればいいと思いますか？

神に祈ることだね。

はい。

祈るかね？

いえ。

なぜだね？

わからない。

神を信じていないのかね？

そういうことじゃありません。

彼女が娼婦《ムヘルスエラ》だからかね？

わからない。そうかもしれない。

老人はしばらく黙った。踊りが始まってるね、と彼はいった。

ええ。

それが理由じゃないだろう。

何がです?

彼女が娼婦だということが。

ええ。

彼女を諦める覚悟があるかね? 本当に?

わかりません。

それなら何を祈ったらいいかわかるまい。

ええ。何を願ったらいいかわかりません。

盲目の老人はうなずいた。前に身を乗り出した。聴罪司祭のように片肘をテーブルにつき額をその手の親指で支えた。音楽に耳を傾けているようにも見えた。あんたが彼女を知ったのは〈ホワイト・レイク〉へくる前だね、と彼はいった。

話はしなかったけど。そうです。

〈ラ・ベナーダ〉で。

ええ。

彼もそうだった。

ええ。たぶん。

それが今度のことの始まりだ。

ええ。

彼はナイフ使い《クチィエーロ》だ。この辺ではフィレーロというが。ある厳しさを持った男だ。彼は本気だ。

おれも本気です。

ああもちろん。そうでなかったら何の問題もない。

ジョン・グレイディは老人のはっきりとした表情の読めない顔をじっと見つめた。世界が老人に閉ざされているように老人の内面も世界に対して閉ざされていた。

いったい何がいいたいんです?

いいたいことなど何もないよ。

彼は彼女を愛してる。

そう。

なのに彼は彼女を殺す気でいる。

そのとおりだ。

そうですか。

うむ。これだけはいっておこう。あんたの愛に味方はいない。あんたはいると思っているがいない。誰ひとり。たぶん神さえも味方じゃない。

あなたは？

わしは勘定にはいらない。この先何が起こるかわしにわかるなら教えてあげよう。だがわからないんだ。

おれを馬鹿だと思ってるでしょうね。

いや。そうは思わない。

思っても口には出さないでしょう。

そのとおりだがわしは嘘はつかない。あんたを馬鹿だとは思わない。そう思ったことは一度もない。愛するものを求めるのはいつだって正しいことだ。

そのために死ぬことになっても？

そう思う。ああ。たとえそうなるとしても。

彼は台所の裏の庭から最後のごみを二輪の手押し車で焚き火の処へ運ぶと手押し車を傾けて火に投じ後ろに下がって黄昏どきの空に立ち昇る黒い煙のなかで深いオレンジ色の炎が息切れしそうになりながら燃えるのを眺めた。腕で額の汗をぬぐい背をかがめて手押し車のハンドルをつかむとピックアップ・トラックの処まで押していって荷台に積みテールゲートを上げて留め金をとめてから小屋のなかに戻った。エクトールが後ずさりしながら箒で床を掃いていた。ジョン・グレイディは彼と二人で台所用のテーブルを隣の部屋から運びこみついで椅子も運びこんだ。エクトールはサイドボードの上からランプを持ってきてテーブルの上に置きガラスの火屋《ほや》をはずして灯芯に火をつけた。マッチの火を吹き消して火屋をもとに戻し真鍮のつまみを回して火の調整をする。聖像《サント》はどこだ？　と彼はきいた。

まだトラックからおろしてない。とってくるよ。

ジョン・グレイディは外に出てトラックの荷台から残りの荷物を運んできた。削りの荒い木彫りの聖像を化粧台の上に置き包みからシーツを出して広げた。エクトールが戸口に立った。

手伝おうか？

いやいい。ありがとう。

エクトールは戸口の脇柱に寄りかかって煙草を吸った。ジョン・グレイディはシーツの皺を伸ばし枕カバーを広げてなかに羽毛枕をいれソコーロからもらった接《は》ぎ合わせのキルトのカバーを広げた。エクトールはくわえ煙草で寝台の反対側へ回りジョン・グレイディと二人でキルトをかぶせると後ろに下がった。

これで終わりだ、とジョン・グレイディはいった。

台所に戻ってジョン・グレイディが背をかがめランプの火屋のてっぺんに手を載せて火

を吹き消し二人は小屋を出て扉を閉めた。前庭に出たジョン・グレイディは振り返って小屋を見た。陰鬱な夜だった。暗く、曇っており、寒い。二人はトラックまで歩いた。

家で晩飯を用意してくれてるのか？

ああ、とエクトールは答えた。もちろん。

よかったら牧場で食べてくれてもいいよ。

いいんだ。

二人は運転台に上がってドアを閉めた。ジョン・グレイディはエンジンをかけた。

彼女は馬に乗れるのか？　とエクトールがきいた。

ああ。乗れるよ。

トラックが轍ででこぼこの道を走りだすと後ろの荷台で道具が滑り音を立てた。何考え《エン・ケ・ピ》てる《エンサス》？　とジョン・グレイディはきいた。

何も《ナーダ》。

トラックは二速でがたがたと走りヘッドライトの光芒を揺らした。最初のカーブを曲がると三十マイル離れた眼下の低地に町の灯が現われた。

この辺は寒いな、とエクトールがいった。

ああ。

あの小屋に泊まったことはあるのか？

二晩、真夜中過ぎまでいたことがある。

ジョン・グレイディはエクトールを見た。エクトールはシャツの胸ポケットから紙と煙草を出して一本巻き始めた。

先行きを危ぶんでるだろ《ティエーネス・トゥス・ドゥーダス》。

エクトールは肩をすくめた。親指の爪でマッチを擦り煙草に火をつけてマッチの火を吹き消した。慎重な男だからな《オンブレ・デ・プレカウシオーン》、と彼はいった。

おれ《ヨ》が？

おれ《ヨ》がさ。

道の土埃の上にうずくまっていた二羽の梟がトラックのライトに照らされて青白いハート型の顔をこちらに向け瞬きをしてから白い翼を広げて二つの魂のように飛び立ち頭上の闇のなかに消えた。

ブーオス、とジョン・グレイディはいった。

レチューサス。

テコローテス（三つとも梟のこと）。

エクトールはにやりと笑った。煙草を吸った。浅黒い顔がその火に淡く照らされて黒いフロントガラスに映った。たぶんな《キサース》、と彼はいった。

そうかもしれない《プエダ・セール》。

そうかもしれない《プェダ・セール》。うん《シ》。

台所にはいるとオーレンがまだテーブルについていた。ジョン・グレイディは帽子を掛け釘にかけて流しへいき手を洗ってコーヒーを注いだ。ソコーロが自分の部屋から出てきてストーブのそばからしっしっと彼を追い払ったのでジョン・グレイディはコーヒーのカップを持ってテーブルにいき坐った。オーレンが新聞から顔を上げた。

何かニュースはあるかい、オーレン？

いいニュースと悪いニュース、どっちが聞きたい？

さあ。中間のやつを聞かせてくれないかな。

そんなのは載ってない。そいつはニュースじゃない。

そうだな。

マグレガーの娘が太陽のカーニバルの女王に選ばれた。あの娘《こ》を見たことはあるか？

いや。

きれいな娘だよ。おまえの家はどんな具合だ？

まあまあだ。

ソコーロが彼の前に夕餉の皿と布をかけたパンの皿を置いた。

彼女は町育ちじゃないんだろ？

ああ。

そいつはいい。

ああ。そうだね。

パーハムが斑《ぶち》の仔犬みたいに可愛いといってたな。

ビリーはおれを狂ってると思ってる。

うん。まあちょっと狂ってるかもな。やつはちょっと妬いてるかもしれん。

オーレンはジョン・グレイディの食べっぷりを眺めた。ジョン・グレイディはコーヒーを一口飲んだ。

おれが結婚したとき友だちはみんなおれのことを狂ってるといったよ。いまに後悔するってな。

後悔したかい？

いや。うまくはいかなかった。けど後悔はしなかった。女房が悪かったわけじゃないからな。

何があったんだい？

さあ。いろんなことがあったよ。だいたいおれは女房の身内と反りが合わなかった。あれの母親というのがまあひどい女でね。ひどい女なら見たことがあると思ってたがそうじゃなかった。女房の親父さんが長生きしてたらうまくいったかもしれんが。心臓が悪くてな。そう長くないのはわかった。あの人に元気ですかときくのはただの挨拶じゃなかった。そしてとうとう死んでその義理の母親がやってきた。荷物を持ってな。それで夫婦別れが決まったようなもんだった。

オーレンはテーブルから煙草の箱をとって一服つけた。物思わしげな顔で煙を吹き出した。ジョン・グレイディをじっと見る。

夫婦として暮らしたのはまる三年だった。おれが風呂にはいるときはよく体を流してくれたよ。おれはあいつがほんとに好きだった。あれが孤児だったらいまでも別れてなかったろうな。

それは気の毒だったね。

結婚したあとどうなるかなんてわからんよ。わかってるつもりで結婚するんだが何もわからないんだ。

そうかもしれない。

もし自分の欠点とそれの直し方を知りたかったら女房の身内にきくのがいちばんだ。全部ひとつひとつ数え上げてくれる、保証するよ。

彼女には身内がいないんだ。

そいつはいい、とオーレンはいった。そりゃいい相手を選んだな。

オーレンがいってしまったあともジョン・グレイディはコーヒーを飲みながら長いあい

だ坐っていた。窓から遠い南を見るとハナヤスリの葉のような細い白い稲妻がメキシコの暗い空の裾を音もなく舐めているのが見えた。聞こえるのは廊下の振り子時計が時を刻む音だけだった。

納屋にはいるとビリーの部屋の明かりがまだついていた。ジョン・グレイディは仔犬をいれてある馬房へいって、身をよじりながら鼻声を立てる仔犬を抱き上げ自分の部屋に向かった。戸口で足を止めて振り返った。

おやすみ、とジョン・グレイディは声をかけた。

カーテンを脇へ寄せて自分の部屋にはいり暗がりのなかで電灯の鎖を手で探った。

おやすみ、とビリーの声が聞こえてきた。

ジョン・グレイディはにやりと笑った。鎖から手を離し真っ暗な部屋で寝台に腰をおろして仔犬の腹を撫でた。馬の臭いがした。風が急に強まって納屋の遠い端の屋根のトタン板をがたがた鳴らしそれから去っていった。部屋のなかは寒く小さな灯油ストーブをつけようかと思ったがしばらくしてブーツとズボンを脱ぎ仔犬を箱にいれて毛布の下に潜りこんだ。外の風と寒い部屋は彼が生まれ育ったテキサス北部の平原にある祖父の牧場での冬を思い出させた。北から嵐が近づいてくると家のまわりの平原は突然の稲妻に白くなり家は雷鳴に震えた。初めて自分の仔馬をもらった年のそんな夜中には毛布を体に巻きつけて外に出て風に逆らって体を前に倒し小石のように強くあたる雨が降り始めるなか納屋へいき、ぼろ毛布をかぶった難民のような格好で壁の隙間から不意に断続的に強烈な光が射しこむ長い通路を、電気の白い照明がつかのまひらめく幅の狭い舞台を歩くように馬房のつらなりに沿って進んでいき、仔馬が立ち上がって待っている馬房へくると掛け金をはずして扉を開け藁の上に坐って仔馬の震えがとまるまで両腕で首を抱いてやったものだった。明け方までそうしているとアルトゥーロが餌をやりにきた。アルトゥーロはほかの者が起きだす前に彼を母屋に連れて帰るのだったがそんなときアルトゥーロは彼の毛布から藁屑を払い落としながら一言も喋らないで一緒に歩いた。まるで若い貴族の御曹司のお供をするように。彼が戦争のせいで遺産をすべて失うことになるのも知らず。彼が小さい頃に見た夢はいつも同じだった。何か怯えているものがいて彼はそれを慰めにいく。いまでも彼はそんな夢を見ることがある。それとこんな夢だ。彼は黒いスーツ姿で部屋のなかに立ちかつて風の強い寒い日に祖父の葬儀に出たときにつけた新しい黒いネクタイを結んでいる夢。それからこれはまたべつの日だろうが彼は寒い明け方、仕事に出かける前に同じような黒いスーツを着てマック・マクガヴァンの牧場の納屋にある自分の寝室に立っていて、寝台の上にはそのスーツがはいっていた箱とその蓋が置かれその箱からは薄紙が外にはみ出していて脇には箱を縛っていた紐がそれを切ったナイフと一緒に置かれておりそのナイフは前は父親のものだったとわかるのだが戸口にはビリーが立ってこちらを見ていた。彼はボタンをかけたあともじっと立っていた。両手の手首を下腹の処で交差させて。部屋の粗木の壁に横向きに打ちつけられた二インチ×四インチの補強材の上に立てかけた小さな鏡に自分の顔が青白く映っている。この地方に射し始めた冬の曙光を受けて青白く見えている。ビリーは身を乗り出して藁屑の上に唾を吐き背中を返して納屋の通路を歩きだし朝餉をとるために母屋に向かっていった。

彼が最後に娘に会ったのは〈二つの世界《ドス・ムンドス》〉の二階の前と同じ隅の部屋でだった。窓から見ていると彼女が運転手に料金を払うのが見えたので彼は彼女が階段を上がってくるのを見ようと戸口へ向かった。彼は半ば息を切らしながら寝台の端に腰をおろす彼女の両手を握った。

元気かい？《エスタス・ビエン》　と彼はきいた。

ええ、《シ》と彼女は答えた。元気だと思う《クレオ・ケ・シ》。

決心は変わっていないかと彼はきいた。

ええ。《ノ》あなたは？《イ・トゥ》

変わってない。《ヌンカ》

あたしを愛してる？《メ・キエーレス》

永遠にきみを愛するよ。《パラ・シエンプレ》きみは？《イ・トゥ》

死ぬまであなたを愛するわ。《アスタ・エル・フィン・デ・ミ・ビーダ》

じゃ死んだらそれでお終いなんだね《プエス・エソ・エス・トード》。

彼女は自分たちのことを神様に祈ろうとしたができなかったといった。

どうして《ポルケ・ノ》？

わからない《ノ・セ》。神様は聞いてくれない気がして《クレイ・ケ・ディオース・ノ・メ・オイリア》。

聞いてくれるさ《エル・オイラ》。日曜日に祈るといい《レサ・エル・ドミンゴ》。大事なことだというんだ《ディーレ・ケ・エス・インポルタンテ》。

愛を交わしたあと彼女は体を丸めて彼に寄り添いじっと動かずただ静かに息をしていた。彼女が起きているかどうかは確かめないまま彼はまだ話していなかった身の上話をした。メキシコのクワトロ・シエネガスの大牧場で働いていたことや牧場主の娘のことや最後にその娘に会ったときのことを話しサルティーヨの監獄にいれられたことやそこで顔に傷をつけられたことを話したがその傷のことはそのうちに話すと約束したまま話していなかったことだった。それからテキサス州サン・アントニオのマジェスティック劇場で舞台に立った母親に会いにいったときのことを話し父親と二人でよくサン・アンジェロの北の丘陵地に馬で出かけたことや生まれ育った牧場やその牧場の西の端を通っていたコマンチ族の古い道のことを話し、まだ子供の頃の秋の月夜にその道へ馬で出かけていくとコマンチ族の亡霊が彼を包みこむようにして行列をつらねてべつの世界へ進んでいくのを自分は何度も何度も見た、なぜならこの世界で一度動きだしたものは最後の目撃者が死んでしまうまで動き続けるからだといった。

影が長く伸びてきた頃二人は部屋を出た。彼は彼女にタクシー運転手のラモーン・グティエレスが悲しみの夜通り《カーイエ・デ・ノーチェ・トリステ》のカフェまで迎えにきてアメリカへ連れていってくれるといった。越境に必要な書類も渡しておくといった。

何もかも用意できてるんだ《トード・エスタ・アレグラード》、と彼はいった。

彼女は彼の手を握る手に力をこめた。黒い瞳で彼を見つめた。彼は何も怖がることはないといった。ラモーンは友だちだ、書類はそろっているから何もまずいことは起こらないと念を押した。

わかった《エスターレ・アイ》。

ラモーンは朝七時にきみを拾う《エル・テ・レコヘーラ・ア・ラス・シエーテ・ポル・ラ・マニャーナ》。その時間にはちゃんとそこにいてくれ《ティエーネス・ケ・エスタール・アイ・エン・プント》。

わかったわ《シ・シ》。

ラモーンがくるまで店のなかにいるんだ《ケダーテ・アデントロ・アスタ・ケ・エル・イエーゲ》。

このことは誰にも話しちゃいけない《ノ・レ・ディーガス・ナーダ・ア・ナディエ》。

ええ《ノ》。誰にもいわない《ナディエ》。

荷物は何も持ってこないこと《ノ・プエデス・トラエール・ナーダ・コンティーゴ》。

何も《ナーダ》？

何も《ナーダ》。

あたし怖いわ《テンゴ・ミエード》、と彼女はいった。

彼は彼女を抱いた。怖がらなくてもいい、といった。

二人は静かに坐っていた。下の通りで物売りが声を上げ始めた。彼女は彼の肩に顔を押しつけた。

向こうの司祭様はスペイン語を話せるの《アブラン・ロス・サセルドーテス・エスパニョール》？ と彼女はきいた。

ああ《シ》。ちゃんと話せるよ《エーヨス・アブラン・エスパニョール》。

あたし知りたいの《キエーロ・サベール》、と彼女はいった。罪は赦されるとあなたが信じてるかどうか《シ・クレエス・アイ・ペルドーン・デ・ペカードス》。

答えようと彼女が開きかけた口を彼女は手でふさいだ。本当に信じてることを答えて《ロ・ケ・クレエス・エン・トゥ・コラソーン》、といった。

彼は彼女の艶々と光る黒髪の向こうに暗くなっていく町を見た。自分が信じていることと信じていないことを話した。それからしばらくして自分は神を信じているが神の御心がわかるという人の言葉は怪しいと思うといった。それでも人を赦せない神は神じゃないと思うといった。

どんな罪でもそう《クワルキエール・ペカード》？

どんな罪でも《クワルキエール》。ああ《シ》。

絶対に例外はないの《シン・エスセプシオーン・デ・ナーダ》？ 彼女はまた彼の唇に手を押しつけた。彼はその指にキスをして手をとりのけた。

例外は絶望した人間だ《コン・ラ・エスセプシオーン・デ・デセスペラシオーン》、と彼は答えた。絶望した人間は助けようがない《パラ・エソ・ノ・アイ・レメーディオ》。

最後に彼女は自分を一生愛してくれるかときき手を彼の口にあてようとしたが彼はその手を押さえた。そんなことは考えるまでもない《ノ・テンゴ・ケ・ペンサールロ》、と彼はいった。ああ《シ》。一生きみを愛するよ《パラ・トード・ミ・ビーダ》。彼女は両手で彼の顔をはさみキスをした。愛してる《テ・アモー》、と彼女はいった。あたしあなたの奥さんになる《イ・セレ・トゥ・エスポーサ》。

彼女は腰を上げ体の向きを変えて彼の両手をとった。もういかないと《デーボ・イルメ》、と彼女はいった。彼も立ち上がり両腕で彼女の腰を抱いて暗くなってきた部屋のなかでキスをした。それから廊下の先の階段の降り口まで一緒にいこうとしたが彼女は戸口で押しとどめて彼にキスをしさよならをいった。彼は階段を降りていく足音を聞いた。窓へいって彼女を見送ろうとしたが真下の歩道を歩み去ったらしく姿は見えなかった。がらんとした部屋で寝台に腰かけて外の世界の彼にはよそごとの商いの声に耳を傾けた。彼は長いあいだじっと坐って自分の来し方を思い先行きを見通せたことが一度もなかったことを思い今度のような成り行きになったことがどれだけ自分の意志と意図にもとづいたことだったのかを考えてみた。部屋が真っ暗になり表でホテルのネオンサインがともってしばらくすると彼は立ち上がり寝台の脇の椅子から帽子をとってかぶり部屋を出て階段を降りていった。

タクシーは交差点で停まった。黒いクレープ地の腕章をつけた小男が通りに出てきて片手を上げるのを見て運転手は帽子を脱ぎダッシュボードの上に置いた。娘は身を乗り出して前方を見た。喇叭《らっぱ》のこもった音と馬の蹄の音が届いてきた。

現われた音楽師の一団は色褪せた黒のスーツを着た老人たちだった。その後ろから花を散らした厚板を肩にになった男たちがやってきた。花のあいだから死んだばかりの若い男の青白い顔が覗いていた。厚板の上で若い男は両手を体の脇につけ脚を担ぎ手の肩にかけるような格好で開いて強張った体を揺らし、傷だらけの喇叭から出る荒々しい音は行列が通り過ぎる店のガラス窓や古い泥の塀やスタッコの玄関ではね返り、黒いショールで顔の下半分を覆って泣いている女たちや子供たちや黒いスーツを着て黒い腕章をつけた男たちが通っていったが、そのなかには娘に手を引かれた盲目のピアノ弾きの老人もいて小刻みな足どりで歩きながら顔に苦悩とも驚きともつかない表情を浮かべていた。その後ろから体格も毛色も不ぞろいな二頭の馬が引いてくる風雨に傷んだ木製の荷車の藁屑や籾殻《もみがら》が落ちている荷台には人の手で木板に鉋《かんな》をかけ木釘を打って作った棺が積まれており、その棺はセファルディー（スペイン・ポルトガル・北アフリカのユダヤ人）の古い木工品のように鉄釘が使われておらず板は黒く焼いて蜜蠟と灯油を塗ってあるのでかすかに木目が透けてはいるものの黒光りする鉄でできているように見えた。荷車の後ろには棺の蓋を死の苦行を行なうように背負った男がやってきたがその男の服や顔や手は板に蜜蠟を塗ったかいもなく黒く汚れていた。タクシーの運転手は黙って胸で十字を切った。娘も十字を切って指先を唇につけキスをした。

荷車はがらがらと通り過ぎながら回転する車輪の輻《や》で通りの向かいと商店の軒下に並ぶ厳粛な面持ちの見物人たちの顔をゆっくりと切り刻み町の灯の長い糸のもつれを断ち切り身をまっすぐにして歩く馬の斜めに映った影の後ろで車の輻は歩道の石の上に横長楕円形の影を落として回り続けた。

娘は両手を上げて顔を助手席の黴臭いシートの後ろに押しつけた。それから後部座席のシートにもたれかかって片手で目を覆い顔を自分の肩につけた。それから両腕を脇におろして上体をさっとまっすぐに起こし叫び声を上げると運転手が体をねじって振り返った。セニョリータ？　と彼は声をかけた。セニョリータ？

部屋の天井はコンクリートでそれを固めるときに使った型枠の板の節や釘の頭や製材所の丸鋸の刃の痕が化石のように残っていた。煤まみれの電球がひとつだけ薄暗いオレンジ色の光を漏らしそのまわりを鱗粉《りんぷん》の多い蛾が一匹時計回りにでたらめな軌跡を描いて飛んでいた。

娘は鉄製の寝台に革帯で手足を固定されて寝かされていた。鉄は白い短いシュミーズを通して冷たさを背中に伝えてきた。彼女は電球を見た。首をめぐらして室内を眺めた。しばらくして灰色の金属製の扉が開いて看護婦がはいってくると彼女はそちらに汚れた顔を向けた。お願《ポル・ファボール》い、と彼女は囁いた。お願《ポル・ファボール》い。

看護婦は革帯をゆるめて彼女の髪を撫でるように顔の前からのけ、いま飲み物を持ってきてあげるといったが、看護婦が出ていって扉が閉まると彼女は体を起こして床に降りた。目を走らせて服を探したが遠い壁際に鉄製の寝台がもうひとつ置いてあるほかは何もなかった。扉を開けると外は緑色の長い廊下で照明は薄暗くその長い廊下のはずれには閉ざされた扉があった。扉の外はコンクリートの階段で鉄パイプの手摺がついていた。彼女は階段を三つ降りて外の暗い通りに出た。

そこがどこなのかはわからない。角でひとりの男に町の中心街はどこかと尋ねると男は彼女の胸をじろじろ眺めそのまま眺めながら道を教えた。彼女は傷みの激しい歩道を歩いた。ガラスの破片や石をよけた。通りかかった車のヘッドライトがシュミーズを透き通して彼女の華奢な骨格がほぼ露になった巨大な黒い透明な影を建物の壁に投げかけ、ついでその影を後方へ退かせてふたたび暗闇のなかに消した。車が一台脇で停まり運転席の男が低い声で猥褻な言葉をかけてきた。男は車を少し前に進めてそこで待った。彼女は二つの建物にはさまれた汚い路地にはいり数個の使い古された灯油缶の後ろで震えながらしゃがんだ。そうして長いあいだ待った。ひどく寒かった。また通りに出るともう車はなく彼女はふたたび歩きだした。ある敷地に差しかかるとフェンスの向こうで犬が声を立てずに彼女に向かって飛びかかろうとしたがやがてフェンスの角で立ち止まって自分の白い息に包まれながら黙って彼女を見送った。一軒の明かりをともしていない家の庭で彼女と同じく下着姿の老人が土塀に向かって小便をしており老人と彼女はまるで夢のなかで出会った二人のように暗い空間をへだてて無言で会釈を交わした。やがて歩道がとぎれたが彼女は道路の端の冷たい砂の上を歩き続け、ときおり立ち止まってふらつきながら血の出ている足裏に食いこんだ小石やごみをとった。前方に見えている煙ったような町の灯を目指して長いあいだ歩いた。九月十六日《ディエシセイス・デ・セプティエンブレ》大通りを渡るときは両腕で胸の前をしっかりと押さえてヘッドライトの眩しさに目を伏せたが、クラクションに囃し立てられながら半裸で広い通りを渡るその姿はぼろを着た幽霊が慣れた暗闇から可視の世界につかのま迷い出て犬に追われてふたたび人類の夢の歴史のなかへ消えいるのに似ていた。

通り抜けていく町の北の地区の土塀とトタン板の倉庫が並ぶ砂地の道路を照らしているのは星明かりだけだった。彼女の子供の頃の記憶にある歌を誰かが道で歌っているのが聞こえやがて町の中心部の方向へ歩いているひとりの女と行き会った。二人はこんばんはと声をかけ合いすれ違ったがすぐに女は足を止めて振り返り彼女に呼びかけてきた。

どこへいくの《アドンデ・バ》？

家へ帰るの《ア・ミ・カーサ》。

女はじっと立っている。娘はどこかで会ったことがあるのかときいたが女はそうではないと答えた。この辺に住んでいるのかと女にきかれてそうだと答えるとそれならなぜわたしはあなたを知らないのかときいてきた。答えないでいると女はゆっくりと彼女のほうへ戻ってきた。

何があったの《ケ・パーソ》？　と女はきいた。

何も《ナーダ》。

何も《ナーダ》、と女はいった。胸の前で腕を組んで震えている彼女のまわりを半分だけ回った。正しい角度から眺めれば砂漠を照らす青い星明かりが娘の正体を明らかにしてくれるというように。

あなた〈ホワイト・レイク〉の人《エレース・デル・ホワイト・レイク》？　と女はきいた。

娘はうなずいた。

そこへ帰るの《イ・レグレサース》？

そう《シ》。

なぜ《ポル・ケ》？

わからない《ノ・セ》。

わからないの《ノ・サベース》。

ええ《ノ》。

あたしと一緒にこない《キエーレス・イル・コンミーゴ》？

それはできないわ《ノ・プエド》。

どうして《ポルケ・ノ》？

娘はわからないと答えた。女はまたきいた。自分の家には子供がいる、一緒にきてそこで暮らすといいといった。

娘は囁くような声であなたは知らない人だからと答えた。

いまの生活が気にいってるの《テ・グスタ・トゥ・ビーダ・ポル・アーヤ》？

いいえ《ノ》。

じゃいらっしゃい《ベン・コン・ミーゴ》。

娘は震えながら立ちすくんでいた。かぶりを振って断わった。陽はまもなく昇る。頭上の闇のなかを星がひとつ流れ夜明け前の寒い風が吹いて紙屑がさっと走り道端の雑草の刺に引っかかってかさかさと鳴ったと思うとすぐにまたさっと走った。女は東の砂漠の空に目をやった。それから娘を見た。寒いかときき寒いという返事を得た。女はまたきいた。

あたしと一緒にこない《キエーレス・ィル・コンミーゴ》？

マグダレーナはいけないと答えた。三日後に好きな男が迎えにきて結婚するのだといった。彼女は女の親切に礼をいった。

女は彼女の顎を手ですくい上げてまじまじと顔を見た。マグダレーナは相手の言葉を待ったが女はただ彼女を覚えておこうというようにじっと顔を見るだけだった。あるいは彼女がこの場所までできた道筋を間接的に読みとろうとしたのかもしれない。何が失われ何が壊されたのか。誰と死別したのか。そして何が残っているのかを。

ここは何ていうところ《コモ・セ・ヤーマ》？と娘はきいたが女は答えなかった。娘の顔に手を触れて離しくるりと背中を向けて暗い町の暗い道を歩いていきあとを振り返らなかった。

エドゥアルドの車はなかった。彼女は震えながら路地を倉庫の壁に沿ってそっと進み扉のノブを回したが鍵がかかっていた。ノックをして待ちまたノックをした。長いあいだ待った。また表の通りに引き返した。壁の波形トタン板を背景に息が朝陽を受けて白く見えた。一度路地を振り返ってから建物の正面に回り門をくぐって玄関までの通路をたどった。厚化粧の玄関番は彼女が汚れたシュミーズ姿で自分の体を抱くようにして立っているのを見ても驚いた様子を見せなかった。後ろに下がって扉を押さえる女に娘は礼をいいサロンに進んだ。カウンターの前に立っていた二人の男が首をめぐらして彼女を見た。寒い戸外から不運によって流されてきた青白い汚れた漂着物のような娘は目を伏せ両腕を胸の前で交差させてサロンを横切った。カーペットの上にはわが身を傷つける苦行者が通ったあとのように血の足跡が残った。

彼はこのときのために念入りに身支度を整えたようにも見えたが実際には町のどこかで仕事上の用があるのかもしれなかった。金のカフスで留めたシャツの袖口をちょっと引き上げて時計を見た。スーツの布地は明るいグレーの絹のシャンタンで同じ色の絹のネクタイを締めている。シャツは淡いレモン・イエローで上着の胸ポケットから黄色い絹のハンカチを覗かせ内側でジッパーを上げる短い黒のブーツは磨かれたばかりだった。というのも彼は売春宿の廊下が寝台車の通路ででもあるかのようにいつも一度に数足の靴を扉の外に出しておくからだった。

娘は彼からもらったサフラン色のローブを着て坐っていた。古風な寝台は高さがかなりあり彼女の足は床にきちんとつかなかった。うなだれて髪が膝まで流れ落ちている彼女は落ちるのを怖れるかのように両手を脇についていた。

彼は分別のある口調で分別のある言葉を口にしていた。だが分別のある話し方をすればするほど彼女の心の空洞を吹き抜ける風は冷たくなった。話の切れ目切れ目で彼は彼女に喋らせるための間をとったが彼女は口を開かず彼女の沈黙は否応なく彼に次の言葉を継がせるだけだったが、この口から出たとたんに消えて生きている世界に何の軌跡も残留物も影も残さない言葉だけで成り立っている実体のない構図は部屋のなかにあるずっしりと重みのあるものを生じさせその幻のようなもののなかに彼女は封じこめられていた。

話し終えた彼は立ったまま娘をじっと見た。何かいうことはあるかときいた。彼女はかぶりを振った。

何もないのか《ナーダ》？

ええ《ノ》、と彼女はいった。何もないわ《ナーダ》。

おまえは自分を何だと思ってる《ケ・クレエス・ケ・エレース》？

何とも思ってない《ナーダ》。

何とも思ってないか《ナーダ》。いや《シ》。おまえはこの店で何か特別な免除を受けてると思ってるん《ペロ・ピエンサース・ケ・アス・トライド・ウナ・ディスペンサ・エスペシアール・ア・》じゃないのか《エスタ・カーサ》？　神様がおまえを選んだんだと《ケ・ディオース・テ・ア・エスコヒード》。

そんなことは全然思ってないわ《ヌンカ・クレイ・タル・コーサ》。


彼は体の向きを変えて鉄格子いりの小さな窓から外を眺めた。道路が砂漠の砂地とごみ捨て場にいきあたって死に果てる町の境に目を走らせ、ごみを燃やす煙が彼方の荒れ野からやってきた蛮族の上げる狼煙のように地平線に沿って立ち昇っている真っ昼間の白い周縁部を見やった。彼は振り返りもせずいった。おまえはこの店で甘やかされてきた。まだ年が若いからだ。おまえの病気はようするにただの病気であって店の女たちの迷信を真に受けるのは馬鹿だ。あの女たちを信用するのはそれに輪をかけて馬鹿だ。あの女たちは病気を予防したり夢にまで見る情夫の愛情をつなぎ止めておいたり連中が祈りを上げる血に飢えた異教の神の心にかなうよう身を浄めたりするのに役立つと思ったらおまえの肉を食うことだってしかねないんだぞ。おまえの病気はようするにただの病気であっておまえはじきに死ぬだろうがそのときがきたらそれがはっきりするはずだ。

彼は向き直って彼女をじろじろと眺めた。息をするにつれて上がったり下がったりしている肩の丸みを見た。ぴくぴく動く首の動脈を見た。目を上げて彼の顔を見た彼女は彼に心中を見透かされているのを知った。何が本心で何が偽りかを。彼は唇を固く引き結んで微笑んだ。おまえの彼氏は知らないだろう、と彼はいった。おまえは話してないはずだ。

何のこと《マンデ》？

おまえの彼氏はそのことを知らないだろう《トゥ・アマード・ノ・ロ・サーベ》。

ええ《ノ》、と彼女は答えた。知らないわ《エル・ノ・ロ・サーベ》。


彼は駒をざっと並べてから盤を逆向きにした。もう一局やりましょう、と彼はいった。

マックは首を振った。葉巻を口からとって煙をテーブルの上に吹き流してからカップをとってコーヒーの残りを飲み干した。

もうやめだ、と彼はいった。

はい。いまのはうまかったですよ。

まさかビショップを捨てるとは思わなかった。

シェーンベルガーズ・ギャンビットのひとつです。

チェスの本はよく読むのか？

いいえ。そんなには。シェーンベルガーのは読んだけど。

ポーカーもやるといってたな。

ええ。まあちょっとだけ。

そのことに何か意味があるような気がするのはなぜかな。

ポーカーはそんなにやったことはないんです。親父はよくやりました。ポーカーが厄介なのはやりとりする金に二種類あるからだとよくいってましたよ。儲ける金はあぶく銭だけど無くす金は苦労して稼いだ金だって。

腕はよかったのか？

ええ。最高クラスだったと思います。おれにはやるなといいましたけどね。まともな人間のやることじゃないって。

そう思ってたならなんで自分はやったんだ？

取り柄がそれともうひとつのことしかなかったからです。

もうひとつのこと？

親父はカウボーイでした。

そっちも相当腕がよかったんだろうな。

ええ。親父より腕のいい人がいるって話は聞いてたし確かにいたんだと思います。でもおれは直接会ったことがなかった。

親父さんは死の行進をやらされたんだったな？

ええ。

この辺から出征した若い者も大勢あれをやらされた。メキシコ人もかなりいたよ。

ええ。そうらしいですね。

マックは葉巻を吸って煙を窓のほうへ吹いた。ビリーとはどうだ、まだ喧嘩してるのか？

そんなことないですよ。

あいつはいまでもおまえの味方か？

ええ。

マックはうなずいた。彼女には身内がいないんだったな？

ええ。ソコーロの家族が身内のかわりをやってくれるんです。

それはいい。おれもスーツを着るのは三年ぶりだ。予行演習に一遍着といたほうがいいだろうな。

ジョン・グレイディは最後の駒を箱にいれ木の蓋を滑らせて閉めた。

ソコーロにズボンを出しといてもらわないと。

二人は黙っていた。マックは葉巻を吸った。おまえはカトリックじゃないな？　と彼はきいた。

違います。

あとでまずいことが起こりゃしないだろうな？

ええ。

じゃいよいよ火曜日だ。

はい。二月十七日。四旬節が始まる前の日です。それか前の前の日か。それを逃したら復活祭が終わるまで結婚できません。

じゃぎりぎりなんだな？

大丈夫です。

マックはうなずいた。葉巻をくわえて椅子を後ろに引いた。ちょっと待ってろ、と彼はいった。

ジョン・グレイディはマックが廊下を歩いて自分の寝室にはいる足音を聞いた。戻ってくるとマックは坐ってテーブルの上に金の指輪をひとつ置いた。

三年前からずっと化粧台の引き出しにはいってた。しまっといたって何の役にも立ちゃしない。女房とおれは何もかも相談して決めたがこの指輪のことも話がついてた。女房は棺にはいれないでくれといった。どうかもらってくれ。

それはできません。

できるさ。おまえがいいそうなことは全部予想ずみだ、そいつをひとつひとつ議論をするような面倒は省こう。黙ってポケットにいれて火曜日に新婦の指にはめてやってくれ。サイズを合わせ直さなくちゃいけないかもしれんがな。こいつをはめてた女は美人だった。誰にきいてくれてもいい、おれひとりの意見じゃない。でもそんな外見なんて人間の中身と比べたら何でもなかった。おれたちは子供が欲しかったができなかった。作ろうとしなかったんじゃないぞ。あれは常識のある女だった。おれはたぶん指輪を形見としていつまでも持っててもらいたいんだろうと思ったが、あいつはいつかこれが役に立つときがきたらあんたにはそれがわかるといった。もちろんあいつのいうとおりだった。あいつのいうことはいつだって正しかった。自慢でいうんじゃないがあいつはこの指輪を何よりも大事にしてたしほかのどんな持ち物よりも自分にとって意味のあるものだと思ってた。ほかの持ち物のなかには飛びきり優秀な馬も何頭か含まれてたがね。だから四の五のいわずにこいつをポケットにいれてくれ。

はい。

じゃおれはもう寝るぞ。

はい。

おやすみ。

おやすみなさい。

ファリヤス山脈の高い峠からは水源地の下方に広がる緑の段丘が見渡せ小屋のストーブから薄い細い煙が風のない朝の空気のなかへまっすぐに立ち昇るのが見えた。二人は馬を止めた。ビリーがその風景に顎をしゃくった。

ブートヒール（他州や他国にブーツの踵の形に突き出た土地。ここではニュー・メキシコ州南西端のヒダルゴ郡）で育ったがきの頃、おれと弟は牧場の南のこういう土地を登って山へはいっていく前に馬を止めて振り返って家を眺めたもんだ。冬はよく雪が降って積もったから家ではいつもストーブを焚いてて煙突から昇る煙が見えたけどそれはずっと遠くにあるような感じがして家の近くで見るのとは違ったふうに見えた。いつだって違ったふうに見えた。ほんとに違ってたんだ。ときには山のずっと奥まではいって怯えてる牛どもを谷間から追い出して固形飼料を作って置いてある餌場までおろす作業もやった。そうやって山にはいっていくときは必ず振り返って家を見た。馬を止める場所は家を出てせいぜい一時間の処でストーブにかけたコーヒーはまだ熱かったはずだけどそれでも遠い遠い世界まできたって感じがしたもんだ。

遠くにハイウェイが細い直線を引いていてその上を玩具のようなトラックが一台音もなく走っていた。その向こうは川縁の緑の帯でさらにその向こうはメキシコの山々の連なりだった。ビリーはジョン・グレイディをじっと見た。

おまえはまた向こうへいくことがあると思うか？

どこへ？

メキシコさ。

さあ。いきたいけどな。あんたはどうだ？

いや。おれはもういい。

おれは向こうから逃げて帰ってきた。夜馬に乗って。危なくて焚き火もできなかった。

おまえ撃たれたんだったな。

ああ撃たれた。あの国の人たちは知らない人間でも受けいれてくれた。匿《かくま》ってくれた。嘘をついてくれた。おれが何をしたかなんて誰もきかなかった。

ビリーは鞍の前橋に両手を重ねて置いていた。身を乗り出して唾を吐いた。おれは向こうへ三回いった。三回とも目的は果たせずに帰ってきた。

ジョン・グレイディはうなずいた。カウボーイをやっていけなくなったらあんたは何をする？

さあ。何か考えるだろう。おまえは？

何を考えていいかわからないだろうな。

でも誰だって何か考えなくちゃいけないだろ。

ああ。

おまえはメキシコで暮らせると思うか？

ああ。たぶん。

ビリーはうなずいた。牧童《バケーロ》の稼ぎがどんなもんかは知ってるだろ。

ああ。

運がよけりゃ牧場長になれるかもしれない。でもいずれ白人はみんなあの国から追い出される。バビコラの連中（バビコラにはアメリカ人所有の大農園があった）だっていられなくなるだろう。

わかってるよ。

おまえ、金があったら獣医の学校へいくといいんじゃないか？

うん。そうだな。

お袋さんにはときどき手紙を書くのか？

おれの母親がいまの話にどう関係するんだ？

関係はないさ。ただ自分が根っからの無法者《アウトロー》だってことをおまえは自覚してるのかなと思っただけだ。

なぜ？

なぜそう思ったか？

なぜおれが無法者なんだ？

さあな。とにかく無法者の心を持ってるよ。そういうやつを昔知ってた。

おれがメキシコでも暮らせるといったからか？

それだけじゃない。

メキシコでならいまみたいな生活が続けられると思わないか？

続けられるかもな。

あんたもこういう生活が好きなはずだ。

そう思うか？　こういう生活って何なのかおれにはわからないよ。メキシコって国はもっとわからない。そいつは頭のなかにあるだけだ。メキシコは。おれはあの国をあちこち馬で旅した。最初に民謡を聞いたときはあの国の全部がわかった気になる。でも百回ほど聞いてるうちにさっぱりわからないと気づく。絶対にわかりっこないんだ。おれはとっくの昔にあの国とは縁が切れたと思ってるよ。

ビリーは片脚を鞍の前橋に上げて煙草を巻いた。二人が手綱を離すとどちらの馬も鼻面を地面におろして山峡からの風に揺れているまばらな草を憂鬱そうに毟《むし》って食い始めた。ビリーは丸めた背中で風をよけて親指の爪でマッチを擦り煙草に火をつけて体の向きを戻した。

おれだけじゃない。あの国は別世界だ。おれの知ってる人間であの国へいったやつはみんな何かを求めて出かけていった。少なくともそのつもりで出かけていった。

ああ。

おれは自分からやめたんだ。負けを認めたんじゃなくて。

ジョン・グレイディはうなずいた。

おまえは本気でそうは思ってないだろう。違うか？

ジョン・グレイディは遠くの山並をじっと見つめた。ああ、と彼はいった。たぶん思ってないな。

二人は長いあいだ馬上でじっとしていた。風が吹いた。ビリーはとっくに煙草を吸い終えてブーツの底でもみ消していた。上げていた脚を鞍の角越しにおろしてブーツを鐙に滑りこませ前に身をかがめて手綱をとった。二頭の馬は足踏みをしてまた動きを止めた。

親父はよく、この世でいちばんみじめなのは長いあいだ欲しがってたものを手にいれたやつだといってたよ。

それでも、とジョン・グレイディはいった。おれは危険を冒してみるつもりだ。前にもそうしたことがあるんだ。

そうだったな。

人に何かをいい聞かせるなんてできない。それは人にじゃなく自分にいい聞かせてるだけだ。本当は自分にいい聞かせることだってできない。自分でいちばんいいと思う判断をしてやってみるだけのことだ。

ああ。でもな。おまえの判断のことなんて世間《ザ・ワールド》は何も知っちゃいないよ。

わかってる。いやそれより悪い。世界《ザ・ワールド》は気にもかけないんだ。

四旬節前の日曜日の夜明け前の闇のなかで彼女は一本のろうそくに火をともしそれを立てた皿を明かりが扉の下から廊下に漏れないよう書き物机の脇の床に置いた。流しで布に石鹸をつけて体を洗い背をかがめて黒髪を前に垂らし濡れた布で五十回ほどぬぐいそれからやはり五十回ほどブラシで梳いた。手のひらに香水を節約して数滴垂らし両手で髪をはさみながら香りをつけ首筋にもつけた。髪をねじって一本の毛束にしそれを頭の上へ巻きあげてピンで留めた。

三着ある外出着の一着を用心深く着て薄暗い鏡に姿を映した。襟と袖口に白い縁どりのついた紺色のワンピースで鏡の前でくるりと体を回し後ろのボタンを留めてからもう一度回った。椅子に坐って黒いパンプスをはき立って書き物机へいってショルダー・バッグをとり上げ化粧品をいれた。荷物は何も持たないこと《ノ・コーハ・ナーダ》、と彼女はつぶやいた。清潔な下着を折りたたんでブラシと櫛と一緒にバッグに詰めこみ無理やり口金を留めた。荷物は何も持たないこと《ノ・コーハ・ナーダ》。椅子の背板からセーターをとって肩にはおり振り返って二度と見ることはない室内を見た。削りの荒い木彫りの聖像がいつもの場所にあった。手には杖が接着材でおかしな角度につけてある。彼女は洗面台の脇のタオル掛けからタオルを一枚とり聖像を包んで椅子に坐りタオルの包みを膝に載せショルダー・バッグを肩からさげて待った。

長いあいだ待った。腕時計は持っていない。遠くの教会の鐘がいつ鳴るかと聞き耳を立てたが砂漠から風が吹くときは聞こえないこともある。鶏の啼く声が聞こえだした。ようやく老女のスリッパばきの足音が廊下をやってきて立ち上がると扉が開いて老女が顔をのぞかせ振り返って廊下を見、手のひらを顔の前にかざして人さし指を唇につけ部屋にはいってきてそっと扉を閉めた。

用意はいい《リスタ》？老女は押し殺した声できく。

ええ《シ》。いいわ《リスタ》。
そう《ブエノ》。じゃいきましょ《バモノス》。

老女は肩を軽く動かし首を小粋に傾けた。物語の本に出てくる厚化粧の継母のように。芝居の女主人公に味方する粗末な身なりの女のように。娘がバッグをしっかりつかみタオルにくるんだ聖像を小脇に抱えると老女は扉を開け外を覗いてから手で娘を押し出しあとから自分も廊下に出た。

娘の靴がタイル床の上で音を立てた。老女が彼女の足もとを見おろすと娘は軽く背をかがめてかわるがわる足を上げて靴を脱ぎ聖像と一緒に脇に抱えこんだ。

老女が扉を閉め子供の手をとるように娘の手をとって廊下を歩きながらエプロンの前に差した箒の柄から紐で下げた鍵束をさぐって必要な鍵を探した。

外に出る扉の前で娘は靴をはきそのあいだに老女は音がしないようショールで重いかんぬきを包んではずし鍵を差して回した。扉が寒い暗がりに向かって開いた。

二人は向き合った。早く《ラピド》、早く《ラピド》、と囁く老女の手に娘は約束してあった金を押しつけ首に抱きついて乾いた革のような頬にキスをしそれから背中を返して扉の外に出た。階段の上で老女の祝福を受けようと振り返ったが老女はぼんやりして応えず階段を降りて軒明かりの外へ出ようとしたとき手を伸ばして腕をつかんできた。

いっちゃだめ《ノ・テ・バーヤス》、と声をひそめて鋭くいった。いっちゃだめ《ノ・テ・バーヤス》。

娘は腕を振りほどいた。ドレスの肩の縫い目が裂けた。やめて《ノ》、と彼女は囁きながら後ろに下がった。やめて《ノ》。

老女は手を伸ばしてきた。しゃがれ声でいった。いっちゃだめ《ノ・テ・バーヤス》。あたしが間違ってた《メ・エキボケ》。

娘は聖像とバッグをしっかり抱えて路地を走った。はずれで最後にもう一度振り返る。老女はまだ戸口に立って彼女を見ていた。金を握った手を胸に押しつけて。やがて老女は軒明かりのなかで目をしばたたかせ扉を閉め鍵を回しかんぬきを差して永久になかの世界を閉ざした。

娘は路地から外の道路に出ると町の中心部に向かって歩きだした。犬が吠え軒の低い泥のあばら屋で木炭を焼く煙が空中に漂っていた。彼女は砂漠のなかの砂の溜まった道をたどった。頭上で星々が氾濫していた。天空の裾は黒い山並に鋸状に切りとられ低地の上では町の灯が湖に映る星々のように燃えていた。歩きながら彼女は昔覚えた歌を低く歌った。夜明けまであと二時間。町の中心部まで一時間。

車は一台も通らなかった。土地のなだらかな隆起の上から東を見ると砂漠の五マイル先にチワワ州から北上してきたハイウェイをゆっくりと走るトラックのライトがぽつぽつと見えた。風はない。闇のなかで息が仄白く見えた。道の前方で左から右へ横切った車のライトを彼女はずっと目で追った。この世界のどこかにエドゥアルドがいるのだ。

交差点にくると彼女は左右の遠方へ目を凝らして近づいてくる車のライトがないかを確

かめてから横断した。狭い道を選んで町の周縁地区を通り抜けた。オコティーョなどの繁みの向こうには灯油ランプの明かりを宿している窓もあった。豚脂の缶に詰めた弁当をさげて低く口笛を吹きながら寒い早朝に家を出る労働者の姿も目につき始めた。靴のなかで足がまた出血して濡れた冷たい感触が伝わってきた。

悲しみの夜通りで明かりがついているのはそのカフェだけだった。隣の靴屋の暗いショーウィンドーのなかで猫が一匹履き物のあいだにひっそり蹲《うずくま》り人気《ひとけ》のない通りを見つめていた。通り過ぎていく彼女を猫は首をめぐらして目で追った。彼女はガラスが蒸気で曇った扉を開けてカフェにはいった。

窓際のテーブルで二人の男が顔を上げて彼女を目で追った。彼女は店の奥の小さな木製のテーブルに坐りバッグと包みを隣の椅子に置きクロームの針金のスタンドからメニューをとって眺めた。ウェイターがきた。小さなカップのコーヒーを注文するとウェイターはうなずきカウンターに戻っていった。店内は温かくしばらくすると彼女はセーターを肩からはずして椅子の上に置いた。二人の男はまだ彼女を見ている。ウェイターがコーヒーを運んできてスプーンとナプキンを添えて彼女の前に置いた。どこからきたのかときかれて彼女は驚いた。

え？《マンデ》　とき返す。

どこからきたんです《デ・ドンデ・ビエーネ》？

チアパス州からきたと答えるとウェイターはその地方の人間は自分が知っている人々とどう違っているかを調べるような目で彼女を眺めた。それから彼はあそこにいる人にきいてくれと頼まれたのだといった。彼女が首をめぐらしてそちらを見ると男たちは微笑んだがその微笑みには愛想がなかった。彼女はウェイターに目を戻した。あたし男友だちを待ってるの《エストイ・エスペランド・ア・ウン・アミーゴ》、と彼女はいった。

そうでしょうとも《ポル・スプエスト》、とウェイターは応えた。

コーヒーを飲みながら長いあいだ待った。外の通りは二月の明け方の光に明るみ始めた。入口付近にいた二人組はとうにコーヒーを飲み終えて出ていき同じ席をいまはべつの男二人が占めていた。商店はまだどこも開いていない。トラックが数台通り過ぎ寒い外から客がはいってきていまはウェイトレスがテーブルからテーブルへ歩いていた。七時を回ってすぐ青いタクシーが店の前で停まり運転手がはいってきて店内を眺め渡した。それから奥へきて娘を見おろした。

用意はいい？《リスタ》と運転手がきいた。

ラモーンはどうしたの？《ドンデ・エスタ・ラモーン》

運転手は思案顔で歯をせせった。ラモーンはこられないと彼はいった。

彼女は店の入口のほうへ目をやった。タクシーは寒い路上でエンジンをかけたままだ。大丈夫《エスタ・ビエン》と運転手はいった。さあいこう《バモノス》。急がないと《デベーモス・ダルノス・プリーサ》。

ジョン・グレイディを知ってるのかときくと運転手はうなずいて爪楊枝を振った。知ってるよ《シ・シ》、と彼はいった。自分は誰のことも知っているといった。彼女はまた通りで排気ガスを吐いている車を見やった。

運転手は一歩下がって彼女を立たせた。荷物とセーターが置かれた椅子を見おろす。聖像を包んでいるタオルには売春宿の名前がはいっていた。彼女は荷物の上に手を載せた。持ってやると運転手がいいそうな気がした。彼女は誰にお金をもらったのかときいた。

運転手はまた爪楊枝をくわえて彼女をじっと見た。しばらくして誰にもお金はもらっていないと答えた。自分はラモーンの従兄弟でラモーンは四十ドル払ってもらったといった。空いた椅子の背板に手をかけてじっと彼女を見おろしている。彼女は肩で息をし始めた。これから力業を試みようとするように。あたし、わからないと彼女はいった。

運転手は身をかがめてきた。あのね《ミーレ》、と彼はいった。あんたの婚約者《ス・ノービオ》ね。ここんとこに傷があるだろ《エル・ティエーネ・ウナ・シカトリース・アキ》。人さし指を頬に滑らせて彼女の恋人が三年前にサルティーヨの監獄の食堂で闘ってつけられたナイフの傷痕を示した。そうだろう《ベルダー》?

ええ《シ》、と彼女はつぶやくようにいった。そのとおりよ《エス・ベルダー》。あなたあたしの永住証書を持ってる《イ・ティエーネ・ミ・タルヘータ・ベルデ》?

ああ《シ》。ポケットから永住証書《グリーンカード》をとりだしてテーブルに置いた。カードには彼女の名前が刷られていた。

これで納得したかい《エスタ・サティスフェーチャ》？

ええ《シ》、と彼女は小声でいった。納得したわ《エストイ・サティスフェーチャ》。立って荷物をとり上げテーブルにコーヒーの代金を置いて運転手のあとから表に出た。

半ば汚辱にまみれた世界がふたたび明るんでくる寒い明け方、彼女はタクシーの後部座席に黙って坐り、削りの荒い聖像をしっかりと握って目覚めつつある町を窓外に眺めながら自分がこれまでに知りそして二度と見ることのないであろうものすべてに無言の別れを告げた。今朝の天気を見に黒いショールをかぶって家の戸口に出てきた老女に別れを告げ、ミサに出かける道々雨の残した水溜まりを用心深く避けて通る同じ年頃の三人の少女に別れを告げ、犬に、町角にいる老人に、屋台を押して商いに出かける物売りに、店の戸を開けている商店主に、バケツを置いて歩道に膝をつきタイルをぼろ布で洗っている女たちに別れを告げた。頭上の電線に肩を押し合いながらとまって夜を明かしいま目覚めつつある名前も知らない小鳥たちに別れを告げた。

車は町はずれの地区を走り左手の帯状の木立の隙間から川が見えたがその向こうの高い建物が並ぶ町も陽がまもなく岩肌を照らし出す荒涼たる山並も隣国のものだった。車は廃屋となっている市の古い建物のそばを通った。錆びた貯水タンクがいくつか立つ庭には風に吹き寄せられた紙屑が散らかっていた。不意に金網の細いフェンスが現われて車の右のウィンドーから左のウィンドーへ静かにぐるりと回り、そうして回るあいだに彼女の内側で眠っていた魔女が目覚めて彼女は目をそらせなくなった。彼女は両手で目をふさぎ深く息をついた。目を覆った手のひらの闇のなかで彼女は冷たい白い部屋の冷たい白い寝台に横たわっている自分を見た。部屋の扉や窓のガラスには太い金網がはいっておりその向こうで大勢の娼婦とその世話係の女たちが騒ぎ立て彼女に向かって何か叫んでいた。彼女は寝台の上で身を起こして叫びだすか歌を歌いだすかするように頭をのけぞらせた。精神病院に強制入院させられた若いプリマドンナのように。声は出なかった。冷たい霊気が消えた。それを呼び戻さなければと彼女は思った。目を開いたときタクシーはすでに道路からはずれて未舗装の小道を揺れながらたどっていて運転手がバック・ミラーを介して彼女を見ていた。彼女はウィンドーの外を見たが橋は見えなかった。木の間越しに川と川面に立つ靄とその向こうの岩山が見えたが町は見えなかった。川縁の木立のなかを歩いている人影がひとつ見えた。運転手にここから向こう側へ渡るのかときくと運転手はそうだと答えた。あんたはこれから向こう側へいくといった。タクシーが空き地に乗りいれて停止したとき早朝の光のなかで向こうからやってきたのは笑みを浮かべているティブルシオだった。

彼は五時頃に車で牧場を出て待ち合わせ場所のバーへいき暗い店内にぼんやり見えている時計を見た。砂利敷きの駐車場でトラックをバックさせてハイウェイが見えるように向きを変え、そうすまいと思いながらも店の時計を二、三分おきに見た。

車はほとんど通らなかった。六時を回ったとき近づいてくるヘッドライトの速度が落ちたのを見てハンドル越しに身を乗り出し上着の袖でフロントガラスをぬぐったがそのまま車は通り過ぎていきしかもそれはタクシーではなく保安官事務所のパトカーだった。彼はパトカーが戻ってきて職務質問をするかもしれないと思ったがその予想ははずれた。トラックの運転台にじっと坐っているとひどく寒くしばらくして彼は降りて歩き回ったり腕を振り動かしたり足踏みをしたりした。東を見ると風景が灰色の輪郭を描き始めていた。ハイウェイの半マイル先にあるガソリン・スタンドで照明が消えた。トラックが一台走り過ぎた。彼はタクシーがくるまでにスタンドへいってコーヒーを一杯飲んでくる時間はあるだろうかと考えた。八時三十分頃になるとコーヒーを飲みにいけばそのあいだにタクシーがくるような気がしてそれなら飲みにいこうと思いトラックのエンジンをかけた。それからまたエンジンを切った。

三十分後トラヴィスの乗ったトラックがハイウェイを走り過ぎた。数分後に引き返してきて速度を落とし駐車場にはいってきた。ジョン・グレイディはウィンドーを巻きおろした。トラヴィスは車を停めて彼を見た。顔をウィンドーの外に出して唾を吐いた。

どうした？　首にでもなったか？

それはまだだ。

トラックが盗まれて乗り捨てられてるのかと思ったよ。故障じゃないだろうな？

いや。人を待ってるだけだ。

もうどれくらい待ってるんだ？

しばらく前からだ。

そいつにヒーターはついてるのか？

たいしたやつはついてない。

トラヴィスは首を振った。ハイウェイに目をやる。ジョン・グレイディはまた身を乗り出して上着の袖でフロントガラスを拭いた。そろそろいくよ、と彼はいった。

何かトラブルか？

ああ。そうかもしれない。

どうせ女のことだろ。

ああ。

女で苦労するなんてつまらんぞ、坊主。

それは前にもいわれた。

そうか。まあ馬鹿はやるなよな。

もう遅すぎるかもしれない。

まだやってないんなら遅すぎないぞ。

おれは大丈夫だ。

ジョン・グレイディは鍵をひねってセルボタンを押した。首をめぐらしてトラヴィスを見た。じゃあまた、と彼はいった。駐車場からハイウェイに出て走りだした。どんどん遠ざかってもトラヴィスはじっとこちらを見ていた。

4

彼が悲しみの夜通りのカフェへいってみると店は客で一杯でひとりのウェイトレスが卵料理の皿やトルティーヤの籠を持って忙しく往復していた。そのウェイトレスは何も知らなかった。一時間前に出勤してきたところだという。彼は彼女のあとから厨房にはいった。コックがレンジから顔を上げてウェイトレスを見た。誰だい？《キエン・エス》ときいた。ウェイトレスは肩をすくめた。ジョン・グレイディを見た。料理の皿を載せた盆を片手でバランスよく支えて扉を開け店内に戻った。コックも何も知らなかった。早番のウェイターはフェリペという男だがいまはいない、昼過ぎにまた出てくるといった。ジョン・グレイディはコックがグリルの上のトルティーヤを手でひっくり返すのを数分間見ていた。それから扉を押し開けて店のなかを通り抜けた。

タクシー運転手のラモーンがいつも客待ちをする裏通りの酒場を何軒も巡り歩いた。扉を開けると前夜から居続けている客がグラスをしっかりつかみ尋問されている容疑者のように射しこむ陽の光に目を細めた。ジョン・グレイディは酒を勧められて断わったために二度喧嘩を吹っかけられかろうじて逃れた。〈ラ・ベナーダ〉へいって扉をノックしてみたが誰も出てこなかった。〈モデルノ〉の店先に立ってなかを覗きこんだが閉店中でなかは暗かった。

音楽師の溜まり場であるマリスカル通りの玉突き場にはいると壁のラックにギターやマンドリンや真鍮や洋銀の金管楽器が吊るしてあった。メキシコの竪琴もひとつあった。彼は盲目のピアノ弾きの居所を尋ねたが誰も知らなかった。正午には〈ホワイト・レイク〉以外にいく処はなくなった。一軒のカフェにはいってブラック・コーヒーを飲んだ。長いあいだ坐っていた。いく処はもう一カ所あったがそこへもいきたくはなかった。

白衣を着た小人のように小柄な男が彼を案内して廊下を歩いた。湿ったコンクリートの臭いがする建物だった。表の車の音と道路工事の手持ちドリルの音が聞こえていた。

小男が一室の扉を開け手で押さえてはいれと促し彼がはいると電灯をつけた。ジョン・グレイディは帽子を脱いだ。部屋には最近死んだ人間が四人、厚板の上に横たえられていた。厚板は鉄パイプの架台に載せられ死体は両腕を体の脇につけて目を閉じ首を汚れた木製の台に載せていた。カバーはかけられずみな死んだときの服を着けていた。駅の待合室のベンチで休んでいるくたびれた服の旅行者たちのようだった。彼は厚板の脇をゆっくりと歩いた。天井の電灯は針金の小さな籠で覆われていた。壁は緑色に塗られている。床には真鍮の蓋がついた排水孔がひとつ。厚板を載せた架台の車輪にはモップの灰色の切れ端がまつわりついていた。

彼が永遠の愛を誓った娘は四つ目の厚板に横たえられていた。その朝、藺草《いぐさ》を刈りにきた男たちが靄の立つ川の岸辺に生えた柳の木陰の浅瀬で見つけたときのままの姿だった。濡れた髪が頭蓋にぴたりと張りついている。真っ黒な髪だった。枯れ草の切れ端がいくつもついていた。顔は蒼白だった。切り裂かれた喉の傷口に血はついていなかった。上等の青いドレスは布がよじれストッキングは破れていた。靴は二つとも無くしていた。

全身の血は水に流れてしまっていた。彼は彼女の頬に手を触れた。ああ神様、と彼はいった。

知ってる人ですか《ラ・コノーセ》？　と白衣の男がきいた。

知ってる人ですか《ラ・コノーセ》？

ああ神様。

彼は厚板の上に突っ伏して手にした帽子を握りつぶした。片手で目をぬぐい両方のこめかみを指で押さえつけた。もし力が充分強かったなら頭蓋骨を割っていたに違いない。いま目の前にあるものもその他のどんなものも握りつぶしていたに違いない。

セニョール、と小男はいったが、ジョン・グレイディは体の向きを変え男を押しのけるようにしてふらふらと歩き部屋を出た。小男は声をかけた。戸口に立って廊下の先へ呼びかけた。あの娘さんと知り合いなら身元を教えてもらいたいといった。書類を作る必要があるのだといった。

シーダー・スプリングズの長い涸れ谷にいる牛の群れは草を嚙みながら馬に乗って通っていく彼を見つめそれからまた頭を地面におろした。牛たちは馬の様子から自分たちを駆り集めにきたのではないと見抜いているのを彼は知っていた。丘を登り地卓の上に上がってゆっくりとその崖っ縁をたどった。それから風上のほうを向いて馬を止め十五マイル先の谷間を登っていく機関車を眺めた。南の藤色と焦げ茶色の入り交じった荒野の上には子供がクレヨンで線を引いたように川縁の緑の木立が伸びていた。そのはるか向こうにはメキシコの山並が淡い灰青色に煙っている。地卓の縁の草は風に身をよじっている。北の空には黒い雨雲がわだかまっていた。小柄な馬は頭を下げて振りまた歩を進めた。馬は心もとなさそうに西へ目をやった。道を覚えておこうというように。彼は馬の脇腹にブーツの踵をあてて歩みを促した。心配するな、と彼はいった。

ハイウェイを横切ってマグレガー牧場の敷地の西の端にはいった。初めて見るその土地に馬を進めた。昼過ぎに鞍の前橋で軽く手を交差させている騎乗の男に遭遇した。馬は立派な黒い去勢馬で賢そうな目をしていた。馬はこの土地の土埃をかぶって膝頭の辺りまでが黄土色に染まり鞍は古風なリムファイア型でビサリア型の鐙とコーヒー皿ほどの大きさの平たい角がついていた。ジョン・グレイディが近づいていくと馬上で煙草を嚙んでいる男はうなずきかけてきた。何か用かね？ と男はきいた。人の土地に勝手にはいるなって意味だね？ と彼はいった。相手の男を見た。自分よりいくつか年嵩のようだった。男は淡い青色の瞳でジョン・グレイディをじっと見た。

おれはマック・マクガヴァンの牧場の者だ、とジョン・グレイディはいった。彼のことは知ってるだろう。

ああ、と男は答えた。知ってる。牛がこっちへ迷いこんできたのか？

いや。そうじゃない。おれがこっちへ迷いこんできたんだ。

男は親指で帽子を軽くあみだに押し上げた。二人が行き会った場所は草一本生えていない粘土の氾濫原で風に吹かれて音を立てるのは二人の衣服だけだった。黒雲は北の空に高い塀のように立ち上がり細い稲妻が音もなく走り震えては消えた。男は身を乗り出して唾を吐き待った。

おれはあさって結婚するはずだった、とジョン・グレイディはいった。

男はうなずいたがジョン・グレイディはそれ以上続けなかった。

でも気が変わったわけだ。

ジョン・グレイディは応えなかった。男は北を見やってまた目を戻した。

あの雲で雨が降るかもしれないな。

そうかもしれない。町ではゆうべとおとといの晩に降ったよ。

飯はもうすんだのか？

いや。まだだ。

うちへ寄っていかないか。

もう帰るよ。

結婚相手の気が変わったみたいだな。

ジョン・グレイディは目をそらした。返事をしなかった。

すぐにべつの女が見つかるよ。いまにわかる。

いや見つからない。

ほんとにうちへきて一緒に飯を食わないか。

ありがとう。でも帰らなくちゃいけない。

おれにも覚えがあるよ。考えごとをしながらあてもなく馬を歩かせた覚えが。

ジョン・グレイディは手綱をゆるく握っていた。ひとしきり風景を眺めてから口を開いた。その言葉を男は身を乗り出して聞かなければならなかった。馬でどんどんいけたらい い、とジョン・グレイディはいった。そしたらどんなにいいか。

男は親指の背で口の端をぬぐった。まだ帰らないほうがいいかもしれないな、と彼はいった。もうちょっと待ったほうがいいかもしれない。

振り返らずにどんどん馬でいくんだ。何もかもが新しい土地へいく。行き止まりで引き返してその土地を隈なく旅しなくちゃいけないとしても。どんどん先へいきたい。

おれにも覚えがある、と男はいった。

もういくよ。

ほんとに寄っていく気はないか？　たっぷり食わせるぞ。

いやいい。ありがとう。

そうか。

一雨くるといいね。

ああ降ってくれるとありがたい。

ジョン・グレイディは馬首をめぐらして広い氾濫原を南へ進み始めた。男も馬の向きを変えて北に向かっていったがまもなく馬を止めた。そして広い谷間を遠ざかっていく若者の後ろ姿を長いあいだ見送った。姿が見えなくなると鐙に足を踏ん張って軽く腰を浮かせた。声をかけようとするように。若者は一度も振り返らなかった。すっかり姿が見えなくなっても男はしばらくその場に留まっていた。手綱を離し片脚を鞍の前橋に上げて帽子をあみだに押し上げ身を乗り出して唾を吐きまわりの土地を眺めた。土地を眺めればその土地を通っていった人間のことが何かわかるはずだとでもいうように。

暗くなった夕方の遅い時間に彼は馬で小川を渡り対岸の湿地のヒロハハコヤナギの木陰で馬から降りた。手綱を離して小屋まで歩き扉を押し開ける。暗い小屋の戸口に立って後ろを振り返り夕闇を見た。暗さを増してゆく土地がそこにあった。西の空は陽の沈んだ辺りが血の赤に染まり鳥の群れの黒い影が嵐に吹かれて飛んできた。風が煙突に吹きこんで長々と乾いた音を立てる。彼は寝室にはいった。マッチを擦ってランプに火をともし芯を低くしてガラスの火屋をかぶせ寝台に坐って両手を膝のあいだにはさんだ。木彫りの聖像が暗がりのなかからこちらを見ていた。ランプの明かりが彼自身の影を背後の壁に投げていた。やがて彼は帽子を脱いで床に落としうなだれて顔を両手のなかに埋めた。

ふたたび馬で出発したとき外は真っ暗で風が吹き空に星はなくて寒く川沿いに生えたサカトーンは風になぶられ彼がそばを通り過ぎる低い裸木は電線のように唸った。馬は体を震わせ足踏みをして顔を上げ鼻腔を風に向けた。近づいてくる嵐のなかに単なる嵐ではない何が含まれているのかを嗅ぎ分けようとするように。彼は小川を渡り古い道をくだり始めた。狐の啼く声を聞いたような気がして前方の左手で空の裾に輪郭を描いている岩場に目を走らせた。メキシコでは夕方狐が暗色火成岩の小山を歩いて平原を見渡すのをよく見た。夕闇のなかに小動物を探していたのか。それとも単に神が据えた岩壁の上で暗くなっていく空を背景に黙って静かに古代エジプトの彫像のように影絵を浮かせているだけで自分に与えられた役目を充分に果たしていたのか。

ランプをつけたまま出てきた小屋の窓から漏れる柔らかな明かりが温かく誘いかけてきた。いや他人の目には誘いかけてくると見えたに違いなかった。彼自身はもうあの小屋には何の用もなく小川を渡ってたどるべき道をたどり始めたあとは二度と振り返らなかった。牧場の庭にはいったときには小雨が降っており台所の窓には夕餉をとるみんなが雨にぼやけた姿で見えていた。彼は納屋のほうへいって馬を止め振り返った。まるで自分はこの牧場で暮らしたことがなくたまたま通りかかってあの人たちを眺めているだけのようだと思った。生活ぶりも経歴もまるで知らない人たちを眺めているようだと。彼らはいろいろな実際に起こったのとは違ったふうにこれから起これぱいいと期待しているように見えた。

彼は納屋に乗りいれて馬から降り自分の部屋に向かった。馬房の扉の上から馬たちが顔を覗かせて通り過ぎる彼を眺めた。彼は明かりをつけなかった。棚から懐中電灯をとってスイッチをいれ寝台の足もとに置いた私物箱を開けて雨合羽と乾いたシャツを出し箱の底から父親のものだった狩猟用ナイフと金のはいった茶封筒を出して寝台の上に置いた。乾いたシャツに着替えてその上に雨合羽を着て雨合羽のポケットに狩猟用ナイフをいれる。封筒から紙幣を何枚か抜いて封筒を箱に戻し蓋を閉めた。それから懐中電灯を消して棚に戻し部屋を出た。

ハイウェイに出ると馬から降り左右の手綱を結び合わせて鞍の角に引っかけ馬を導いて牧場に通じるぬかるんで滑りやすい道を少し引き返しそれから頬革から手を離して馬の尻

をひとつ叩き馬がぐしゃぐしゃの泥を踏んで雨と闇のなかへ小走りに消えていくのを見送った。

ハイウェイの路肩に立っている彼を最初にライトで照らし出した車が速度を落として停止した。彼はドアを開けて運転台を覗きこんだ。

乗りな、と男はいった。

ブーツが泥だらけだけど、と彼はいった。

車が壊れるわけじゃない。

車に乗りこんでドアを閉めた。男はギアをいれて前に身を乗り出し目を細めて道路の先をうかがい見た。夜はよく目が見えなくてな、といった。こんな雨のなかを何してるんだ？

濡れるほかに？

濡れるほかに。

町へいかなくちゃいけないんです。

男は彼を見た。痩せて骨張った老牧場主だった。昔の年寄りがよくかぶっていた山の部分が丸い帽子を頭に載せていた。やれやれ、と老人はいった。まるで破れかぶれの逃亡者だな。

そんなんじゃないんです。ただ用事があるだけです。

きっと呑気に構えてる余裕がないからこうして出かけるんだろうな？

ええ。そういうことです。

実はわしも同じだ。ほんとは半時間前に寝てるはずなんだが。

そうですか。

救難の使命を帯びてるんだ。

え？

救難の使命さ。馬の命が危ないんだ。

老人はハンドルの上に身を乗り出して運転し車はセンターラインをまたいで走った。老人はジョン・グレイディを見た。対向車がきたらちゃんとよけるよ、といった。運転の仕方は知ってる。ただ前がよく見えんのでな。

ええ。

あんたはどこで働いてる？

マック・マクガヴァンの牧場です。

ああマックか。いい男だ。そうだろ？

ええ。いい人です。

あれより気のいい男を探そうとしたらフォードのトラックを一台乗りつぶすことになる。

ええ。そうですね。

倒れたのは牝馬だ。若い牝馬。子供を産もうとしてるんだ。

いま誰か見てる人がいるんですか？

女房が家にいる。というか納屋にな。

車は走り続けた。道路を激しく叩く雨足がヘッドライトに照らされワイパーがフロントガラスの表面を往復していた。

この四月二十二日で結婚六十周年だ。

長いですね。

ああ。長いとは思わなかったがな。女房は家族と一緒にオクラホマから幌馬車でこっちへきたんだ。結婚したのは二人とも十七のときだった。新婚旅行はダラスへ博覧会を見にいった。どこのホテルも泊めてくれなかったよ。若すぎて夫婦に見えなかったから。この六十年間あれと一緒になれたのを神様に感謝しない日はなかった。女房の恩に報いるようなことは何ひとつしてこなかったがね。何をすれば充分な報いになるのかさっぱりわからんよ。

ビリーは国境検問所で通行料を払って橋を渡った。橋の下から少年たちがバケツを棹で差し上げて金をねだった。旅行者に混じって酒場や土産物屋の並ぶファレス大通りを歩いていくと物売りが呼びかけてきた。〈フロリダ〉にはいってウィスキーを一杯引っかけ金を払ってまた通りに出た。

トラスカラ通りを歩いて〈モデルノ〉へいってみたが店は閉まっていた。玄関の緑色と黄色のタイルを貼った張り出しアーチの下で扉をノックしてしばらく待った。建物の横手へ回って鉄格子のはまった窓の隅のガラスの破れ目からなかを覗いた。奥のカウンターの上に小さな明かりがともっていた。商店や酒場や軒の低い民家が並ぶ狭い通りに戻って雨に濡れながら左右を見た。空気にはディーゼル油と薪の煙の臭いが混じっていた。

ファレス大通りに戻ってタクシーを拾った。運転手はバック・ミラー越しにビリーを見た。

〈ホワイト・レイク〉は知ってるか《コノーセ・エル・ホワイト・レイク》？

ええ。もちろん《シクラーロ》。

よし《ブエノ》。やってくれ《バモノス》。

運転手はうなずいて車を発進させた。ビリーは後部座席でシートにもたれてウィンドーの外を流れる雨の午後の陰鬱な国境の町を眺めた。やがて舗装道路は尽き車は町の周縁地区のぬかるんだ道をたどり始めた。タクシーが穴ぼこの水をはね上げながら通ると薪を山と積んだ荷車を引くラバたちが顔をそむけた。すべてが泥にまみれていた。

〈ホワイト・レイク〉の玄関先に着くとビリーは車から降りて煙草に火をつけジーンズの尻ポケットから札入れをとりだした。

待っててもいいよ、と運転手はいった。

いやいい。

何なら店にはいって待ってるけど。

ちょっと時間がかかるかもしれない。いくら？

三ドル。ほんとに待ってなくていいのかい？

ああ。

運転手は肩をすくめて金を受けとりウィンドーを巻きおろしてバックし走り去った。ビリーはくわえ煙草で集落のはずれの粗削りの板で作ったあばら屋と波形トタン板の壁を持つ倉庫のあいだに建つ売春宿の建物を見た。

建物の裏手に回って片側に倉庫が建つ路地にはいり二つある扉の手前のほうをノックして待った。煙草の吸い殻を泥の上に捨てた。もう一度ノックしようと腕を伸ばしたとき扉が開いて老女が顔を出した。ビリーを見るなり老女は扉を閉めようとしたがビリーが扉をぐいと押し戻すと老女はくるりと背を向けて片手を頭にあて叫び声を上げながら廊下を駆けだした。ビリーはなかにはいって扉を閉め廊下の先を見た。紙のカーラーを頭につけた娼婦たちが鶏のように次々と顔を出しては引っこめた。どの扉も閉じられた。廊下を十フィートほど進むと細長い鼬《いたち》のような顔をした黒服の男が現われて彼の腕をつかもうとした。

ちょっと、と男はいった。ちょっと。

ビリーは腕をもぎ離した。エドゥアルドはどこだ？ ときいた。

　まあまあ、と男はいった。またビリーの腕をとろうとする。何かの間違いだ、といった。ビリーはシャツの襟もとをつかんで相手を壁に叩きつけた。ひどく軽かった。まるで手ごたえがなかった。男が抵抗をせず失くしたものでも探すように両手で自分の体をまさぐったときビリーは片手一杯につかんだ黒い絹のシャツの襟もとを離した。ナイフの薄い刃がベルトに刺さると同時にビリーは両手をあげてぱっと飛びすさった。ティブルシオは腰をかがめナイフを突き出してフェイントをかけた。

　このくそ野郎、とビリーは毒づいた。口へ拳をまともに叩きこむとメキシコ人は後ろの壁に体を打ち当ててすとんと尻餅をついた。ナイフが音を立てて床を転がった。廊下のはずれで老女が手の指先をくわえてこちらを見ていた。片方の目がゆっくりと大きく一度だけ猥褻な感じでウィンクをした。ビリーが向き直ると驚いたことにティブルシオは黒い先細り型のズボンの前に垂らした鎖についている小さな銀色のペン・ナイフをつかんでよろよろと立ち上がった。ビリーがこめかみを殴ると骨に罅がはいる音が響いた。ティブルシオは頭をのけぞらせて廊下の上を滑り床の上で鳥の死骸のようなねじれた黒い塊になった。老女が叫びながらよたよたと廊下を駆けてきた。ビリーは脇をすり抜けようとする彼女を捕まえてくるりと自分のほうへ向かせた。老女は両手を上げていいほうの目をふさいだ。ああ、と彼女は泣き声を出した。ああ。ビリーは相手の両手首をつかんで揺さぶった。お《ドン》れの友だち《デ・エスタ・ミ・コンパニェーロ》はどこだ？　ときいた。

ああ、と老女は叫んだ。手を振り離してティブルシオのほうへいこうとした。

さあいえ《ディーガメ》。おれの友だちはどこだ《ドンデ・エスタ・ミ・クワーテ》？

知らない《ノ・セ》。知らない《ノ・セ》。神様に誓って《ポル・ディオース》、あたしは何にも知らない《ノ・セ・ナーダ》。

あの女の子はどこだ《ドンデ・エスタ・ラ・ムチャーチャ》？　マグダレーナ《マグダレーナ》は？　マグダレーナはどこにいる《ドンデ・エスタ・マグダレーナ》？

イエス様とマリア様とヨセフ様に誓って《ヘスース・マリーア・イ・ホーセ・テン・コンパシオーン》ここにはいないわ《ノ・エスタ》。ここにはいない《ノ・エスタ》。

エドゥアルドはどこだ《ドンデ・エスタ・エドゥアルド》？

ここにはいない《ノ・エスタ》。ここにはいない《ノ・エスタ》。

ここには誰もいないってのか？

手を離すと老女は倒れている男のそばに身を投げて男の頭を胸に抱いた。ビリーは嫌悪を覚えながら首を振り廊下の先に落ちているナイフを拾い上げて扉の隙間に差しこみひねって刃を折りとると柄を投げ捨ててまた戻ってきた。老女は身をすくめて片手で頭をかばったがビリーが手を伸ばしたのはティブルシオの腰の銀の鎖を引きちぎってペン・ナイフの刃を折るためだった。

このくそ野郎はもうナイフを持ってないか？

ああ、と老女はうめいた。男の油でてからせた頭を胸にあてて上体を前後に揺らした。ティブルシオが目を覚まし大きく見開いた目の片方で老女の乱れた髪越しにビリーを見上げた。片腕を軽く動かした。ビリーはティブルシオの髪をつかんで顔を引き上げた。

エドゥアルド《ドンデ・エスタ・エドゥアルド》はどこだ？

老女はうめき泣きながらビリーの指をティブルシオの髪から離そうとした。

事務室にいる《エン・ス・オフィシーナ》、とティブルシオはあえぎ声で答えた。

ビリーは髪を離して立ち上がりジーンズで手の油を拭きとると廊下のはずれまで歩いた。エドゥアルドの事務室のノブのない金属板を張った扉を一分ほど見つめたあとで足を上げて扉を蹴った。木がめりめりと裂け蝶番が全部完全にはずれて扉はわずかに内側へ回転した状態で室内に倒れこんだ。エドゥアルドは机に坐っていた。奇妙に平然としていた。

あいつはどこだ？ とビリーはきいた。

きみの謎めいた友だちか。

名前はジョン・コールだ、あの男の髪の毛一本でも傷つけてたらてめえをぶっ殺すからな。

エドゥアルドは椅子の背板にもたれた。机の引き出しをひとつ開けた。

拳銃をごっそりいれた靴箱でもはいってるのか、とビリーはいった。

エドゥアルドは葉巻を一本とって引き出しを閉めポケットから金のシガー・カッターを出して葉巻を持ち上げ吸い口を切り葉巻を口にくわえてカッターをポケットに戻した。

なぜおれに拳銃が必要なんだね？

理由がわからなきゃいくつか挙げてやるぜ。

扉に鍵はかかってなかった。

何だって？

その扉に鍵はかかってなかったんだ。

扉なんかどうでもいい。

エドゥアルドはうなずいた。ポケットからライターを出して葉巻の先に炎をあて口にくわえたまま葉巻をゆっくりと回した。ビリーをじっと見る。それからビリーの背後に目をやった。ビリーが振り返ると戸口にティブルシオが立ち片手を木の裂けた脇柱にあててゆっくりと規則的な呼吸をしていた。片目が腫れて半ばふさがり口もとが膨れ上がって血が流れシャツが破れていた。エドゥアルドは顎を小さく動かしてティブルシオを追い払った。

まさかあんたは、とエドゥアルドはいった。おれたちがここへやってくる暴れ者や酔っ払いから身を守れないと思ってるわけじゃないだろうな？

エドゥアルドはライターをポケットに戻して顔を上げた。ティブルシオはまだ戸口に立っている。さあいけ《アンダレ・プエス》、とエドゥアルドはいった。ティブルシオはクサリヘビのように無表情な顔でしばらくビリーを見つめてから背中を返して廊下を歩み去った。

警察があんたの友だちを探している、とエドゥアルドはいった。あの娘が死んだんだ。今朝死体が川で見つかった。

この野郎。

エドゥアルドは葉巻を眺めた。目を上げてビリーを見た。どういうことになるかこれでわかったろう。

あの娘《こ》をただ手放すのが嫌だったんだな。

おれたちがこの前どういう話をしたかは覚えてるはずだ。

ああ。覚えてるよ。

あんたはおれの言葉を信じなかった。

信じたさ。

あんたは友だちにいい聞かせたかね？

ああ。いい聞かせた。

でもあんたの言葉など何の重みもなかったらしい。

ああ。そのとおりだ。

いまとなってはもうあんたの手助けはできない。わかるだろう。

きさまに手助けを頼みにきたんじゃない。

今度のことで自分がどう関わったか考えてみるのもいいかもしれない。

おれには何の責任もない。

エドゥアルドは葉巻の煙を深々と吸いこみ部屋の真ん中の何もない空間にゆっくりと吐き出した。あんたのしてることは妙だよ、と彼はいった。どう考えても今度のことが起きたのはあんたの友だちが他人の所有物を欲しがって後先考えず闇雲に自分のものにしようとしたことが原因だろう。当たり前のことだがどういう結果になるかを無視してもその結果は生じる。違うかね？　あんたは息を切らして半分狂ったみたいにおれの仕事場を壊しておれの雇い人を痛めつけた。そもそもあんたはおれが責任を持って働かせていた女のひとりを誘惑して結局は死に追いやったことの共犯者だといってまず間違いない。なのにおれの処へきて自分が抱えこんだ悩みを解決してもらいたがってるように見える。なぜだ？

ビリーは自分の右手を見た。手はすでにひどく腫れ上がっていた。彼は机の後ろで横向きに坐っている売春宿の経営者を見た。売春宿の経営者は脚を前に伸ばして高価なブーツを交差させていた。

おれには手も足も出せないと思ってるんだな？

あんたに何かできるのかどうかなんて知らないね。

おれはこの国がどんな国か知ってる。

この国がどんな国かなんて誰にもわからないよ。

ビリーはくるりと背を向けた。戸口へいって廊下の先を見た。それからまた売春宿の経営者を見た。地獄に落ちろ、と彼はいった。きさまもきさまの同類も。

彼はがらんと何もない部屋でスチールの椅子に坐り帽子を膝に載せていた。ようやくまた扉が開いて警官が彼を見て指先を動かしてこっちへこいと促した。彼は腰を上げて警官のあとから廊下を歩いた。すり減ったリノリウムの床をモップで拭いていた囚人が脇へよけ彼らが通り過ぎるのを待ってまた掃除を続けた。

署長室の前にくると警官は拳の関節ひとつでノックしてから扉を開けてビリーにはいれという手振りをした。ビリーが部屋に足を踏みいれると背後で扉が閉まった。署長は机で何か書いていた。目を上げた。それからまた仕事を続けた。しばらくしてから顎を軽く動かして左側に置かれた二脚の椅子を示した。どうぞ、といった。坐って。

ビリーは椅子のひとつに腰かけて帽子を隣の椅子の上に置いた。それからまたとり上げて手に持っていた。署長は万年筆を置き書類の束を立てて机の上にとんとんと落としてそろえ脇へ置くとビリーに目を向けてきた。

どういう用件ですかかな？ と署長はきいた。

今朝川で死体が見つかった若い娘のことです。身元が確認できると思うんです。

身元はわかっている、と署長はいった。椅子の背板にもたれた。きみの友だちだったのか？

いや。一遍会ったことがあるだけでした。

あの娘は売春婦だった。

ええ。

署長は両の手のひらをぎゅっと合わせた。身を乗り出して机の隅の樫材の書類受けから大判の光沢写真を一枚とってビリーに差し出してきた。

この娘かね？

ビリーは写真を受けとり上下をひっくり返して見た。顔を上げて署長を見た。わかりません、と彼は答えた。この写真だとちょっと。

写真の娘は蠟でできているように見えた。切り裂かれた喉がよく見える角度から撮られていた。ビリーは用心深く写真を持っていた。また顔を上げて署長を見た。

たぶん彼女だと思います。

署長は手を伸ばして写真を受けとり表を下にして書類受けに戻した。きみには友だちがいるね、と彼はいった。

ええ。

その友だちとこの娘の関係は？

二人は結婚するはずでした。

結婚か。

ええ。

署長は万年筆をとり上げてキャップをはずした。名前は？

ジョン・グレイディ・コール。

署長は書き留めた。この男はいまどこにいる？

知りません。

きみはこの男のことをよく知ってるのかね？

ええ。よく知ってます。

この男が娘を殺したのか？

いいえ。

署長は万年筆にキャップをはめて椅子の背板にもたれた。よし、もういい、と彼はいった。

何がもういいんです。

もういっていい。

出ていきたいときは出ていきます。

きみはその友だちに頼まれてきたのか？

そうじゃありません。

よし、もういい。

いうことはそれだけですか？

署長はまた手のひらを合わせた。指先で歯を叩いた。廊下の人声が聞こえていた。そのさらに向こうで通りの往来の音がしていた。

きみは名前を何という？

はい？

きみは名前を何という？

パーハム。パーハムです。

パーハムか。

紙に書かないんですか？

書かない。

もう書いてるわけだ。

うむ。

そうですか。

きみは何も話す気がない。違うかね？

ビリーは自分の帽子に目を落とした。顔を上げて署長を見た。あの売春宿の経営者が殺したんです。

署長は指先で歯を叩いた。われわれはきみの友だちと話したいんだ、と彼はいった。おれの友だちとは話したいが売春宿の主とは話したくないと。

その男からはもう話は聞いた。

でしょうね。どういう話か見当はつきますよ。

署長はうんざり顔で首を振った。紙に書き留めた名前を見た。目を上げてビリーを見た。

ミスター・パーハム、と彼はいった。わたしの家の男は三代にわたってひとり残らずこの共和国を守るために死んだ。祖父、大叔父、父、叔父、兄弟。全部で十一人だ。この十一人が抱いていた信念はすべていまわたしのなかに宿っている。彼らが抱いていた希望もだ。それを思うとわたしは厳粛な気持ちになる。わかるかね？　わたしはこの十一人に対して祈る。彼らの血は路上や溝や小川や砂漠の石の上で流された。彼らがわたしにとってのメキシコでありわたしは彼らに対してだけ祈り責任を負う。この十一人に対してだけだ。売春宿の主などに責任を負うことはない。

それが本当ならさっきの言葉は引っこめます。

署長は小首をかしげた。

ビリーは書類受けに伏せてある写真を顎で示した。彼女はどうなったんです？　遺体は。

署長は片手を上げてまたぱたりと机に落とした。きみの友だちはもう会いにいったよ。今朝。

遺体を見たんですか？

うむ。そのときはまだ身元が判明していなかった。何といったかな——英語では？　法《プラ》医助手《クテイカンテ》のことは？　とにかく法医助手《プラクテイカンテ》から事情聴取した部下の話ではきみの友だちはスペイン語が達者だったということだ。傷痕《シカトリース》があった。傷痕が。ここに。

傷痕があるからといって悪人とは限りませんよ。

悪人ではないのかな？

あいつは善良な男です。最高に善良な男です。

居所は知らないんだったね。

ええ。知りません。

署長はしばらく考えた。それから立って手を出してきた。きてくれてありがとう、と彼はいった。

ビリーも立ってその手を握り帽子をかぶった。戸口で彼は振り返った。

あいつは〈ホワイト・レイク〉の所有者じゃないでしょう？　エドゥアルドは。

違うね。

誰が所有者かは教えてくれないんでしょうね。

それは重要なことじゃない。ある実業家だ。この人物は今度のこととは関係ない。

その男を女の体で稼いでる下司《げす》とは考えてないみたいですね。

署長はじっとビリーに目を据えた。ビリーは待った。

いや、と署長はいった。そう考えているよ。

そいつは嬉しい、とビリーはいった。おれも同じ考えです。

署長はうなずいた。

何があったかは知らないが、とビリーはいった。なぜあんなことが起きたのかは知ってますよ。

教えてくれたまえ。

あいつはあの娘を愛してたんだ。

きみの友だちか。

いえ。エドゥアルドです。

署長は机の端を指でコツコツ叩いた。そうなのか？　ときいた。

ええ。

署長は首を振った。そういう店を経営している男が店の女を愛するとは思えないが。

おれもです。

うむ。で、なぜその娘を？

それは知らない。

きみはその娘に一度会っただけといった。

そうです。

きみは友だちを愚かだとは思わなかったわけだ。

いや面と向かってそういってやりましたよ。でも間違ってたかもしれない。

署長はうなずいた。わたしも愚かな人間ではないよ、ミスター・パーハム。きみが友だちをここへ連れてくるとは思っていない。たとえ彼の手が血に濡れていてもだ。その場合はとくに連れてこないだろう。

ビリーはうなずいた。じゃこれで、と彼はいった。

表に出て通りを歩き最初に見つけた酒場にはいってウィスキーを注文するとグラスを持って奥の壁にとりつけてある電話へ足を運んだ。ソコーロが出たので事情を話しマックを呼んでくれと頼んだがマックはもう電話口にいた。

あとで詳しく話してくれるだろうな？

ええ。話します。あいつが帰ってきたらどこへもいかせないでください。

どこかへいきたがる男をどうやって引き止められるかその方法を教えてもらえるとありがたいね。

できるだけ早く戻ります。ただ何カ所か見てきたい処があるんです。

どうもよくないことが起こりそうな気がしてたよ。

ええ。

あいつの居所はわからないのか？

ええ。わかりません。

何かわかったらすぐ電話をくれ。いいな？

はい。

何もわからなくても電話をくれ。じっと待ってるのはたまらん。

はい。電話します。

受話器をフックにかけて酒を飲み干すと空のグラスをカウンターへ持っていった。もう一杯《ベス》、と彼はいった。バーテンダーがウィスキーを注いだ。客はほかに酔っ払い《オトラ》がひとりだけだった。ビリーは二杯目を飲み干すと二十五セント硬貨をカウンターに置いて店を出た。ファレス大通りを歩いていくと何人ものタクシーの運転手がショーを見にいかないかと声をかけてきた。女の子に会いにいかないかと。

ジョン・グレイディは〈ケンタッキー・クラブ〉でウィスキーを一杯生《き》であおり金を払って外に出て角に立っているタクシー運転手にうなずきかけた。車に乗りこむと運転手が振り返って彼を見た。

どこへやります？

〈ホワイト・レイク〉だ。

運転手が前に向き直ってエンジンをかけ車は通りを走りだした。雨は小止みなく降る小雨に落ち着いていたが道路は冠水しているためタクシーは小舟のようにゆっくりと走り、黒い水に映ったけばけばしい明かりはざっと掻き乱されてゆらゆらと揺れまたもとに戻った。

彼は路地の黒っぽい倉庫の壁の際に駐めてあるエドゥアルドの車の処へいってドアを開けようとした。それから片足を上げてブーツの底でドアのウィンドーを蹴った。フィルムを貼ってあるガラスは明かりのもとで蜘蛛の巣状の罅を白く浮かせて内側にへこんだ。彼はまたそれを蹴ってシートの上に落としなかに腕をいれて掌底でクラクションを三回叩き車体から離れた。警笛の音が路地に谺して消えた。彼は雨合羽を脱いでポケットからナイフを出ししゃがんでジーンズの左の裾をたくし上げブーツの上縁にナイフを差した。それから雨合羽をボンネットの上に置いてまた警笛を鳴らした。谺が完全に消えないうちに裏口の扉が開きエドゥアルドが階段を降りてきて明かりの届かない壁際に立った。

ジョン・グレイディは車から離れた。マッチの炎がひらめいて細い葉巻をくわえたエドゥアルドの顔がそこへ近づいた。燃え尽きかけているマッチが弧を描いて路地に落ちた。

求婚者か、とエドゥアルドがいった。

明かりのなかに出てきて鉄の手摺に寄りかかった。葉巻を吸い夜の路地裏を眺めた。それからジョン・グレイディを見おろした。

扉をノックすりゃいいじゃないか。

ジョン・グレイディは車のボンネットから雨合羽をとって腋の下にはさみ路地に立った。

エドゥアルドは葉巻を吸った。

たぶんおまえは借金を払いにきたんだろうな。

おまえを殺しにきた。

売春宿の経営者はゆっくりと葉巻を吸った。軽く顎を上げて薄い唇の隙間から薄い煙を上向きに吹き出した。

そいつはどうかな、と彼はいった。

体の向きを変えてゆっくりと階段を三段降り路地に立った。ジョン・グレイディは左に移動して待った。

おまえはなぜここへきたか自分でもわからないんだろう、とエドゥアルドはいった。まったく悲しいことだ。おれが教えてやってもいい。まだ学ぶ時間はあるかもしれない。また葉巻を吸ってそれを地面に落としブーツの底で踏みにじった。

相手がナイフをとりだすところをジョン・グレイディは見なかった。初めから手に握っていたのかもしれなかった。鋭い小さな音がして刃が光をはねた。それからまたきらりと光った。手のなかでくるりくるりと回しているようにも見えた。ジョン・グレイディはブーツからナイフを抜き雨合羽を右の腕先に巻きつけてその端を握った。エドゥアルドは路地の明かりを背負って立てる位置へ移動した。注意深く水溜まりをよけて歩く。淡い色の絹のシャツが明かりを受けて光沢の小波《さざなみ》を立てた。やがて彼はジョン・グレイディのほうを向いた。

思い直すならいまのうちだ、と彼はいった。引き返せ。生きるほうを選べ。おまえはまだ若い。

　おまえを殺すか殺されるかだ。

　なるほど、とエドゥアルドはいった。

　話をしにきたんじゃない。

　一応いってみただけだ。おまえはまだ若いから。

　おれの年のことは心配しないでいい。

　売春宿の経営者はじっと立っていた。シャツの襟が開いていた。油をつけて撫でつけた髪は明かりを受けて青くてかっていた。飛び出しナイフを軽く握っている。まだおまえを赦す気はあると教えてやったんだ、と彼はいった。

　エドゥアルドはほとんど動いたとはわからない足の運びで前に出てきていた。立ち止まった。首を片側へわずかに傾けた。待った。

　おまえにハンディをやる。たぶんおまえにはこういう戦いの経験が少ないだろう。こういう戦いではたいてい最後に口をきいたやつが負けるんだ。

　エドゥアルドは指を二本唇にあてて黙っていろという仕草をした。それから手のひらを椀の形にして手招きをした。こい、と彼はいった。戦いの口火を切ろう。初めてのキスみたいなものだ。

　ジョン・グレイディは口火を切った。前に踏みこみナイフを横に振って牽制するとエドゥアルドは後ろに退いた。猫のように背中を丸めて両肘を張りその下にナイフを通過させた。倉庫の壁に映った彼の影は演奏を始めるためにタクトを振り上げた黒衣の指揮者といったふうだった。エドゥアルドはにやりと笑い相手と向き合ったまま輪を描いて移動した。撫でつけた髪が光る。さっと前に出てきてひどく低い位置でナイフを左から右へ走らせ続けて三度目にもとまらぬ速さで左右に往復させた。ジョン・グレイディは雨合羽を巻いた右腕で刃を避けながらよろよろと後ろに下がるとエドゥアルドはまたにやにや笑いながら回った。

おまえみたいなやつは初めてだと思ってるのか？　前にも相手をしたことはあるんだ。何人も何人も。おれがアメリカを知らないと思ってるのか？　おれはアメリカを知ってる。おれの年をいくつだと思ってるんだ？

エドゥアルドは足を止めて腰を落としフェイントをかけてからまた回りだした。おれは四十だ。もういい年だろう？　だったら敬意を払うべきじゃないか？　こんな路地裏でナイフの喧嘩を仕掛けにこないで。

エドゥアルドがまた前に出て後ろに下がったときには肘のすぐ下を切られて黄色いシャツが血で黒く濡れていた。だが気にも留めていないようだった。

求婚者相手の喧嘩。田舎の小僧との喧嘩。こういうのはきりがない。

輪を描く足を止め逆向きに回りだした。舞台の上で歩き回る俳優のように。ときどきジョン・グレイディのことなど眼中にないという素振りを見せた。

おまえらは死病にかかった者の楽園から自分たちの処ではもう死滅したものを求めてやってくる。もう名前もなくなってしまったものを求めてやってくる。田舎の小僧が最初に見てみようと思うのはもちろん淫売屋だ。

エドゥアルドのシャツの袖から血が滴《したた》った。黒い滴《しずく》はぽたりぽたりと落ちて足もとの黒い砂地に吸いこまれる。エドゥアルドはゆっくりと時計回りに回りながらナイフを何度も突き出した。雑草をでたらめに刈りとるように。

ところが恋い焦がれるうちに頭が曇ってくる。もともとたいした頭じゃないがな。そうしてごく単純な真実もわからなくなる。淫売についてのごく当たり前の事実も見えなくなる——。

ジョン・グレイディの前でエドゥアルドの体が不意に低くなった。ほとんどひざまずくような姿勢だ。嘆願する者のような姿勢。ジョン・グレイディにはなぜそうなったのかわからなかったが相手が後ろに下がってまた回りだしたときには腿に深い傷口が開き温かい血が脚をつたい落ちていた。

それは淫売は淫売だってことだ、とエドゥアルドはいった。

彼はしゃがみフェイントをかけてまた回った。それからずいと踏みこんで利き手を逆手に振ってさっきの傷の一インチほど上を切り裂いた。

あの娘がおれに抱いてくれと頼まなかったと思うのか？　あいつがおれにどうしてもらいたがったか教えてやろうか？　きっと田舎の小僧には想像もできないことだよ。

おまえは嘘つきだ。

求婚者がやっと喋ったな。

ジョン・グレイディが突きかかるとエドゥアルドはさっと脇へよけて闘牛士のように体を横向きに細くし顔をそむけて侮蔑の表情を浮かべた。二人は互いのまわりを回った。

完全にしとめる前に助かる最後のチャンスをやる。逃がしてやるよ、求婚者。逃げる気があるのなら。

ジョン・グレイディは用心深く横に動いた。脚の血が冷たくなっていた。腕に巻いた雨合羽で鼻をこすった。自分が助かる道を考えろ、と彼はいった。そんな道があるならな。自分の心配をしろ、淫売屋の大将。

この男はおれを侮辱する。

二人は回った。

この男には分別がない。友だちの忠告を無視した。ピアノ弾きの忠告を無視した。みんなの忠告を無視した。死んだ淫売の墓へ飛びこむことしか考えない。そうしておれを侮辱する。

エドゥアルドは顔を上向けていた。目に見えない証人に自分の忠告が無駄だったことを示すように片手を上げた。

この田舎の小僧はたいしたやつだ、と彼はいった。なかなかたいしたやつだ。

エドゥアルドは左へフェイントをかけてからジョン・グレイディの腿に三つ目の傷をつけた。

おれがこれから何をするか教えてやろう。いや本当はもうしてしまったんだが。それを知ってもおまえには止める力がないから教えてやる。どうだ教えてほしいか？

求婚者は返事をせずか。いいだろう。これがおれの計画だ。これからおれがするのは移植手術だ。求婚者の精神を腿に埋めこむ。これをどう思う？

彼は回った。ナイフをゆっくりと前後に動かした。おまえの精神はもう腿に移ってるかもしれない。そういう人間はどんなふうに物を考えるのか？　そんな移植をされた人間は？　おまえはまだ生きたいと思ってる。当然だ。だがだんだんと弱ってきてる。砂がおまえの血を飲んでる。どう思う、求婚者？　口がきけるか？

またフェイントをかけて後ろに下がり回り続けた。

喋らない気だな。おまえは何度も警告を受けた。なのにあの娘を買おうとした。あのときからいままで起きたことは初めから火を見るより明らかだったんだ。

ジョン・グレイディは二度ナイフを振って牽制した。エドゥアルドは高い処から落ちる猫のように身をひねった。二人は互いのまわりを回った。

おまえらは田舎出の淫売そっくりだ、田舎の小僧。あんな気違い沙汰を神聖だと思うなんてな。特別の恩寵。特別の接触。神の参加。

エドゥアルドはナイフを腰の高さで前に突き出してゆっくり前後に動かした。

だが神の口出しが何の役に立つ？

二人は同時に攻撃を仕掛けた。ジョン・グレイディは相手の腕をつかもうとした。二人は組み合いながら相手に切りつけた。エドゥアルドはジョン・グレイディを押しのけて後ろに下がりまた輪を描いて移動した。シャツの胸が切り開かれ腹に赤い一文字の線が引かれていた。ジョン・グレイディは両腕を垂らして手のひらを下に向け、待った。腕を切られてナイフを砂の上に落としていた。相手から目を離さなかった。腹を二度切られて血の臭いを立てていた。切り裂かれて腕から垂れ下がった雨合羽をゆっくりと巻き直して端を手で握った。

求婚者はナイフを落としたようだ。困ったな、ええ？

エドゥアルドは逆向きに回った。地面のナイフを見おろした。

さあどうする？

ジョン・グレイディは答えない。

ナイフをとらせてやったらかわりに何をくれる？

ジョン・グレイディは相手をじっと見つめた。

申し出てみろ、とエドゥアルドはいった。いまこの時点でナイフをとり返すためにおまえは何を差し出す？

ジョン・グレイディは首をめぐらして唾を吐いた。エドゥアルドは逆向きにゆっくりと回った。

片目をくれるか？

ジョン・グレイディが身をかがめてナイフに手を伸ばす素振りを見せるとエドゥアルドは威嚇の身振りをして地面のナイフの刃を細身の黒いブーツで踏んだ。

片目をえぐらせたらナイフをとらせてやる、とエドゥアルドはいった。それが嫌なら喉を切られるだけだ。

ジョン・グレイディは答えなかった。じっと相手を見据えた。

考えてみろ、とエドゥアルドはいった。片目を無くしたってまだおれを殺すチャンスはあるぞ。おれは足を滑らすかもしれない。まぐれでおまえの突きが決まるかもしれない。わからないぞ。何があるかわからない。どうだ？

エドゥアルドは左へ小さく移動してまた戻った。ナイフは濡れた砂にめりこんでいる。目は嫌か？　ならこうだ。もっといい条件を出そう。耳をひとつくれ。これでどうだ？

ジョン・グレイディはさっと前に出て相手の腕をつかもうとした。エドゥアルドは体《たい》をかわしてまた相手の腹を横に二度切った。ジョン・グレイディは地面のナイフに飛びつこうとしたがエドゥアルドが素早く刃を踏んだので後ろに下がって腹を押さえると温かい血が指のあいだから流れた。

おまえは死ぬ前に自分の腸を見ることになる、とエドゥアルドはいった。後ろに下がった。拾え、といった。

ジョン・グレイディは相手をじっと見つめた。

拾え。さっきのを本気にしたのか？　さあ拾え。

ジョン・グレイディは身をかがめてナイフを拾いジーンズで刃を拭いた。二人は互いのまわりを回った。ジョン・グレイディは腹筋の筋膜を切られて体が熱くほてり胸が悪く手は血でねばついていたが腹を手で押さえたまま攻撃するのは不安だった。また切り裂かれて布が垂れた雨合羽を振りはずして後ろに落とした。二人は回った。

この教訓は苦いぞ、とエドゥアルドはいった。おまえもそう思うだろう。だがいまはもう先はそれほど不確かじゃない。おまえには何が見える？　ナイフ使い《クチィエーロ》と対決するナイフ《クチィ》使い《エーロ》として。ナイフ使い《フィレーロ》と対決するナイフ使い《フィレーロ》として。

エドゥアルドはフェイントをかけた。にやりと笑った。二人は回った。

おまえには何が見える、求婚者。おまえはまだ奇跡を期待してるのか？　ひょっとしたらおまえは自分の腸に真実を読みとるかもしれないな。昔の田舎の呪術師《ブルーホ》みたいに。

エドゥアルドは前に踏みこんで相手の顔に切りかかるふりをしてから夕陽をはねる刃の

ひらめきに弧を描かせてナイフを振りおろしジョン・グレイディの腿についた横三本の傷を縦の傷でつないでEの字を作った。

エドゥアルドは左に回った。頭を一振りして油をつけた髪を後ろへやった。

おれの名前を知ってるか、田舎の小僧？　おれの名前を知ってるか？

エドゥアルドはくるりと背中を向けてゆっくりと向こうへ歩いた。夜気に向かって言葉を投げかけた。

死ぬ間際にたぶん求婚者は神秘への飢えが自分を滅ぼすのだと悟るだろう。淫売。迷信。そしてついには死。なぜならそれがおまえをここへ連れてきたからだ。それがおまえの求めていたものだからだ。

エドゥアルドは戻ってきた。体の前で大鎌を振り回すようなゆっくりとした動作でナイフを動かし物問いたげな顔でジョン・グレイディを見た。ついにジョン・グレイディが答えるだろうというように。

それがおまえを連れてきたのだしこれからもおまえたちを連れてくるだろう。おまえのような男は世界が平凡であることに耐えられない。目の前にあるもの以外は何もないということに耐えられない。だがメキシコの世界はただ飾りだけの世界であってその下はごく単純だ。おまえたちの世界は——エドゥアルドはナイフを機織機《はたおりき》の杼《ひ》のように前後に動かす——おまえたちの世界は無言の問いかけの迷宮の上でぐらついている。おれたちはおまえたちを貪《むさぼ》り食ってしまうだろう。おまえたちとおまえたちの青白い帝国を。

次にエドゥアルドが攻撃を仕掛けてきたときジョン・グレイディは身を守ろうとはしなかった。ただナイフを振っただけでありエドゥアルドが後ろに下がったときには腕と胸に新たな傷がついていた。エドゥアルドはまた頭を振って黒い髪を後ろへはねのけた。ジョン・グレイディは感情ひとつ現わさずに立ち、目で相手の目を追った。体が血でぐっしょり濡れていた。

怖がらなくてもいい、とエドゥアルドはいった。そう痛くはない。明日になれば痛むかもしれない。だが明日はやってこない。

ジョン・グレイディは腹を押さえていた。血でぬるぬると濡れた手のひらに何かが膨らみ押してくる感触があった。また二人の体が接近しジョン・グレイディは腕の外側を切られたがぐっと踏みこたえ腕を動かそうとしなかった。二人は互いのまわりを回った。ジョン・グレイディのブーツはぐちゅぐちゅと音を立てた。

淫売のために、とエドゥアルドはいった。淫売のために。

また二人の体が接近したときジョン・グレイディはナイフを握った手を低くおろした。エドゥアルドのナイフの刃が肋《あばら》から腹の上部を走るのを感じた。息が詰まった。だが後ろに下がろうとも横にかわそうともしなかった。ナイフを膝の高さからまっすぐ上に突き上げ、後ろに下がった。メキシコ人の顎が歯と歯を打ち合わせてぱくりと閉じた。エドゥアルドはナイフを足もとの小さな水溜まりに落とし背中を返した。それからこちらを振り返った。これから汽車に乗る男のようだった。顎の下に狩猟用ナイフの柄が突き出ていた。手を伸ばしてそれに触れた。口をしっかりと閉じて渋い顔をしていた。ナイフの刃で下顎を頭蓋骨の底に釘づけにされたエドゥアルドは引き抜こうとするように両手で柄を握ったが引き抜く動作はしなかった。何歩か歩いてこちらに向き直り倉庫の壁に背中をもたせかけた。それからずるずると坐りこんだ。両膝を胸に引きつけて歯の隙間から荒い息をついた。両手を体の脇におろしジョン・グレイディを見、やがてゆっくり後ろに体を倒して路地裏の倉庫の壁にぐったりもたれ動かなくなった。

ジョン・グレイディは路地の反対側の建物の壁にもたれかかって両手で腹を押さえた。坐るな、と独りごちた。坐るな。

体をしっかり安定させ息を吐き吸って下を見おろした。血まみれのシャツがぼろぼろになってぶら下がっていた。指のあいだから灰色の管がはみ出ていた。歯を食いしばりその管をつかんで押し戻し手のひらで押さえた。足を踏み出して水溜まりからエドゥアルドのナイフを拾い上げなおも腹を押さえながら路地の反対側へいって片手で死んだ敵の絹のシャツから布切れを切りとり壁にもたれてナイフを口にくわえ布切れを腹に巻きつけてしっかりと縛った。そしてナイフを砂の上に落として体の向きを変えゆっくりと路地を歩いて表の道に出た。

広い道は避けた。目指す町の灯は砂漠の上で永遠に明けきらない夜明けの光のように滲んでいた。ブーツ一杯に血が溜まり砂地の道に血の足跡がついて犬どもが臭いを嗅ぎつけ後ろから近づいてきて毛を逆立て唸りまたこそこそ逃げていった。彼は歩きながら独りごちた。歩数をかぞえた。遠くにサイレンを聞きながら一歩あるくたびに温かい血が手の指のあいだから染み出すのを感じた。

悲しみの夜通りに着く頃には頭がくらくらし足がもつれ始めていた。建物の壁に寄りかかって通りを渡るための気力を掻き集めた。車は一台も走ってこない。

おれは飯を食わなかった、と彼はいった。なかなか賢いぞ。

彼は背中で壁を押してまっすぐに立った。歩道の際で立ち止まって探るように片足を車道におろし車がこないうちに早く渡ろうとしたが転べば二度と起き上がれない気がして不安だった。

しばらくすると自分が通りを渡り終えたことを思い出したがそれもずいぶん前のことのように思えた。最前から前方に明かりが見えていた。まもなくトルティーヤの工場だとわかった。古い機械のチェーンの音が響き黄色い電球の下で小麦粉まみれのエプロンをつけた工員が何人か話をしていた。彼はゆっくりと歩いた。暗い家々の脇を通り過ぎた。空き地。風に吹き寄せられたごみに半ば埋もれた崩れた土塀。歩みをゆるめて立ち止まりよろめいた。坐るな、と彼はつぶやいた。

だが彼は坐りこんだ。意識が戻ったのは誰かが血でぐっしょり濡れたポケットを探るのを感じたせいだった。細い骨張った手首をつかんで目を上げると少年の顔があった。少年は腕を振り足で蹴って手をもぎ離そうとした。仲間に助けを求めたが仲間は空き地を逃げていくところだった。少年たちは彼を死人と考えたのだ。

彼は少年を引き寄せた。おい《ミーラ》、と彼はいった。いいんだ《エスタ・ビエン》。何もしやしない《ノ・テ・モレスターレ》。

離してくれよ《デーハメ》、と少年はいった。

いいんだ《エスタ・ビエン》。いいんだ《エスタ・ビエン》。

少年は手首をひねりながら引っ張った。仲間のほうを見たがみんな暗闇に姿を消していた。離してよ《デーハメ》、と少年はいった。泣きそうになっていた。

ジョン・グレイディは馬にするように少年に話しかけまもなく少年は手を引っ張るのをやめた。おれは凄腕のナイフ使いで悪いやつを殺してきたとジョン・グレイディはいいおまえに手助けを頼みたいといった。いまに警察が動きだすから隠れなければならないのだと。彼は時間をかけて話した。ナイフ使いとして闘った話をし難儀をしながらズボンの尻ポケットから札入れを出して少年に渡した。この金をやるといって頼みごとを告げた。終わると少年に復唱させた。それから少年の手首を離して待った。少年は後ろに下がった。血まみれの札入れを手にしたままじっと立っていた。それからしゃがんでジョン・グレイディの目を覗きこんだ。骨張った膝を両腕で抱えて。歩けるかい《プエデ・アンダール》？　と少年はきいた。

少しなら《ウン・ポキート》。うんとはだめだ《ノ・ムーチョ》。
ここにいると危ないよ《エス・ペリグローソ・アキ》。
ああ《シ》。おまえのいうとおりだ《ティエーネス・ラソン》。

抱き起こされて少年の華奢な肩に寄りかかり空き地の遠い隅まで歩いて塀の向こうの梱包用の木箱を積んで作った少年たちの隠れ処へいった。少年は膝立ちになって入口に垂らしたキャンバス地の袋を持ち上げジョン・グレイディを這いこませた。少年はなかにろうそくとマッチがあるといったが手負いのナイフ使いは暗いほうが安全だと応えた。また出血し始めていた。手のひらにそれが感じられた。さあいけ《べーテ》、と彼はいった。いくんだ《べーテ》。少年はキャンバス地の袋を垂らした。

体の下のマットレスは雨に濡れて悪臭を放っていた。彼はひどく喉が渇いていた。そのことを考えないようにした。通りを走る車の音が聞こえた。犬が一匹吠えるのが聞こえた。血に黒く染まった敵の黄色いシャツを正装用の飾り帯のように巻いた腹に血まみれの手をあてでじっと横になっていた。魂が抜け出ていかないようにしっかりと気を張った、というのも自分の魂とおぼしい何か軽いものが肉体の戸口におずおずと立つのを何度も何度も感じたからだ。それは身軽な動物が檻の開いた出入口から外気の臭いを嗅いでいるような感じだった。彼の耳は遠くで鳴る町の聖堂の鐘の音を聞きこの異質な土地の寒い暗い子供の遊び場で横たわって血を流しながらつく息の弱い覚束ない音を聞いた。助けてください、と彼はいった。おれにその値打ちがあるとお思いなら。アーメン。

納屋の干し草置き場に鞍を置いたままの馬を見つけた彼はそれを外に引き出しまたがって闇に包まれた古い道をジョン・グレイディの陽干し煉瓦の小屋に向かった。彼は馬が事情を教えてくれないものかと思った。小屋に近づくと窓に明かりが見えたので馬を小走りに進めて水をはね上げながら小川を渡り前庭で馬を止めて降り家のなかへ声をかけた。扉を押し開けた。相棒、と彼は呼んだ。おい相棒。

彼は寝室にはいった。

おい。

誰もいなかった。外に出て呼びかけしばらく待ってまた呼んだ。小屋のなかに戻ってストーブの扉を開けた。薪と小枝と新聞紙をいれて火を焚く用意がしてあった。扉を閉めて外に出た。声を張り上げたが応える者はなかった。馬にまたがり手綱をゆるめて膝で馬の体を締めつけ行き先を任せて歩かせたが馬は小川を渡り古い道を引き返し始めた。

彼は馬首をめぐらして小屋に戻り一時間待ったが誰もこなかった。牧場へ戻ったときは真夜中に近くなっていた。

自分の部屋の寝台に寝て眠ろうとした。遠くで機関車の汽笛が細く頼りなく鳴ったような気がした。うとうとと眠ったに違いない証拠に死んだ娘が片手で喉を隠して近づいてくる夢を見た。血まみれの娘は何かいおうとしたが言葉は出なかった。彼は目を開いた。母屋で鳴っている電話のベルがごくかすかに聞こえた。

台所にはいると寝間着姿のソコーロが受話器を耳にあてていた。手を振り立ててビリーを招いた。ええ《シ》、ええ《シ》、と彼女はいった。わかったわ《シ》、坊や《ホーベン》。ちょっと待って《エスペーラテ》。

目が覚めると体が汗にまみれてひどく寒く激しい喉の渇きを覚えた。夜明けが近いとわかったのは瀕死の激痛のせいだった。身じろぎをすると服の乾いた血が氷を砕くような音を立てた。そこへビリーの声が聞こえた。

相棒、とその声はいった。相棒。

彼は目を開けた。ビリーは両膝をついてかがみこんでいた。後ろで少年がキャンバス地の袋を手で押さえており外の寒い灰色の世界が見えていた。ビリーは少年を振り返った。もういけ《アンダレ》、とビリーはいった。早く《ラピド》。早く《ラピド》。

袋が垂れた。ビリーはマッチを擦ってかざした。この馬鹿野郎、と彼はいった。大馬鹿野郎。

木箱の壁に作りつけた棚から短いろうそくを立てた小皿をおろしてろうそくに火をつけジョン・グレイディの体に近づけた。ああくそ、と彼はいった。おまえは大馬鹿だ。歩けるか？

おれを動かさないでくれ。

でも動かさないと。

おれを連れて国境を越えるのはむりだ。

いやむりじゃない。

あいつは彼女を殺したんだ、相棒。あのくそ野郎が殺したんだ。

知ってるよ。

警察はおれを追ってる。

J・Cがトラックでくる。いざとなったら検問所を突破する。

おれを動かさないでくれ。おれはどこへもいかない。

馬鹿なこというんじゃない。

もうむりだ。初めは大丈夫だと思った。でもむりだ。

まあ落ち着け。そんなたわごとは聞く耳持たないからな。へっ、おれはこれよりもっとひどい怪我をしたやつを見てるんだ。

おれはずたずたに切られてるんだ、ビリー。

連れ戻してやるよ。こんなとこでおさらばは御免だぞ、くそ。

ビリー。聞いてくれ。もういいんだ。もうだめなのはわかってるんだ。

大丈夫だといってるだろう。

いや。聞いてくれ。ふう。冷たい水が一杯飲めたらもう何だってくれてやるよ。

持ってきてやる。

ビリーがろうそくの皿を置きかけるとジョン・グレイディはその腕をつかんだ。いかないでくれ、と彼はいった。あの子が戻ってきたら頼もう。

わかった。

あいつはそんなに痛まないといった。あの嘘つきめ。ふう。もう夜明けだろう？

ああ。

おれは彼女を見たよ、相棒。寝かされてて、あの娘《こ》のように見えなかったけど確かにそうだった。川で見つかったといってた。喉を切られたんだ、相棒。

知ってる。

おれはやつを殺したかった。相棒、殺したかったんだ。

一言おれにいえばよかった。ひとりでくることはなかったんだ。

殺したかったんだ。

落ち着け。じきにトラックがくる。頑張るんだ。

いいんだ。滅茶苦茶に痛むんだよ、ビリー。ふう。もういいんだ。

水を持ってくるか？

いや。ここにいてくれ。あの娘はすごくきれいだったよ、相棒。

ああそうだな。

おれは昨日からずっとあの娘のことを心配してた。前におれたちは死んだら人間はどこへいくかって話をした。そのときはただどこかへいくんだろうと思ったけど、横になってる彼女を見て、この娘は天国へはいかないかもしれないと思った、なぜかはわかるだろう、だから、天国へはいかないかもしれないと思って、それで神様の赦しのことを考えて、おれはあのくそ野郎を殺したことで神様に赦しを求めることができるだろうかって考えた、なぜっておれは、あんたにもわかるだろうけど、ちっとも後悔しちゃいないからだ、それと、これは馬鹿な言い草だろうけど、もし神様があの娘を赦してくれないならおれも赦してほしくなかった。あの娘と違うことはしたくない、違うものになりたくない、だから天国にいかないのならおれもいきたくないと思った。馬鹿げた言い草なのはわかってる。相棒、寝かされてるあの娘を見たときおれはもう生きていく気がなくなったんだ。おれの人生は終わったんだとわかった。それでほっとしたくらいだった。

もう喋るな。まだ終わっちゃいない。

あの娘は自分でいいと思うことをした。それは大事なことだ、そうだろ？　おれはそう思うんだ。

おれもそう思うよ。

おれの私物箱に質札がはいってる。よかったらおれの拳銃を請け戻してあんたのものにしてくれ。

請け戻すよ。

借りたのは三十ドルだ。箱には少し金もはいってる。茶封筒のなかだ。

何にも心配しなくていい。静かにしてろ。

マックからもらった指輪もはいってる。頼むから返しといてくれ。ふう。滅茶苦茶に痛むよ、相棒。

頑張るんだ。

一緒にあの小屋をきれいにしたな。

ああ。

あの仔犬を引きとって可愛がってくれるかい？

おまえは大丈夫だよ。心配するな。

痛いんだ、相棒。滅茶苦茶に痛いんだ。

わかってる。頑張るんだ。

やっぱり水を飲ませてもらおうかな。

よし待ってろ。持ってきてやる。すぐ戻る。

ビリーはろうそくの皿を棚に置いて外に出てキャンバス地の袋を落とした。小走りに空き地に出て後ろを振り返る。キャンバス地の袋を縁どる四角い黄色い光は壊れゆく世界の岸にある約束の港のように見えたがビリーの胸には不安が巣食っていた。

そのブロックの中ほどに店を開けたばかりのカフェがあった。上面にブリキを張った小さなテーブルの準備をしていた若い女が、寝不足で険悪な顔をして血の染みたマットレスでズボンの膝を汚しているビリーを見てぎょっとした。

水だ《アグワ》、と彼はいった。水がいるんだ《ネセシート・アグワ》。

若い女は彼から目を離さずにカウンターまでいった。グラスをひとつとって瓶の水を注ぎカウンターに置いて後ろに下がった。

もっと大きなグラスはないか《ノ・アイ・ウン・バーソ・マス・グランデ》？

女は黙って彼を見つめる。

二つくれ《ダメ・ドス》、とビリーはいった。二つだ《ドス》。

女はべつのグラスに水を注いで置いた。ビリーは一ドル札を一枚カウンターに置いて二つのグラスをとると店を出た。星の光は淡くなり空の裾に黒い山並の形が浮き上がり始めていた。ビリーはグラスを片手にひとつずつ用心深く持って通りを渡った。なかでろうそくがまだ燃えている子供の隠れ処へくると二つのグラスを片方の手で持ちキャンバス地の袋をめくり上げて膝立ちになった。

水だぞ、相棒、と彼はいった。

だがビリーは一目で事態を見てとった。ゆっくりとグラスをおろした。おい、と彼はいった。相棒。

ジョン・グレイディはろうそくの明かりから顔をそむけていた。目を開いたまま。ビリーは呼びかけた。まだそれほど遠くへはいっていないはずだというように。おい、と彼はいった。相棒。ええいくそ。おい。

情けないじゃないか、とビリーはいった。これじゃあんまり情けないじゃないか。そうだろ？　ああ何てことだ。おい相棒。ああくそ。

ジョン・グレイディを抱きかかえて木箱の家から出るとビリーは立ち上がり体の向きを変えた。くそったれめ、と彼はいった。怒りに顔をゆがめて涙を流しながら暁に向かって叫び神に向かってこれを見ろと叫んだ。これを見ろ。見えるか？　見えるか？

安息日が過ぎた月曜日の灰色の明け方に青い制服姿の学校の生徒たちが列を作り大人に先導されて砂のざらつく歩道をやってきた。十字路で子供たちに横断させようと歩道から降りた女性が全身に黒い血の染みをつけた男が両腕に死んだ若者を抱いて通りをやってくるのに気づいた。女性が片手を上げると子供たちは足を止めて教科書やノートを胸に押しつけ身を寄せ合った。男は彼らの前を通り過ぎた。女性と子供たちは男から目を離すことができなかった。男の腕に抱かれた死んだ若者は頭をのけぞらせて垂れていたが、その半開きの目は前を流れていく通りも塀も白みゆく空も灰色の光のなかで胸で十字を切る子供たちも見てはいなかった。男とその腕に抱かれた若者がその名前のない十字路から永久に遠ざかっていくと女性はふたたび車道に降り子供たちもあとに続いて目的の場所に向かっていったが、その場所はある種の人々が信じるように大昔のこの世界が始まったときから選ばれているのだった。

エピローグ

彼は仔犬を連れて三日後に牧場を出た。風の強い寒い日だった。震えながらくんくん啼く仔犬を鞍に上げて自分もまたがった。前の夜にはマックとのあいだで給料の清算をした。ソコーロは彼に目を向けようとしなかった。彼女は彼の前に夕餉の皿を置いたが彼はそれをじっと眺めただけで手もつけずにテーブルに残して廊下に出て歩いていった。十分後に台所へ戻ってきたのがこの台所にはいった最後のときで夕餉の皿はまだ置かれていてソコーロはストーブのそばに坐っていたが、その彼女の額についている灰はその日の朝に司祭が彼女もいつかは死ぬことを思い出させるために親指でつけたものだった（四旬節の初日〔灰の水曜日〕には懺悔の象徴として額に聖灰で十字の印をつける）。まるで彼女がそれを忘れているかもしれないとでもいうように。マックから給料を受けとると彼は紙幣の束を折りたたんでシャツの胸ポケットにいれボタンをかけた。

いつ出るんだ？

明日の朝に。

出ていかなくたっていいんだぞ。

死ぬこと以外はしなくていいことばかりですよ。

もう気は変わらんのだろうな。

ええ。

そうか。永遠に続くものは何もないわけだ。

続くものもありますよ。

うん。あるだろうな。

こんなことになって残念です、ミスター・マック。

おれもだ、ビリー。

あいつのことをもっと気をつけてやればよかった。

おれたちみんながそうすべきだったよ。

ええ。

一時間ほど前にあいつの従兄弟という人がきた。サッチャー・コールって人だ。ようやくあいつの母親と連絡がとれたといってたよ。

母親は何といってるんです？

それはいわなかった。あいつは三年前から音信不通だったそうだ。どういうことだと思う？

わかりません。

おれにもわからない。

サン・アンジェロへいくんですか？

いや。いくべきだろうが。いくつもりはないよ。

そうですね。ええ。

もう忘れたほうがいいぞ。

忘れたいです。でもしばらく時間がかかりそうだ。

おれもそう思う。

ええ。

マックはビリーの青く膨れ上がった手を顎で示した。手当てをしてもらったほうがいいんじゃないか？

いや大丈夫。

いつでも戻ってきてくれ。地所は軍のものになるがとにかく何かやってるから。

ありがとうございます。

何時頃出るんだ？

朝早く出ようと思います。

オーレンには話したか？

いや。まだです。

朝飯のときに会えるだろう。

ええ。

だが会わなかった。夜明けまでまだかなり間のある闇のなかを馬で出発するとやがて陽が昇りさらに進むとまた陽は沈んだ。続く数年間にテキサス州西部はひどい旱魃に見舞われた。もはやこの地方にカウボーイの働き口はなかった。牧草地の門は開かれたまま放置され道路には砂が溜まりさらに数年たつと家畜を見かけることも稀になったが彼は馬を進め続けた。この世にある日々が過ぎた。歳月が過ぎた。そして彼は老人になった。

新たな千年紀の二年目の春にはテキサス州エルパソのガードナー・ホテルに滞在してある映画のエキストラとして働いた。その仕事が終わっても彼はホテルに居続けた。ロビーにはテレビがあり彼と同年輩の老人やもう少し若い者たちが夕方のロビーの古びた椅子に坐ってテレビを見たが彼はたいして興味もなくそこにいる人たちともほとんど口をきかなかった。そのうちに金がなくなった。三週間後にホテルから追い出された。鞍はずっと以前に売ってしまったので鞄ひとつと巻いた毛布だけを持って表の通りに出た。

彼は通りの数ブロック先にある靴修理店にはいってブーツを修理してもらえるかときいた。職人は彼のブーツを見て首を振った。底は紙のように薄く革の縫い目がほつれていた。職人はブーツを店の奥へ持っていって機械で縫い直し戻ってくるとカウンターの上に立てた。代金は受けとらなかった。またすぐほつれると職人はいったが実際そのとおりになった。

一週間後にはアリゾナ州中央部のどこかにいた。北から雲が下ってきて雨が降り寒くなった。彼はコンクリートの高架道の下に坐って野原で荒れ狂う風雨を眺めた。高架の下の道路を走るトラックは雨に包まれながらライトをあかあかとともし車輪をタービンのように回して走った。頭上を東西方向に走る車は低いこもった響きを立てていた。彼は毛布で体をくるみ冷たいコンクリートの上で眠ろうとしたが眠りはなかなか訪れなかった。体の節々が痛んだ。もう七十八歳だった。ずっと昔に徴兵検査をした医者が長くはもたないと診断した心臓は彼の意志とは無関係にまだ胸のなかで音を立てていた。毛布をしっかりと体に巻きつけてしばらくすると彼は眠りに落ちていった。

その夜彼は七十年前に死んでフォート・サムナーの近くに葬られた妹の夢を見た。その姿ははっきりと見えた。昔と変わった処もぼやけた処もなかった。生家の前を通る土の道をゆっくりと歩いていた。白いドレスは祖母がシーツで作ったもので胴部には襞飾りがありスカートの裾には青い紐を編んだレース飾りがついている。それを妹は着ていた。頭には復活祭の前に買ってもらった麦藁帽子をかぶっていた。妹が家の前を通ったとき彼は妹がもう二度と家にはいることはなく二度と会うこともないとわかって眠りのなかで妹の名を呼んだが妹は振り返らず返事もせずただ無人の道を限りない悲しみと喪失感を漂わせて歩み去っていくだけだった。

　彼は寒い暗闇のなかで目を覚まし横になったまま妹のことを思いメキシコで死んだ弟のことを思った。自分がいままでにこの世界について考えたこと、自分の人生について考えたことはすべて間違っていたと感じられた。

　夜明けが近づくとハイウェイを行き交うトラックの数は減り雨がやんだ。彼は震えながら身を起こして毛布で肩を包んだ。道路沿いの軽食堂でもらったクラッカーを上着のポケットから出して食べながら灰色に明るみ始めた荒涼たる濡れた野原を眺めた。遠くで北のカナダで夏を過ごしにいく鶴の群れの啼き声が聞こえたように思い、ずっと昔の明け方にメキシコの氾濫原で湿地に一本足で立ち嘴を羽の下に埋めた鶴が頭巾をかぶって祈りを上げている修道僧のような灰色の影を並べているのを見たことを思い出した。高架の下の反対側を見ると同じようにひとりで坐っている男がいた。

　男は片手を上げて挨拶してきた。ビリーも手を上げた。

　おはよう《ブエノス・ディーアス》、と男はいった。

　おはよう《ブエノス・ディーアス》。

　何か食い物はないか《ケ・ティエーネ・デ・コメール》？

　クラッカーがある、それだけだ《ウナス・ガイエータス・ナーダ・マス》。

　男はうなずいた。よそを向いた。

一緒に食べよう《ポデーモス・コンパルティールラス》。

そうか《ブエノ》、と男はいった。ありがとう《グラシアス》。

そっちへいく《アィ・ボーィ》よ。

だが男は立ち上がった。おれがそっちへいく、といった。

勾配のついたコンクリートの壁を降りて片側の車線を横断しガードレールを乗り越えコンクリートの円柱が並ぶ中央分離帯を越えて北に向かう車線を渡りビリーが坐っている場所へ上がってきてしゃがみこみ彼を見た。

少ししかないが、とビリーはいった。ポケットからクラッカーのはいった小袋をいくつか出して差し出した。

これはどうも《ムィ・アマーブレ》、と男はいった。

いやなに《エスタ・ビエン》。初めあんたをある人と見間違えたよ。

男は両脚を前に投げ出して足首を重ねた。袋を糸切り歯で破ってクラッカーをひとつ出し目の前にかざして眺めてから半分かじりもぐもぐと嚙んだ。薄い口髭を生やし褐色の膚は滑らかだった。年齢は見当がつかない。

おれを誰だと思ったんだ?

ただ誰かだとね。わしがずっと待ってた男というか。ここ何日かで一、二度ちらっと見かけてるんだ。はっきりと見たことは一遍もないんだが。

どんな男だい？

わからん。ただだんだん友だちみたいに思えてきてな。

おれを死神だと思ったんだろう。

そうかもしれないと考えた。

男はうなずいた。もぐもぐ嚙む。ビリーは男を見つめた。

あんたは死神じゃないだろう？

違うよ。

二人は黙って乾いたクラッカーを食べた。

あんたはどこへいく《アドンデ・バス》？　とビリーはきいた。

南だ《アル・スール》。あんたは《イ・トゥ》？

北だ《アル・ノルテ》。

男はうなずいた。にやりと笑った。死神とクラッカーを分け合う人はいないよな《ケ・クラーセ・デ・オンブレ・コンパルタ・スス・ガイエータス・コン・ラ・ムエルテ》？

ビリーは肩をすくめた。クラッカーを食う死神もおるまい？

まったくだ、と男はいった。

相手が誰かなんてわしは考えない。とにかく物を分け合うのは旅をする者の仁義だ《デ・トードス・モードス・エル・コンパルティール・エス・ラ・レイ・デル・カミーノ》、そ《ベ》うだろ《ルダー》？

そうだ《デ・ベーラス》ね。

少なくともわしはそう教えられて育ったよ。

男はうなずいた。メキシコじゃ一年のうちの何日か決まった日に死神の食事をテーブルに用意するんだ。まああんたは知ってるだろうけどね。

ああ。

死神は大飯食らいだよ。

そうだな。

クラッカーが少しじゃ気を悪くするかもしれない。

そのときにあるもので満足するかもしれんさ。わしら人間と同じように。

男はうなずいた。うん、と彼はいった。そうかもしれない。

ハイウェイの交通量が増えてきた。陽が昇った。男はクラッカーの二つ目の袋を開けた。死神はもっと広い視野でものを見るかもしれないと男はいった。死神は誰に対しても公平だから人間からの贈り物の値打ちをきちんと見定める、たぶん死神の目には貧乏人が差し出す供物《くもつ》も金持ちが差し出す供物も同じだろうといった。

神様と同じだな。

そう。神様と同じだ。

死神を買収するなんて誰にもできん《ナディエ・プエデ・ソボルナール・ア・ラ・ムエルテ》、とビリーはいった。

そうだ《デ・ベーラス》。誰にもできない《ナディエ》。

神様にも。

ビリーはハイウェイの向こうの野原で陽の光が水溜まりの形を浮かび上がらせていくのを眺めた。人間は死んだらどこへいくのかな？　と彼はいった。

さあな、と男はいった。そもそもおれたちはいまどこにいるんだ？

太陽は二人の背後の平原の上に昇っていく。男が残ったクラッカーの袋を返してきた。

とっといてくれ、とビリーはいった。

もういらないのかい《ノ・キエーレス・マス》？

口のなかがパサパサだ。

男はうなずいてクラッカーの袋をポケットにいれた。道中の糧《パラ・エル・カミーノ》にするよ、といった。おれはメキシコで生まれた。もう長いこと帰ってない。

これから帰るのか？

いや。

ビリーはうなずいた。男は朝の風景をじっと見た。人生の半ばで、と男はいった。おれはそれまでの歩みを地図に描いてじっくりと検討してみた。おれの人生が地上につけた図柄を見ようとした、なぜならその図柄が見えればおれの人生の形がわかりもっとうまく生きていくことができると思ったからだ。これからたどる道がわかる。おれの未来がわかるだろうと。

うまくいったかね？

おれが思ってたのとは違った結果になった。

そのときが人生の半ばだとどうしてわかった？

夢を見た。だから地図を描いたんだ。

どんなだった？

地図かい？

ああ。

それが面白いんだ。いろいろ違ったふうに見えた。いろんな違った見方ができるんだ。

びっくりしたよ。

あんたはそれまでにいった場所を全部思い出せたのか？

ああもちろん。あんたは思い出せないかい？

どうかな。いろんな処へいったから。でもそうだな。思い出せるかもしれないな。気持ちを集中すれば。じっくりと考えてみたら。

そうさ。もちろんだ。おれもそうしたんだ。ひとつ思い出すとべつのことが引き出される。旅の道筋がすっかり忘れられてしまうことはないと思うよ。それがいいことか悪いことかはともかくとして。

どんなふうに見えたんだね？　その地図は。

初めはひとつの顔に見えたが向きをいろいろ変えてまたもとに戻してみると顔は消えてた。もう二度と見えなかった。

いったいどうしたんだ？

わからない。

実際に顔を見たのかね、それとも見たと思ったのかね？

男はにやりと笑った。何て質問《ケ・プレグンタ》だ、と彼はいった。その二つはどう違うんだい？

さあ。違いはあるはずだと思うが。

おれもそう思う。でもどんな違いだ？

そうだな。見たと思ったほうは本当の顔のように見えないだろう。

そう。それは暗示だった。素描《ウン・ボスケーホ》だった。下描き《ウン・ボラドール》だった、たぶん《キサース》。

ああ。

とにかく自分の願望から離れて物をありのままに見るのは難しいよ。

目の前にあるものを素直に見ればいいんだろう。

そう。それについて考えちゃいけない。

夢はどんな夢だった？

夢か、と男はいった。

話してくれなくてもいいが。

話さないでどうしてわかる？

きかれたことに全部答える義理はないってことだ。

そうかもしれない。とにかくある男が山のなかを旅していてその山のなかのずっと昔に
ある種の巡礼たちが集まった場所へやってきたんだ。

それは夢の話かね？

そう。

続けてくれ《アンダレ・プエス》。

ありがとう《グラシアス》。そこはずっと昔に巡礼たちが集まった場所だった。ずっと昔に《エン・ティエンポス・アンティグオス》ね。

その夢の話は前にもしたことがあるようだね。

ああ。

続けてくれ《アンダレ》。

ずっと昔に《エン・ティエンポス・アンティグオス》だ。旅人がやってきたのは高い山の鞍部でそこには大きな一枚岩があったがその一枚岩はとても古く地球ができて間もない頃に崖の上から落ちてきて罅のはいった平らな面を風雨や陽の光に晒《さら》してきた。そしてその一枚岩の表面には神々を宥《なだ》めるために殺された人間たちの血の染みがまだ残っていた。生け贄たちの流した血の鉄が黒い染みとなってまだ残っていたんだ。そこには人身御供の儀式をしたことを示す斧や剣が打ち

当たった痕もあった。

そういう場所は本当にあるのかね？

知らない。いや。そういう場所はある。だがこれは現実の場所じゃない。夢のなかの場所だ。

続けてくれ《アンダレ》。

旅人がこの場所へやってきたのは夕暮れ時でまわりの山はだんだん黒みを増し峠を吹き抜ける風は冷たくなってきていたが、彼が体を休めるために荷物をおろし帽子を脱いで額を冷やしながらふと見ると山上の陽射しにも嵐にも消せなかった血の染みがついたその一枚岩が目にはいった。旅人はその岩の上で一夜を過ごすことに決めたがそれは神が慈悲深くもこの世界に生きる人間にごく普通に与えるような災厄すら与えてこなかった恵まれた人間にありがちな無謀な行ないだった。

その旅人というのは誰だね？

知らない。

あんたなのか？

そうじゃないと思う。でも起きてるときでも人は自分自身を知らないのだから夢のなかならなおさらだろう？

わしなら自分かどうかはわかると思う。

なるほど。でもあんたは夢のなかで前に一度も会ったことのない人間に会ったことはないか？ 夢でも現実でも会ったことのない人間に？

それはある。

その人間は誰なんだ？

さあ。夢のなかの住人だ。

あんたはそういう人間を自分で創り出すのだと思ってるだろう。夢のなかで。

そうだな。たぶん。

起きてるときにそれができるかい？

ビリーは立てた膝の上に両腕を載せた。いや、と彼はいった。できないだろうな。

そうだろう。思うに自分自身というやつは夢のなかでも現実のなかでも自分が選んで見ているものにすぎない。誰でも本当は自分で思っている以上の存在なんだ。

話を続けてくれ《アンダレ》。

それでだ。この旅人はそんな無謀な男だった。彼は荷物をおろして暗くなっていく周囲を眺めた。その高い山の峠は岩と石以外に何もない処だったがせめて夜中に蛇が通りそうにない高い場所で寝たいと思って神聖な岩のそばへいって両手を平らな面についた。彼はそこで動きを止めたがそれもほんの一時《いっとき》のことだった。毛布を岩の上に広げてブーツを脱ぐあいだに風に飛ばされないよう四隅に重しの石を載せた。

それがどういう岩なのか知ってたのかね？

いや。

じゃ誰が知ってた？

夢を見ている者が。

つまりあんただ。

そう。

それならあんたとその旅人はべつの人間ってことになるな。

なぜそうなる？

もし同じ人間なら一方が知ってることを他方も知ってるはずだ。

現実の世界でと同じように。

そうだ。

でもこれは現実の世界の話じゃない。夢のなかのことだ。現実の世界ではこういう問題は起こらない。

話を続けてくれ《アンダレ》。

旅人はブーツを脱いだ。ブーツを脱いで岩の上に上がって毛布にくるまりその冷たい恐ろしい寝台の上で眠ろうとした。

うまく眠れるといいが。

ああ。しかし彼は眠った。

あんたの夢のなかで眠ったわけだ。

そう。

眠ったとどうしてわかった？

眠っているのが見えたんだ。

彼は夢を見たかね？

男は自分の靴を眺めた。重ねていた足を離し上下を逆にして重ね直した。そうだな、と男はいった。どう答えたらいいかな。いくつかのことが起こったんだ。それについてはいまでもよくわからないことがいくつかある。たとえばそれらのことが起こったのがいつだったのかを知るのは難しい。

なぜ？

おれがその夢を見たのはある夜のことだった。その夢のなかに旅人は現われた。それはいつの夜だったのか？　旅人は彼の生涯のいつその岩だらけの峠で夜を過ごしたのか？　彼がそこで眠っているあいだにこれから話す出来事が起こったがそれはいつのことだったのか？　問題の難しさがわかるだろう。かりにその出来事が旅人の夢だったと考えてもその旅人自身の実在性は不確かなまま残る。こんな不確かな人間の頭のなかの出来事をどうとらえればいい？　そんな男にそもそもどうして夜の世界があるだろう？　そんな男の眠りとか覚醒って何だ？ 物事には依って立つ土台が必要だ。魂が肉体を必要とするように。

夢のなかの夢というものは普通とは違った扱いをしなくちゃいけないんだ。

夢のなかの夢は夢じゃないかもしれん。

その可能性も考えるべきだな。

何だかわしには迷信みたいに聞こえる。

それは何だ？

迷信かね？

そう。

そうだな。ありもしないのに人が信じてるものだろう。

明日《あした》とか？ 昨日《きのう》とか？

夢で見た人間が見る夢なんかが迷信だ。昨日は確かにあったし明日はこれからくる。

そうかもしれない。だがとにかくこの旅人が見た夢は本当に彼自身が見た夢だった。おれの夢とははっきり区別できた。おれの夢のなかではこの男は岩の上で横になって眠っていたんだ。

それでもあんたが旅人の夢を創り出したのかもしれない。

この世界ではどんなことでもあり得る《エン・エステ・ムンド・トード・エス・ポシーブレ》。いまにわかるよ《バモス・ア・ベール》。

あんたが地図に描いた人生の絵みたいだね。

どうして《コモ》？

ただの素描にすぎないからさ《エス・ウン・ディブーホ・ナーダ・マス》。あんたの人生そのものじゃない。絵は物じゃない。ただの絵だ。

なるほど。でも人生って何だ？　あんたにはそれが見えるのか？　それは現われる端から消えていく。刻一刻と。しまいには消えたきりもう現われなくなる。あんたが世界を眺めるとき眺めたものが記憶に変わる一瞬を確認できるか？　眺めたものと記憶にどれくらいの隔たりがあるかわかるか？　その隔たりを示す方法はない。われわれの地図と地図の上に現われる絵からはそれが抜け落ちてるんだ。だがわれわれにはその地図しかない。

その地図が役に立ったかどうかをあんたはいわなかった。

男は下唇を人さし指で叩いた。ビリーを見た。そうだな、と彼はいった。あとでそのことを考えてみよう。とりあえずいまいえるのはおれは自分の人生が終わるときに地図と人生がどう収斂《しゅうれん》するかを予測するための計算を試してみたかったということだけだ。というのもたとえ限界はあるにしても語ることと語られるもののあいだには共通した形なり共有される領域なりがあるはずだからだ。そしてもしそうなら絵というものは不完全であるにしてもある方向性を持っているはずでありもし持っているなら将来起こることはその方向性を持った道の上に認められるはずだからだ。あんたは人生を絵に描くことはできないという。おれも賛成だがいっている意味はたぶん違うだろう。絵というものはそれがもともと持っていなかったものをその形のなかに捉え不動のものにしようとする。われわれの地図は時間というものを知らない。地図の存在自体がある時間の存在を前提にしているがその時間についてすら語る力を持っていない。過ぎた時間についてもこれからやってくる時間についても語ることができない。だが地図とその上に跡を残す人生は最後には収斂する、というのもそのときには時間が終わるからだ。

つまりわしの考えは正しいが理由が間違ってるわけだ。

そろそろ旅人が見た夢の話に戻ろうと思うんだが。

そうしてくれ《アンダレ》。

あんたは旅人はずっと起きていたのであってそのとき起こった出来事は夢じゃなかったといいたいかもしれない。だがおれは夢と考えるほうが賢明だと思う。もし夢以外のものだったなら旅人があとで目を覚ますことはなかったはずだから。そのことはいまにわかるが。

続けてくれ《アンダレ》。

おれが見た夢はまたべつだがね。旅人は夢を見てうなされた。この男を起こしてやるべきか？　だが夢を見ている者がその夢に対して持つ権限は限られている。おれはこの旅人を完全に消してしまうのでない限り彼から自立性を奪うことはできない。問題の難しさがわかるだろう。

難しい問題がいくつかあるのがわかってきたよ。

そうだろう。この旅人も彼自身の人生を持っていてその人生にもひとつの方向性がありもし彼がおれの夢に出てこなかったならおれの夢はまったく違ったものになっていたはずで彼について語ることもできなかったわけだ。あんたはこの旅人には実体がないのだから人としての歴史もないというかもしれないがおれの考えでは彼が何者であり何で作られているのであっても歴史がなければ存在し得ないはずだ。そして彼の歴史はあんたやおれの歴史と同じ根拠を持っている、なぜならわれわれの実在性やわれわれにまつわるすべてのことの現実性を保証するのはわれわれの人生についての叙述だからだ。この旅人の人生のある一夜を特別に眺めることができたという事実からわれわれが否応《いやおう》なく気づかされるのは知るということがすべて借りることであり、われわれが知るすべての事実はほかから借りた物だということだ。というのもひとつの事実がわれわれに明らかになるのは他の可能性が犠牲にされるおかげだからだ。この旅人が夢のなかの人物であり夢でできているとわかっているにせよ、われわれにとってはその夜その峠で起こったことが旅人の人生のすべてなんだ。どうだ賛成するかい《デ・アクウエルド》？

話を進めてくれ《アンダレ》。

さてと。旅人は眠った。山の上では夜中に嵐となり稲妻が走り山峡で風がうなって旅人はほとんど休息を得られなかった。周囲の荒涼たる山頂は稲妻に叩き出されるように何度も何度も闇から浮かび上がったがその雷のひらめきのなかで旅人は鞍部の片側にそびえる峰に刻まれた岩だらけの細い谷を一群の男たちが松明《たいまつ》を手に歌か祈りの文句を低く歌いながら雨のなかを降りてくるのを見て驚いた。旅人はもっとよく見ようと岩の上で体を起こした。見えるのは松明の明かりを受けた頭と互いに押し合う肩だけだったがどうやらいろいろな飾りを身に帯びているらしく、頭の原始的な被り物は鳥の羽や山猫の毛皮で作られていた。あるいはマーモセットの毛皮で。首にはビーズや石や貝殻でできた首飾りをかけ肩には編んだショールをかけていたがそのショールはあるいは木から垂れ下がる寄生植物かもしれなかった。やがて雨に濡れて鋭い音を立てている松明の煙った明かりで男たちが担架か輿《こし》のようなものをかついでいるのが見え岩のあいだから笛と緩慢なリズムを刻む太鼓の浮遊するような定まらない調べが聞こえてきた。

男たちは峠道に出てきてさっきよりよく見えるようになった。先頭の男は海亀の甲羅に瑪瑙《めのう》と碧玉を象眼して作った仮面をかぶっていた。手に笏《しゃく》を持っていたがその笏の先端には男の似姿である人形がとりつけられその人形の持っている笏にはまたその似姿がとりつけられという具合に原型と似姿が無限に繰り返されているらしかった。

その男の後ろにはトネリコ材の枠に塩で固くした生皮を張った太鼓を持つ男がいて棒の先端に硬木の球を縄で縛りつけた撥《ばち》を振り回すようにして叩いていた。低いがよく響く音の出る太鼓で男は叩くごとに撥を振り上げてまるで調音でもするように小首を傾げた。その次の男は鞘に収めた剣を革張りの台布団に載せて捧げ持ちそのあとに松明を持った男たちが続いてそのあとが担架をかついだ男たちだった。雨の降る夜の山中を担架で運ばれてくる人間は生きているのかそれともこれは葬列なのか、旅人にはわからなかった。行列のしんがりを務めるのは銅線を巻きつけて飾り房を吊るした籐の筒の笛を吹く男だった。細長い管に息を吹きこんで男が奏でる三つの音階からなる音は一行の頭上の雨の屍衣をまとった夜気のなかで重さを持った物体のように浮遊した。

その連中は何人いた？

たしか八人だ。

続けてくれ。

男たちが道に出てくるとすでに体を起こしていた旅人は岩の縁から両脚を垂らして毛布を肩に羽織り待った。男たちは道を進んで旅人が坐っている場所の近くまでくると歩みを止めた。旅人は男たちをじっと見つめた。好奇心もあったが怯えてもいた。

あんたはどうだった？

好奇心に駆られただけだ。

旅人が怯えているとどうしてわかった？

男は車の走らない道路をじっと見おろしていた。しばらくして彼はいった。この旅人はおれじゃなかった。もし旅人がおれ自身の自分でも自覚できない一部だというならあんただっておれ自身の一部かもしれない。おれとしてはやっぱり夢に出てくる人間にも歴史があるという例の考え方に従おうと思う。

あんたはそのあいだずっとどこにいた？

寝台で寝ていた。

夢のなかには出てこなかったわけだ。

ああ。

ビリーは身を乗り出して唾を吐いた。あれだよ、とビリーはいった。わしは七十八歳でいままでにたくさん夢を見てきたが。覚えてる限りではどの夢にも自分が出てきたよ。ほかの人間ばかりで自分がどこにも出てこない夢なんて見た記憶がない。思うに夢ってのは多かれ少なかれ自分についての夢だ。わしは自分が死んだ夢を一度見たことがある。そのときもわしはそばに立って死体を眺めてた。

なるほど、と男はいった。

何がなるほどなんだ？

あんたは夢について少しばかり考えたことがあるわけだ。

考えたことなんかない。ただ夢を見たことがあるだけだ。

この問題はあと回しにしていいか？

あんたの好きにしていいさ。

ありがとう。

ほんとにこれは作り話じゃないんだろうな。

男はにやりと笑った。ハイウェイの向こうの野原へ目をやって首を振ったが返事はしなかった。

もう一遍さっきの問題に戻るかね？

困ったことにあんたの疑問はおれの話の要《かなめ》にあたる疑問でね。

トラクターを引くトレーラーが頭上を走り過ぎコンクリートの窪みに作った巣から数羽の燕が飛び立ち輪を描いて戻ってきた。

辛抱して聞いてほしいが、と男はいった。この話はほかのどんな話とも同じでひとつの疑問が出発点だ。聞き手のなかに大きな共鳴を呼び起こす話というものは語り手自身にもはね返ってきて語り手と語り手のもともとの動機を消し去り忘却させてしまう。だから誰がその話を語っているのかという疑問は必然的に起こるものなんだ。

すべての話が何かの疑問と関係するとは限らんぞ。

いやそうなんだ。すべてがわかっているときには語ることは不可能だ。

ビリーはまた身を乗り出して唾を吐いた。話を続けてくれ、と彼はいった。

怯えながらも好奇心に駆られた旅人《アンダレ》は列をなしてやってきた男たちに声をかけその声は岩のあいだで反響した。旅人は彼らにどこへいくのかときいたが返事は返ってこなかった。

真夜中に現われた物いわぬ男たちは松明を掲げ楽器を持ちひとりの人間を輿に乗せて峠の古い道に一塊になって立ちじっと待っていた。まるで旅人がひとつの謎だとでもいうように。あるいは旅人がまだ口にしないある言葉を待つかのように。

旅人は本当に眠ってたんだね。

おれはそう思ってる。

もし目を覚ましたとしたらどうなった？

そしたら彼は見ていたものをもう見なくなっただろう《ゼン・ホワット・ヒー・ソー・ヒー・ウッド・ノー・ロンガー・シー》。このおれも見なくなったはずだ。

なぜ単純にそれは見えなくなった《ヴァニッシュト》だろうとか消えてしまった《ディサピアード》だろうとかいわないんだ？

どっちだい？

どっちとは？

消えてしまうほうか見えなくなるほうか《デサパレセール・オ・デスバネセルセ》？

違いがあるのか《アイ・ウナ・ディフェレンシア》？

あるさ。見えなくなるというのはただ視野の外に出るということだ《シ・ロ・ケ・セ・デスバネーセ・エス・シンプレメンテ・フエーラ・デ・ラ・ビスタ》。それに対して消え《ペロ・デサ》てしまうほうは《パレシード》？　男は肩をすくめた。消えたものはどこへいったんだ？　この旅人の話は――どこからその出来事が生じたのかが不確かだから――消えるときにどこへいくのかについてもよくわからない。こういう話の場合はどこから話が始まるのかについてすら確かな手がかりはないんだ。

ひとついっていいかな？

いいとも。

あんたは必要以上に事をややこしくする癖があるようだ。単純に筋だけを話したらどうなんだ？

もっともな忠告だ。できるかどうかやってみよう。

やってくれ《アンダレ・プエス》。

ただいろいろと疑問を持ち出すのはあんたのほうだということはいっておくよ。

いやそうじゃない。

そうなんだよ。もちろん。

とにかく先へ進んでくれ。

わかった。

こっちは沈黙は金でいく。

何だって《コモ》？

何でもない。もう質問はしないといったんだ。

全部いい質問だったけどな。

あんた話をする気がないんだな？

旅人はたぶん一生懸命目覚めようとしたんだ。寒い夜で寝ている岩は硬かったが目を覚ますことはできなかった。辺りはしんと静かだった。雨もやんでいた。風もだ。男たちが何か相談をしそれから輿をかついでいる男たちが前に出てきてそれを地面におろした。輿の上に横たわっているのは少女で死んでいるように目を閉じ両手を胸の上に載せていた。夢を見ている旅人はその少女を見、まわりに立っている男たちを見た。夜は寒く彼らが降りてきた山の高い峰は風に吹き晒されてもっと寒かったに違いないが、みな薄着で肩にかけているショールや毛布も編み目の粗いものだった。松明の明かりが顔と上半身の汗を光らせていた。彼らの現われ方もしようとしている作業も不可解なものだったが奇妙に懐かしい感じを抱かせもした。まるで旅人が以前どこかでこういうことを見たことがあるみたいに。

夢で見たことがあるみたいにか。

そう思いたければそれでもいいよ。

わしの考えで左右されることじゃない。

あんたはこの夢の結末がわかってるつもりでいるね。

予想していないでもない。

いまにわかるよ。

続けてくれ。

一団のなかに腰帯に薬をはさみこんでいる化学者のような男がひとりいてリーダー格の

男と何ごとか話し合った。リーダー格の男は溶接工がマスクを押し上げるように海亀の甲羅の仮面を頭の上に押し上げたが夢を見ている旅人には顔が見えなかった。相談が終わると三人の半裸の男が列を離れて一枚岩に近づいてきた。ひとりがフラスクとカップを持っていてカップを岩の上に置きフラスクのなかの液体をなみなみ注いで旅人に差し出した。

うっかり飲まないほうがいいな。

もう遅かった。旅人は相手と同じ厳粛な仕草で両手でカップを受けとって口へ持っていって飲んだ。

何だったんだ？

おれにはわからない。

どんなカップだった？

牛の角を火で炙って立てられる形にしたカップだった。

旅人はどうなった？

彼は忘れた。

何を忘れたんだ？　全部をか？

悩みごとを忘れた。忘れたことでどんな罰を受けるのかも理解できなくなった。

続けてくれ。

旅人は液体を飲み干してカップを返すのとほぼ同時にすべてを奪われてまた子供に返っ

たようになり大きな安らぎに包まれ恐怖心が薄れてかつてもいまも神への公然の侮辱である血腥《ちなまぐさ》い儀式の共犯者になってもいいと思うようになった。

それが罰だったのか？

いや。彼はそれ以上の代償を支払うことになった。

それは何だ？

儀式のことも忘れてしまうことだ。

それはそんなにひどいことなのか？

いまにわかる。

続けてくれ。

旅人はカップの液体を飲み干して古代の山人たちの不吉な意図に身を委ねた。男たちは旅人を岩の上からおろして道まで連れてきて一緒に道を行きつ戻りつした。あたかも旅人に周囲の岩や山や、世界の原初の姿である永遠の暗黒を背景に釣り鐘状に広がっている頭上の星々を眺めるよういい聞かせているように見えた。

男たちは何といってたんだ？

おれにはわからない。

聞こえなかったのか？

男は答えなかった。頭上のコンクリートの形を調べるようにじっと上を眺めた。高い隅には燕の巣が逆さにした小さな泥の竈《かまど》のようにくっついている。車の行き来が繁くなってきた。高架の下にはいってきたトラックが振り落とした箱型の影は反対側の出口の陽向《ひなた》で待っていたようにまたトラックに付着した。男はゆっくりと何かを投げるような仕草で片手を振った。あんたの質問には答えようがない。頭のなかで小さな人間が話し合ってるといった具合じゃなかったからだ。音はしなかった。だとしたら何語だかわかると思うか？それにこの旅人の夢は深い夢で、そういう夢のなかで使われる言葉は話し言葉よりずっと古いものだ。その言葉はまったく違った形式のものでそれを使った場合は嘘をつくことも真実を隠すこともあり得ない。

あんたは男たちが話していたといったと思ったが。

おれの夢のなかでは話していたかもしれない。それともただおれができる限りの解釈を加えただけかもしれないが。だが旅人の夢はまたべつのものだから。

続けてくれ。

古い世界はわれわれに釈明を求める。われわれの父祖の世界は……。

あんたの夢のなかで話してたんなら旅人の夢のなかでも話してたって気がするがね。結局同じ夢なんだから。

同じ疑問にまつわる夢なんだ。

その疑問に対する答えは？

　もうすぐその話になる。

　続けてくれ《アンダレ》。

　われわれの父祖の世界はわれわれの内側に宿っている。一万世代以上ものあいだそうだった。歴史を持たない形態は永続する力を持たない。過去を持たないものは未来も持ち得ない。われわれの生の核には生の素材である歴史があるのでありその核のなかには言葉はなくただ知るという行為があるのであってわれわれが夢のなかと外で共有するのはそれなんだ。最初の人間が話す前と最後の人間が永遠に沈黙したあとで。だが結局のところ旅人は話したんだ、そのことはいまにわかるが。

　いいだろう。

　こうして自分を捕らえた男たちと一緒に歩くうちに旅人の心は静まり自分の命が他人の手に委ねられたことを知ったんだ。

　その男には戦おうという気がほとんどないようだな。

　あんたは人質のことを忘れてる。

　女の子か。

　そうだ。

　続けてくれ。

　大事なことは彼が進んで身を委ねたわけじゃないということだ。炎に恋い焦がれる殉教者はその男たちの理想の相手じゃない。罰のない処には褒美もない。わかるだろう。続けてくれ。

男たちは旅人がある決断をするのを待っているように見えた。おそらく自分たちに何かをいうのを。旅人は周囲の眺められるものをすべて眺めた。星、岩、輿の上で眠っている少女の顔。彼を捕らえた男たち。その被り物や衣装。中空の筒に灯芯と油をいれ雲母《うんも》をガラスのように張った格子で火を囲んで風よけにし打ち延ばした銅板で作った屋根と煙突をとりつけてある松明。旅人は男たちの目を覗きこもうとしたが彼らの瞳は黒く顔には雪の荒野を進まなければならない者たちのように黒い塗料を塗っていた。あるいは砂砂漠《すなさばく》を進まなければならない者たちのように。旅人は彼らの履き物を見ようとしたが長い衣の裾が地面まで達していて見えなかった。彼が見てとったのは世界の異様さであり知られていることの少なさでありこれから起こる何かに対して備えることの難しさだった。彼が見てとったのは人の一生はわずか一瞬であり時間が永遠であるからにはどんな人間もみな年齢や歩んできた距離とは無関係に常に永遠に旅の半ばにあるということだった。彼は世界の沈黙のなかにひとつの壮大な陰謀を見てとったように思い自分自身もその陰謀の加担者であるに違いないことを悟り自分はすでに男たちの目論見《もくろみ》の先へいってしまっていることを知った。彼が何か啓示を受けたとすればそれは次のことだった。自分はそれまでに持っていた世界観をすべて捨てることによってのみこの知識をいれるべき器となったということ。

この認識を得た彼は男たちのほうを向いてこういった。わたしはきみたちに何も語るまい。わたしはきみたちに何も語るまい。彼が口にした言葉はそれでありそれだけだった。すると男たちは彼を一枚岩まで連れ戻してその上に横たえ輿の上の少女を立たせて連れてきた。少女の胸乳《むなぢ》は大きく波打っていた。

何がだって？

胸乳が波打っていた。

続けてくれ。

少女が背をかがめて旅人にキスをし後ろに下がるとリーダー格の男が剣を手にやってきて頭上にその剣を振りかぶり旅人の首を胴体から切り離した。

それが話の結末なんだろうな。

とんでもない。

それじゃあんたは旅人が首を切られたあとも生きていたというつもりなんだろう。

そうだ。彼は夢から覚めて体を起こし寒さと恐ろしさに震えた。同じ寂しい峠道で。同じ荒涼とした山のなかで。同じ世界で。

それであんたは？

語り手は子供時代を追想する人のように愁いを帯びた笑みを浮かべた。こういう夢は世界を露にしてもくれる、と男はいった。われわれは目覚めたとき夢を形作っていた個々の出来事を覚えているがその筋はすぐに曖昧《あいまい》になって思い出すのが難しい。それでも夢の生命は筋なのであって個々の出来事は取り替えがきく場合が多い。それに対して目覚めている世界の出来事はわれわれに無理やり押しつけられるのでありその出来事をつなぐ軸としての筋は推測することもできない。出来事を評価し選り分け秩序立った形にまとめるのはわれわれの仕事となる。われわれが出来事をつなぎ合わせて物語を作り上げその物語がわれわれ自身の本質となる。各自が自分の人生を歌う吟唱詩人というわけだ。これが人と世界のつながり方だ。人が自分について世界が見る夢から逃れたときこのことが罰ともなり褒美ともなる。というわけで。おれは目を覚ましかけているらしかったが世界が近づいてくると同時にあの岩の上の旅人の姿が薄れ始めたときおれはまだあの男と別れたくはなかったから声を上げて呼び止めようとした。

旅人には名前があったのか？

いや。名前はなかった。

じゃ何と呼んだんだ？

おれはただもう少しいてくれと叫んだ、すると彼は残ってくれたからおれはそのまま眠り続け旅人はおれのほうを向いて待った。

彼はあんたを見て驚いたろうな。

いい質問だ。実際彼は驚いたように見えたが夢のなかではよく途方もない出来事でも人を驚かす力を持たないことがあるしおよそ現実にはあり得ないような幻想もごくありふれたものに見えたりする。目覚めているときのわれわれには世界を自分に都合のいいように形作りたいという欲望があってこれがいろいろな矛盾や困難を生み出す。われわれが管理するものはすべて内側に動揺を抱えて沸き立つ。だが夢のなかでは可能なものはすべて平等だという民主主義が確立されていてそこではわれわれはまさしく巡礼だ。われわれは前に進んでそこで出会うであろうものに出会うんだ。

またべつの疑問が出てきたよ。

あんたが知りたいのは旅人が自分が夢を見ていたことを知っていたかどうかだろう。本当に夢を見ていたとしての話だが。

やっぱりあんたはこの話を前にもしたことがあるようだ。

そのとおり。

それで答えは。

あんたは気にいらないかもしれない。

だからといって答えられないことはないだろう。

旅人も同じ質問をしたよ。

自分が夢を見ていたのかどうかを知りたがったのか？

そうだ。

どんなふうにきいた？

あんたも見たのかと。

長い衣を着て松明を持った男たちをという意味だな。

そう。

それで。

そう。おれは見た。もちろん見た。

あんたはそう答えたわけだ。

おれは本当のことを話した。

でもその返事は嘘にもなるんじゃないか？

なぜ？

旅人がそのせいで自分が夢で見たことは現実だと思いこんだら。

そうだ。問題の難しさがわかるだろう。

ビリーは身を乗り出して唾を吐いた。北の風景をじっと眺めた。わしはそろそろいくよ、と彼はいった。まだ先は長いんだ。

あんたを待ってる人たちがいるのかい？

いたらいいがね。わしはぜひとも会いたいよ。

旅人はおれに証人になってもらいたがった。でも夢のなかでは証人なんているはずがない。これはあんたもいったことだがね。

ただの夢じゃないか。あんたがその男の夢を見たんだ。あんたが望むとおりのことをその男にさせればいい。

旅人はおれが夢で見る前はどこにいたんだ？

知らないね。

おれの考えはこうだ、繰り返しになるが。彼の歴史はあんたやおれの歴史と同じだ。あの旅人は歴史でできてるんだ。ほかに考えられるかい？　もしおれが神が人間を創ったようにあの男を創ったんだとしたらあの男の喋ろうとすることが喋る前からわかるはずだろう？　動く前に次の動作がわかるはずだろう？　でも夢のなかで次に起こることはわからない。われわれは驚く。

わかったよ。

それじゃ夢はどこからくる？

知らないな。

二つの世界がここで触れ合うんだ。人間には何でも望むものを喚び起こす力があると思うか？　目覚めているときであれ眠っているときであれひとつの世界を喚び起こす力があると思うか？　その世界を息づかせそこへ鏡に映ったり太陽に照らし出されたりする形象《もの》を置くことができるか？　自分の喜びや絶望でそれらの形象《もの》を動かすことができるか？

人間はそんなふうに自分自身から隠れることができるのか？　できるとして誰が隠れるのか？　誰から隠れるのか？

人間が心に喚び起こせるのは神が創った世界でありその世界だけだ。人がしごく大事にする自分の人生というやつも、どう理屈をつけようと自分で創り出すものじゃない。その形は原初の空無のなかで否応なく押しつけられたのであってそれ以外の形もあったかもしれないという議論はすべて無意味だ、なぜならそれ以外の形など存在しないからだ。それ以外の形なるものはどういう素材で作られ得るというのか？　どこに隠れ得るというのか？　どうやって現われ得るというのか？　現にあるものは百パーセントの確率でそのような形になった。あらかじめこの形になるとわれわれに予測できなくてもその確実さは変わらない。人は現実とは違う物語をいろいろ想像できるかもしれないがそんなことはまったく無意味なんだ。

これで話は終わったのか？

いや。旅人は一枚岩の前に立ったがその岩の上には斧と剣の打ち当たった痕とそこで死んだ者たちの血が酸化した黒い染みがこの世界の風雨に消し去られることなく残っていた。ここで眠りについたとき旅人の胸中には死の想念などまるでなかったが目覚めたときにはそればかりを考えていた。処刑者たちに細かく観察するよう促された天空の星々はいまや違った相貌を示していた。彼の人生の秩序は歩みの途中で変容してしまったように思えた。

針が織物を織る途中で止まってしまったように。人間たちがそこに見られるさまざまな形のなかに自身の運命を読みとる天空の星々はいまや抑制のきかないエネルギーに駆られて脈動しているように思えた。まるで回転しているうちに全物質が解体され秩序を失ったかのように。旅人は世界の記録簿に時間の乱れさえ生じたのではないかと思った。それが原因で今後は新たな観測結果を書きこむすべがなくなるような乱れが。これは重大なことだろうか？

わしにきいてるんだな。

そうだ。

あんたにとっては重大なことだろう。旅人にとってどうなのかは見当もつかない。あんたはどう思う？

語り手は思案げな顔でしばらく黙った。思うに、と彼はいった。夢を見た旅人は自分がある種の十字路にきたと思ったんじゃないかな。もっとも十字路などは存在しない。われわれの決断は選択肢なしで行なわれる。われわれは選択を試みるが実際にはただひとつの道を歩み続けるだけだ。世界の記録はいくつもの項目が集まってでき上がるが逆にそれぞれの項目に分けることはできない。そしてこの記録はある時点でそれについての描写の可能性をすべて排除してしまうのに違いなく旅人が夢のなかで見てとったのはこのことだったと思う。というのも世界について語る力が退くとともに世界についての物語も縫い糸を失い、従ってその信頼性を失うに違いないからだ。きたるべき世界は過ぎた世界から形成されるに違いない。ほかに素材はないからだ。しかし彼は世界が足もとで解《ほど》けていくのを見たのだと思う。彼がそれまでの旅で採ってきたもろもろの手続きはいまや万物の死から発する谺のようなものに思えた。彼は恐ろしい闇が忍び寄ってくるのを見たのだと思う。

わしはそろそろいくよ。

男はそれには応えなかった。道路沿いの草地とその向こうの新しい陽のもとで陽炎《かげろう》を立てている荒野をじっと眺めていた。

おれたちをとり巻いているこの砂漠は昔は大海原だった、と男はいった。しかし大海原のようなものが消え失せるなどということがあり得るのか？　海は何でできている？　このおれは？　あんたは？

知らないな。

男は立ち上がって伸びをした。両腕を広げて思いきり伸びをし体の向きを変えた。そしてビリーを見おろして微笑んだ。

これで話は終わったわけだ。

そうじゃない。

男はしゃがんで片方の手のひらを上にして持ち上げた。

手をこう持ち上げてみろ。こんなふうに。

何か誓いでもするのか？

いや。あんたはすでに誓いに縛られてる。これまでずっとそうだった。さあ手をこうやって。

ビリーはいわれたとおりに手を持ち上げた。

似てるのがわかるか？

ああ。

そうだろう。万物は刹那的な存在だなどという考え方は非常識だ。世界とそこに存在するすべてのものはずっと昔にその原型が作られた。だがわれわれが知っている唯一の世界である、世界についての物語は、その物語を作った道具と無関係には存在し得ない。その道具もそれら自身の歴史と無関係には存在し得ない。うんぬん。あんたの人生は世界を写した絵じゃない。それは世界そのものであり骨や夢や時間でできているのではなく崇拝でできている。崇拝以外の何物も人生を包摂し得ない。崇拝以外の何物も人生によって包摂され得ない。

結局その旅人はどうなった？

どうもならないよ。この話には結末がない。目が覚めるとすべては前と同じだった。どこへでも自由にいくことができた。

ほかの人間の夢のなかへか。

そうかもしれない。こうした夢とその夢の儀式に結末はあり得ない。探求されるものはまったく別物だ。人間の夢や行為によってどんなふうに解釈されようとも隙のない解釈がなされることはない。そうした夢も行為もある恐ろしい飢えが原動力だ。それらが満たそうとする欲求は決して満たされることのない欲求であって、そのことにわれわれは感謝しなければならないんだ。

あんたはこのときまだ眠っているわけだ。

そう。夢の最後で旅人とおれが明け方の道を歩いていくと眼下の低地に野営地があったがかなりの寒さだというのに煙は一筋も立ち昇っておらずおれたちがそこへ降りていくと人っ子ひとりいなかった。鉱滓《こうさい》のこびりついた岩の地面に牛の皮を張ったテントが立ちそのテントのなかには手をつけていない古い冷たい食事と重ねた冷たい土器の皿が残っていた。金属部分に彫刻と金線細工が施された古い原始的な武具があり北方の動物の皮で作った衣服があり留め金をつけて隅に打ち延ばした銅をとりつけた牛の生皮のトランクがあったがそれらのトランクは長い歳月にわたる旅のせいでかなり傷んでいて、なかには古い請求書や帳簿やこの消え去った部族の歴史の記録が残っていたがそれらは彼らがこの世界でたどってきた道筋の証でありその旅の費用の清算書だった。それから少し離れた場所には革の屍衣を縫いつけられたセピア色の古い骸骨があった。

おれはこの打ち捨てられて荒廃した野営地の跡を一緒に歩いた旅人にここにいた人たち

は何かの召集を受けてここを去ったのかときいたが彼はそうじゃないと答えた。それなら何があったのかときくと旅人はおれを見ていった。わたしは以前ここにいた。あんたも同じだ。すべてがここにあり手にとることができる。だが何にも触れてはいけない。そこでおれは目が覚めた。

旅人の夢からか、あんたの夢からか？

目を覚ます夢はひとつしかなかった。おれはその世界からこの世界に目覚めた。あの旅人と同じように、一度捨て去ったものの処へ戻ってきた。

あんたが捨て去ったものとは何だ？

おれたちが旅をする、地図に描けない世界だ。山のなかの峠道。血の染みがついた一枚岩。その岩の上の鉄の痕跡。腐食性の石灰岩の魚や貝殻の化石のあいだに刻まれたいくつもの名前。朧《おぼろ》なものと朧にかすんでいくもの。乾いた海底。獲物を求めて移動する狩猟民の道具。その狩猟民のナイフの刃に鏤《ちりば》められた夢。預言者の流浪する骨。沈黙。徐々に絶えてゆく雨。夜の訪れ。

そろそろいくよ。

元気でな。

ああああんたも。

あんたの友だちが待ってるといいね。

そうだといいが。
人が死ぬのはいつだって他人のかわりに死ぬんだ。そして死は誰にでも訪れるものだからそれへの恐怖が少なくなるのは自分のかわりに死んでくれた人を愛するときだけだ。われわれはその人の歴史が書かれるのを待ってるわけじゃない。その人はずっと昔にここを通り過ぎていった。その人はすべての人でありおれたちのかわりに裁判にかけられたがやがておれたちの時がきたらおれたちはその人のために立たなければならない。あんたはあの人を愛しているか？　あの人がとった道に敬意を覚えるか？　あの人の物語に耳を傾ける気はあるか？

彼はその夜ハイウェイの脇の道路補修作業員の作業現場に置かれたコンクリートの土管のなかで眠った。ぬかるんだ地面にユークリッドの大型の黄色いトラックが駐められその向こうには東西方向のハイウェイに上がるランプの仄白いコンクリートの柱がカーブを描くにつれてより密に高くなりながら並んでいたが、その柱頭も破風《はふ》もない柱の並びは薄闇のなかに立つ古代の遺跡を思わせた。夜の帳《とばり》が降りると北から風が吹いて雨の匂いを運んできたが雨は降らなかった。砂漠の濡れたクレオソートの木の匂いがした。彼は眠ろうとした。しばらくして起き上がり土管の入口近くに鐘のなかにいる人のように坐り外の闇を眺めた。砂漠の西のほうを見るとこの地方にかつて存在したスペイン人の古い伝道所のひとつが見えたように思ったがよくよく目を凝らすとそれはレーダー監視所の白いドーム屋根だった。その向こうに月の光でやはり半ばぼやけた一列縦隊の人影が風のなかで難渋しながら声もなく進んでいるのが見えた。みな長い衣をまとっているように見えそのうちの何人かは倒れては起き上がりまたもがくように進んだ。彼はその人たちが暗い砂漠を渡って自分のほうへ向かってくるのだと思ったが行列はまったく前進しなかった。彼らは白っぽい衣を着た精神病院の患者のようで病棟のガラス窓を音もなく叩いているように見えた。彼はその人々に呼びかけたが声は風に吹き消され、いずれにしても遠すぎて彼らに聞こえるはずもなかった。やがてまた彼は横になって毛布にくるまりしばらくして眠りに落ちた。嵐の通り過ぎた朝、新しい陽の光を受けた砂漠を眺めて見えたものは風に飛ばされてきてフェンスに引っかかったいくつものポリ袋だけだった。

彼は東に進んでニュー・メキシコ州デ・バーカ郡へいき妹の墓を探したが見つからなかった。土地の人々は親切で気候も暖かくなったので放浪生活に不自由はほとんどなかった。彼は子供たちや馬を見ると足を止めて話しかけた。女たちに台所で食べ物を食べさせてもらい夜は星の下で毛布にくるまって寝て空から流れ星が落ちるのを眺めた。ある夕方にはヒロハハコヤナギの木の下で泉の冷たい絹のように滑らかな水面に口をつけて水を飲み小さな魚の群れが散りまた彼の顔の下に集まってくるのを眺めた。ふと見ると切り株の上にブリキのカップがひとつ置いてあったのでそれを手にとって坐った。泉のほとりにカップが置いてあるのを見るのは久しぶりで彼はそれを両手で持ったが、彼が手にとる前には彼の知らない何千人もの人たちが同じひとつの秘跡に与《あずか》ったのだった。彼はカップを泉に浸して冷たい水を滴らせながら口もとへ運んだ。

その年の秋に寒い風が吹き始めると彼はニュー・メキシコ州ポータリスの町はずれに住む家族に引きとられ台所の隣の小部屋で寝起きするようになったがその部屋は彼の子供の頃の寝室とよく似ていた。この家の廊下の壁には写真を収めた額がひとつかけてあったがその写真は五つに割れたガラスの乾板を現像したもので、数人の先祖がパズルのようにふたたび集合し彼らがいる書斎もかすかなずれを示しながらも復元されていた。写真の裂け目はそれぞれの人物に特別の意味をつけ加えているように見えた。彼らの顔に。その姿に。

この家には十二歳の女の子と十四歳の男の子がいて父親に買ってもらった仔馬を母屋の後ろの小屋で飼っていた。たいしていい仔馬ではなかったが午後に子供たちがスクールバスから降りてくると彼は出ていって長い縄のついた頭絡をつけて調教する方法を教えた。男の子も仔馬が好きだったが女の子は愛しているといっていいほどで夕餉がすんだあとはよく寒い小屋へいって寝藁の上に坐り仔馬に話しかけるのだった。

夕餉がすんだあとこの家の主婦に誘われてカードをすることがあったがそんなとき彼は台所のテーブルについている子供たちに馬の話や牛の話や昔のことを話してやった。ときにはメキシコの話をすることもあった。

ある夜彼は寝室にボイドがいる夢を見たがいくら呼びかけてもボイドは返事をしなかった。目が覚めると主婦が寝台の端に坐って手を彼の肩にかけていた。

ミスター・パーハム、大丈夫？

ああ大丈夫。すまない。どうも夢を見ていたようだ。

ほんとに大丈夫ですか？

ああ大丈夫だよ。

お水を汲んできてあげましょうか？

いやいいんだ。ありがとう。またすぐ眠るから。

台所の明かりはつけておきましょうか？

もしかまわなかったらね。

じゃそうします。

ありがとう。

ボイドというのはご兄弟でしたわね。

そう。もうずいぶん昔に死んだんだが。

亡くなったのがいまでもお寂しいのね。

ああ。ずっと会いたいと思ってきた。

弟さんだったの？

そう。二つ下だった。

そうですか。

いいやつだった。二人でメキシコへいってね。まだ子供の頃だったが。ほかの家族がみんな死んだときだった。盗まれた馬をとり返しに出かけていったんだ。わしも弟もまだ子供だった。弟は馬の扱いがすごくうまくてね。あいつが馬に乗ってるところを見るのがわしは好きだった。馬の世話をするのを見るのもね。もう一遍あいつに会えるんなら何をくれてやっても惜しくないなあ。

いまに会えますよ。

そうだといいね。

ほんとにお水はいりません？

ああいいんだ。ありがとう。

主婦は彼の手を軽く叩いた。瘤だらけの、縄で傷のついた、陽射しと歳月に染みをつけられた手。心臓につながる太く浮き出た血管。そこには読みとることができる地図が描かれていた。神の徴《しるし》と驚異がおびただしく刻みこまれてひとつの風景をなしていた。ひとつの世界を作っていた。主婦は立ち上がった。

ベティ、とビリーはいった。

はい。

わしはあんたが思ってるような人間じゃない。つまらん人間だ。なんでわしみたいな者を家に置いてくれるのかわからない。

ねえ、ミスター・パーハム。わたしはあなたがどういう人なのか知ってますよ。なぜうちにいていただくのかもね。さあもうおやすみになって。また明日の朝ね。

ああ、おやすみ。

献辞

私はあなたの子となって抱かれよう
私が老いたときあなたは私になるだろう
世界は冷たくなってゆく
諸々《もろもろ》の国人《くにびと》は騒ぎ立つ
物語は語られた
頁をめくれ。

訳者あとがき

『すべての美しい馬』*All the Pretty Horses*（一九九二）、『越境』*The Crossing*（一九九四）と発表されてきたコーマック・マッカーシーの『国境三部作《ボーダー・トリロジー》』は、本書『平原の町』*Cities of the Plain*（一九九八）をもって完結する。アメリカ南西部とメキシコ北部を舞台として、克明なリアリズムの下地に詩と哲学と幻想を織りこんだ作品世界が、ここに全貌を現わすことになった。

第一作『すべての美しい馬』（以下『馬』と記す）は、一九四九年～五〇年の物語で、主人公はジョン・グレイディ・コール（当初十六歳）。第二作『越境』の時代設定は、一九四〇年～四四年で、主人公はビリー・パーハム（やはり当初十六歳）。二つはまったく別の物語だが、一九五二年の出来事が描かれる本書で、十九歳のジョン・グレイディと二十八歳のビリーが合流する。『馬』の幕切れで、ここは自分の住む場所じゃないといって故郷を一人去ったジョン・グレイディは、テキサス州南西端の町エルパソから北東に少し離れた牧場（この牧場はニュー・メキシコ州にある）で、ビリーと一緒にカウボーイとして働いているのである。

ジョン・グレイディは、国境線を画するリオ・グランデ川をはさんでエルパソの南に位置するメキシコの町フアレスで、十六歳のメキシコ人娼婦マグダレーナと恋に落ち、結婚しようとするが、そこに売春宿の経営者エドゥアルドが立ちはだかる。ビリーや牧場主たちは呆れながらもジョン・グレイディに協力しようとするが、やがて事態は悲劇への道を突き進んでいく。

『馬』でもそうだったが、ジョン・グレイディはあまりにも直情径行――はっきりいって無謀だ。〈血の熱さ〉にのみ駆られて、若者が無鉄砲に行動し、挫折する。一種のウェスタン小説である三部作の作品世界において、その姿はかつてニュー・メキシコ州を舞台に暴れまわり、二十一歳で散ったビリー・ザ・キッドと重なり合うが、ジョン・グレイディの悲劇が悽愴をきわめるのは、〈古い西部《オールド・ウエスト》〉の名残さえもが末期的な死相を呈しているからだろう。ジョン・グレイディとビリーだけでなく、牧場主のマックや、ミスター・ジョンソン、オーレン、J・Cらカウボーイたちにも憂愁の影が濃い。マックの牧場はまもなく軍に収用されてしまうのである。

失われゆく〈古い西部〉への悲痛なまでの哀惜《あいせき》――三部作をつらぬく情感を、とりあえずそう表現することは可能だ。しかし、あくまで「とりあえず」である。なぜなら、〈古い西部〉といえば、先住民を滅ぼして白人社会を建設していった北米開拓者たちの世界ということになるが、ジョン・グレイディとビリーが殉じる世界はそれではなさそうだからだ。

三部作のアメリカ側の舞台であるテキサス州とニュー・メキシコ州は、アメリカ合衆国が成立するずっと以前からスペイン人が入植して、先住民の社会を破壊しつつも血の混交を進めて独特の文化を築きあげてきた土地であり、一八二四年にメキシコ連邦共和国が成立したときにはその領土の一部だった。三部作においてジョン・グレイディとビリーはそれぞれ何度かメキシコへ越境するが、それは南への水平移動であると同時に、生まれ育った土地の深い基層へ降りていく旅でもあったといえるだろう。北米白人社会が古い世界を滅ぼしていく境界地帯《ボーダーランド》にあって、カウボーイであるジョン・グレイディとビリーは、前者に属しながらも後者に引き寄せられていく〈無法者《アウトロー》〉であり、〈はみ出し者《オベハ・ネグラ》〉なのだ。

〝メキシコでならいまみたいな生活が続けられると思わないか？（中略）あんたもこういう生活が好きなはずだ〟とジョン・グレイディはいう。それに対してビリーは、〝こういう生活って何なのかおれにはわからないよ。メキシコって国はもっとわからない。そいつは頭のなかにあるだけだ〟と答える。明らかに彼らにとっての〈メキシコ〉は現実のメキシコそのものではない。『越境』に引き続いて、ビリーのほうは自分の心根について無自覚だが、彼もまた結局はジョン・グレイディと同じようにこの〈別世界〉に魅入られたまま、現代社会からの逸脱者としての運命をたどっていくのである。

馬や狼がかいま見せる人間の秩序ではない秩序。すべての野生動物に流れている血が人間のなかにも流れていることを実感させる世界。人間が底知れない残虐さをむき出しにする一方で、無償の善意を示すような世界。神の気配が濃厚に漂っていながら人間にはついにその神秘が解けない世界。つかのまの生を名を残すこともなく生き、死とともに消滅して二度と蘇らない者たちの世界。そんな世界が、死滅していく——三部作では、この世界はいままでとはまったく違ったものになるだろうという言葉が何度か口にされる。

では、ジョン・グレイディやビリーが愛してやまない世界を滅ぼしていくものは何なのか。『馬』と『越境』では、石油産業に象徴される大量生産・大量消費の社会と、第二次世界大戦に象徴される大量破壊・大量殺戮の世界がそれだと暗示されていたが、本書ではさらに核兵器が暗い影を投げかけている。ジョン・グレイディとビリーが働いているマックの牧場は、エルパソから北東へ七十キロほど離れたオログランデの近くにあるが、そこからさらに北東へ六十キロほど離れたアラモゴード砂漠は一九四五年七月十六日に史上初の原爆実験が行なわれた場所なのだ。また前述のように、マックの牧場は軍に収用されようとしているが、オログランデの西側にひろがるホワイト・サンズと呼ばれる地域はミサイル試射場になっている。

さらに本書の原題の Cities of the Plain というのは、欽定英訳聖書で背徳の町ソドムとゴモラを指す言葉である（日本の口語訳聖書では「低地の町々《ていちのまちまち》」の訳語が一般的だが、題としての響き等を考慮して本訳書では「平原の町」としたことをお断わりしておく）。『創世記』19：24〜28にはこうある（以下は新共同訳）。〝主はソドムとゴモラの上に天から、主のもとから硫黄の火を降らせ、これらの町と低地一帯を、町の全住民、地の草木もろとも滅ぼした。ロトの妻は後ろを振り向いたので、塩の柱になった。アブラハムは、その朝早く起きて、さきに主と対面した場所へ行き、ソドムとゴモラ、および低地一帯を見下ろすと、炉の煙のように地面から煙が立ち上っていた〟。原題は明らかに原爆を連想させるのだ。またソドムとゴモラが没した死海は塩が豊富で、沿岸にはロトの妻が姿を変えた塩の柱とされる岩塩があるが、本書に出てくる塩類平原《ソールトフラット》や売春宿の〈白い湖《ホワイト・レイク》〉という名前はこれを暗示していると思われる。もう一つ引用すると、神はソドムとゴモラを滅ぼす前に、信仰厚いロトにこう警告する（『創世記』19：17）。〝命がけで逃れよ。後ろを振り返ってはいけない。低地のどこにもとどまるな。山へ逃げなさい。さもないと、滅びることになる〟。ジョン・グレイディがマグダレーナと一緒に山の上の小屋で暮らそうとすることは、これと照応しているはずだ。

もちろん、マッカーシーが「反核」を説いているといった読み方は単純すぎるだろう。そういう主張があるのなら、彼は反核運動をやるに違いない。『越境』に出てきた狼に関して面白い逸話がある。マッカーシーは友人とアリゾナ州南部に野生の狼を放つ秘密作戦を考えたことがあるらしいのだ。しかし、これも結局は冗談であって、野生動物保護や環境保護を唱導するつもりはないはずだ。むしろ三部作から読み取れるのは、文明が大量消費・大量破壊の方向へ進むのは必然だという運命論ではないかと思われる。

マッカーシー作品の時代設定は本書が一番新しく、幕切れは何と二〇〇二年だが、一九五二年からの五十年間はほんの数行のうちに過ぎ去る。つまり実質的に、彼は二十世紀後半の話を書いたことがない。公民権運動、ヴェトナム戦争、共産主義の崩壊、環境破壊、コンピューター社会など同時代の諸問題について、小説で扱ったこともないし、いわゆる知識人として発言したこともない。しかし彼は紛れもなく現代小説の作家なのであって、彼が失われゆくものとして描いた世界は、ネガの形で私たちのいまの世界を浮かび上がらせているといえるだろう。

コーマック・マッカーシーは、サリンジャー、ピンチョンと並ぶ現代アメリカ文学界の隠者ともいうべき作家で、プライバシーの公開と作品外での発言を一切行なわない姿勢をできる限りつらぬいてきたが、それでも強い要請に負けて、これまでに二度インタビューに応じている。訳者の手元にあるのは《ニューヨーク・タイムズ・マガジン》一九九二年四月十九日号のものだけだが、それを参考に『馬』の訳者あとがきでの作者紹介を補っておきたい。

作家の本名はチャールズ・マッカーシー・ジュニア。コーマックはチャールズにあたるゲール語の名前である（マッカーシー家はアイルランド系）。一九三三年にアメリカ東部のロード・アイランド州に生まれたが、四歳のときに一家はテネシー州に移った。父親は政府機関の弁護士で、家庭はかなり裕福だったが、三男三女の長男チャールズ・ジュニアは学校が嫌いで、父親が属していた東部エリート階級の雰囲気にも反発した。〝自分は立派な市民にはならないだろうという予感が早くからあった〟との本人の弁は、彼自身が筋金入りの〈はみ出し者《オベハ・ネグラ》〉だったことを如実に物語っている。父親に反発した理由については、自伝的小説 *Suttree* にヒントがありそうだが（『馬』の単行本版訳者あとがき参照）、実際のところはわからない。先に学校が嫌いだったと書いたが、好奇心旺盛な子供ではあったらしく、趣味は〝同級生に一つずつあげても四、五十は残る〟ほどあったという。五一年にテネシー大学入学。二年で中退して、空軍で四年間勤務。五七年にテネシー大学に再入学して文学に目覚め、小説を書き始めるが、大学は中退。小説執筆についてマッカーシーは、〝自分の能力を疑ったことは一度もない。自分に書けることはわかっていた。ただ書きながらどうやって食べていくかだけが問題だった〟と語っている。生活費は最低限だけ稼ぐ方針をとったようで、定職についたことはない。二度の結婚がどちらも離婚に終わったおもな原因はそこにあったようだ。何しろある大学から二千ドルの報酬で講演を頼まれても、〝私がいいたいことは誰も買わない小説のなかに全部書いてある〟といって断わり、極貧の生活を続けたのだから、むりもない。

ベストセラーとなった『国境三部作』以前の五作は、どれも五千部以上売れたことはなかったとはいえ、作家、批評家、学者からは高く評価された。処女作の *The Orchard Keeper*（一九六五）で新人作家の最高栄誉であるフォークナー賞を受賞し、アメリカ芸術文学アカデミーから海外研修援助金を受けて父祖の地アイルランドを訪れたほか、ロックフェラー財団からも創作奨励金を与えられた。これ以後もグッゲンハイム財団とマッカーサー財団（その奨励金は別名「天才援助金」）から奨励金を受けている。五つの小説と『国境三部作』のほかには、*The Gardener's Son* と題するテレビ映画の脚本（七七年に公共放送サービスで放映）と、*The Stonemason* と題する戯曲（九四年出版）がある。

インタビュアーによると、マッカーシーは狷介《けんかい》な人間嫌いとはほど遠く、人当たりのいい、能弁な人物らしい。興味の範囲は広く、野生動物のことをはじめいろいろな話題について知的な語り口で熱心に話したが、やはり自分自身や作品のことにはなかなか触れようとしなかったそうだ。それでもインタビュアーが何とか引き出した、世界観にかかわる発言を一つ紹介しておこう。インディアンを殺して頭皮をはぐ男たちを描いた『ブラッド・メリディアン』*Blood Meridian*（一九八五）に関連して、マッカーシーはこういっている。

〝流血のない世界などない。人類は進歩しうる、みんなが仲良く暮らすことは可能だ、というのは本当に危険な考え方だと思う。こういう考え方に毒されている人たちは自分の魂と自由を簡単に捨ててしまう人たちだ。そういう願望は人を奴隷にし、空虚な存在にしてしまうだろう〟

最後に、『すべての美しい馬』映画化の情報をお伝えしておきたい。撮影はすでに終了していて、アメリカでは今年の六月に公開が予定されている。監督は『スリング・ブレイド』（監督・脚本・主演）や『シンプル・プラン』（助演）などで鬼才ぶりを発揮しているビリー・ボブ・ソーントン。ジョン・グレイディ役は、『グッド・ウィル・ハンティング／旅立ち』の共同脚本・主演で一躍注目を浴び、『プライベート・ライアン』など数々の出演作によっていまやトップクラスの若手男優となったマット・デイモンが、みずから志願して獲得した。ロリンズはヘンリー・トーマス（『E.T.』）、アレハンドラはペネロペ・クルス（『ハイロー・カントリー』）、ジミー・ブレヴィンズはルーカス・ブラック（『スリング・ブレイド』の少年）。さらにはサム・シェパード（『フール・フォア・ラブ』）、ブルース・ダーン（『ヒッチコックのファミリー・プロット』）ら芸達者が脇を固めている。日本での公開時期は未定だが、おおいに期待できそうだ。

二〇〇〇年一月

文庫版訳者あとがき

右の文章は二〇〇〇年刊行の単行本に載せた訳者あとがきをそのまま再録したものである。以下に新しい情報を補っておこう。

目下の最新長篇小説である『ザ・ロード』（早川書房）の映画化作品は、昨年十一月に全米公開されて大ヒットを記録し、アカデミー賞ノミネートも取り沙汰されている。日本での公開は今のところ未定。

昨年十二月には、代表作『ブラッド・メリディアン』（一九八五）の邦訳が早川書房から単行本で刊行された。こちらの映画化の話もトッド・フィールド監督のもとで進められている。

マッカーシーの戯曲作品については本書の単行本版訳者あとがきで紹介したが、その後、二〇〇六年に、*The Sunset Limited* という作品が発表された。〝戯曲の形をとった小説〟という副題がついているが、名前のない二人の男の対話だけから成る作品で、実質的に戯曲と言ってよく、〇六年に舞台で上演され、〇九年にはテレビ・ドラマ化された。

地下鉄のホームで〝白人〟が飛び込み自殺を図ったのを〝黒人〟がとめ、自分のアパートに連れてきたという設定で、元殺人犯で福音派キリスト教徒の〝黒人〟が、無神論者で人生に絶望している大学教授の〝白人〟に何とか再度の自殺を思いとどまらせようとする。世界に対する肯定論と否定論が息づまる緊迫感とともにぶつかり合う哲学的対話劇だ。テレビ・ドラマでは〝黒人〟役をサミュエル・L・ジャクソン、〝白人〟役をトミー・リー・ジョーンズ（演出も担当）がつとめた。

新しい長篇小説も、まもなく刊行されると聞く。マッカーシー自身が最近、今取り組んでいるのはニュー・オーリンズを舞台とする小説だと話している。それが次の新作なのか、次の次なのかは不明だが、いずれにせよまだまだ旺盛な創作力で私たちの期待に応えてくれそうだ。

二〇一〇年一月

解 説

書評家
豊﨑 由美

『すべての美しい馬』（一九九二）、『越境』（一九九四）と書き継がれてきたコーマック・マッカーシーの「国境三部作」の完結篇である『平原の町』（一九九八）は、わたしがこれまでに読んだ小説の中でもっとも熱く痛ましい、至高のラブストーリーだ。なぜ、そう断言できるのか。その解題はおいおいしていくこととして、まずは『平原の町』がどのような物語なのか、簡単に粗筋を追っていこう。

主人公は、シリーズ第一作『すべての美しい馬』の主役も担っているジョン・グレイディ。祖父の死によって牧場を失い、愛馬レッドボウまでが他人の手に渡りそうになったことから、十六歳の彼は親友を誘ってメキシコへと不法入国するのだ。〈もしも（馬のいない＝筆者補足）そんな土地に生まれていたら彼はこの世界には何かが欠けていると思い〉〈馬を見つけるまでは何時までも何時までも必要な限り捜しつづけ〉、〈馬たちの魂のなかに永久に住みつきたい〉とさえ願う少年が、やがてメキシコの大牧場へたどり着き、野生馬を飼いならす調教師として雇われるようになるも、牧場主の娘との身分違いの恋によって苛酷な試練を与えられる。『すべての美しい馬』で激しい初恋を経験したジョン・グレイディが、二人目のファム・ファタールと出会うのが、この『平原の町』なのである。

相手は十六歳の娼婦マグダレーナ。牧童仲間に連れられていった売春宿で、一人娼婦を買う気にはなれず酒を飲んでいたジョン・グレイディは、カウンターの後ろの鏡ごしに彼女を発見する。しかし、声はかけない。後日、その売春宿から彼女がいなくなってしまったのを知ったジョン・グレイディは必死に行方を探す。そして、高級娼館に買われていったことがわかると、自分にとっての精一杯の大金である八十二ドルを胸のポケットに入れ、会いに行くのだ。

〈きみを探し歩いてたんだ《ボルケ・ラ・アンダーバ・ブスカンド》、と彼はいった。しばらく前から探してたんだ《ヤ・テンゴ・ティエンポ・ブスカンドラ》。

マグダレーナは答えない。

なんでおれのことを覚えてた《イ・コモ・エス・ケ・メ・レクエルダ》？

彼女は半ば顔をそむけてほとんど囁くようにいった。あたしもなの《タンビエン・ヨ》。

え《マンデ》？

娘は首をめぐらして彼の顔を見た。あたしもなの《タンビエン・ヨ》〉

鏡ごしに互いを発見したその瞬間、生まれる前からずっと自分は相手のものだったのだと腑に落ちてしまう宿命の恋は、こうして走り出す。が、そんな二人の上に、やはりマグダレーナを愛する高級娼館の経営者エドゥアルドという影が差すのだ。十三歳で賭博の借金のかたに売り飛ばされ、以来、売春宿から逃げ出すたびに保護を求めた警官からすら陵辱され、暴力をふるわれてきたマグダレーナの凄絶な半生を本人の口から聞き、嗚咽をもらしながら結婚を申し込むジョン・グレイディ。愛馬を売ってでも、マグダレーナを身請けしようと決意するのだが、エドゥアルドがそれを許すはずもなく――。

こうして物語は、ジョン・グレイディとエドゥアルドがナイフを手に決闘するクライマックスシーンへと、ロマンティシズムの蹄音を響かせながら疾走するのである。

〈彼にとっては馬を愛する理由こそ人を愛する理由でもある、それは彼らを駆る血とその血の熱さだ。彼が敬い慈しみ命のかぎり偏愛するのは熱い心臓を持ったものでありそれはこれから先もずっと変わることはないだろう〉（『すべての美しい馬』）

熱い心臓を持った者同士の熱い血がほとばしり混じり合うような狂おしい恋は、しかし、成就させるには命の危険を伴うほどの苦しい恋でもある。そして、そんな大時代的な恋は、今や成立しえないのである。現代の作家が現在を舞台にこんな恋愛を描いたら「笑止」「陳腐」とそしりを受けるか、何かの冗談かと思われるだけだ。が、コーマック・マッカーシーの「国境三部作」の中ではちがう。この小説世界にあっては、ジョン・グレイディとマグダレーナの恋は、二十一世紀の読者の胸にリアルな感情と感動をもたらすのだ。なぜか。『平原の町』には、メインストリームたるラブストーリーのBGMとして、失われてしまった世界への哀惜をこめた挽歌が静かに流れているからなのである。宿命の男と宿命の女が〝白鳥の歌〟を歌うにふさわしい状況が、背景にきちんと描かれているからなのである。

挽歌のパートを主に担っているのが、この小説の陰の主人公であり、第二作『越境』の主役でもあるビリーだ。ニュー・メキシコ州の牧場で暮らす十六歳のビリーが、メキシコから国境を越えてきて牧場の牛を襲い始めた牝の狼を罠で捕まえる。『越境』は、そんな少年時代のビリーが自分でもよくわからない衝動に駆られて、狼を故郷の山に帰してやろうと思いたち、メキシコへ不法入国していくエピソードから始まる小説だ。越境を繰り返すことで世界を発見し、西部開拓によって作り上げられた白人社会とは別の秩序に属するインディアンに魅入られ、白人から駆逐されようとしている狼に共感するようになるビリー。しかし彼は、そのことによって両親を失い、ついには愛する弟まで失い、〈はみ出し《オベハ・ネ》者《グラ》〉になってしまうのである。

『平原の町』で、ジョン・グレイディと同じ牧場で働くようになっているビリーは、ジョンの中に弟の面影を見ている。だから、彼からマグダレーナを身請けする仲介者になってくれと頼まれても、最初のうちは首をたてに振らない。とても危険な恋だから諦めろと説得しようとする。かつて、〝失う〟ことに打ちのめされた経験を持つビリーにとって、ジョンのマグダレーナを〝得る〟ための真っ直ぐな感情と行動はとてもあぶなっかしいものに映るのだ。が、結局ビリーは頼みを引き受けることになる。そして――。

狼がいなくなり、かわりに山犬が跋扈《ばっこ》するようになった西部。北米の白人文化や文明が侵入し、小さな牧場は軍に収用され、そこにミサイル試射場が作られ、ジョン・グレイディのような本物のカウボーイを必要としなくなった西部。恋のために血を流す者などいなくなった西部。今はもう存在しない西部。「国境三部作」で繰り返し変奏されているのは、西部というロストワールドへの挽歌であり、ビリーは西部と最後のカウボーイが消えゆく様をしまいまで見届ける役目を担ったキャラクターなのだ。

この小説の最後に置かれている「エピローグ」までが『すべての美しい馬』の続篇なら、二〇〇二年、七十八歳になり、浮浪者のような生活を送っているビリーが、同じような境遇の男から自分が見た夢の話を聞かされるくだりは、思想書の趣きすらあったシリーズ中もっとも思弁的な作品『越境』の続篇というべきだろう。

〈われわれの父祖の世界はわれわれの内側に宿っている。一万世代以上ものあいだそうだった。歴史を持たない形態は永続する力を持たない。過去を持たないものは未来も持ち得ない〉

これは、作者コーマック・マッカーシーから読者への、シリーズ全体を通して伝えたかったメッセージなのだと思う。世界とは、歴史とは、人間とは、レゾンデートル（存在理由）とは……。「国境三部作」はそんな根源的であるがゆえに難解な問いに立ちむかう、思弁小説としての魅力も備えているのだ。

でも、そんな小難しいことを念頭に置かなくても、ジョン・グレイディが主役を務める『すべての美しい馬』と本書は少年の成長を描いたビルドゥングスロマンとして、西部を舞台にした活劇小説（本書中にある山犬狩りの場面と、ジョン＆エドゥアルドの決闘シーンのアクション描写に瞠目！）として、また悲劇的ロマンティシズムが横溢する恋愛小説として楽しめる、大変リーダビリティの高い物語なのである。しかも、女性読者にとってはキャラ萌えの要素もてんこ盛り。動物や女性や老人に優しいエピソードに事欠かない正義漢。寡黙で聞き上手だけれど、その一方で熱い魂と行動力の持ち主。十分な教育は受けていないけれど賢くて、チェスの名手。十九歳の若さで誰よりも馬の扱いに長けており、先輩カウボーイたちからも一目置かれる存在なのに、驕《おご》らず昂ぶらず、態度は常に控えめ。ジョン・グレイディは、まさに、女にとっての夢の男なのだ。身悶えするほど、いい男なんである。この解説を立ち読みして買うかどうか悩んでいる女子の皆さん、迷わずレジへ！　三次元男子がモノクローム化してしまう危険な境地に、ジョンがあなたをいざなってくれますから。

〈世界の美しさには秘密が隠されていると思った。世界の心臓は恐ろしい犠牲を払って脈打っているのであり世界の苦悩と美は互いにさまざまな形で平衡を保ちながら関連し合っているのであって、このようなすさまじい欠陥のなかでさまざまな生き物の血が究極的には一輪の花の幻影を得るために流されるのかもしれなかった〉

『すべての美しい馬』で牝鹿の流す血を見て、そのような認識に至ったジョン・グレイディが、三年後、自らも一輪の花の幻影を得るために血を流すさまを描き、すべてにおいて美しい。もう一度言う。『平原の町』は、わたしがこれまでに読んだ小説の中でもっとも熱く痛ましい、至高のラブストーリーなのである。

＊本書は、二〇〇〇年二月に早川書房より単行本として刊行された作品を文庫化したものです。

ハヤカワ epi 文庫は、すぐれた文芸の発信源（epicentre）です。

訳者略歴　1957 年生，東京大学法学部卒，英米文学翻訳家　訳書『すべての美しい馬』『越境』『ザ・ロード』『ブラッド・メリディアン』マッカーシー，『儚い光』マイクルズ（以上早川書房刊）他多数

平原《へいげん》の町《まち》

〈epi 58〉

二〇一〇年一月二十日　印刷
二〇一〇年一月二十五日　発行

（定価はカバーに表示してあります）

著者　コーマック・マッカーシー
訳者　黒《くろ》原《はら》敏《とし》行《ゆき》
発行者　早川　浩
発行所　株式会社　早川書房

郵便番号　一〇一 - 〇〇四六
東京都千代田区神田多町二ノ二
電話　〇三 - 三二五二 - 三一一一（大代表）
振替　〇〇一六〇 - 三 - 四七七九九
http://www.hayakawa-online.co.jp

乱丁・落丁本は小社制作部宛お送り下さい。
送料小社負担にてお取りかえいたします。

印刷・株式会社亨有堂印刷所　製本・株式会社明光社
Printed and bound in Japan
ISBN978-4-15-120058-8 C0197

＊本書は活字が大きく読みやすい〈トールサイズ〉です